目录

第 一 章	贵族之家	001
第 二 章	山镇奇遇	014
第 三 章	深山猎户	024
第 四 章	圣诞前夜	034
第 五 章	教堂钟声	048
第 六 章	情殇战乱	062
第 七 章	百合情书	074
第 八 章	人生炼狱	084
第 九 章	梦回春谷	096
第 十 章	营救彼得	103
第十一章	乱世情缘	118
第十二章	伤兵之痛	127
第十三章	吧女情怀	135
第十四章	危城一隅	144
第十五章	板儿寻母	155
第十六章	樱桃戏装	165

目 录

第十七章	樱桃归宿	177
第十八章	拜师南下	189
第十九章	百合伤痛	197
第二十章	月满龙泉	206
第二十一章	西阁客灯	215
第二十二章	寂静山林	222
第二十三章	小原县长	231
第二十四章	蹊径探访	241
第二十五章	浪漫温卿	252
第二十六章	初识如玉	269
第二十七章	彼得一日	278
第二十八章	探秘魔窟	291
第二十九章	艺苑姐妹	303
第三十章	虎口脱身	313
第三十一章	亡命天涯	323
第三十二章	父子相逢	330

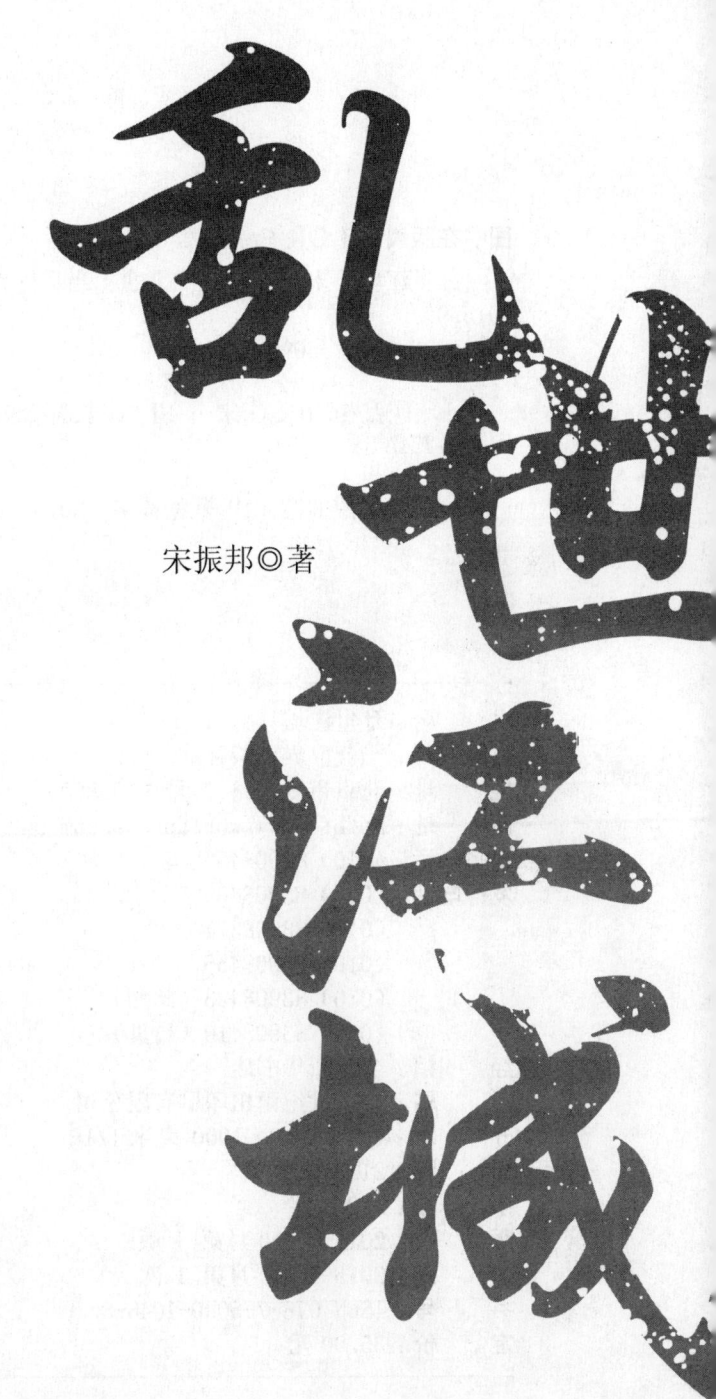

乱世江城

宋振邦◎著

当代世界出版社

图书在版编目（CIP）数据

乱世江城 / 宋振邦著 . -- 北京：当代世界出版社，2015.9
ISBN 978-7-5090-1048-8

Ⅰ.①乱… Ⅱ.①宋… Ⅲ.①长篇小说—中国—当代 Ⅳ.① I247.5

中国版本图书馆 CIP 数据核字（2015）第 195091 号

书　　名	乱世江城
出版发行	当代世界出版社
地　　址	北京市复兴路 4 号（100860）
网　　址	http://www.worldpress.com.cn
编务电话	（010）83908456
发行电话	（010）83908409
	（010）83908377
	（010）83908455
	（010）83908423（邮购）
	（010）83908410（传真）
经　　销	全国新华书店
印　　刷	北京世纪雨田印刷有限公司
开　　本	710 毫米 ×1000 毫米 1/16
印　　张	21.5
字　　数	282 千字
版　　次	2015 年 10 月第 1 版
印　　次	2015 年 10 月第 1 次
书　　号	ISBN 978-7-5090-1048-8
定　　价	35.00 元

如发现印装质量问题，请与承印厂联系调换。
版权所有，翻印必究；未经许可，不得转载！

第一章 贵族之家

1 贵族之家

表哥

1942年夏初。

在我家的小店里,正当姑姑兴奋地观赏着玻璃橱窗中那满目琳琅的化妆品时,门被轻轻地推开,一个高个子的青年走了进来。那人戴着一顶旅行者的便帽,穿一件短大衣,温和地笑着,左臂夹着一个画框。姑姑辨认了一会儿,然后缓缓走到青年跟前:"德义,二哥!"她握住他的胳膊,轻声唤着,眼泪随即掉了下来。

"是我,珍儿,还认得?"青年说着双手把夹着的画递给她,"祝贺你开业。"

这是一幅油画花鸟。姑姑眼睛一亮,脸也红了:"太美了,待会儿我再细看。"说着轻轻地放到柜上,"说说你,在哈尔滨怎么样?几时回来的?这次办什么事?"边说着,两人边坐了下来。

"十三岁前我在奉天当学徒。"表哥又露出她熟悉的微笑,"那时你才七八岁,记得我给你买个布娃娃,你还给它做了个小帽子,有这么大。"他滑稽地比划了一下。

"是的,我记得,我记得。"姑姑歪头笑了。

"十四岁我跟一个俄国老师去了哈尔滨,一边给他家当仆人,一边学画。后来做了一年老师,现在自己开了一个作坊,卖画谋生。我喜欢四处走走。今天回到家,一是看看我爸爸,问他想不想去我那儿;二是想画画故乡的风光,回忆一下儿时的印象。"

"真好,舅能去你那儿当然好,他也老了。不过我看他未必能去,唉,舅妈的坟在这儿。老人都是这样。"

"昨天我给妈上了坟,你说得对,随他吧。如他不愿意动窝,我把房子给他翻修一下。"德义歪头,摊开了手。他下意识的动作,引起姑姑的微笑。

"笑什么?还是那么顽皮。"

"笑你像个洋鬼子。"

"天天和他们对话,不觉染上了。"

"我想看你画画,你记得吗?小时候我就愿意跟你学,你还嫌我小。"

"那好,明早我就来接你,我们上南大园,我还想看看姑家买的地。"德义管我奶叫姑,是因为高老道高五爷的母亲也是奶奶娘家李姓的姑娘。正所谓"故土三五载,没有不亲人"。

第二天,姑姑带我跟德义叔去了桃园。走时妈特意让我拿一件外套,给姑姑准备着,怕她着了凉。

我在壕坡上挖蚂蚁洞,德义叔给姑画像。姑要他细细地讲他的经历。

德义后来成为有名的画家,写了一本回忆录。那一天他给姑姑叙述往事的时候,做了许多讲解,因为他的圈子,是生活在乡村的姑姑所不熟悉的。

下面就是他的故事，参照他的回忆转述于此，我把他给姑姑做的解释略去了。

少年时代，我在哈尔滨一个俄国老师那里学油画——德义叔叔在他的回忆里这样开头说——本来我十三岁时，一位坨乡的画师水石先生把我领到奉天一个店里当学徒，那是一个画匠铺子，既作画又装裱。在中国基于国画的工艺流程，这样的店铺是少不了的。第二年，来了一个俄国人，他要观赏一下中国画和工艺美术。到了我们店，看我是小孩，便逗我玩，让我给他画动物。他见我有灵气，手脚麻利，便提出建议，问我是否愿意跟他去哈尔滨学油画，条件是给他当佣人，我爽快地答应了。实际上他是看中了我的勤快和谦卑，而我的脑子里想的是哈尔滨十八趟大街，至于我从外公那里继承的艺术天赋，那是后来才显现出来的。就这样，他给了店老板一笔钱，老板又和我家里打了招呼。过了几天，我便随他去了哈尔滨，那年我十四岁。

老师

我就住在老师的家里，给他当仆人，他家在中央大街西侧一座洋楼里。我的老师很可爱，他有四十多岁。他父亲也是个画家，他继承了他父亲的禀赋，性情随和、酷爱自由。就因为有自由主义的思想，同情十二月党人，被沙皇流放到贝加尔湖。十月革命后，他又因为爱自由，在布尔什维克肃反扩大化的阴影袭来时，逃到了哈尔滨。他喜欢族中的一位巡展派画家，就给儿子起了个相同的名字"苏里科夫"。几年前，他死了，在老松浦洋行给独生子留下了足够他挥霍一生的存款和这座亲手设计的小楼。

我的老师和他父亲一样喜欢伏特加和西伯利亚的大森林，常给我讲画家希什金。希什金也是巡回展览派的主要成员。老师穿着随便，蓄一把大胡子。他不以教学谋生，只教他看中的人，希望能在北满形成他的一个画派。生活上他不太讲究，但教学严谨。

同时学画的还有三个人，一个俄国姑娘玛丽娅，她比我小一点；一个日本姑娘惠子，比我大一点，还有她带来的情侣一个汉族青年向墨。这个青年比惠子大两岁，他的母亲是朝鲜族。你看，这就是哈尔滨，在这个具有欧陆风情的大城市里，住着三十几个民族。惠子的父亲藤野是满洲铁路株式会社的高级管理人员，和老师一家过从甚密。

老师家的一楼大厅是我们学习和作画的地方，我们几个学生各占一隅。我那东南角阳光充足，从落地窗可见花园的一角。我从学习素描开始，画人和牛的头、躯干和四肢的骨骼。我用了国画中画枯枝的笔法，他夸我有个性，同时示范我怎么注意透视和光影。我把芥子园画谱给他看，他爱不释手，后来我看他的速写里就有国画线条的影子。

老师常领我们去江边写生。松花江真是太美了，它的美就在于她的清寒，带着北满山林的灵秀，悠然而来，波浪轻轻地拍击江堤，对于这个灯火大城，带着眷恋的回眸，缓缓流去。苏里科夫老师训练我们在同一地点从同一角度，画这条大江。在不同的季节和天气的情况下，观察它的景物、光线和空气的变化。回家时，他便拿出他父亲收藏的莫奈的画册。其中《里昂大教堂》的清晨、正午、白天和暮色四幅，让我们临摹。他让我们对比从同一个角度画的塞纳河。一个是在清晨，一个是在曙光中，它们只有很短的时差。他还领我们到中央大街去画那些欧式建筑，其中就有巴洛克风格的松浦。他带着感伤情绪为我们讲解那些建筑特色。因为他的少年时代就是伴着母亲在彼得堡度过的，眼前的一切都似曾相识。

有时全家——他这样称呼我们师生和他夫人，去马尔斯餐厅吃俄国大菜，他和我都爱吃软煎马哈鱼。他不干涉我们去舞厅挣小费，特别是我和向墨，因为我们俩都是穷人家的孩子。向墨有音乐天赋，他画画很平常，对音乐却十分敏感。向墨听师娘柳芭拉大提琴有兴趣，他就一面学画一面跟师娘学琴，柳芭也愿意教他。他很快有了长足的进步，他们俩演奏的巴赫的无伴奏组曲令人心醉神迷。

我和向墨抽空便去舞厅酒楼，他拉琴我画画卖艺挣钱。那时犹太人约瑟在哈尔滨开的马迭尔旅馆是一家享有盛名的酒店，它的前厅是我们经常去表演的地方。这旅馆常接待大人物，那个皇上（溥仪）都去过。他们看我作画，多半是人物速写，我也因此有点小名气。

老师虽然有一些异邦故旧，但他蔑视日本人，看不起满洲官僚。我画那道外的贫民窟，铁道边拾煤核的小孩，他却很喜爱，他同情穷人。

师姐惠子和她母亲一样爱好文学，性情柔弱，她母亲春草原来在日本是文学教师。藤野家和老师家交情甚厚，师娘柳芭是他家的座上客，她演奏的大提琴成为藤野招待日本和满洲高官的传统节目。惠子和我的师兄向墨相爱。然而由于他父亲和母亲的祖国都遭到日本铁蹄的蹂躏，双重的民族仇恨使向墨有强烈的抗日情绪。这样一来，他和惠子的交往便招致藤野更加强烈的反对。但师娘喜欢他，他高大英俊、才情横溢。而且他虽然绘画一般却极富音乐天才，他和师娘学大提琴很快展示出他出众的才能。

那一日，我和向墨去一个音乐酒吧。它是一个俄国流亡者开的，名字叫华西里，是个钢琴家。他作的"月光下的伏尔加"，很忧伤，曲子引起了向墨的共鸣。他和华西里反复演奏它，两个人都泪流满面。可是这不合日本人的口味，一个浪人用他的佩剑重重地拍击钢琴制止演奏。这惹恼了华西里，与他打斗起来，向墨也去帮忙，把那个浪人打得鼻青脸肿。日本宪兵来了，把他们带走了，把华西里和向墨关押了好几天。后来由师娘出面周旋，日本宪兵才放了他们。

还有一次在藤野家，一个日本军官邀惠子跳舞，动作轻狂，被向墨当场喝斥，把惠子领出客厅。这件事惹得藤野十分恼怒，他对师娘说，这是他的家，不许任何人发威，何况是个晚辈。

　　苏里科夫老师批评向墨，说他桀骜不驯，张狂好斗，这性格是艺术学习的障碍。他当着我的面说这番话，也是对我的警示。

　　没过不久，满洲建国的第二年也就是 1933 年春天。顺便说一句，我老师讲什么都用公历纪年，他对民国和满洲一律蔑视。就在那一年，那一对恋人惠子和向墨突然失踪了，那年我才十六岁。

玛莎

　　小玛莎是个鬼精灵，她比我小些。他父亲是俄国人，一名记者，有正义感，日语和汉语都很见长。他喜欢中国戏曲，还能唱几段《牡丹亭》。小玛莎受父亲影响读了许多书，师娘常和她谈论俄国和法国作家：诸如，屠格涅夫、莱蒙托夫、普希金和巴尔扎克。我师娘年轻，只比我大六岁。她给我起了一个俄国名字，叫彼得鲁沙。师娘私下对玛莎说，彼得鲁沙长得可爱，也勤快，就是文学修养差，你要引他读书。一次夜里下雪了，第二天早晨我要去扫雪。玛莎说，停。她教我一句诗，俄文的。我很快背熟了。她还让我用忧伤的调子，复诵给她听，然后把我摆在窗前，叫我听她暗号就背诵。过一会儿，师娘下楼了，导演咳了一下。演员背着手，以沉郁的调子低声朗诵了：

　　"达吉亚娜起得很早，看见雪把屋顶和庭院变成了白色。"

　　果然，师娘从后面温柔地抱住了我。

　　"我可爱的彼得鲁沙，会背《奥涅金》了。"

　　当德义叔叔讲到这儿的时候，姑姑问："彼得鲁沙"是啥意思？

　　"是彼得的爱称，在俄国叫彼得的人很多。"叔叔解释说，"现在回想起来那装腔作势的恶作剧真有点可笑，当然那小鬼头忧郁的腔调更显得滑稽。"

她爱你吗？你师娘。

别瞎扯，爱称，就是小名，就像我叫你"小珍儿"。

珍儿是爱称？那你不爱我吗？哥——姑姑那年已是十九岁了，在二十五岁的表哥面前还有点撒娇。

当然，你是我小妹。

她掐你脸蛋儿吗？叫你爱称的那个媳妇。

胡扯，我那时十四五岁了，不像你那时八九岁。有一次我问那俄国同学玛丽娅，那时她十四岁，长心眼了，不知为什么，对柳芭的态度也有些变化。我问，女主人为何叫我彼得。她说，有个画家叫彼得，不过那个蠢货不见得知道。她爱读普希金的书《上尉的女儿》，主人公叫彼得。说到这儿，我那同学掩口而笑，说，我正好叫玛莎。

玛莎又是谁？姑问。

玛莎就是玛莎，上尉的女儿玛丽娅的爱称。

她们是相好的吗，玛莎和彼得？

算你猜对了，我没看那本书，是玛莎讲的。你坐正一些，我画你的小耳朵。

你爱她吗？彼得——珍故意这样称呼她表哥德义——那个自称叫玛莎的。

我们都是穷学生，只有那个叫惠子的日本姑娘例外，她有钱。那时候，我们雇不起人，只好相互当模特儿。

"我知道，什么叫模特儿。"姑姑的脸一下红了起来，不说话，她觉得亲爱的表哥变得陌生起来，一个在裸体女人身上著笔的彼得。她静静地坐着，德义也自知失言，不说话，木然地默默地画着。

珍儿，我可怜的病中的姑姑，没有尝过一点点情爱温柔的女孩，残酷地驰骋着自己的幻想，任那叫彼得的著笔，一下，两下，三下……在她的发际，在她的耳垂儿，在她的颈项。她泪如泉涌，捂住脸。"哥，不画了。"

他们在一个向阳坡上坐下来，南满的初夏风光旖旎，结满了梨蛋儿的树枝儿沉甸甸地垂下，在微风中摇晃，老孙头的蜂箱附近，蜂群嗡嗡叫。

"说吧，她漂亮吗？我说那个俄国姑娘，人家为什么叫她白俄，她一定很白吧，皮肤又白又细？"姑问。

"别说了，这是一个伤心的故事，你会掉泪的。"

"我再不会为别人流泪了，我的眼泪已经为自己流干了。"姑姑静下来说道。

她望着自己的表哥，那个儿时把自己举在头上的表哥。

当然，有些事，德义叔没有对表妹珍讲，怕她受刺激。那是他到哈尔滨的第二年，他十五岁，玛莎十四岁。一个夏日，她忽然表现出天真的样子，让师兄请她喝咖啡。这有什么神秘的呀，在家不是常喝吗？他便说："好吧。"座上，她老是拿异样的眼光，笑眯眯地溜着他。喝完饮料，她挽着他走上滨江大道。松花江的夏日真是迷人，灿烂的云霞，白桦树林，江上的斜帆，傍晚的柔风，流淌着异邦情侣的莺声燕语，当然也少不了本地姑娘唱那时的流行歌曲。在一棵树下，俄罗斯女孩站住了，她问："知道为啥喝咖啡吗？"他摇头。

"今天是我的生日。"她抱住了他，他温存地亲了她一下，十五岁装成一个大人，有些造作。她又仰起脸笑嘻嘻地悄声说："而且，几天前，我知道，我已经成了真正的女人。"

傻小子正迷惑不解时，她突然环住他的颈项，热烈而深长地吻起他来。他感到体内一阵躁动，通身燃烧了，原来男人就是这样被女人唤醒的。

回家的路上，她兴冲冲地说："从今天起，我要给你当模特，向你敞开一切。"

于是，一切就从那一天开始了。也就是从那一天，背地里她管师娘柳芭，叫"蠢货"。

"我会丰满的,只要你亲我,我会比那蠢货更结实。"她动情地摇晃着刚刚成为女人的小身体。

柳芭

德义缓缓地讲述着,一面沉思。初夏的阳光温暖宜人,此刻,他意识到,他是坐在儿时戏耍过的故乡的土地上,回忆那严寒的北方的大城,那是另一个世界。

我师娘柳芭,一周有两次给俄侨小学上音乐课。此外她上午睡觉,下午拉琴,晚上出入社交场。有时她为了炫耀自己还把我带去,她还常常带我去秋林公司买法国香水、俄国毛皮和瑞士的手表、珠宝。

师娘常带我去上层人的沙龙。

"什么叫沙龙?"姑姑问。

"他们聚会的地方。"德义回答说,"有日本人、德国人、满洲官、各国的资本家。在舞会上我只规规矩矩地立着,我知道自己是谁,我不和她们跳舞,也不吻她们的手。"

主人兴起,把我介绍给客人,我微微欠身。他们问我,我只说,是的,先生;不,夫人。我装作不懂他们的语言,这样更自如。一些年长的女人爱拉我谈话,有时还把她们的女儿介绍给我。这些姑娘爱翘首弄姿,让我画,我便画些速写给她们。当然,她和我都知道,哪个角度是她迷人的侧面。我有双重身份,我是仆人,我靠谦卑挣钱;但我还是画家,她们要肖像,必得端庄地坐在我的面前。

我经常去的地方是藤野家。在北满乃至整个满洲,满铁是举足轻重的,它除了经营铁路之外,还开发煤矿,伐木,移民,更不用说军备运输了,因此它在经济和政治上都有极大的影响力。参加藤野家晚会的总有些日军和满洲的政要,他们带着夫人和女儿,还有一些度假的日本军官,这些军人在前线是凶残的野兽;在舞会上,兽欲也同样胀破他们的军服。可笑的是,这些占领者,偏要深深地鞠躬,而倨傲的却是奴才。哈尔滨灯红酒绿,那些上层人只知道吃喝玩乐,表面上是绅士,实际都是丧家犬。白俄是沙皇的丧家犬,满洲官不过是民国的丧家犬。那些军人为了炫耀自己常讲些战绩,博得女人的青睐,由此我也知道了许多不见于新闻的战事。他们对我一个站在角落里的小厮并不戒备,他们不知道我懂日语,认为我不过是给女主人拿大衣扶女主人上马车的画童而已。我听他们的话毫无表情,我可不愿意惹麻烦。

我十九岁那年(1936年)的冬天,藤野家开了个晚会,说是庆祝满铁成立三十年,师娘被请去了。晚上老师有别的应酬没参加,我陪她去的。藤野家大厅里挂着一个瘦老头的画像,戴个夹鼻眼镜,留着山羊胡子,旁边人说这就是首任总裁后藤新平。

晚会开始,藤野向那画像深深鞠了一躬,然后致辞。接着便是歌舞伎的演出,共有十来个人,采用歌者不舞,舞者不歌的形式。乐人歌唱,伴奏乐器,以他们叫三味弦的为主。歌曲时而柔曼,时而喑哑,时而尖叫,时而呻吟,但节奏是舒缓的。舞者白粉敷面,便也在这舒缓的音乐中,绕着弯曲的腿,摆着宽宽的袖,时而扬袍振袂,时而屈膝低回……

站在师娘身边的藤野向她解释这舞的特色是舞、踊、振的结合,所谓"舞"即优雅而含蓄,"踊"有民间舞蹈的欢快,而"振"则是戏剧性的动作,他还解释了此时伴奏音乐用的是古曲"清元"。师娘则以她特有的妩媚,微笑赞许。他们是不是情人,我料不定。但从言谈举止中可以看出,这位日本高官相当崇拜师娘,师娘高大美丽而且才艺超群。

艺伎演出后，主人请师娘拉琴。她那一首加布里埃的大提琴独奏曲技压群芳，艺惊四座。她在众人喝彩中，颔首致谢。随后是大家跳舞、闲谈。师娘端着酒杯走向藤野，她漫不经心地询问惠子和向墨的下落。主人笑着，顾左右而言他。究竟是因为他自己嫉妒向墨，还是为了保护女儿，当时我猜不透，但我知道师娘喜欢她那得意弟子。师娘笑着走开了，晚礼服优雅地飘摆，她优雅地向主人举了举杯。我心里很难过，为她的强作欢笑。那天她喝醉了，我扶她回家，在马车上她软软地依着我，我知道她又在想她的学生向墨了。

冬夜，钉了掌的马蹄敲击着中央大街的方石路面，轮声辚辚。车夫蜷着身子，马喷着响鼻。霓虹灯发出怪异的光，不时地有宪兵、妓女、醉汉和裹在兽皮里的贵妇拖着狗闪过。这条街，就是俄国人修中东铁路时为安置中国劳工建的，叫中国大道。后来，苏联把中东铁路卖给满洲，日本人便全权管着满铁。株式会社的总部在大连，那时它的总裁叫松冈洋右。

在中国的土地上发生了日俄战争，现在满洲又被日本人占领。本来是我们的地盘，俄国人修铁路，又卖给了日本人……

"穷人，要想过好日子，除了勤奋，还得学会忍受屈辱。"当德义讲到这儿，姑姑插话，"我哥也常这样说。"她叹气。

玛莎给我讲一本法国小说，叫《红与黑》，讲的是于连的故事。这小说写的是一个出身下层的青年在贵族家里教孩子，爱上了女主人的悲剧。我不知道玛莎讲它的用意。但我知道我不是于连，我不想向上爬，一心画画，感恩师父和师娘。

到家，柳芭让我给她洗脚。这对我无所谓，在奉天学徒时，我还给师娘倒过尿盆。再说，她不轻视我，对我有一种温柔的依恋。晚会上，她要端起架子，她要矜持地睥睨一切，她是贵妇人。回家来，她蜷缩身子，释放自己的倦慵，撒娇，做床上的女人，她太累了。柳芭放荡不羁，她经常脱光身子，腰缠一条白绫，让我作画，有时还抱起她的小狗，让它舔她的手臂。她确实很美，金发，碧眼，皮肤白皙。我心疼她，理解她的苦闷。老师也在外面他那画家的圈子里饮酒作乐，在此二十年之前他们失去天堂，成了丧家犬。

十九岁以前，我就是这样度过的。我的画，在老师的介绍下已经蜚声江城。我虽然一帆风顺，小有名气，但心头总觉得被什么东西压着，自己也说不清。有时便独坐江边，看大河流水，想家，想妈妈。

我二十岁那年，在一个师范学校任教，玛莎也在一家报社当了编辑。柳芭不愿让我工作，但老师要我去闯，结果是我还住在老师家里。老师没孩子，他们早已习惯视我为家人。我很感激他们培养我成才，我常常用自己的全部工薪给他们买些人参之类营养品，或是他们喜欢的有地方特色的礼品。我还雇了一位女厨师，姓陈，四十多岁。她能做中国菜，也会做俄国菜，像老师爱吃的鲜鱼子、酱汁鹧鸪、酸奶酪，她都会做。

暑假，老师带我和师娘乘北满铁路去旅行写生。藤野给他一张介绍信，这样沿途就会有人接待我们。我们画了画总要送给藤野两幅，供他装点家居。我们常走哈尔滨到绥芬河和哈尔滨到满洲里那两条线。这一次，我们走满洲里那条线，他们叫西线，我们在兴安岭附近的一个小站下了车。我的老师站在那里久久望着这个尖顶站房和那周边的房屋，他对师娘说他爸爸参加了这个群落的设计。

我们在附近转了转，我发现屋子里有很多劳工，探出窗口向外张望，站边还堆放着很多军用帆布罩起来的水泥。师娘照了几张相，她还为我取了景，让我画这欧式的小站，那堆深色的货物正好做白屋的映衬。当我差不多完稿的时候，一个日本兵走过来了。他要走了我的画，大声训斥我，还用枪托打了我一下。这时师娘走过来，夺回画，给他一记耳光。我们被带到站里，一个军官对我们说，这里禁止绘画和拍照。闻讯赶来的老师连忙说明情况，并且递上了藤野的信。他看了之后，回到里屋，过一会儿出来了，给老师一个敬礼，说："苏里科夫先生，长官来了电话，请您回去把这里的画赠给他，他很想了解此地的风光。"

就这样，我们算是给藤野献了几幅小站图画。但他却没有把它挂出来，反而全部烧掉了。那次他一面搂着师娘跳舞，一面笑眯眯地说："如果您喜欢令尊的设计，我可以给您一张过去的照片，您不妨去加工创作。"师娘很从容，不理他，说了一句："整个满洲都是你的，连我这移民，凭君摆布。"

德义叔的经历讲到了这儿，那一天，天气晴朗，他给姑姑画了一幅水彩画像，不到晌午我们便回家了。姑姑很高兴，她让表哥继续讲他的往事，到我家小店去，姑姑说，给他沏清茶。

德义叔叔和他相关人物的故事构成了一部书——《江城》。

这里，德义叔叔只是对他童年的小表妹讲了个大概，很快他便回了哈尔滨，回到他那个世界里去了，在那儿，他是画家，叫彼得。

第一章　山镇奇遇

2　山镇奇遇

山镇

我在一个师范学校谋了个职位，也有了一点成绩，那是1939年的事。德义在他的回忆录里，讲到这段往事时，开头写道："玛莎在她父亲的俄罗斯侨报当美术编辑。当局派了个日本人冈村到报社去监视俄国人，为此玛莎的父亲葛利高里常和他争吵，可笑的是他们都援引满洲国的法律。有时冈村也不得不让步，不是因为他理亏，而因为他在追玛莎。我知道这矛盾早晚要激化，只是等待时日罢了。"

那年为了准备溥仪第二次访日，也是为了迎接伪满洲建国十周年，满铁要办一个所谓"王道乐土"、"日满亲善"画展，宣传满铁沿线风光。对满铁株式会社来说，当然有它经营的意图，这迎合了军方和当局宣扬他们战绩和政绩的需要。满铁的藤野是一个很会造势的人，他自愿筹备"白山黑水绘画展"。我的老师把我推荐上去，那时他身体不好，有肝病，都是伏特加让他遭的罪。当局和藤野看中了我，让我参加。我乐得借此机会去山里写生，就这样我去了长白山，准确地说是长白山的一个支脉张广才岭。

老师知道我要进山，给了我一支贝加尔湖牌的双筒猎枪，这是苏联伊尔库什克造的，走私进来的。俄国侨民爱打猎，多用它。这枪比一般火铳射程远，散度小，杀伤力大，可以对付狗熊。我和老师外出写生有时带着它，本来是很平常的事，可这次要去的地方有战事，进山怕受限制，我便把它拆卸了，放到画箱底下的夹层里，那筒弹的大小正好可以伪装成颜料。

我乘哈尔滨开往绥芬河的火车，从半夜到次日上午，开了十多个小时，到了山下的一个小镇下了车。这条线我和老师来过，日军为了讨伐抗日联军在铁路沿线集结了大量部队。县城原本是个小镇，刚刚命名，我到有关部门去交验证件。接待我的是一个日本女人，二十多岁，穿着军服。按满洲国的宪法，日本人可在各级政府任职。她亲自审查了我，当看到我证件的身份和签发的机构时，她意味深长地给了我一个媚眼——噢，画家。她微笑着用日语说了一个词儿："浪人。"我的日语没有俄语那么好，但我也知道，她没把我当成艺术家，视为和她们的艺伎差不多。记不得哪个俄国诗人说过：动乱岁月能激起人们的热情。我知道，这时候，扮演一个她所期望的角色，比你强调自己是正经人更有用。我也就顺势扬了扬眉，于是我便顺利地从她那领了一张进山的通行证，再没对我进行检查。

我在一个小客栈里住下之后，便带上画板到街里转。这里说是县城，实际上连南满的一个镇都不如，多是土坯房。几乎家家都有劈柴垛和树枝垛，有一家正在往夹板墙间夯土，也有一些砖瓦结构集中在街心。土路坑坑洼洼的，可是这对于一个久居大城的我，确有一种新鲜感。这个夏日的北满，特别是这儿，有着群山背景的村镇，茅屋、山道、斑驳的田野，高大的树木，叶子在风中沙响，这一切令我兴奋。我放下马扎，开始写生。一些穿着破烂衣服的孩子，渐渐围拢来，用呆滞的眼神望着我。正当我专注地取景速写时，一个日本兵过来了，示意我跟他走。我又被带到那个办公室，又是她，她看了我的画，笑了笑，摆手示意我坐下。

"我们是警备区，此地正在剿匪，前线是不准画画和拍照的。"

我只好点头。她又说："你只喜欢画树和石头？难道对女人就没兴趣？譬如画我。"她望着我，样子有些调皮。

我斯文地笑了笑。这是我在舞会上学会的。

"当然，夫人。"

"你应该叫我小姐，你的日语很纯正呢。"

"可以开始吗？小姐。"

我给她画了一张速写，像我在舞会上画的那种。她告诉我她叫百合，在画上签了名。她说她原来是医生，临时在这儿负责。

"怎么，医生也来杀人了？"我跟她开玩笑。

"哪里，因为这儿要建个医院，我是院长，协助筹备，便于跟铁路和地方打交道。"她要我签上作者，我便写上彼得。她笑说："彼得，你是侨民吗？我们还会见面吗？"我支吾了两句，告辞了。

小铺

走到街上我思想转了一下，这个日本女人为啥让我画像？也许她是要验证一下，我是不是画家？管它，这动乱的时候，身处是非之地，多认识几个管事的，也许有用。可是，我这一个月住在哪里为好？是山里还是这个小镇呢？

我到一个小杂货店里坐下来，这里卖油盐酱醋日用杂品，还收购药材、毛皮等山货，卖给城里来的佬客。这儿也卖酒，柜台外面有一张小桌、两把椅子，权当酒吧。掌柜是一个四十多岁汉子，姓王。他戴一顶毡帽——此地虽说是夏天，早晚还是很凉。我要了一瓶从哈尔滨运来的白兰地，独自饮着。街上少有行人，屋里也只有我们两人。

"客官，您是哈尔滨人？"店主问。

"是的。"

"兵荒马乱的跑到这儿干啥？"

"画画。"

"这儿不让画。"

"刚才知道的，我要到山里去画。"

"那更危险，是抗日军和日本人拉锯的地方。"

"没办法，有任务。"

"有任务？"老板诡秘地笑了一下，"先生，恕我冒昧，您不是日本人的探子吧？"

"你看像吗？"我笑了。

"像，就不是；不像，就是。"店主也笑了。"日本探子，抗日军探子都在我这儿喝酒，问啥，我说啥。说实话没罪，对吧？"这掌柜显出他的油滑，一下子便能解除对方的警觉。

"那你告诉我，这小火车，进山的，有啥时刻表？走多长时间？"

于是他详细地告诉了我，每天早晨七点从此地发车，九点半到山里，下午三点从山里返回，六点就到了。

"不对呀，去时上山为何还快些？"

主人乐了，"去时是空车，回来拉木材。"

"噢，在山里待的时间这么短，干不成事，看来我得住在那儿了。"我低声自语，喝了一口酒。

"你跟劳工住一块儿吗？那可不是人待的地方，怕先生您受不了。"

"那有什么办法？"

"你每天下午四点到我的店里来，等山里来的一个猎人。如果你们谈好了，你可以住他那儿。"他掐了掐指头。"过不了三天，他会来的，他卖我毛皮，换些粮食、弹药。"

"小火车不是六点到吗？你让我四点来，莫非每天让我来喝酒？"我笑着说。

"喝我酒，那当然好，佬客，如果你愿意，还可以给我画个像。请你四点来，是因为那老倔头常常自己走来，他嫌火爬犁（小火车）绕弯，慢！有时他走着上下山，一趟也就两个时辰。"

就这样说定了，当天不到四点我就到小店来了，一边喝酒，一边给老板画速写。他看了看我的画，竖起大姆指，你真是个画家。随后，我一面画，他一面讲起了我要会面的老人。

3 蒙族二老

大婶

我要介绍给你的这老头是一个蒙古族人，这地方蒙古族人不少——小铺主人这样开头说。我们叫他巴巴盖老爹，是个猎人，五十多岁，住在山里，他经常到我的店里拿毛皮换火药、散弹、粮食和油盐。他老伴是一个蒙族大婶，叫他狗熊。她比他小几岁，人称德德玛大婶，早年和一位汉族老伴磨豆腐为生。后来老伴儿病逝了，儿子当伐木劳工，也累死了，她便和巴巴盖搭伙过日子。

老两口有蒙古人的脾气，正直、善良。德德玛大婶自己穷，却爱帮穷人干活。我家狗儿，他娘死的早，冬天穿的棉袄都是大婶做的。那年秋天——店主人想了想，说这话也有……六七年了，大娘捡了个孩子，男孩，那年头弃婴的人多。她抱回来，在怀里暖着。小孩也是天性，拱她的奶子，奶水没出来，泪水出来了！看婴儿的小嘴，猪一样不停地拱，大婶的眼泪止不住了。"不行！"她说着，把孩子放到巴巴盖怀里，返身从柜子里取出两张上好的貂皮,那是她相好的老巴巴盖送给她的,她跑到我的店里来。我一时凑不足钱,正好一个皮货商在。他算是捡了一个大便宜,因为她只要了一头老牲口的钱。第二天集上她选了一头驴,回家把磨刷洗干净,又洗了豆腐包,磨起豆子来。孩子吃豆汁儿,她吃豆腐渣,并自称是孩子的奶奶。要说这草原的人,就是这样。

那孩子长得又白又胖,奶奶给他起了个名,叫乌兰嘎鲁。谁不喜欢呀,都说是德德玛修来的福,善有善报,这回有人给她养老了。可是等孩子会叫奶奶,满地跑了,她却撒手去了。巴巴盖老爹给她料理后事,到我的铺子买香烛,老泪纵横,老说一句话:"都怪我,老糊涂,不愿到镇上来住,累坏了她。"

后来,老头抱着孩子牵驴进山了。当时,孩子不愿意走,房前房后跑着找奶奶,那个揪心。

不久,巴巴盖老爹给孙子套了一头刚生崽的母鹿,孩子就吸那鹿奶。过两天,小鹿找来了,他便和小鹿一起吃鹿妈的奶,一起玩。说来也怪,一个夜里,那母鹿竟跑进屋来,用舌舔那孩子,老人知道它的奶胀了,便抱起孩子来吸。小乌兰嘎鲁长得越来越壮,叫的声音也像鹿,好听。他一出山就把他带上,留家可不行,狼抓了咋办,老头扶孩子骑在驴背上。过两年,嘎鲁牵着驴,老头子骑在驴背上,乐滋滋地拉着马头琴,哼那蒙古歌。

德德玛大婶三周年的时候,祖孙二人去祭坟,号啕大哭。之后,老人又拉起马头琴,呜呜咽咽唱起来。蒙古族人知道,说是什么,那歌叫《森吉德玛》,是爱情歌,巴巴盖老爹和德德玛大婶谈恋爱时唱的,唉!

——说到这儿,店主人停下了叹气。

"那个孩子的亲人就没来找过?"我问老板。

"找过。"他说。

大婶去世那年冬天，来了一个女的，二十多岁，围着大婶的住处转，院子、房子连烟囱上都盖满了雪，人去屋空，一点烟火也没有，一点人气都没有。她去问邻居，都装说不知道，恨那女人。一个大嫂事后说，月子里把孩子扔了，现在能蹦能跳想要回去，呸！哪有这便宜事儿。另一个嫂子说，千万别告诉她，那祖孙二人在山沟里相依为命，若是把孩子夺了去，等于要了巴巴盖老爹的命。一位大娘心软，看那女的在雪地里打转，走上前说，姑娘，我不知你是孩子的啥人，看你伤心我不忍心。孩子没事，你放心。那女人听了这话，跪下了磕头。那年雪大，整个脑袋插到雪里。她说："大娘，不是我心狠，是逼的，如我带那孩子，他就没命了。"那大娘说："姑娘，邻居不告诉你，那是她们爱孩子，你先放心走吧，千万别想不开，慢慢来，人归贤妻，子归良母；孩子终归是你的。"后来她们又说了些话，女的记下了大娘的宅院，走了。

王掌柜讲到这儿，不说了。

那天，我给王掌柜和他的小店画了三幅素描，他很得意。直到七点，小火车已经进站一个小时，小店也掌上了灯，巴巴盖老爹没见到，我才离去，心里充满了对这个神秘猎人的敬仰之情。

老爹

第二天我一进小店就见我给主人画的素描镶在了镜框里，挂在小桌上方的墙上，显然主人以此为荣。我刚一坐定，掌柜便把白兰地送了上来。我说："今天尝一尝你们这儿土产烧酒。"老板乐了，揭开了坛子盖，那盖是用木板做的，板底包了一层棉垫，为了严封坛口。他给我打了一提漏（勺）倒在一个小碗里，端上来，同时端上一碟花生米。喝了两口，便觉得难以承受。我停下了，打开画盒子，让掌柜选几件得意的商品，给他画彩色静物，让他做广告。他很高兴,拿来城里运来的瓶酒和罐头,还有此地罕见的水果。我将它们在柜台上摆好便画起来,同时谈话也就自然地继续了。这中间来了几个买主,他们总是好奇地望着我。这儿的人一日两餐,下午四点正是开饭时间,渐渐小店已经很少顾客了。

我一面构图,一面又漫不经心地问起昨天的问题:"那女人是哪里人?什么身份?"

"你说弃婴那人,我没见过,听妇女说是城里人,洋学生。中国话说得不太顺,也许是高丽人?日本人?我没见过。"

"那老猎人怎么说?听说有人来找那孩子之后。"说实在的我已经被他的故事打动了,但我还是显得随便闲聊的样子。

"你问的是那巴巴盖老爹?"王掌柜绕过柜台走到我画架前坐下,一面看我作画。

"老头生气了,他对我说:'孩子娘来了,咋不叫我?你们这些汉人就是心眼多,草原上的母马再野性也恋驹儿,当妈的能不想孩儿?'"

"唉,唉!蒙古人性子直,金子心呐。冬天,走到哪儿都把孩子揣在老羊皮袄里,暖在胸前。那天到我这儿卖毛皮,我说这都是小动物,尺幅小,不值钱。他叹息说,不能打猛兽了,怕伤孩子。现在,小嘎鲁成了他的帮手,那祖孙二人真是形影不离!我说这些,就是告诉那女人,孩子也未必跟她走。可喜的是孩子聪明得很,前年巴巴盖老爹让我到城里给他买了一把马头琴,现在他能拉好多蒙古曲子,真是讨人喜欢的孩子……噢!你把这瓶瓶罐罐画活了!比那实物还好看,可以贴在外面作招牌了。"他拿起画,喜形于色。

那天我还是没有见到猎人,我和王掌柜又聊了些城里和乡下的局势,感叹一番,从民国到满洲,穷人没过过好日子,生活不易。

第三天,天刚亮,客栈的女主人来敲门,喊:"客人,有人找你。"

我一开门,一个洪亮的声音闯了进来:"画家先生,收拾东西,我们进山,嘿嘿!我是老巴巴盖。"

一双大手伸了过来,不由得你不敞开胸怀。此人个子不太高大,须发花白,穿一件大襟的灰布褂子,腰缠宽宽的帆布带子,斜插一根旱烟袋,烟荷包垂在胯下,右肩携一捆绳索,左肩挎一杆火铳。在他身后有一个男孩,看样子长得很结实,背一个背包,提一个袋子。我让他们两人进屋休息。

他们走进来,老人取下烟袋,揉着烟,一面环顾我的行囊,继续道:"我昨天下晌三点就来了。"

"那您为什么不见我?"我洗漱完毕,拿出打火机给他点烟。小孩凑了过来,好奇地看。我给他做个样子,对他说:"你给爷爷点个火。"

他照做,笑了。

爷爷吸了一口烟,笑说:"王掌柜说,不急,观察观察,看他是不是日本探子。"

"他大概是想多留我半天,给他画画吧?"我一面忙着收拾行装,又对孩子说,"呶,它叫打火机,归你了。"

"许说,许说,"老人爽朗地大笑了,"你们这些汉人,爱耍心眼儿。"

我拍拍孩子的头,出去结账。

半个小时之后,我们已经坐上了小火车,天也大亮了。

开车前上来两个日本兵,看了看我的证件,又用脚踢了踢箱子,我打开,他扫了一眼,又朝老头点点头,显然他们是熟人了。他们下去后,小火车发出一声鸣叫,沉闷地吐气,晃动一下,摇摇摆摆启动了,沿着弯曲的轨道缓缓前行。这列车只在前后挂了两节载客的车厢,而且容积很小,前后车各有四五个荷枪的日本兵守着,中间十来节都是运木材用的敞车厢和平板的货车。

我和小乌兰嘎鲁对面坐着,他总摆弄那个打火机,我示意他收起来。

他塞进口袋,过一会儿又掏出来,捏在手里,冲我笑。忽然在他的眉宇之间,我觉察到了一种熟悉的神情,的确很像我认识的一个人,谁呢?一时想不起来。

正当我被这种回忆折磨的时候,一个日本兵坐到我身边。他有十四五岁的样子,另一个斜坐在我对面的有四十来岁。小的好奇,问我能听懂日语吗?我点头。又问我在哪儿服务?我告诉他在满铁,介绍信是那么写的。他又问我进山干啥?我说画画。那老的打断了他,说满铁又要修路了,修路又要枕木,活儿更多更累了。接着那老的又问:"你们满铁的人常经高丽回日本吗?"我说:"不。"他叹气,过一会儿又问:"哈尔滨有日本女人吗?她们都干什么?"我告诉他,在商行、医院,也有艺伎。他骂了一句粗话:"我们在这儿挨饿受冻,他们都吃喝玩乐。"老巴巴盖问我鬼子说啥,我翻译给他,他拿眼瞟着他们,说了一句:"谁让你们来的!"日本兵木然,他们听不懂中国话。

我们在一个岔道口下了车,火车沿河谷继续往山里走。我们走右边的山沟,同时下车的还有几个人。巴巴盖和他们打招呼,有采药的,有护林防火的,还有两个猎人,他们同了一段路便各向不同的山坳里折去。

夏日,北满的山林,在一个画家的眼里,真是美不胜收。山上的林木郁郁葱葱,谷里的花草争奇斗艳,沟底是潺潺的流水,头上是鸟雀的啼鸣。一路上老猎人为我提着画箱,还时时向我介绍周边的树木。我拉着小嘎鲁的手,他总是不停地蹦蹦跳跳。我看了看表,我们大约走了一个小时,远远的山坡上两间茅屋现于视野。忽然听见一阵驴叫,两条狗跑了过来,嘎鲁也急忙迎上去,三个朋友撒起欢来。

老爹取下烟袋,爽朗地笑着说:"到了!"

第二章 深山猎户

4 深山猎户

猎户

巴巴盖老爹的两间茅屋面南,建在一个向阳坡上。墙是圆木垒起来的,糊上了泥巴。屋顶上苫了厚厚的草。西屋有一个灶,腕子炕走烟,过东屋的土坯炕。烟囱在东房山头上,西房山搭了茅房。祖孙二人睡东屋,西屋间壁了一个套间,驴住着。把驴养在屋里,一是怕冻,二是怕狼。猎人总是养狗的,老爹养了两条狗,大青和二青。它们白天随主人去狩猎,晚上回家值班。两条狗,分卧在东西两屋,主要是防备夜里破窗而入的山狸子。如此,五个出气的都睡屋里。在猎人看来,人和动物是平等的,事实上在这艰苦的环境里,他们是患难的伙伴。

我在老人的房前房后转了转,屋后是个高坡,围了一圈篱笆,插在土里的树条子经春还长出了茂盛的枝叶。稍远,是一个柴垛,这些都可以给屋子遮风挡雪。烟囱根下,竖一个爬犁,怕伏雨淋朽了,用一个蓑衣披着。我问老人这有何用?他说,冬天大雪封山,狗拉爬犁跑得快。猎人还在房前平了一块庭院，再往下是用石头围起来的，因势成形的几块菜地，栽着茄子、豆角之类的适时蔬菜。冬天便把收获的土豆、萝卜、白菜放到院子西面的窖里。院子的南边，顺坡向下是蜿蜒的山道，傍着小溪。

这条弯弯曲曲的小溪由东向西流，到我们下车的地方，注入另一条小河，折向西北，当地人叫它红叶河。因为秋天，江面上洒满枫叶而得名，我们坐的小火车就是沿着河谷行驶的。我从地图上知道它的下游就是拉林河，它在哈尔滨的西面汇入松花江。

老人屋前的小溪水流平稳，水质清澈。猎人说，一年到头，他们一家便用这小河水做饭，洗衣，浇地。他说，夏天打猎归来，嘎鲁总爱和他的两个伙伴大青二青在溪流里戏耍，他坐在石头上吸烟。

吃罢饭，老爹安排我在东屋和嘎鲁睡在一起。我要睡西屋的腕子炕，老头说不行啊，那毛驴一感到有生人陪他，就喷鼻子，会闹得大家都睡不好，我只好听他的。晚上，躺在我身边的小嘎鲁让我讲"古"。我讲小时候在南满老家坨乡，母亲教我捏泥人的故事。我枕着手臂，望着低矮的屋顶，在这北满荒山，思念我故去的母亲……但是小嘎鲁对母亲和母爱却毫无感受，他睡着了。

第二天早晨吃过饭，巴巴盖老爹笑着问我："今天做何安排？"我说到大森林里去走走。老人说："好吧，我们就去红松林。"我从箱子里取出猎枪，把它装好。小嘎鲁拿过去翻转把玩，爱不释手。我给他上好子弹，让他背着。巴巴盖老爹嘱咐说："不要打猎，只用它防身。"我又拿出望远镜，指南针，小嘎鲁也兴冲冲地试了试。

我们把二青和驴留在家里，带着大青上路了。一行人沿着崎岖的山道走过一片灌木林，我看了看指南针，认出山路折向东南，继续北行。荒草中的茅道，依稀可辨。不久，杂木林现于山坡，渐渐浓密了。一片片的榛子、山核桃树、桦树和杨树，这些我认识。此外，老人向我指认绿褐色的山槐，赤褐色的栾树、灰色的大青柏、黄菠萝和水曲柳。

小嘎鲁脚步轻快，不停地和大青戏耍。渐渐地又有一些高大的枫桦、冷杉和柞树出现在身边。一次，一只灰兔从草丛中跃出，嘎鲁举枪，爷爷喝住了他。大青窜过去，衔回来，猎人放入囊中。我看了看表，大约走了一个小时，我们来到了红松林。爷爷对嘎鲁说："你和叔叔就在这里转转，我去附近捕些野味，有事就鸣枪。"小嘎鲁点头。

山林

北满的原始森林美极了，阳光从高高的松林缝隙中斜射进来，照着飘飘浮游的晨雾和金光闪闪的甲虫，花草树木由于雨露的滋润和阳光的辉映，更加清新，更加鲜艳。各种各样的鸟儿唱着动听的歌，空气里散发出松脂的香味。在光线未能直射的地方，更有一种透明的幽暗，树皮、枝条、蓬草和败叶显得朦胧而神秘。你彷佛时时都能感到在这泥土的下面，有幼芽在生长，虫儿在蠕动。正当我舒展开一切感官承受大自然的抚爱时，一只松鼠从树梢跃过，随着一阵簌簌沙沙的声音，一片细细的雨丝轻轻飘洒下来，这时林子里忽然现出一条美丽的彩虹，我沉醉了……

此时，我记起了苏里科夫老师的教导：在大自然面前你不要急于动笔，急于作答，就像我的话你不要立刻反应一样，你要细心地观察，谛听和感受。树林也是女人，细细地看她展示她的容颜：风儿吹过，看她婀娜的舞姿；阳光亮起，看她莞尔的微笑。直到你理解了她的性格，直到在对话中她打开了心扉，展开彩色的翅膀，亮出美丽的羽毛，直到你痴迷地爱上她，然后，你再用你们中国话来说"关关雎鸠"与她唱和，展示你的才能表现她的姣美……

我走进了我们的红松林，体验着自己的感觉，想起老师讲的希什金的画……你要学会表现你视觉以外的感受。在《林中雾》里你除了见到微熹的晨光，你还能感到潮润的空气，你如何用画笔传达你的体验呢……

这时我听到了一声枪响，过了一会儿，又是一声，之后，一切又都归于沉寂，只有树林在微风中发出肃森的轻响，我知道巴巴盖老爹就在附近。

突然，一阵鸟鸣，那样清丽婉转。哪里来的？我仰着头，四下看，都不见。我又循声探望，原来在不远处，小嘎鲁在学鸟叫。那长长的拖音，随着他的小脑袋摆动，波浪起伏。忽然，一群山雀飞来了，在高高的松枝间盘旋啼鸣，这时在他们之间开始了美妙的唱和。小嘎鲁学会了蒙古族人那种特殊的发声，还有鸟儿的滑音，真是美妙极了。

老猎人走过来了，他的枪上挑着两只松鸡。他望着头上的鸟儿，一面指点一面向我介绍，我拿起望远镜随他的讲述进行观察。

"你看这里，"他意味深长地说，虽说它们都叫山雀，可是细分却有很多种类：那个是常见的灰喜鹊，身子灰色，头和尾巴是黑的。"我依着他的指点观看，"那个，你背着光看。"我顺着他的手指望去，但见那只山雀的肚皮是红毛。

猎人说："它叫朱雀。"他又指着长着黄翅和黄肚毛的，"那是金翅鸟。而那个，白脸、白肚灰翅的是大山雀。"

这时，我问："那个，正在飞起来的黑头、白翼、羽毛有多种彩色的，个头大些的是什么？"

老爹笑说："那是鸡，猎人们都叫它白环山鸡，你看它脖子上有一圈白毛。"

我们在林子里转着，他又让我看，翅子有黑白条纹的小尖嘴的啄木鸟，那白肚毛黑尾巴的长尾山雀。正当老人让我看那个嘴像鹦鹉的锡嘴鸟时，大青窜过去，小嘎鲁也跟着跑去。我用望远镜跟踪看，但我的视线被树木挡住了。

不一会儿，嘎鲁抱着一头小鹿走过来，他把它送到我的怀里。它的皮毛光滑而柔软，眼睛慌张地望着我，我的手掌感到它的心脏在扑扑地跳动。

我爱惜地抚着它，同时送还给嘎鲁。他抱在怀里说了一句蒙古语"都都"。我问老爹他说什么？老爹笑了，说，他管小鹿叫"弟弟"，撞到了我下的套子里了。然后，老人冲孩子拱了拱嘴。嘎鲁把它放到地上，小鹿便跌跌撞撞地往那边跑去了。我看到不远的地方，一只母鹿正翘首望她的孩子。嘎鲁又喊了一声"嬷嬷"……可见，杂货店王掌柜讲的，小嘎鲁吃鹿奶的事是真的。

5　自然之子

写生

那天打猎，我们回来得很早。晚饭老爹烧了一只鸡，我拿出从城里带来的酒，还给小嘎鲁启开一听罐头。他吃一口，摇头。饭后，老人带着感伤拉起马头琴，嘎鲁也操起他的小琴与爷爷合奏起来。

山里，四点太阳就隐没了，但天空却现出一片柔和的蔚蓝色。我给祖孙二人画速写。那个困扰我的问题又袭上心头，这个孩子像谁呢？我在晚会上见到的上层人物太多了。可是老猎人不开口，我是不会发问的，我怕那段往事会勾起他对德德玛的思念。我决定给眼前的两人画肖像，慢慢来，我得理解他们的内心世界。

我一连两天都在红松林里做彩色写生，为我回家后的创作积累素材。我一面画画，一面舒展开一切感官，接受这新鲜的印象，让这潭影松风、山光鸟语，都随着我的观看、呼吸和谛听进到我的记忆中去，进到我的灵魂中去吧。唯有如此，我才能从我现在所画的每一篇草稿中忆起我体验的一切。我又想起水石先生说的"师法自然"。

这一天我正在作画，眼前的一幕使我惊呆了：一只饥饿的狼躲开大青，向我扑来。我正准备挥动画板去抵挡，突然它嚎叫一声摔倒了——一只扎枪射中了它，原来是嘎鲁投的。小猎人笑着说，它是来偷吃兔子的。噢，在我的脚前不远的地方，放着大青捕获的野兔。原来如此，我称赞他小小年纪有这样的臂力。问他为啥不用猎枪？他憨笑着说狼离我太近了。老猎人听到狼的叫声跑过来，呵斥大青，那猎犬自知失职，顺从地低着头，舔主人的靴子。此后，老人一直没有离开过我。

那天，我们有了不少的收获，我画了三幅林中风景，猎人打了一头狍子，嘎鲁射了一只狼，大青捕了一只兔。回家的路上，依旧是大青和小嘎鲁跑在前面，我背着那头狍子，提着画盒走在中间，最后是老头肩扛着狼兴冲冲地唱起蒙古族的长调。小嘎鲁不时地过来替换我背那猎物，同时拿那望远镜，东张西望。有一次他还放到了大青的眼前，那狗吓得连忙跳开了。

随后的两天我在宅边作素描，画茅屋、草坡、小溪和灌木林。大青和嘎鲁做我的守卫，老人在家里腌肉，炮制兽皮。

嘎鲁

一天傍晚，老人和我在屋后的山坡上散步，走到一株老鱼鳞松下。他凝神地望着这棵枯树，用烟袋指了指它，说："我给你讲一个故事。"说着，他在一块石头上坐下来，我也坐在了树墩上。他点了烟，缓缓地说：

"去年冬天，我和小孙子从山上下来，这儿的积雪很厚。小嘎鲁突然发现树洞里有一只黑熊，我不敢惊动它，因为嘎鲁在身边，我们对付不了它，怕伤了孩子。回屋里，嘎鲁问我，黑熊死了？我告诉他，熊在冬眠，明年春天，青草发芽时，它就会苏醒过来。我小孙便相信这树有神灵。过几天，日本兵来搜山，有一个军官要射击那黑熊，嘎鲁挡住了他的枪口。日本人要发脾气，我对那翻译说，猎人不伤害冬眠的熊，就像他们武士不和倒在

地上的对手过招一样。翻译转述了我的话,那鬼子突然立正,来了个敬礼。现在想起来,我真佩服小嘎鲁的勇气,同时也有点后怕。"

正像王掌柜说的,这山区是抗日联军和日伪军拉锯的地方。我住这些天就多次听到密集的枪声,有两三次在白天,还有几次在夜里。老爹说白天是日本人搜山,夜里是抗日军偷袭。

张广才岭是满语"遮根猜"的音译,那意思是吉祥如意,但那年月却并不吉祥。日本人和抗日联军都了解它的战略地位:日本人要占这山,首先是因为这里有大量森林资源,那是重要的战备物资,日本军队开矿山、挖坑道、修铁路,都需用大量木材;其次,前两年抗日联军为打破日军对松花江两岸的"讨伐",从张广才岭东侧的汤原出发西征至它的西侧海伦地区,开辟了好几个新的游击区,直接威胁北满大城哈尔滨;日本军队一定要"讨伐"张广才岭的抗日联军;那最后一个理由,就是日本和苏俄的战争不可避免,一旦打起来,日本人会在前沿地带腹背受敌,这些都是我在舞会上听到的。

时间过得很快,转眼之间我在山里生活已经一个月了。这期间我有时旅行,有时作画,旅行也是为了给我的创作增长阅历和感受。我作了许多写生,画了许多草稿。巴巴盖老爹领我去了高山峡谷,我画了悬崖、草甸、湖泊、小溪和瀑布。当然,我画得最多的还是树林,各种各样的树木,各种各样的光景:在晨曦下,在落照里,在雾霭中。我感谢我的真诚的朋友巴巴盖老爹和他小孙儿嘎鲁,他们是那么纯洁善良,待我如亲人。我虽舍不得离开他们,但不得不向他告别,因为秋天到了。

最后两天,我要给小嘎鲁作油画肖像,这是最困难的事。他的屁股坐不住,我不得不时时地让他玩那望远镜。当然,即使默写我也能完成这幅画,但我还是想多看看他的神态,用各种他有兴趣的问题挑逗他的好奇心,以便我进入他童心的深处。

吃过晚饭,嘎鲁和大青二青在小溪里戏耍,我和老人坐在岸边。

"孩子该上学了，不能总让他和动物在一起。"老人吸着烟感叹着，同时又说起那天的险情。

原来，小嘎鲁有牧民的天性，热情而侠义。有一天，我正在野外作画，天突然下起暴雨，嘎鲁立刻脱下他的小褂，遮住我的画板。我马上收拾起来，让他穿好。他却用小褂盖着我的画盒往山下跑，我给他披上我的风衣，他嫌长拖在地上，碍他下山跑跳，就这样光着小脊梁一直到天放晴到了家。当时我和猎人还羡慕他的勇敢剽悍，可是吃晚饭时，小嘎鲁却发起烧来。我用带来的退烧药给他吃了，他没顶住。我和老爹连忙备上驴，走盘山路，用了三个小时赶到镇上。我去找日本军医院的百合，那时她们的医院还没有建起来。但她还是给孩子打了针，吃了药，并说我们送来得及时，孩子没转成肺炎。

想起这段经历，我对孩子过这样的生活有了疑虑。

"大叔，你说得很对。"我决定把憋在心里的话说出来，"这孩子单纯善良，他在这山林里，养了好性灵：他的听觉、视觉都很灵敏，能学各种鸟叫，善于和动物对话，而且他有很好的音乐天赋，马头琴拉得美妙动听。可是，长期在这里也有不利的一面：他不能学习，不能与同龄的孩子玩耍，他很少说话，怕是连汉语都讲不好，怎么与人交流？又如何立足社会，谋得生存？"

"可是他母亲在哪儿呢？如果他妈真的不要了他，将来就得拜托你了。"

"这没有问题，我喜欢这个孩子。可是你如何知道，他的亲人不在找他呢？"

重托

"说起话长。"老人又装起一袋烟，慢慢讲起了我早想了解的那段往事。

"七年前，整整七年了。"老人的语调深沉起来，"也是秋天，比现在晚两个月,我的德德玛,那一天在车站捡煤核。她看见一个姑娘,小个子,穿着很讲究,怀里抱着一个孩子,紧张地四下张望,看样子是在找人,或是等车。去哈尔滨的车不到半小时就要过来了,她焦急地在等谁呢?这时发生了一件事,一个路警在追着打一个小孩,都是我们的人。你不知道,我那老太婆爱管闲事,她放下了篓子,扯着那路警,问为啥打那小孩?路警说他偷他饭盒。老太太说,'不过是为了吃口饭,值得你下手吗?你自己就没孩子,你小时就没挨过饿?'老太婆又从怀里掏出个饼子说:'好兄弟,你不嫌脏,拿去吃。'那路警说:'好了,好了,算我倒霉。'摆手走了。她又给那孩子,孩子狼吞虎咽吃下去,他是真饿了。"

老人吸了口烟,继续说:"月台上那姑娘把这一切看在眼里。过一会儿,走到德德玛面前,深深鞠了一躬,说:'大婶,我有难处,我知道你是善人。'老太婆说:'有什么事,你说,如我能办的,定帮你。'那姑娘说,她找抗日联军的人,孩子他爸爸,叫项东。听说抗日军常在这里出没,她已经等了两天了,再不能等了,详情让她别问,事后我会告诉她。现在,只请她代我照看一下这孩子,如抗日军里有他父亲来,让他认这孩子去哈尔滨找她,她会保障他的安全。她不写信,因为会给他和我带来麻烦。如见不到他父亲,过些时候,她来接孩子。她说她把一张支票缝在了被子里了,足够他几年的生活。说着,她把孩子交到老太婆怀里,跪下了,说:'我是他妈妈。'她捂着脸哭起来。去哈尔滨的车过来,她走了。"

老猎人沉默了。过一会儿:"就这样,我们收养了这孩子,可是来过的抗联人都说没有这个项东。就是他爹在,也不会让孩子过游击生活,而且战士也不会因为贪妻恋子而放下武器。正是为了赶走鬼子,让家乡父老过太平日子,才离家抗日的,说这话的才是真正的男儿。"

猎人沉思了一会儿,又接着说:"过了两年,孩子他妈倒是来找过,可是我老伴儿死了,断了联系。"老人说到这儿,无语了,只抽烟。

我一口答应帮孩子找他母亲。我给孩子画肖像时,老人还从箱子里取出一个挂件金锁，给孩子戴上，说当时这是孩子的标记。

那天上午，我留下了地址，决定走了。我把指南针、望远镜和双筒猎枪都赠给了嘎鲁，我还留下了一笔钱、一只表。老人不要，但我坚持说是为了应付意外，他才收下。祖孙二人送我到小镇，在火车站的月台上，我们挥泪而别。

回家后，我利用这些素材进行创作。特别是红松林和小嘎鲁的画像，我倾注了全部的感情，我努力搜寻记忆中他的神情。当师娘柳芭看到这幅画时，她哭了，说这是向墨。我也一下忆起使我困惑的印象。果然，到圣诞节的前夕，在画展第一天展出时，一个女人站在画像前不停地擦着眼泪。当我走到她面前时，才认出我的师姐——惠子。她紧紧拉着我的手：

"那是我的儿子，多年来我一直苦苦地寻找，彼得，弟弟，告诉我，他在哪儿？"

第四章 圣诞前夜

6 圣诞前夜

惠子

圣诞前两天的夜里,单调的火车轮子像沉闷的鼓点撞击我的心。车窗外雪花飞舞,列车东行,身后留下了万家灯火。

惠子睡了,包厢里只有我们两个人。她垂着头,脸上印着拭不去的泪痕。师姐一整天都在流泪,买糖果时流泪,买玩具时流泪,买圣诞老人的袍子和假发时也流泪。她买的东西太多了,难道这能补偿分离七年的亲子之痛吗?我看到圣诞老人假发假须,心里暗自叹息,这母子二人不但隔了七年苦苦思念的岁月,也隔在了两个不同的世界里。什么叫圣诞节?难道这是北满荒山中猎人之子所能理解、所要期盼的吗?可怜的妈妈!连自己亲生孩子的名字都没有起,就撇下了他,又怎能知道孩子的兴趣和喜好呢!怎样才能博得他的欢心?用什么新鲜的玩意儿,才能让他走近自己,走近他的生身之母呢?

我的儿,我的宝贝,我的心肝,妈妈日夜在思念你,可是你怎能无动于衷地站在那里,挖着鼻子,以陌生的眼望我!给你,孩子,这是圣诞礼物,这是巧克力……任凭她用大把的钱去购买果品玩具,任凭她把背包塞得鼓鼓的,眼泪还是在心里流。她盼望那一刻,又害怕那一刻。七年了,整整七年,难道你能让一个蒙古族的小猎手,忆起婴儿时的哺乳吗?

我给那祖孙二人买消毒的酒精、绷带和外伤药时,她哭得更厉害了。我只好向她解释说,他们是猎人,和野兽周旋,这只是一种安全的预防。我笑着说,如果我是圣诞老人,送这些可能比糖果更有用。她才破涕为笑,是啊,就要见到自己的儿子了,你该高兴才是。

我虽然这样安慰她,但也悬着心。从报纸上,从舞会上,我知道在我离开一个月之后,十月份日本人就开始了对山区的大规模的讨伐。战火就在猎人的身边燃烧,我买这些外伤药品,也是怕他们受到意外的伤害。

火车的轮子就这样有节奏地,沉闷而单调地响着,我一点睡意也没有。我很兴奋,终于给小嘎鲁找到了他的生母,而且就是我的师姐。虽然我们有将近八年没见面,可是对我来说她还是那么亲切。我想起早年一起学习时的种种故事:善良、软弱而又多愁善感的惠子,常受向墨的欺负,我为她打抱不平。谁知道他们成了一家,可是他们为什么要逃跑呢?向墨为什么又更名项东参加了游击队呢?本来,惠子可以从她父亲那里得到更多的帮助和保护,可她却只是偷偷地让办公室开了一封介绍信,拿了一把防身的手枪,只让我一个人领她前往。我望着她蓬乱的短发小圆脸和那脸上的泪痕,一丝怜惜浮上心头。此时,我忽然又想起那个爽快、刚毅而又妩媚的百合,都是日本女孩,性格却这样不同。我没忘记给她带圣诞礼物,感谢她治好了小嘎鲁的病。惠子被冻醒了,我让她坐到我身边,我给她裹上棉大衣,她歪到我身上,又哭起来。

中午,火车到了那个县城小镇。我和惠子简单地吃了一点饭,便去见百合。她忙得很,来了一些伤兵。我介绍了惠子,并送上了礼品,一盒巧克力,祝她圣诞快乐。她道了谢,把我叫到一边,摘下口罩:"你看,明天是圣诞节,

第四章 圣诞前夜

我什么准备也没有。"说着，她拿出一把精美而锋利的小刀递给我，笑着说，"我可不是让你和你的情人一刀两断啊。"

"她不是我的情人，是我的师姐。"我笑说。

"那就一刀两断吧，当然我说的是那种亲密。"

"我和师姐真心感谢你，你救了小嘎鲁。"

"我是医生，躺在这里的都是我的病人，无论是日本人、支那人还是满洲人，也无论是战士还是俘虏。"

"你们医生应该受到尊敬。"

"还有爱。"她笑着凝视着我。

"你治病救人，我们百姓会爱你。有空闲去哈尔滨，我给你画肖像。"

"一言为定。"

我们握手告别，已是下午两点了。

小火车没了，惠子很急，去找站长，拿出来满铁的介绍信。站长看了，让我们搭下午三点去前线的柴油车前往，它可以走小铁轨，从铁路上调来的，运木材的小火车也受满铁的调度。它去时拉弹药食物，回来拉伤员。上车检查时我带的一小瓶汽油惹了麻烦，但惠子对那日本兵严厉坚持，说走的路远，如不生火的话要被冻死。他们才答应代为保管，下车交还。就这样，我们在上次那个沟口下了车。

天已昏黑，暴风雪更加猛烈了。幸好我熟悉道路，我们还借一点顺风，可是走了一程之后，惠子的体力明显不济了。我说："停下吧，我们吃一点东西。"她想子心切，不太情愿休息。但我下了命令，找了一个山坡下的避风的窝窝，放下了背包。我在雪下拾了些枯草、败叶和干枝，又拢了拢余烬中残留的树干，那是别人生火时剩下的。我用汽油和打火机，很快点起火来。望着眼前的一切，惠子又抹起泪，说怎能把儿子留在这样的环境中。我不理她，把冻硬的"裂饽"（俄式面包）烤了烤，还倒了一点酒。我们边吃边说起眼前的事。我说上次是夏天，我和猎人走了一个小时，这次我们要花两小时赶到。在这样的雪夜里,最怕下山的狼,它吃不到食物很疯狂。我们烤火又吃了点东西,惠子的精力恢复了,她的脑子里便又生出问题:"彼得,你到哪儿都有人缘,特别是女人缘,我看,我那同胞,那女医生,是百合吧?她挺喜欢你。"

"别瞎扯了。"我有些恼。

"你的日语不行,有很多微妙的词儿你听不懂,我们日本女孩知道。看来,她还有点嫉妒我,这给我提了神儿。"她说着扭了扭,挺可爱。

我把她背包里的东西拿出一些放到我那里头。她又把手枪给了我,我们便又上路了。正当我们在风雪中挣扎,走得精疲力竭时,听到远处一阵枪炮声,同时望到猎人的住处一片火光。"快走,有情况!"我挽着她,跟跟跄跄地加快了脚步。

当我们走近,一看是猎人的住所着了火,全烧了,家没了。我和惠子放下背包,向废墟里冲去。所幸,两间屋里没有人。我们身上的雪在热烟中溶化了,和汗水一起,湿透了衣衫。这时惠子拾起烧了一角的小棉被,大哭起来。

我推断,这是老爹从箱子里取出来的棉被,但没有拿走,为什么?人倒了?晕了?可能被拖了出去,拖他的人不知道棉被的价值。这么重要的东西,我让惠子扯开,她发现那支票还在。这时大青跑了过来,围着我吟吟地叫,驴和二青都不在了。

彼得

大青引我上山,我一下子想起"神树",便叫惠子随我来。我一路高喊老爹和嘎鲁,隐约看到了树洞里有一个人影。稍近,突然,惠子嘶哑地喊了一声:"死人!"她说的是日语。

这时听到一声野兽般的吼叫,同时一个黑乎乎的东西射过来。惠子惨叫一声，倒下了。我走近一看，是投枪，嘎鲁射狼的那个。我急忙把它拔下去，用手压住她大腿外侧的伤口，乘势把她背下坡去。

当我把她背到院子里时，在火光下看见血已湿了她裤子的大片。惠子昏迷了，我匆匆地打开背包，用百合给我的小刀割开她的裤子、消毒、敷药、包扎。然后把圣诞老人的袍子割下一块，紧紧地裹在绷带外面。剧烈的疼痛使她醒过来，她呻吟着，我想她昏迷可能是被吓的。那样的急切来找儿子，却险些被儿子刺死！我开始憎恨小嘎鲁生活的原始、愚昧和野蛮。我大声诅咒，骂他们远离文明，这该死的史前的渔猎。想到寻子的亲情之痛，却落到如此惨状，我和惠子抱头痛哭。哭着，哭着，她又笑了："我儿子还活着，他活着，是我逼他过上这种生活的。呜呜！"

我从屋子里取出还没有完全燃烧的棉被，给她铺上，返身又爬上山。我不知道巴巴盖老爹是死是活，我憎恨日本军队野蛮地烧山，我憎恨他们践踏一切的铁蹄。你们为什么不刀对刀，枪对枪，汉子对汉子？烧老人和孩子的茅屋算什么武士！

树洞里已经没人了，我大声呼唤巴巴盖大叔和嘎鲁。没有应答，空旷的山林里只有我绝望的嘶哑的回音在荡漾，可怜而又微弱。这时我隐约听到了驴的叫声，我想嘎鲁也会听到我的声音，可是他不理我了。都是那该死的日语，那是烧他房子的人使用的语言，他感到我们威胁到了爷爷的冬眠。我不敢走远，怕狼拖走了师姐，急忙又返转回来。风雪扑着我炽热的面颊，我的衣服被树枝扯烂了。待我回到她身边时，发现她又昏迷了。我担心她流血过多，打开伤口处一看，果然又渗出一片血。我再在伤口周围消毒，上止血药加一层包扎。

我意识到这样下去不行，得尽早到医院去。我想到了那个爬犁，便到东房山的烟囱下去找，没找到，显然老爹用过了。我在院里转一圈，没找到。忽然，我想起了窖，我知道，日本人和我遇到同样问题，老人不但要损失雪橇，还要损失狗。我到房子西头，扒开积雪，打开盖，果然爬犁在里面。

我把爬犁提上来，用残破的被裹了惠子，盖上那红袍子，又把她捆在了爬犁上。我唤来了大青，把罐头在火上热了热喂它。我抚着它的头说："好伙伴，全靠你了。"它嗅了嗅惠子，不情愿地打转。我伤心而严厉地斥责它，并提起那次狼扑来时它的失职，同时我又把糕点和糖塞到它嘴里，它才摇着尾巴入了套。最后我给猎人祖孙留下了一些食物和药品，然后上路了。

我们沿着小河的冰面走，由于河床平缓，冰面上又积了雪，路况比较好。但是小河处在谷底，又有些顶风，行进的速度很慢。我原来预计四个半小时的路，走了一个半小时还没到汇流处。我怕冻坏了师姐，就在一个山窝里歇下来。这次我从猎人家里带来了砍刀，砍了些树枝，倒上汽油，生起火，又喂了大青。我敲掉了惠子小腿上的带血的冰，脱了她的鞋袜，把她冷冰冰的小脚揣在怀里，心头涌上无限的爱怜。

听到她因发烧而呻吟的声音，我反倒有了底，知道她还没有冻坏，血渗得也不多。我给她喝了一点温热的水，按我在老师家的经验，下了一点药。我自己吃了一听罐头，喝了酒。这时候，在我们过来的方向响起了急骤的枪声，一阵又一阵。大青忽然挣脱了犁套，奔回家去，任我怎样呼唤也不回头，显然它担心它的主人比我更甚。我伤心绝望到了极点，我把惠子的鞋袜烤干了，给她穿上又裹紧了被子。

我拉着爬犁，艰难地前行。走一段，我便喝一点酒，让身体热起来。到两河汇流的地方我停下来，看有没有火车通过。我多么盼望有点灯火和人迹啊，无论是日本兵还是抗日军，只要有人就好。可是眼前一片昏暗，只有风雪带着哨音在山谷里打旋。我沿着红叶河的冰面拖着爬犁，有一点顺风虽然省些力，却连连摔了几跤。这时，我听到了火车的声音，由远而近，而且是开往小镇的方向。我兴奋极了，便拔出枪连鸣两枪，同时用日语高喊"救命！"谁知得到的回答是一排子弹，火车从我身边呼啸而过，幸好没有伤了师姐和我。

就这样，又过了一个小时，我没了力气，没了汗，极度困倦，眼睛开始昏花。我警告自己不能停下，不能歇，我知道一旦倒下，就再也不会起来。不知是因为酒还是身心力尽，脑子里不断产生幻觉……

　　风卷雪花，不停地旋转；一条狼，抖动着它的毛，冲来；我鸣枪，却不响。狼拖着爬犁奔去了，那是我来的方向，飞快地，没了踪影……我嘶声喊，身子和声音都轻飘飘，细微如耳语……突然，我来到枯树前，老猎人像一根冰柱，立在洞里。嘎鲁磕头不止……我叫他，他不应。忽然，转身持矛相向，厉声喊：日本人，回去！明年，春暖花开，爷爷会醒来……我大哭，找师姐，无影无踪……

得救

　　"彼得！彼得！"耳边有人轻声呼唤。我慢慢睁开眼，恍惚地只见猎人和嘎鲁坐在身边。我的意识回来了，知道我已躺在战地医院的床上。

　　"你总算醒了！嘎鲁他妈，那个日本女人也没事，儿子给她输的血。"

　　我拉过嘎鲁的手，眼泪流下来。

　　"房子是怎么烧的，当时你们在不在？"我问。

　　"我们从山上下来，房子已经起火了。日本人清山，不让游击队有站脚的地方。烧了别的不要紧，最主要的是孩子的东西，孩子的证据，他的支票，那是我死后他落脚的钱。我想去取那金锁和小被。金锁在这儿，"老人拍了拍胸，"小被刚抓到，我就晕了，烟呛的。孩子和狗把我拖出来，用驴把我驮到山上。后来你们来了。你们刚走，我醒了，喘口气，问明了情况，吃了点你们留下的东西便去追。我知道你们只能走这条路，于是牵了驴和嘎鲁带着二青刚出门，就见大青跑回来送信。在河上，我见到你们的时候，已经被大雪埋上了，你只露出两只脚，黑的，而爬犁上是块红布，白雪盖着。我吓坏了，扒开一摸，两人都是软的，有体温，出着气，心在跳。我便把你扶上驴，大青二青拉着爬犁疾跑。事实上，你离镇子也就五里地了。

所幸你们吃得好,也保暖。可能是你多日未睡,御寒的酒喝猛了,也怪你平时不喝酒。那女医生真好,日本人也有坏有好。唉!为啥到我们这儿打仗!灾难啊!"

"大叔,在这儿不说那,你以后打算怎么过?"

"我老了,再不想和野兽斗了。镇子上还有三间房,一盘磨。你给我的钱拿出一半再买一头驴,这驴老了,剩下的钱买豆子,我学老伴,磨豆腐。"说到这儿,老人流起泪来。

片刻,老人又感叹说;"就是小嘎鲁,不愿进城,不愿跟他妈。我也舍不得,说不出口。再说,我总要为孩子的前途想想,得受教育。看你,多有出息,知书识礼,有能耐。"

"我想法子,慢慢来吧。"

老人信赖地握了握我的手,这时百合进来了,老人和孩子便退了出去。

我坐起向她致谢,她让我躺下。

"彼得,真是平安夜里不平安,你包扎得不错。"她莞尔微笑,"她流的血不太多,你学过这一行吗?"

"没有,我只是在学素描时,老师讲过解剖,骨骼、肌肉和血管。"我笑着无力地说。

"在医生眼里人体像是裁缝的布料,要剪裁精美,得体;画家怎么看人体?"她拿凤眼盯着我。

我记得老师的教导,但我不愿和她讨论这个问题,何况她的用意也不在那儿,我只温和地笑了笑。

"在你看来,人只是一个体积,比方说你画模特,那只是一个冰冷的石膏?"她笑着追问。见我不答,她便又回到刚才的话题。

"若是我,就沿她大腿的内侧向上,切她的裤子,包扎那儿更能压紧股动脉,血会流得少些……彼得,你对师姐太缩手缩脚了。"她笑。

我又想起惠子的话,日本女孩的语调啊!我装作疲倦闭起眼,听到奇

怪的笑声。

这时来了一个护士,请示工作。她只简单地说:"你去!要车!快!"

我慢慢睁开眼,欣赏地望着她:"百合,你真是一个干练的长官。"

她看出我的潜台词,便歪头问:"难道我不是女人吗?你刮破的衣服,我给你缝了。也许我还能做个模特,记得你上次的约定吗?画肖像。"

"当然,你是嘎鲁和他母亲的恩人,更是我的恩人,到哈尔滨来吧。我要好好接待你。"

她笑着走了。

7 人性灵光

告慰

"大婶,我来了——惠子拄着拐杖在德德玛的坟前低垂着头。秋日里的繁花茂草都已枯萎,今天,你的坟头又盖满了白雪……

"大婶,你知道,我每年都来看你,多半是在夏末,我儿子的生日前后。我想知道你还有什么亲人,我总是希望能在你的墓前与他们邂逅,得到寻找儿子的线索。我不敢到镇里去,邻人们鄙视我,认为我做了见不得人的事,遗弃了亲生的儿子。现在我见到了巴巴盖大叔,见到了小嘎鲁,我的儿子。我怀着深深的感激特来告慰,我们母子团圆了。大婶,你和大叔对我义重如山,你们的恩德我永远刻铭在心。

"小嘎鲁是我的儿子,也是你们的孙子。我和他要奉养大叔,在你的墓地栽上松柏。

"当初我把孩子送到你怀里的时候,他是两个月的婴儿,嗷嗷待哺。

如今，他已是一个身强力壮的英武少年。我俯伏在地，感激你和巴巴盖大叔，你们不但养育了他这样强健的身体，还培养了他善良的性格。我一见到他，就喜欢上了他的真诚与纯朴。我的儿子，这是我的儿子，我在心里一遍又一遍地念着这句话，直到热泪盈眶。

"大婶，你肯定能理解一个母亲的怜子之心；但你未必知道我，此刻，一个在污泥中辗转的女人，一个濒临窒息的女人，她见到了自己的儿子，清纯如水的儿子，是怎样如再生一般的欢欣。

"我是一个被遗弃的女人，一次又一次被遗弃：先是我的丈夫离开了我，接着是我的父亲，按他的门阀观念，把我抛给了一个武夫，为了扩大他士族的势力。那人是一个军官，他把征服、统治和践踏视为美德，无论是在战场还是在家里。他从不与我一起娱乐，没有一次带我走进上流社会的社交圈子，哪怕是我母亲举办的。一开始我对他的顺从，远远超过了传统的日本女人。

"当我为了换取他的真诚和理解，向他坦白了自己的过去之后，他更变本加厉对我的凌辱。他不是出于嫉妒，是一种军阀的权欲，一种肆虐蹂躏的兽性。有一次，他喝了酒，把我扒光衣服吊起来审问，怀疑我是前夫的奸细。这时坐在拉门外面的他的上司哈哈大笑，但是这个畜生却并不放过我。我要离婚，他不准。他要发泄他的兽欲，像唆使他的士兵对待"慰安妇"一样。我的父亲后悔了，密令除掉这两个恶棍。没等到对他下手，他就被游击队砍了。那人用一把柴刀，像砍杀闯进菜园的野猪一样，把他砍了。

"我自由了！如今，我见到了我的儿子，他是多么健壮，善良啊！我再生了，是儿子给我的。我的行为不被我父亲的上流社会所接纳，我把儿子生在了马槽里。可他是爱国者的后代，经过老猎人原始的山林的教育，他成了清纯的自然之子，充满了人性灵光的天之子。

"我把儿子生在了马槽里……"

惠子说到这晕倒了，小嘎鲁疾飞而来……

猎人

"我一回到这屋子就想起德德玛,所以我不愿意搬过来。"巴巴盖老爹领着王掌柜看这老房子,"可我又不愿意租给别人,每到换季的时候我都来看看,在屋里看看,到她的坟上看看,培几锹土。"

"这都是你们老蒙古的坏脾气。"王掌柜说,"总喜欢过那游牧生活、狩猎生活,也不看看自己那把老骨头,把孩子也带野了。听画家说,嘎鲁不愿意跟他妈进城,缠着你要回山里去?"

"你看,房上的草都朽了,得推下来重苫,这门窗也该漆了。"老人不答他那烦心事,自顾自地说,"我找你,就是帮我参谋参谋,把这些都收拾一下,算算得多少钱。"老人愁闷地吸着烟,又指了指前面的园子说:"开春给我弄点菜籽,把这前后栏子种上,够我们爷俩吃了。"

"嘎鲁还跟你?"

"如果小孙不愿进城,她妈还要陪他,在这儿住几个月呢。不然我咋让你帮我筹划筹划,翻修一下。你说这日本鬼子可恨不可恨,我山里那两间房一个小院,有多好?连画家都不想走了。说烧就给烧了,被褥都没搬出来,一把火,变成了灰……这是我们的地方,又不是他们的九州、北海道。唉,啥时候才能把他们赶走呢!要不是有小嘎鲁,我也上山。与其让人家当猪狗,不如打他们这些豺狼。"

"你用啥打?就你那家伙什儿,你打猎三十年,还是那老洋炮——火铳子,你看人家画家带的双筒猎枪,俄国造……你今年也六十出头了,忍了吧。日本人,赶不出去,早晚也被我们同化。你想啊,日本人到处打仗,男的死光了,女的嫁给谁?我们和她生孩子,那孩子还能给天皇弯腰?我今年四十多岁,哪儿有日本寡妇,我也讨一个。"王掌柜说到这儿,老猎人乐了:"你们这些商人,就知道酒色钱财。"

"我说的是真理,你是蒙古人,你的祖先不也统治过中国吗?我妈是满族，她们也统治过中国，结果咋样？还是拜孔子，皇上自己也练汉字。我妈嫁给我爸，我爸是汉人，我还是汉人，我就是生孩子太少了！将来谁能生孩子，世界就是谁的……"

"别瞎扯了，你刚才说那俄国造的双筒猎枪，可真好。嘎鲁要进山就有这个小心眼儿，就是那俄国造惹的。叔叔给了他指南针、望远镜和双筒猎枪，他总是跃跃欲试，用了几次。我珍惜子弹，只让他防身。别说孩子，猎人有了双筒枪，谁还愿意进城！"

说话间，二人又转到了后园子。他们望见，远远地站着一个拄着双拐的女人，正在德德玛的坟上献花，还好像拭着泪在说着什么。

"昨天，她一能下地，就拄着拐去了车站，就是德德玛接她孩子的地方。她差一点摔倒，后来是画家和嘎鲁搀她回去，医生因此还生了气。"

"她的伤重不重？"老板问。

"扎到大腿上了，流了好多血，儿子的血型和她一样，给她输了。"

"母子孽债，恩冤相报，够编一部书了。"

"多亏那画家，热心肠，会办事，又有智慧又有才干，什么困难都想到了。这人呐，还得念书。过了这阵子，非让我小孙进城不可。那个日本女医生心眼也好，头一次治嘎鲁的病没要钱，这次又救了他妈。"

"这么好的医生，大叔你得给我引见一下，过年过节拜访拜访，万一乡亲们有个病灾还真得请她关照。"说着，他突然叫起来：

"怎么回事！大叔你看！"

但见小嘎鲁飞快地向奶奶的坟上跑去，脖子上的望远镜悠荡着，后面跟着画家。

原来两个人远远地给惠子放哨，怕狼和野狗伤了她。嘎鲁见那日本女人给奶奶上坟，心里热乎乎的："她是妈妈，是她把我交给奶奶的，她有难了。什么叫有难？譬如，你叫狼扑倒了，它张着大嘴，你落了难，爷爷一枪把它打死，救了你。那次我发烧不也是有难吗！"嘎鲁在望远镜里见妈妈晕倒，急了，飞快跑去。

百合

傍晚的小镇,火车站的月台上走着两个青年。一男一女,都是瘦高个子,女的是百合,男的是彼得。

"你不能多住两天吗?身体还没有康复。"百合挽着他深情地问。

"我得回去了,你知道我没什么病。那天太累,风雪夜,想提神御寒,酒喝多了,没经验。再说我出来的时间太长,家里,师父和师娘会担心的。"

"又是师姐又是师娘,看来你是在女人的裙子下长大的。"百合笑着扯了扯他。

"我十四岁就在她家,老师无子女。也许是我命中受女人的呵护,此刻,这不又一个姐姐。"彼得笑着望她。

"你怎么断定我比你大?"

"看你办事那么有魄力,待人接物,长者之风。"

"你知道女人爱听恭维话,抓住她的软心肠,拍马屁,关键的时候,无话可说,就微笑。"

彼得果然笑了。

百合忽然严肃起来,换了话题:"这个惠子,你师姐,怎么落得这么狼狈,她父亲不是藤野吗?位高权重。"

"可能正因为如此,她父亲不同意她的婚姻,我师兄向墨参加了抗日军。究竟是向墨因为感到屈辱才参加抗日军,还是他参加抗日军引起藤野的震怒,不得而知。你别看我救师姐,这么亲,她的事,她不说,我不问。女人本来是爱说的,尤其我们这么近,可她不说,定是难说,得理解她。"

"所以你讨女人喜欢。"

"我可不是为讨她喜欢才这么做的,对任何人都要尊重,就像你对中国人和日本人一样看待,救那孩子使我感动。"

百合笑着拉紧他:"我怎么未见你的感动?又想拍马屁吗?"

"就说这孩子，藤野可能不知道，这是我猜想的。若不然，这么大的事，肯定要派人派车。她不会只求我一人，可她为啥怕父亲知道？都是因为战争，藤野那人也是伪君子，像我们这些人，他根本没看在眼里，何况成了敌人。"

"都是因为战争"这句话触动了百合，她沉思片刻："我恨死了这场战争！我的未婚夫死了，他是大学教授，我的教授，研究细菌学的。三年前的秋天，他给我来电报，说到满洲有重要职务，他以为是帮满洲建卫生部，叫我到哈尔滨接他。可我到车站一直没等到他，我到接待处问，说未见此人；问东京家里，说按时出发了；再去追问，说车祸死了。回到部门，我立刻受到军纪处分，我才感到事情的严重。我偷偷哭了很久，一个那么正直而快乐的人，一个给了我那么多欢愉和恩爱的人，就这样消失了。我想只有两种可能：一是他昧着良心，接受了什么违反人道的任务，从此断绝了一切联系；或是他据理抗争，导致被处决。按我对他的了解，他多半选择了后者。从那以后，我故意放纵自己，游戏人生，果然麻痹了他们的监视，后来我又得到了提升。"

彼得认真地注视她，她又说："就像第一次见你那样，当时，我把你看作'浪人'，后来的几件事，才了解你这人的诚实，你不会认为我那时是轻薄吧？"

"你怎么知道我不喜欢你的轻薄呢？"

"是啊，你也是个坏小子，我看到了，你调动眉眼儿。你坦白说，是不是想利用我对你的好感？"

彼得不说话，紧握她的手。

她放慢语调："彼得，我今天对你说的话，要是有第三个人知道，我准备三颗子弹，第一个给他，第二个给你，最后一颗留给我自己。"

彼得立刻正色面对她，她也紧紧抱住彼得，给予一个庄严而深长的吻。他感到她冰凉的泪水。

一声响亮的汽笛，西行的列车进站了。

第五章 教堂钟声

8　教堂钟声

教诲

　　留声机里响着《意大利随想曲》,那是老师和师娘都爱听的柴可夫斯基的作品。吃过晚饭,他们坐在壁炉边的沙发上,一面喝茶,一面听我讲山镇之行的遭遇。我怕他们担心,对圣诞前夜的险情我只轻描淡写地说了几句,然后,我说了师姐和我对孩子教育的打算。

　　老师沉思了一会儿,发话了:"惠子就是太软弱,向墨也任性而且激烈。他们刚来的时候,我就警告过,要好好学画,别管时局,二十来岁懂什么军事、政治?惠子带他去见藤野,他还和老人争论,种下了祸根。藤野那人也是飞扬跋扈,那时日本人刚拿下奉天,正在势头上。"

　　"您看,孩子进哪个学校好呢?"我问。

　　"别进满洲的学校,那都是奴化教育。在日本人的学校,孩子讲汉语要受欺负。此外,他们给孩子灌输的东西也不好,'效忠天皇、征服世界'那一套军国主义。"

"我看，还是到我们侨民的教会学校去为好。"师娘说。

"柳芭说得对，那里注意人性和艺术的培养。"老师补充说，他又转向师娘："况且，你不是还给他们教音乐吗？总可以关照他。"

"我同意你们的看法，再去和惠子谈谈。"我说，"此外，我想辞去学校的职务，建一个画室，专心创作，不知老师和师娘有什么意见？"

"这很好，画展之后，你有了一些名气，不愁无人眷顾。你要安下心来，创业。"老师喝了一口茶。像往常一样，我没有答话，等他的下文。

他沉思了片刻："你只管放开思想，放开手脚作你的画。不要管时局的动荡，不要管市民的趣味和画坛的评论。"

"我想遵循老师的教导……"我喏喏。

他打断了我："不要死守那些，放开你的思想，你这次参展的作品《红松林》很好，说明你领悟了我的话，已经把它变成了自己的思维，变成了自己的技法和习惯。既然如此，你就再不要去想我怎么说的，无谓地寻找那些教条。当然你的画我还是要评的，但你更要积极思考。"

"我想追随老师……"我的话刚一出口，苏里科夫老师不耐烦地摇了摇手。我一时摸不着他在想什么，便沉默着，等他的教诲。

他转向师娘，让她换一张唱片，然后闭起眼，静静地听着音乐。突然，他微笑了："我去奉天时，你才十四岁。"他用手比了一下，"看现在，"他注视着我，"你已经长大了，长成了。"他回顾了一下师娘，又转向我："我看你的画展时，我流了泪。你在我这学了十年，用你们中国话来说，是我的关门弟子，也是唯一继承我画风的人。以后你要放开手脚，按你对外界的理解，按你的心灵所受到的感应，大胆去创作；不要刻意去追寻哪一种流派风格，而且要在实践中勇于运用新的手法，勇于抛弃我教你的不合适的东西，不要囿于我的框框。"他说到这儿停下了，喝着茶。

"夏天，我进山的时候，"我说，"看到山林景物我就想起老师的话。有好多东西我还没有来得及在我的创作中去贯彻，至少是现在，还谈不上，所谓的'扬弃'。"

"我今天要说的，就是让你用'心'，用你真诚的感受去叩响心灵，不要去表现什么画风。'美'无定式……好了，今天我说得够多了，我去休息了，以后再谈……唔，对了，你今年准备回奉天老家吗？你如回去，我这儿有一点小礼物，是我和柳芭的一点心意，给你爹带去。"

我连忙说我不回去，谢谢老师和师娘的厚意，老师便回他卧室去了。

他走后，我对师娘说："老师有点感伤，也许我不该提办画室的事。"

"医生说他的肝病已到了晚期，你看，他现在连伏特加都不喝了。所以他常常想起前前后后的事，你是他的欣慰。"师娘微笑了。

"难道就买不到好药？"

"现在什么好一点的药，都和战备连在一起，控制在日本人的手里。医生说要补充一些维生素，都弄不到。过去还有一点走私的途径，现在边境封锁得很严。"

"我对你们二位孝敬得太少了，现在才自立。"

"论才能你早就有这个本领了，可能你是太顾及我们了。所以他让你放手去做，不要依恋他。他看到了你的能力，怕他的思想束缚你。"

这时候厨娘陈婶进来问我们要不要夜宵？师娘对她摆了摆手，她便退下了。陈婶是我前年去师范学校任教时给两位老人雇的保姆，她有四十来岁，手脚麻利，会烧中国菜。

"惠子对你说过没有，藤野是否知道他有这个外孙？"柳芭问我。

"她没有说过，也许是没有合适的时间，我们前两天都在医院里。去山镇的时候，她一直想着孩子的安全。"

"噢。"师娘若有所思，"按我们几个人的意见，孩子去俄侨的教会学校是最好了。可是如果藤野知道孩子是他的外孙，他会干涉。下次你见到惠子把利害和她说清楚，毕竟她是儿子的监护人，最后该由她决定。"

"我会传达老师和您的意见，我会劝她的。只是她的性格软弱，她怕她父亲，事情可能就坏在这上了。难道师娘对藤野就没有一点影响吗？您不能劝劝他吗？"

"你跟我多年，社交场上的友情就是那样，何况我好长时间没赴他家的聚会了。"

"为啥呢？"我突然这样问，立刻又觉得有些唐突，便微笑地给她添了一点茶。

她略有沉吟："其实也没什么，他的晚会上突然出现了一个军官，一个浪人武夫，举止粗俗，对我不太礼貌，我讨厌他的纠缠。我奇怪，他怎么会成为藤野的座上客？"说到这儿，柳芭笑了笑，"他左颊上有个疣，带一撮毛，人家叫他吉川大佐。"

我无语，我早就担心师娘和舞会上人的交往，但我不解她为何常去他家。她见我沉默，便又问起玛莎。我说我明天去见她，我劝师娘早点休息便告辞了，回到自己的房间去了。

钟声

玛莎家住在南岗，第二天我去看她，她不在家。葛利高里大叔告诉我，玛莎被那个混蛋冈村拉去参加"讨伐祝捷发布会"了。

"什么讨伐祝捷！"葛利高里愤愤地说，"占领他国的土地，奴役他国的人民，屠杀他国的志士，这是国际法所能容忍的吗？真是无耻！"

我看出来了，这个耿介的老人对女儿被冈村牵着鼻子走很不高兴；玛莎也早对我吐露过委屈。这时仆人送上咖啡，我问候了玛莎母亲娜塔莉娅大婶的病情，老人说还算稳定。之后他转变了话题，说："我在展览会上看到了你的画。"他笑着说，"那《猎人的茅屋》和门前的《小溪》我很喜爱。"老人说着端起咖啡，身子向后仰去，"田园牧歌，我们生活在这个令人窒息的污浊的大城，难得见到这样的山林，没被铁蹄践踏……"

"全烧了！"他的话引起我一阵心痛，我低声说。

"怎么？"老人放下杯子，挺直了身子。

"被日本人烧了，大叔。"

葛利高里拍案而起："畜生！"他气得胡子也抖动起来。

于是我简略地讲了那一天的经历，最后我深感内疚地说："我不应该为那些人粉饰太平。"

"这不能怪你。"老人安慰我说，"你画了你看到的东西，那是我们心灵的圣地，是侵略者的铁蹄践踏了它。"

他又给我分析了时局，他说处处都可以感受到日苏战争不可避免。关东军增兵北满，一方面是为了消灭抗日联军，一方面也是备战苏俄；而打击抗日军也是为了扫除对苏作战的后患，现在你从哈尔滨的物资匮乏上也可以觉察到战争的迫近。我也讲了那次我和老师去写生，无意间看到小站上圈了很多劳工，他们很可能是去修工事的。我去那山镇，也在往西边运木材。

"真要打起来，哈尔滨就成了前线。"大叔说，"我们俄国侨民必将成为日本人的管制对象，覆巢之下焉有完卵！我真担心你和玛莎的安全。"

我看老人心情不好，一时又找不到可以宽慰他的话，便告辞了。

走在街上，一想起玛莎受制于冈村，我心里十分烦恼。这时传来了一阵厚重恢弘的钟声，圣索菲亚教堂就在眼前了。

1903年，中东铁路建成通车，这座教堂是于1907年建成，1923年9月第二次重建。那时，沙俄军队、大批铁路运营管理人员和一些工程移民也侵入了哈尔滨，教堂也就成了他们的精神家园。

一年夏天，我和玛莎从松花江上漂流回来，她拉我来到这儿。玛莎崇拜这座教堂，而我欣赏它拜占庭式的建筑风格，壮美典雅，多次画过它。教堂平面设计为东西向拉丁十字，墙体全部采用清水红砖，上冠以巨大饱满的洋葱头穹顶，它的四翼是大小不同的蓬顶，错落有致。

当时玛莎很兴奋，她说："我们的婚礼就要在这儿举行，这是东方正教的教堂。"她久久地亲我，在船上时她还扬臂欢呼："我要做妻子，生孩子。"她是用汉语喊的，拖轮船夫惊讶地望着她。这个热情活泼的俄国姑娘，连她的失态都那么可爱……

我仰望着它五十多米高的穹顶，心里想，这样巍峨宏伟的建筑为什么没有给哈尔滨带来繁华气氛，反而增添几分忧伤……看那街头的积雪，冷风中匆匆而过的行人蜷缩着身子，园林里光秃秃的树木，灰色的天空，哀哀的鸦阵……

记得我和苏里科夫老师一起来这儿写生，我的画无论透视和色彩都很到位，可就是没有老师那股醉人的忧郁。我问师娘这是为什么？师娘笑着说："他是'丧家犬'，画里有他的思乡之情。"

如今，活泼的玛莎就在这个城市，而那个侵略者冈村死死地缠着她，我却不能将她揽入怀抱。

废园，白雪覆盖着衰草，圣索菲亚教堂和阴沉的哈尔滨现出它铁蹄下的本色。

我坐在公园的长椅上，任寒风吹打我麻木的面颊，听七音钟传来的乐音，似有一种凄凉。此刻，教堂的钟声慰藉着我创业的忧思与生之困惑。

画室

次日，我给玛莎的报社打了一个电话。电话那头回复说，冈村拖玛莎去赴一个宴会。

亡国就是奴！回到家，我整理着山里的画稿，看巴巴盖老爹的小屋，仿佛又听到了那潺潺的溪水，我的眼泪止不住地流了下来。这时一只手抚到我的肩上，是师娘，她一切都看在眼里。

整整两天两夜，我不吃不睡，画那记忆中的燃烧的茅屋。圣诞前夜惊心动魄的悲情又回到我心头：红色的火舌，黑色的浓烟，纷飞的白雪，我用粗犷笔法倾泻我的愤怒和悲伤，从画面里我听到了烈焰在风中的嘶响，小嘎鲁拖着爷爷的哀嚎……

画稿完成了，我在地板上睡着了，师娘给我铺上被褥。

醒来时，我看见老师端着一杯咖啡坐在画前。我连忙起来，收拾好卧具，站在旁边听他的批评。

"好作品，有激情。"他慢慢喝着咖啡，"把色调调一调，细部再修一修，先放起来。"

我期待他更多的指导，他却没有下文。

第二天我到中央大街去转，见到一家药店，门口挂着牌子上写着"因经营不善出售铺面"。我和主人议了一番价，主人感叹说："这是多好的地段啊！就是进不来货，祖宗三代的基业，毁在我的手里。随后，我又请师娘去看，虽然价钱稍贵了些，但离家近，也算方便。我终于谈成了交易，接着，在师娘的指导下亲自装修屋子。忙了几天，我简单地开辟一个画廊，布置一下咖啡桌椅，后院的仓库，改造成画室。到了二楼的客厅和卧室，师娘笑着说："这里你就听玛莎的安排吧。"我说："以后再说吧，现在师父有病，我不会离开你们。"师娘虽然很热心地指指点点，但当我们坐下来饮茶时，她还是面有戚色。

腊月二十三的前一天，我和老师说去看望一下师姐娘俩和巴巴盖老爹。他点头，然后让我把那张画拿来。我取过画，放到厅里，我坐到他身边。

他看了一阵，取下烟斗说："彼得，我们再来看一看这幅画。那天我说了它的优点，留下时间让你自己去想。今天我们再来深一层讨论它的不足，看看我们俩想的是不是一样。我觉得这画的烟火味太浓了，你创作的是艺术品，不是活报剧，不是朗诵诗。呐喊、泣诉、直抒情怀，这些是艺术之忌。你要学会超越仇恨，唱挽歌，才是不朽之作，俄国和中国的很多古典文学都是这样。你这次去山镇，如有条件，再去山里看看那废墟，回来重画一幅。当然这一幅也很好，留着吧，不要拿出去给人看。"

我承认，当时我并没有充分理解老师的话，我只是从艺术上进行了一番思索。直到后来我因为这幅画而被捕入狱，才想起老师对我是何等地关爱。

9　废墟悲情

新家

小年那天，我回到了山镇。我一走进巴巴盖大叔的小院，小嘎鲁就向我飞快跑来。我抱起了他，随后迎出来的师姐流下了眼泪。我给嘎鲁带来了一些糖果和猎枪子弹。巴巴盖大叔从磨房里出来，腰里系一条围裙，和他一起走来的还有一位大娘，看上去有五十来岁。惠子介绍说，她姓张，她就是那年在雪地里告诉她孩子安好，让她宽心的那位好心大婶，现在和巴巴盖连手磨豆腐，并且在王掌柜的撮合下，正由合伙做生意变成合灶吃饭。他们准备过年放炮仗，给亲友邻里们一个响动。

小嘎鲁不等进屋就向我报告了他的战功，他打死一头狼。那狼因为下大雪找不到食吃，便进村来拖猪。邻居小朋友来找嘎鲁，嘎鲁拿双筒猎枪击中了它。

我听说大叔要办喜事，向他祝贺。我说："你在镇上安家，又是豆腐房，又是前后园子，里里外外真得需要一个帮手，毕竟嘎鲁娘俩也不会在这儿久留。"

"都是那个王掌柜设的圈套。"大叔一面装烟，一面尴尬地笑着。

晚饭桌上，我拿出从城里带来的酒和罐头以及师娘做的俄国小菜，向二位老人道喜。师姐也向他们介绍师娘的小菜如何下饭。猎人和大婶问候了老师和师娘以及我南满的亲人。师姐还问我画展的后事，我一一作了解答。师姐还含笑怪我那天留有心眼，想和百合单独在一起，不让她去送行。我解释说是医生不让你下床。我又对大叔说，我很爱吃北满的苞米碴子。大叔笑说，好的也没有，现在吃粳米白面都是经济犯，过年还不定给不给一点呢！

小镇上无论农家还是商家都是两顿饭。四点钟吃过，我带嘎鲁去杂货铺。王掌柜见了我后，相互问候了一番，我给嘎鲁买了些鞭炮，顺便问王掌柜："巴巴盖大叔何以说你给他下套？"

王掌柜乐了："我不过做了个扣，他不得不解。那一天他来打酒，我说：'人家一个年轻媳妇带个孩子，住你孤老头子家，多不方便。'他说：'也是。'我说：'那你咋办？'他嘟囔：'要不，雇个人？'我说：'雇人，你哪有钱？莫非你想让嘎鲁娘花钱，找人侍候你？'他没办法，抓头。我说：'若不然，我请一个老太太去你家帮忙如何？'他嘿嘿笑了：'谁肯呐？'我说：'你得好好待人家。'他说：'那当然，可怎么个好法？'我说：'就像当初你对德德玛大婶那样。'他憨笑。于是，我把那孤寡张老太太介绍给他了。你看，都是自愿，巴巴盖把扣给解开了。过年办事，这个喜酒我该不该喝？"

我笑了："王掌柜，你可以给溥仪当大臣去了……唉，你咋能看出那张老太太是否乐意呢？"我笑着问。

"听声啊，对于女人，无论是老是小，你听她的话，得听那声。那天我和大婶一提帮忙的事，大婶就说，嗯呐。我们松江人爱说'嗯呐'，表示同意，可是那调儿不一样。那一天，她说完'嗯呐'之后，又发了一通感慨，她说，'可不是，嘎鲁娘俩一走，家里剩下三间房、一盘磨、两头驴和两条狗。那老蒙古，虽然身板儿硬朗，怎能侍候过来？'聪明的画家，你听，这话里有话啊！"

我笑着望他，听下文。

"第一，是张婶喜欢他家里兴旺：三间房、一个磨房，两头驴，两条狗这是多大的家底儿；第二，她可心老汉身板硬实，你说身板硬实，干啥不行？（说到这儿他诡秘地笑了）；第三，最重要：张婶怜惜大叔，怜惜，就像那日本医生，给你缝衣服，女人要怜惜你，那可是要命的事！"

"这可不能瞎说，王掌柜。"

他笑了："你看我，就是没人怜惜，衣服破了没人补。"

师姐

炕的中央一个铁火盆烧着木炭，师姐和我对面坐着。嘎鲁和爷爷已经睡下，张老太太回到自己家去了。只有我俩毫无睡意，千思万绪绕心头。

"你的伤好些了吗？"我问。

"好是好了，走路还是不能放开脚步。彼得，你看嘎鲁这孩子到底大了，真懂事，每次我到院里走，他总是来扶我，内疚地望着我。有一次他还叫我'妈'，可就是亲不起来。"惠子感叹说。

"慢慢来吧。"

"可是他却非常想你，总问我，叔叔何时来？我真希望你和玛莎早一点结婚，到时候认她做干妈，你就是他的爸爸了。"师姐的眼圈又红了。

"老师和师娘都希望孩子念俄国侨民的教会学校，那儿注重人性和艺术的培养，比你们日本的强权教育和满洲的奴化教育好。"接着，我把师娘他们的看法和理由详细地说了一遍。

"你的意见呢？彼得，我听你的，这个世界上你是我最信赖的人。"

"教会学校我没去过，但是我相信老师和师娘，他们都是正派人，有眼光有见解。"

"那就去教会学校,现在我最担心的是孩子不适应。"

"我最担心的是你父亲的干涉。"我加重语气,注视着她,"他有权有势,直接决定你和孩子的命运,这实在是个严重的问题。"

"他不知道,小嘎鲁还在,他不知道。"她捂着脸啜泣起来,忽然哽咽说,"你就把小嘎鲁看成你的儿子吧!在这个世上,我们母子只有你和巴巴盖大叔两个亲人了……"说着,她本是屈膝坐着的姿态竟深深俯首到炕上,行起日本人的大礼。

我扯住了她,大声说:"师姐!我们商量事!我恨你这样,总是感情用事。"

"我把感情给了别人,别人却不怜惜我,我把什么事情都弄糟了……"她又哭。

我无语,用铁筷子拨着火,等着她。终于,她停止了抽泣,低着头:"彼得,我早就想对你说,一直没有机会……八年前,我怀了孕,我让向墨去见我父母,向我求婚。他去了,父亲以极其轻蔑的态度赶走了他。你了解,向墨很敏感,自尊心又强。他受了这番凌辱,一气之下投奔了抗日联军。他走了,却不知他已有了孩子,在我的肚里。我和妈妈说了,后来父亲也知道了,他坚决让我打掉。母亲偷偷地叫我去找小姨,她在福冈。那时日本本土男人都去当兵,女人也组织起来参加各种产业。我生嘎鲁前后,小姨参加勤劳报国队,无暇照顾我。在孩子一个多月的时候,我偷偷回到哈尔滨。当时听说这里,就在这长白山脚下,常有抗联的队伍出没,我便来到了山镇,想找到向墨。他参加抗日军化名项东,这是我从讨伐军那里知道的。向墨在抗日军里当了官,讨伐军贴出了他的照片。我想见到他,劝他和我一起远走他乡,到一个没有战争的国土去。那是秋天,随后的事情巴巴盖大叔和你讲过了,但他不知道,后来,父亲逼我嫁给了一个军官,他叫铃木井二,是一个伪君子,粗鲁的武夫,浪人。他虐待我,特别是在他知道我的过去之后,更变本加厉。他打了败仗,就说我是前夫抗日军的奸细,他伙同他的上司吉川，残酷地凌辱我，他们的所为我难以启齿……"说到这儿师姐沉默了。

这时我忽然想起师娘说的名字，便问："师姐，你说那吉川是不是左颊上长个疣的？"

"正是，你怎么知道？"

"听师娘说，他缠她，是个坏蛋，他怎么会成为你家的座上客？"

惠子笑了。

"你父亲知道你受欺侮吗？"我问。

"爸爸知道我的遭遇之后，决定除掉他们。你知道爸爸那性格，他要下手，谁也逃不脱。可是便宜了铃木，他叫抗日军砍了，三年了。他死后，军队里又来慰问我家，我想，吉川就是这样混进来的。我不知爸爸的用心，有机会我要亲手杀了这个恶棍。你知道这些日本兵在前方杀人或被杀，作践慰安妇，已养成了一种浑浑噩噩的兽性。一想到他们俩怎么践踏我，我的心就在抖，痉挛一样……"她不说了。

我不愿她痛苦，便换了话题，问她："你学的画丢了没有？"

"这两年捡起来了，在大连一个画院进修，还在港务局建筑设计部谋了个职位。"

"你如果愿意，以后可以到我的画室来，客座也好。"

"我愿意和你在一起，不知道玛莎怎么想，你回去见到她了吗？"

"报社那个冈村老缠着她，我想她定有苦衷。她父亲葛利高里是个正直的人，和冈村矛盾很深。"

她看出我不愿深谈那些事，便又哀哀地说："彼得，我们几个学画的时候，数我的条件最好。除了我家富裕，老师说我敏感，对人和物有同情心，适于学艺术，可是结果怎么样呢？我嫁给了两个男人，第一个在我的肚里留下一个孩子，跑了；第二个在我的背上留下了鞭伤，死了。我自己亲生的孩子扎了我一枪，差点把我变成残废。到现在，竟然没有一个男人愿意看一看我身上的创伤。"她哀怜地望着我。

我沉默了，我理解并且可怜她的弦外之音，理解她的期盼。我又想起那天，她被儿子扎伤后，不省人事，风雪中冰冷的小脚，暖在我胸口。一丝怜悯在我的心头涌起，我真想把她抱在怀里，抚慰她，亲她流泪的小圆脸。

我低声说："师姐，睡吧，我明天进山。后天，我和百合约一下，复查你的伤。我会看的，你的伤。"

她低着头，有点羞愧地说："弟弟，你也去睡吧，那爷俩的炕我烧得挺热，我想你不会冷。"

"你也要把炭火熄灭，通通风。"

回到东屋，我见小嘎鲁正偎在爷爷的被窝里，早已习惯了老人的鼾声。

废墟

第二天一早，我便准备进山。正好巴巴盖大叔也要去山里，我与他同行。他已经回去过两次，屋的灰烬下捡回一些破烂，窖里的菜也得运回来。好在惠子打通了和站长的关系，老猎人可以带他的狗爬犁乘小火车，这样我们可以省些力气。我们好歹说服了嘎鲁，让他留在家里"保护"妈妈和奶奶。

山里的战争已经渐趋平息，积雪也相当厚了。火车发车的时间没变，只是返程过汇流路口的时间后延持了两个小时，因为伐木的劳工暴动，死伤了一些劳力，伐木和装车的速度慢下来。

中午我们到了老猎人原来的家，着火那天接近午夜，我和惠子急于找人，后来我又急于救她，没看到灾害的全貌。今天一切都映入了眼里，白雪下断壁残垣一片荒凉。我和老人在废墟的积雪下寻找没有完全烧尽的家什，这次又捡回了一些断了的绳索、破洞的竹篓、残边的瓦罐，帆布头和一只毡袜。

老人拾起一块牛毛毡片，可惜地说："本来是驴背的鞍垫，烧成这样，修修用吧！我又在坍塌的灰堆下拾起一个马扎，顿时想起夏日的黄昏，我与老人闲话山林的悠然时光，心里感到一阵酸楚。

这时老猎人去菜窖取菜，我把一些能用的什物装进麻袋，送到院子里的爬犁上。我支起马扎，坐下来，一面喝一点酒，暖暖身子，一面望着废墟。我看到大青狗正在它过去住过的屋子里寻找着什么，突然，可能是埋在雪下的它过去所熟悉的气味，刺激了它敏锐的嗅觉，它仰起头向着灰色的天空，发出一声凄惨的啸叫。

我的灵魂猛然一震，泪水涌了出来——哦，这就是我要找的，我的灵感的火花点亮了这一瞬的画面，我的全部激情在这里定格：战乱，迫使主人亡命天涯，只有忠实的狗，眷恋它的故宅，它缓缓地在废墟中逡巡，时而仰天哀鸣，何时你会归来哟？主人啊！何时你才会呼唤我，在这旧时的庭院？

后来，我的这幅画《废墟》，以它的悲剧美，震撼了江城的文坛。我的老师苏里科夫为它撰文，正是这篇长长的评论所动员的舆论力量和我的日本朋友百合的奔走，才把我从牢狱中解救出来。抗战胜利后，这幅画收藏于江城博物馆，这都是后事。

第六章 情殇战乱

10 情殇战乱

如果我不去哈尔滨求学，如果没有日本对华侵略，我不会在那个狭小的地域结识两位日本姑娘，不会了解那场惨无人道的战争给日本人民带来的伤害，不会理解她们对本国军阀的憎恶，以及她们各自的悲惨命运，当然也就不会有我们之间的邂逅相识和情感纠葛。

唉！人的一生真是充满了偶然……

画像

一连三天我给百合画油画肖像，这是前一次我答应她的。

战事已渐平息，少有新来的伤兵，她选择休息的时间请我画像。北满的这个季节，中午时分阳光灿烂。在她的卧室里，垂下了白纱窗幔，光线很柔和，室内临窗有一张桌，她也在此办公。她按我的要求，端坐在床头，微微侧着身子，正面对着我。头一天，开始的时候她有点难为情，脸上时时泛起红晕，目光也有些游移。我和她聊天，消除她的紧张，她的心渐渐平静下来。

她不像常见的日本女孩有一张柔软的鸭蛋脸,她的面庞白皙,轮廓分明。我暗自提醒自己,不要留下过硬的线条。她的鼻子很挺,薄唇现出坚韧而美丽的曲线,嘴角上方左腮有一颗小小的美人痣,卷发堆向颈后,显出几分庄重。百合,一个机敏干练的日本女孩,充满青春活力。了解她的人,会从她刚毅的外表下看到她的侠肝义胆。有一次她问我,我们可以算是知音吗?我肯定地说,当然。她很感动,眼睛湿润了。

绘画中,我们相互注视着,她显露出沉静凝思的秀美。就这样,我读她,她也在读我。她目光深邃,现出几分忧郁,眼角和眉梢微微抖动,似乎在向你询问什么。我立刻意识到那种真诚的爱的渴求,那充满青春诱惑的凝视是迷人的,些许的哀怨,深情的探寻。作为画者,这正是我要捕捉的。然而,我承认我很痛苦,我不能设身局外,以一种纯艺术的欣赏的心境把握眼前的对象,我不知道这种心态会给我的作品注入什么……

就在这时,一个护士急匆匆进来了,走到她身边悄声说了几句。她立刻起身,穿上白衣,又戴上帽子,到我跟前说:"先停下吧,来了个急诊,你就在此等我。"说完,她便如一阵风般走了。

过了一会儿,我正修画,她进来站到我面前说:"有一件事要请求你,我难于启齿。"百合忽然变得严肃。

"你我之间,有什么不能说呢?"

"我有一个危急病人,想请你献血。你师姐受伤那天我验过你的血型,这人和你的一样。"

"可以。"我肯定地回答。

"你不介意患者是谁吗?"她把手搭在我手上。

"只要是你想拯救的,只要我能救他。"

"那就不多说了。"

她马上呼唤护士拿过器械,她们早已准备就绪,可见情况很紧急。

那护士要给我臂上消毒，她制止了她，由她亲自动手，一切过程都是沉静、果断而准确的。我见到我的暗红色的血液缓缓流入他们的容器。完毕之后，她递给我一块消毒棉球，眼睛笑了，嘴巴在口罩里动了动，示意我压紧针口，随后她带着我的血走了。

此时我有一种特殊的感觉，身体上没有任何不适，精神上却享受一种愉悦和安然：我挽救了另一个人的生命，没有去拼死搏杀，只有这一瞬间静静地安卧，而且我报答了我的恩人，不是用金钱，不是用语言，而是用我的血。我感到一种崇高和欣慰……她离去时让我就这样静静躺着，两个钟头过去了。

忽然我听到一阵急促的脚步声，门开了，惠子走了进来，脸色发白，后面跟着小嘎鲁，怯怯的。本来他是和我一起来医院的，显然，他没听我的话，没有老老实实在那屋等着，而是跑回去告诉了他妈。

惠子坐到我身边，拉起我的手，目光在询问。

"没什么，我只是给别人输了一点血，什么感觉也没有。"我说。

"给谁？"她问。

我摇头。

"太残忍了！她让你干什么你就干什么？！你欠她多少？那是你的血啊！"她流泪，而且哽咽了。

就在这时，百合走了进来，可能她听到了惠子的话，愣住了。惠子拉我的手松开了。

"你坐过来吧。"百合头一偏，声音严厉，摘下了口罩，"他刚抽完血，要休息。"

惠子迟疑地立起来，站到一边。

百合走向我："真得感谢你，患者保住了命。"她说了例行的套话，表情冷淡。

"太好了。"我点头。

"不过，现在你还是我的患者，要听医嘱，此刻要静养；可以会客的时候，我会告诉你。"

我无语，我不介意她的训示，心里感到安慰：我是一个文人，也能救人。

百合又转向惠子："我不是告诉你明天来复查吗？"

"刚才听嘎鲁说，叔病了，我来看他。"惠子嗫嚅。

"你是说彼得吗？如果他病了，我们会通知他的家属，你是他的家属吗？"

我见百合咄咄逼人，心里很不痛快，便唤她："百合，你看我的手有点凉。"

百合过来之后，我握她的手，示意她不要责怪惠子。

她的语气缓和了些："你既然来了，就看看吧，在这个床上，把裤子脱了。"她的床离我不到一米。

女人

惠子显得有些迟疑，面露难色。

"我们是战时医院，没有女病房。再说，第一个给你包扎的不是你师弟吗？有什么难为情的。"

惠子犹犹豫豫褪下裤子。

百合又发话了："你可以提上短裤，这就够了。"

百合认真地看了惠子的伤口，然后转向我换了语气："彼得，你看她愈合得真好。"她用手指压了压，"你来摸一摸，已经恢复了弹性。"

"是的。"我侧过了身子，"这说明你处置得当。"

"她的皮肤再生能力也好，到底是青春啊！不过落一个疤是难以避免了。"

这时，一直躲藏在我床边的嘎鲁伏在我床上呜呜哭起来。他不懂日语，但看到他给母亲造成的伤，难过了。唉，那一天的投枪……

此时，医生也不由得动容："以后你可要好好孝顺妈妈呀！"

她又问惠子："夏天，你喜欢到江里去玩吗？"

惠子摇头。

"还好，游泳衣你是不能穿了，恐怕纱裙也会透的。"她的嘴角向上牵动了一下，似笑非笑。

我打断了她："身体健康是主要的。"

这次，嫉妒的百合有些迁怒于我了："那是男人最爱怜的部位，她能无动于衷吗？"

可怜的师姐，眼泪流了出来。

我实在看不过去了："医生，你还要选模特吗？"话一出口，我觉得声音有点大。

果然，百合有点生气了："彼得，爱美是我们女人的私房话，你就别多嘴了！"接着，她大声唤护士，吩咐她一些事情。护士端过消毒用具、药和绷带。我也生气地转过身去，屋子里很静，只有她动作麻利地包扎声。包扎完毕之后，她转过身，为我正了正枕头，摸我的脉搏。

"可以活动了吧？"我问。

"稍后！"

她唤惠子到她屋去。

事后我从师姐的口里知道了她们的对话。

心声

百合："刚才是我不好，惠子，我向你道歉。"

惠子："没啥，我也是女人，我能理解。"

"你是哪里人？"百合问。

"我是广岛人，但现在家里已经没人了，只一个小姨在福冈。你是哪里人？"

"我家在京都，在东京学的医。"

接着是沉默。

惠子："他有未婚妻，我们的师妹，玛莎。"

"我有所觉察，这不重要，重要的是这里的战事结束，我不知还要调到哪里去。"她停下了，眼望着窗外，又自语，"我们的战线很长，如果到支那（那时日本人称中国关内），到中国的南方，大家就很难见面了。"

"百合，我爱你，你是我们母子的救命恩人，你永远是我的亲姐妹。"惠子难过地说。

"说说你吧，为什么背上有伤？彼得看过吗？"

"没有，前晚我们烤火时，我有过这念头，他没看，他不怜爱我。"

当惠子说到那个男人铃木伤害她时，百合说："你为何不杀他？杀一个武夫不用力气，食指一动就可以了。你是自卫，况且，你父亲会平息一切的。"

惠子无话。

"他现在还虐待你吗？"

"三年前就死了，抗日军杀的，我和他只生活了几个月。"

"唔，这几年你都是一个人过？寂寞吗？苦闷吗？"

"嗯。"惠子低声，"你呢，妹？"

"我也是，整天和伤员打交道，看血肉模糊的身体，听病人的呻吟。"

"好好的年轻人成了这样，你救了他们，他们感激你吗？"

"有教养、有良知的人极少。武士道不讲这些，战争使他们变态，他们看到同伴昨天是活人，今天是尸体，精神上承受不了。有的伤员从昏迷中醒来，找他的胳膊……有人体力一恢复，兽性便发作，他们要女人，也恨女人，恨女人属于别人，他要征服她，作践她。我想你的那个男人就有这样心态。"说到这儿，百合停下了，惠子也低头无语，可能她想起残忍的铃木。

过会儿，百合又看着她说："我们奉行的是战争至上，国家要兵，就提倡武士道，男人是武士，女人便是奴隶。她们低着头，弓着腰，拖着木屐，碎步走，给武士斟酒、吟唱、舞袖，轻手轻脚推拉门，解开衣裙，仰面躺下，伸展四肢，等着武士的蹂躏。"

惠子感到百合的话句句都在刺痛自己，但百合却感伤地说："也许，我的苦闷中也有这样的战争的阴暗？自从我见到彼得，我好像从使人窒息的污泥塘中爬了出来，吸了新鲜空气。你看他清清亮亮的高个子，那么有才华，又那样温文尔雅，举止得体，言谈幽默，和他交往，又使我回到了文明社会……我想象他救你时在暴风雪中拖着爬犁，自己被埋在雪里……他的人品真是好啊！你不由得不爱他。"

百合忽然走到墙边，掀开一块布："看，这是他给我画的像，我一看我这画像的眼神，就能想起他画我时那专注的神态。"她沉默了一会儿，忽然问，"那个玛莎比我美吗？"

"不，那个俄国姑娘单纯活泼，有个红脸蛋，性格爽朗。"说到这儿，惠子停下，笑了。

"笑什么？"百合问。

"没什么。"惠子有点语塞。

"我叫你姐，你还不说实话？"

"真没啥，学画时，他们相互作人体模特，那是七年前了，都是孩子。后来我走了，不知道他们感情的发展。"

百合的脸红了，一时无语。

情丝

"你上次回去见到玛莎了吗？"第二天中午我继续画她时，百合问道。

"没有。"

"怪了，一对恋人在一个城市里，一个月不见面。"她的嘴角现出嘲弄的微笑。

我无语，她的肖像画完了，我在修细部。

"你们吵架了吗？"

"没有，你的一个同胞，报社的监事缠着她。"我离开椅子，后退两步。

"你为什么不学俄国人那样，把白手套丢给我那同胞，玛莎没教你决斗吗？俄国女人爱那一套。"

"够了！"我严厉地说。

她不做声了。

从整体上看这肖像，我很满意。百合实在很美，特别是她的目光，刚毅中充满柔情，又微含忧郁。目光"问我"那一瞬，我捉到了，我把画翻转来给她看。

她站起来，很激动，眼泪滚落下来："彼得，你画得太美了，你画得我心痛。"她突然紧紧抱住了我，下巴指着画像："可是你没有回答她，难道你要她就这样静静地凝视你，直到满头白发，红颜凋谢吗？彼得？"她热烈地吻我。

我承认，那一刻我非常难过。

高仓

年前的一天，我决定回哈尔滨，也因为惠子说过了初三要带孩子去看老师。我和她带嘎鲁一起去向百合辞行。百合见了我说："你为他输血的那人想见一见你。"我有些犹豫，我怕他是屠杀我同胞的日军。

聪明的百合笑了："走吧，我一提画家，他就说认识你，满铁的长官。"

我一阵狐疑，便和惠子随她进了病房。走到一张床前，百合对伤员说："这就是你的恩人。"

他坐起来，我一看，是个孩子，那一天在小火车上见到的。百合介绍说，他是被车上滚下来的木材砸伤的，左腿从膝向下截肢了。百合掀起被子，我看到了残忍的画面。

百合感叹说："他才十四岁。骨头全砸碎了，大出血，幸亏事故是在车站发生的，抢救及时，命算保住了。"

"你是哪儿的人？"惠子流泪问他。

"福冈。"

"那春町小学你知道吧？"

"我在那儿念书。"

"秀美子，秀美子？"

"她是我老师，我们是邻居。"

"那你认识我吗？仔细看一看？"

"……惠子小姨，那时候你抱一个小小孩，到老师家来探亲。"

"小高仓！"惠子哇的一声哭了。她把嘎鲁拉过来，"就是他，那个小小孩，那时你就像他现在这么大，整整七岁。战争，难道过几年我的小嘎鲁也要经历这样的命运吗？"

一位母亲的泣诉使得同屋的伤兵都背过脸去。

这时，伤兵高仓拉过嘎鲁的手："小弟弟，为天皇效忠，秀美子老师要给你戴花的，她是你姨姥吗？"

小嘎鲁听不懂他的话，怯怯地望着这个效忠天皇的小哥哥，看那渗出黑血的残肢在白色的床单上扭动。

11 梦境荒宅

年夜

"我是1941年农历除夕赶回哈尔滨的"——彼得在他的回忆录里提及这段往事时,这样写道——

晚上,我让陈婶做了一餐年饭,这鱼是江上的渔民破冰捞出的,红鲤鱼烧得入味,老师和师娘都很爱吃。我老家坨镇的乡民在年三十吃它,取其年年有鱼(余)的吉利之意。师娘让老师喝少许他喜爱的伏特加,他又尝了一点我从山镇带回的土产白酒,那是老巴巴盖特意送给师父的,他品了一口,连说够味。

在北满松江一带,由于严寒,人们在户外劳动喜欢这种烧酒。天长日久,制酒行业的作坊——"烧锅"在改进制曲技术和高温蒸馏方面积累了相当的经验。因此,在同属北方素爱烈性饮料的俄国人看来,味道醇厚的烧酒与伏特加堪称姊妹。

席间我转述了师姐的意思,她同意老师和师娘的看法。惠子说初三过来,给老师拜年,顺便看看学校。我还告诉他们,孩子的外公那个藤野还不知道有这个外孙,暂时惠子还不想告诉他。老师说这样也好,免得他横加干涉。

谈画

饭后,陈婶端过一盘水果,我们一起围坐在壁炉前谈话。这时,我拿出我在山镇画的《废墟》的稿子,这是几篇默写。老师衔着烟斗看我的几幅草图，听我讲那构思，有几点他很赞许，他说：首先是把废墟取成中景，这样就避免了断壁残垣作为近景描写，那会把人的视线引向琐碎的实物，妨碍他们的联想和情绪扩展。

其次，是狗的处理：不是走动中的低头觅食的野狗，而是逡巡于故园，寻找旧日感觉的家犬。狗在生理上是饥饿的，但更着重于写它因饥饿而生的情感上的悲痛。它侧身立着，面向画面，头微微上扬，带着惶惑、悲伤的疑问，要用目光和身体的姿态表达它的哀愁。时间是残春，积雪下的大地开始复苏，从山脚下卷来的寒风吹着它微微张展着的皮毛，尾巴无助地卷向后腿的内侧。

老师否定了那仰天而吠的初稿。他说，这太激烈了，可能是这一瞬唤起你的灵感，但要把它收拢，让这情绪慢慢释放。初次的刺激会是这样，考虑到那狗已经来过多次了，是那种恒久的期盼，如同中国古诗《望夫石》。

说到这儿，师娘端着茶杯走过来，用她不太熟练的汉语朗诵起来："望夫处，恨悠悠，化为石，不回头。山头日日风和雨，行人归来石应语！这就是它要传达的吗？"她望着老师。

"是这样，要静！"老师环着师娘的肩继续说，"狗的动感，体现在它的凝望，不是跃出画面，而是向深处退去。这很重要，使人望着它，在久久地注视它时，有渐行渐远的梦境的感觉。"

"就这样，是的……"老师断断续续地说，像是自语，"整个画面色调要有点浑蒙，恍惚，白雪、山林、秃木和荒宅要用协调的颜色把它们染上哀思。你脑子里想象另一番情景和它对照的：那弃家而去的主人，亡命天涯，流落他乡，在月明之夜……"

说到这儿，老师也许联想起自身的遭遇，也许进入了创作的境界，他吟道："陡然梦中惊坐起，犹闻荒宅犬吠声……"

他不说话了，师娘轻轻地抚着他的脊背。

在他教导我时，我从不立刻表态。停一会儿，他又说："这里有两幅画，一实一虚，实的是你要画的，那荒宅，狗立于废墟。虚的是你脑子里想象的，逃亡的主人在思乡，一明一暗，遥相呼应，在两者的对话交流中你会更深刻地表现你的主题。"

我默默地点头，表示理解，尤其领会老师想把这巴巴盖老爹家被烧的具体悲惨场景变为一般的画面——那是一处荒宅。

当然这种典型化也含有老师爱护我的良苦用心，后来的事实证明了，它成了为我辩护的实据。

之后，我和师娘说，我要到我的画室去收拾一下。师娘问我，要不要她陪我同去？我说："只一点活儿，我自己做，明早我就回来，你们二位早些歇息吧。"

第七章 百合情书

12　百合情书

筹划

　　从江边吹来的北风夹着零星的雪花，横扫中央大道。彼得裹紧大衣走在街上，行人和马车匆匆而过。霓虹灯，鞭炮声，酒吧里留声机播放着《满洲姑娘》，奇怪的是这一切并没有给这个城市增添欢庆的气氛，相反，更显得冷清。这都是因为中国人的节日，招来日本人的警惕。巡逻的宪兵多了，他们拖着狗骄横地缓步走着。同样缓步走着的是无畏的乞丐，他们没有拖着狗，只披一条麻袋。

　　彼得走进了他的小店。他上了二楼，在壁炉里生了火，把上次走时没有就位的家什摆好，把该布置的画挂在墙上。这些画中有老师的，也有他的和玛莎的。整理完画，他烧一杯咖啡，坐下来，在头脑里细细地清理纷乱的思绪：南满家乡的老父身体如何？明年春天得回去一趟，最近要做的事有几宗？到相关的部门办手续，拜访老师的朋友，请他们指导和关照，听听他们的意见，看看能否加入到他们的圈子里去，这是我初涉画坛的第一步。当然，像师娘嘱咐的，我只想做一个晚辈该做的，不必过分殷勤，其他，听其自然……

彼得知道，他是跻身于一个畸形的社会，一个畸形的文坛。他为了谋生，做一个"不失身的风尘女子"，让市民喜爱，而又不遭当局放逐，这如何两全呢？时局迫使这个年轻人早熟，因为他在画展中小出风头之后，引来了舆论的褒贬和内心的不安。他的老师苏里科夫不理那一套，他不介入政治，为艺术而艺术，得到精神的超脱。在这一点上，他不能学老师，不能和老师比：老师有足够的家产，又有相当的声望，他无需触犯当局，执政者也奈何他不得。

他又想起师娘的建议，是的，要依旁侨界和侨会组织：一方面他们的圈子有特殊的政治地位，日本人不太敢过于放肆；另一方面，他们中不乏引导和帮助他的高人。师娘还说满铁也是可以利用的，惠子的爹任高官，又有师娘一家的人情。满铁既是一个企业，又有相当的势力，又不是官场。沾它的边无损自己的声誉，它既能宣扬自己，也能保护自己。这是事实，这次山镇之行就得到了验证。

在这两个方面，老师和师娘都会给他以提携。唯一需要他思索的就是，要取得满铁的支持，得付出怎样的代价呢？

"就画风景和女人吧！"想来想去，彼得得出结论，孙猴子逃不脱国家命运的掌心。"让师娘带我去藤野家的晚会，今天听她说，那个欺负师姐的吉川卧轨死了。他这样的无赖怎么会自杀呢？"彼得又想起师姐的话，父亲要除掉的，谁也逃不脱。

是的，晚会上的贵妇谁不想画肖像，而且她们还有钱。

情书

想到给女人画像，彼得又忆起了百合。师姐说对了，他觉得欠她的，

的确……

"亲爱的彼得。"他又掏出百合的短笺,那是分手时百合匆匆塞到他手里的,在车上他看过何止几遍。

好弟弟,你是唯一能救我的人,从感情上解脱我的苦闷,拖我出这泥潭。看看我的现实吧!我被病态的人包围着,战争使他们伤残,不仅是身体,还有灵魂。我治好了他们的肢体,却无法医好他们的心灵。在战场上他们凶狠地搏斗,他们认为这世界只有强者方能立足。而如今他们伤残了,他们就仇恨,他们要纵欲,不单是为了发泄,还要以蹂躏显示雄风。看他们望着护士的眼神,你会不寒而栗。有一次,我的一个护士被两个伤兵强奸,上级却不了了之。军中推行战斗至上,慰安思想催生兽性的纵容。我现在是长官,随身带着枪,可以保护自己,可是谁知道哪一天会有更高阶的军官来纠缠我呢?

我渴望一个有教养的丈夫,同我一起喝茶,听音乐,在花园里散步。可是我现在却生活在血腥、呻吟、嘶喊和叫骂声中。战争把多少有才华的青年碾为泥土,我的未婚夫一个多么优秀的教授……战争也使单纯的孩子和青年变为野兽,那个小高仓过两年会成为什么样子?

彼得,我的好弟弟,可怕的野兽不仅来自周边,也来自于我的内心。当你给我画像时,你专注地望着我,我也在欣赏你,充满爱欲。你是那么优雅,才情横溢,有个男人的肩膀。晚上我彻夜难眠,幻爱折磨着我。我问自己,我能禁得起自身的野兽的啃噬吗?它,在我的胸中躁动,在我的血里奔腾。会不会有一天,我把你摔在我的床上,那时候我的野兽会化为爱怜融化你理性的坚冰吗?

亲爱的彼得,原谅你苦闷的姐姐,原谅她对你的冲撞。我知道,这是一个占领者的悲哀,她不能平等竞争,又不能占领一切,可耻的占领者。原谅我,彼得,我是你亲爱的姐姐,身陷绝境的姐姐。我们的天皇,我们至高无上的主，把多少如我一样的羔羊扒得光光的，剥去她作为人的一切思想、情感和尊严，把她送上祭坛，奉献给他的战神和武士……

当你在火车上读着这个字条时，我正默默地欣赏你给我画的肖像，看她的眼睛反射出你的专注的神情。

再见了，弟弟，也许不久我就会调走，那时候一切又都会成为过往……

给你的玛莎带好，如她比我更爱你，让她放心，我会把我的同胞，那个纠缠她的无赖，干净利落地除掉。

彼得流着泪再一次读完了这封信，然后，把它扔到壁炉里，看它化成卷曲的银色的白灰，在毕剥作响的烈焰中轻飘飘地升起，消散。

13　情侣小屋

情侣小屋不只是一个空间名词，它还是一个心灵的概念。当一对情人由于相互爱恋，相互倾情，相互依托而身心交融时，那爱的分泌不但能彼此吸引，彼此凝聚，彼此缠绕，黏结为一体；而且也能形成一个壳，抵御一切外界的干扰。这就是情侣小屋，正如墙壁上挂着的相濡以沫的阴阳鱼儿所构成的太极图。

情爱

百合的短笺化为一缕青烟缓缓飘散，但在彼得的耳边，那凄楚的声音却还在回响。这一切都是怎么发生的？又会向哪里滑去呢？彼得端着杯，望着壁炉，陷入沉思。

今天下午，他从山镇一回来就跑到电话局给侨报打电话。一个陌生的俄国口音告诉他，玛莎不在。他客气地道了谢，放下了电话，走到街上，在冷风中裹紧大衣，犹豫起来：去玛莎家？不，现在已经到了吃饭的时间，过年了，不能冷落了老师和师娘。

每年的除夕，只要他不回南满老家，玛莎总是和他在一起，聚在老师家，听音乐，玩牌，学做中国菜。偏偏今年出了这么多事！现在，去她家太晚了，不知道玛莎是不是知道他已经回来？也不知道那个冈村会拖她去何处？

思绪的纷乱来自于情感和理智的纠缠，人若是能把两者分开就好了。理智上的事可以按着轻重缓急进行梳理；情感上的困扰也总是单纯，无非是一个"痛"，忍受心灵的创伤，等待时间的抚慰，你还能做什么呢？当人认识到自己的无力，而安于命运的时候，常常又发生另一种转化，所谓痛定之后，长歌当哭，这其中哭得有腔有调的就成了诗人。

彼得很痛苦，可是他没有成为诗人，那原因就是他的痛苦来自于情感和理智的纠葛：他怎么也分不开，他不知道怎样做才能给周围的亲人友人带去慰安，使自己得到爱和快乐。

彼得疲倦了，他脱了衣服，熄了灯，倒在床上，睡着了。

梦中，他躺在林间的草地上，天色晴和，空气清爽，温暖的阳光透过松枝的缝隙晒在他脸上，鸟儿在枝头鸣叫，小嘎鲁吹着口哨，那是他生活中最快乐的时光，一个明媚的夏日。

忽然，他感觉一个毛茸茸的小兽爬到身上，舔吮他的肩，他的颈，他的胸，咻咻的鼻息，氤氲的呼吸……并不清晰的意识中，他嗅到一阵熟悉的发香，感到弹性的胸脯，细腻的肌肤不停地蠕动，揉搓，一阵阵温柔而剧烈的冲击。他猛然惊醒："玛莎。"他一声低沉地呼唤，同时抱紧了她光滑的脊背。"涅特（不）涅特（不）"，她口齿不清地吐着俄语，"涅斯喀阿耶（不说话），涅特……"她的柔软的双唇紧紧压在他嘴上，光光的小身体扭动着，颤抖地传达着灵魂的饥渴……

这一下，彼得彻底被唤醒了，不只是意识，而且是意识深处的爱欲。长时间被压抑着的渴念，一下子迸发出来，如同从海底涌出的激流。玛莎也是一样，两个饥渴的人儿，尽情地啜饮情欲的琼浆，畅游在爱河中。他们时而随波沉浮，任激流拍击，像失控的小舟在波心荡漾；时而又江潮澎湃，波涛汹涌，凭小船儿颠簸于浪的峰巅。恩爱当此时，纵情可放歌，一切念之苦，思之痛，都化为了的呢喃的碎语和忘情的呻吟……

阵阵的疾风骤雨过后，一叶扁舟驶进了平静的港湾……

玛莎枕在彼得的肩膀上，用纤指在他的连鬓胡和多毛的胸上划着。

"你怎么知道我在这儿？你怎么进来的？"彼得抚着她的秀发，笑着问。

"我去师娘家找你，她告诉我这地点，给了我钥匙。我进屋见你沉沉睡着，我在外面走得好冷，便在壁炉里加了柴，钻到你被窝里来取暖。"玛莎撒娇，一面吻他。

"这儿以后就是我们俩的小店，也就是我们俩的窝了。"彼得说，"可是你怎么摆脱那冈村呢？"

玛莎一时没有回答，彼得的肩膀感到她凉丝丝的眼泪。

隐情

过了一会儿，玛莎静静地说："那个恶棍抓到了父亲的把柄，父亲的一篇稿子落到了他手里。"

"什么稿子？"

"那是父亲在采访中发现的一些情况。你知道父亲经常沿铁路四处奔走，到那些小县城和乡村去，调查时局动态，调查日本人的罪恶和民间的疾苦。前两年，他在几个地方都发现了大批难民，经过询问才知道多半是被赶出家乡的农民。他们的土地被日本移民占了，日本武装移民用火烧、殴打等暴行驱赶中国农民。他收集了大量资料，这些区域的分布多在满蒙边境和纵深地带。我给他用打字机打资料知道一些情况，像兴安西省、北省、牡丹江省、佳木斯、吉林省依兰县永丰、绥棱县还有朝阳都有，日本人叫屯田兵或开拓团。父亲在旅途中还留意到了，大量的木材往北运，还有劳工装在闷罐车里。我见到了他收集的一张照片，在一个小站，一座大房子里，几扇窗里影影绰绰有一些苦力的脸。"她说到这儿，彼得想起那次他们外出写生，师娘的照片，脱口问："是不是还见到用帆布蒙着的混凝土之类？"

"是的，就在照片的一角，你咋知道？"玛莎问。

"外出写生时见过。"彼得没有说起师娘的照片和那次所受到的干预，心里已经把他们联系起来。他问："那冈村怎么得到你父亲的稿子的？"

"前年，在冈村还没来时，父亲准备要发表的。后来稿子被压下了，落到冈村手里。还有一些材料，是揭露日军占领南京屠杀平民强奸妇女的罪行的。那是叔叔在信里写的，叔叔也是新闻工作者，在火奴鲁鲁，你们华人叫檀香山。他见到一本刚出版的书，叫《南京战祸写真》，是史迈士的亲历录。这材料冈村没拿到，父亲把它转移了。可是冈村听说了，可能是父亲对他们的同事说了。你了解，父亲是个正义感极强的人，他疾恶如仇。"

"是的，他常和老师争论。老师怕他惹祸，他说："新闻工作的良知就是讲实话，让侨民了解真相，人家为什么要养我们，难道只为休闲取乐？"老师反驳他说："你要想到你是有家小的人，你去舍生取义，置妻子于何地？"这时师娘便过来劝酒。他喝醉了，老师不让他走，怕他回报社发议论，老师让师娘拉琴，两人坐着喝茶，你父亲崇拜师娘。唉，老一辈的友谊令人羡慕。"

停了一会儿，彼得又问："冈村究竟想干什么？有多大危险性？"

"他威胁我说，你父亲的问题很严重。"玛莎的声音有些凝重，"那些材料关系到关东军的核心机密，现在这些东西在我的手里，只有我能保护他。"

"葛利高里大叔怎么看？"彼得支起肘。

"爸爸拍桌子，说：'他少威胁我，我看到的是大家都能看到的，我只讲事实，满洲国的法律允许新闻工作者这样做。'可是冈村却说：'关东军不这么看，他会处决不按满洲国法律做的人。'"

"这是真的，他们是太上皇，他们不讲理。冈村拿这个胁持你，给我们出难题。"彼得的语调很慢，心思沉重。

"是的，这个无耻之徒说，要他放过父亲除非做他的岳父。"玛莎叹了一口气。

忧思

彼得不说话，他想起了百合在信中的言词："给你的玛莎带好，如她比我更爱你，让她放心，我会把我的同胞，那个纠缠她的无赖，干净利落地除掉。"真是一个烈性女子啊，她是一个说到做到的人，彼得为自己有这样的红颜知己感到欣慰。但是，不能这样做，真要逼到那一步，就亲手干吧，人的一生谁能免得了上梁山呢！

这时玛莎问他在想什么，彼得抱紧了她说没什么。

过了一会儿，玛莎柔声问："彼得，你愿意和我一起走吗？我们全家去檀香山找叔叔。"

"我当然愿意和你在一起，到哪儿都行。不过现在不能，老师病着，家里就师娘一个人。"

"你就是离不开师娘。"

"别这么说，玛莎。"彼得搂紧了她，"十多年了，老师和师娘把我拉扯大，视我为家里的孩子。在南满乡下我是一个放牛小子，如今在老师的一手培养下成为一个画家，他们的恩德我要报答，我不能在他有病，家里困难的时候离开他。"

"看来父亲说的是对的。"

"他说什么?"

"他说你走不开。我们先不说这个,反正我不会嫁给那个冈村。他四十多岁了,在日本有老婆,不过拿我玩玩,是一个恶棍。他在报社里比较孤立,就他一个日本人。我们俄国人的编辑和记者都防着他,拿满洲国的法律和他周旋,所以现在他还不敢太放肆。他也怕丢了这份差事,怕别人告他,如果上边认为他没有能力,拢不住这些人,他就得上前线,去送死。"

"玛莎,你长大了,懂得应付一些事情。"说到这儿,彼得又想起早年她情窦初开时,他们一起的嬉戏。他亲了她一下说:"还记得吗?玛莎,在江边上,你夸张地扭着屁股说:'我会丰满起来的'。那时你还是有点儿瘦,你嫉妒师娘。现在你身体和思想都鼓鼓的了。看你这儿……"他的手沿着她凸凹有致的身体滑行。在他的爱抚下,她又激动起来,翻转身趴到他身上,纵情地亲起他来,释放着因政治迫害、情感压抑而蓄积的狂热。这时壁炉里的火也旺盛地燃烧起来,发出噼噼啪啪的声音。床上的情侣也伴着这声音,粗声呻吟,随那爱的涛声跌宕起伏,他们都暖蒸蒸地出了一身汗。如此,良久。

"起来,把所有的灯点亮,让我看看我们的新房,我们的窝儿,看看在哪里放茶炊,在哪里放摇篮。"玛莎兴奋地叫着,踢开被子,惬意地伸展着赤裸的四肢,享受着因为爱欲的释放,因为淋漓尽致的宣泄而带来的快慰和舒适。

彼得欠身,支着肘,充满爱怜地望着她。

彼得叫了一辆马车送玛莎回家。当他们走到圣索菲亚教堂时正值午夜,迎接中国新年的鞭炮声不绝于耳。玛莎让车夫停下,两人下了车,挽着手,面向教堂,庄严而立,他和她不约而同地各自在心里念着同样的话:

"你愿意娶她为妻,你愿意嫁他为夫吗?你愿意伴他(她)终生,无论贫困、疾病与灾难,永不离弃吗?"

此时，两个情侣同时高声朗诵："我愿意！"

圣索菲亚教堂响起洪亮的钟声，两个饱受相思之苦的青年紧紧拥抱在一起，深情地亲吻着。

彼得送玛莎到家门前。玛莎让他进屋，彼得怕影响老人休息谢绝了。玛莎悄悄告诉他，壁炉上放着一张支票，拿去买家具。

彼得注视着礼花映衬下的教堂的尖顶，缓步绕过它，走进中央大街的寒风中，心里充满温馨。

然而，未来的命运谁能料得？

蜜月还未度完，玛莎就随全家悄悄走了。冈村带着宪兵到苏里科夫老师家去搜，结果拿走了"燃烧的茅屋"那幅画，彼得也因此被投进了牢狱。

第八章 人生炼狱

14 泪洒江城

温馨

1941年农历正月初三,惠子带儿子嘎鲁来到哈尔滨。

她一走进苏里科夫老师的园林小院,踏上意大利府邸式小楼的石阶,眼泪便不由自主地流了下来。她在这里度过了多少美好的时光啊!就是在这里,童年的她接受了慈爱的老师悉心的教导,也是在这里她和少年向墨相识相亲。那时他英姿勃勃,可如今他又在哪里?

惠子和师娘两个女人流着泪叙述着别后的感伤,她们已经七八年没见了。虽然柳芭常去藤野家的晚会,那是惠子的娘家,但她去了大连,不在哈尔滨城。师娘流泪还因为她想念向墨,她久久地注视着小嘎鲁,他真像他父亲,那是她得意的学生。她从嘎鲁身上看到了向墨的影子,一个有音乐天赋的热情的青年。看来,小嘎鲁的性格似乎更可爱,他不像他父亲那样张扬,一个言谈讷讷举止安详的小孩,显得有内秀。当然,因为他终年生活在山林中,和动物打交道比和人的交往更多,似乎有些浑蒙,不太开化,但动作反应却准确而敏捷，对于学音乐来说也许是件好事。

老师苏里科夫也很喜爱嘎鲁，看他长得结实而纯朴。苏里科夫是一个爱孩子的人，艺术家的天性是童心不泯，在交往中孩子的童真常常能启迪他的神思。

"你会拉马头琴吗？"老师看他背着琴，拉着他的手问。嘎鲁听不懂俄语，惶惶地拿眼望叔叔彼得，彼得让他表演。他又看着妈妈，惠子也鼓励他给师爷师奶奏一曲。小嘎鲁便从肩上取下马头琴，坐在小凳上拉起巴巴盖爷爷教他的蒙古曲子。

他忘情地演奏起草原长调，那优美的拖腔回环不断，如苍鹰在高空盘旋。这时柳芭也操起大提琴和着他，奏起咏叹调来。这两件乐器一个粗犷明亮一个优雅浑厚，那悠扬的和鸣令座中人无不动容。

"师娘，"惠子坐到柳芭的面前撒娇地说，"当初你教向墨，他不成器，跑了。现在劳你再教教我们的小嘎鲁吧。他很有天分，在山林里长大的，是一个学音乐的材料。你看，蒙古族爷爷带他拉马头琴，他们玩得有情有调儿。"

"行啊，我喜欢这孩子。让他到教会学校上文化课，课余时间我再教他音乐。"她又转向嘎鲁问："你愿意跟我学琴吗？"惠子给他翻译，他笑了，腼腆地点头。

为了让师娘品评自己儿子的天赋，惠子又怂恿嘎鲁学鸟叫。嘎鲁不好意思，这时彼得开头了，那是他在山里时与嘎鲁应答时学的。嘎鲁兴奋地和起来，客厅里顿时呈现了林中的美景——百鸟啼鸣了。小嘎鲁的发声带有特殊的喉音，那是蒙古族爷爷教的，师娘感到震惊，这孩子真是个学声乐的苗子。

孩子是天使，生活在山林中的猎人小嘎鲁的到来，给这个贵族之家带来了欢乐。那一天大家都十分快活，惠子高兴是因为孩子的教育有了着落，看来，嘎鲁很快适应了这个环境，他除了依恋彼得，还喜欢上了师娘。当然，作为女人，惠子也有些嫉妒。和师妹玛莎一样，她心里纳闷：她看到了，男人，无论大人还是小孩，他们都喜欢师娘。虽然她和师妹比师娘小几岁，正青春焕发，但是，一和师娘走进晚会，就感觉矮了半截。真是，女人还得有教养啊，那贵族的气质可真了不得。

对于彼得来说，小嘎鲁的到来又使他想起山林写生的幸福时光。小嘎鲁和彼得的谈话最多，别人听不懂。惠子说，为了占有彼得，我一定按中国人的习惯，让嘎鲁认玛莎为干妈，说得大家都乐了。

在这之前，师娘已经和校方谈妥。初三当天，吃过饭，惠子、师娘、彼得和嘎鲁去学校看了看环境。

之后，彼得便带惠子娘俩去了玛莎家。很快，他们又和玛莎一起折回到彼得的小店。随后，彼得带嘎鲁回到老师家，把她们姐俩留在他的铺子里。

让她们抱头痛哭，彻夜长谈吧。在中国被日本侵略的动乱岁月，两个异邦姐妹也难逃迫害，她们有多少过往的辛酸和未来的悬念要彼此倾诉啊……

就在这个夜里，她们述说了分离后这几年各自的经历，还商定了一个摆脱目前困境的计划，但却没有透露给彼得。

故园

嘎鲁和妈妈来哈尔滨师爷家的第三天。

大厅里彼得在作画，他反复比较草稿和腹稿，回味老师的教导，画那在废墟中逡巡的丧家之犬，画它消瘦的身子，在寒风中瑟瑟发抖的毛，画它无助的凝望，饥饿而哀戚的目光，追随着亡命天涯的主人……

大提琴如泣如诉，师娘柳芭看着画，即兴地演奏着《思乡曲》，怀念她的伏尔加。

惠子坐在沙发里想念丈夫向墨，心里默念着她的思念：

何时你会归来呢？我的丈夫，我日夜思念的人。你看，我们的孩子已经长大……日复一日，松花江水流尽我们青春的年华，年复一年，北国的风霜又将染白我们的双鬓……

向墨，每次我来哈尔滨，总爱在江边游荡，薄暮时分去我们经常散步的地方。清冷的落照里，归鸦成阵，你我常在那里作画，如今我望眼欲穿，却不见你穿过那片桦树林……

小嘎鲁，我们的孩子，他在山林里长大，对音乐有特殊的敏感，他听那思乡曲，望着叔叔的画，望着那被烧毁的家，泪流满面，他在低声呼唤着猎犬的名字，那是他可怜的童年的伙伴。

向墨，你此刻若是坐在我的身边，看到这一切多好啊！

又过了几天，彼得的画完成了，师娘给它起了一个震撼人心的名字——《故园》。

"国破山河在，城春草木深。"酷爱中国文化的苏里科夫老师看着画，吟诵着杜甫的诗句。

他非常喜欢他弟子的这幅画，那是在他的指导下创作的，倾注了师徒二人全部的情感和理念。他命彼得包装起来，去外面叫一辆马车，让玛莎给他拿来大衣，让彼得提上画随他下楼。他拄着手杖，跟跄而急匆地走在前面，柳芭忙跑去扶他。他上了车，彼得送上画。他扬了扬手杖，命彼得和师娘回去，吩咐车夫掉转马头，到侨界他的小圈子里去了。

彼得目送老师的马车辚辚而去，直到在视线中消逝。

落难

彼得按照玛莎的指导买了一些家具，把她们的小屋布置得十分温馨。有蜜月的情侣幸福了！有蜜月的人生幸福了！

"岁月如歌"已经被诗人说滥了，如果这支歌里没有高音，没有使人灵魂震颤的激越的高音，那又算得了什么呢！

这一夜，彼得拥着玛莎问："我们要不要报告两家老人，找一个安静和高级一点的酒楼摆上一桌呢？"玛莎躺在他怀里，用她的纤手抚着他的面颊，缓缓地摇着头。

"有那么严重吗，值得你这样谨慎？好像我们是偷情。"彼得有些不满地说。

玛莎还是缓缓地摇头，须臾，她轻声说："誓言在我们心里，还有教堂的钟声这就够了。"

"那也得让老人们知道。"彼得坚持着汉民族的道德观念。

"爸和老师早就这样定了，不然我敢在这里留宿吗？"玛莎安静地说。

小嘎鲁天天跟柳芭学琴，进步飞快。惠子没等到小学开学就回大连港务局上班去了，那港务局是满铁株式会社的一个企业，他们主要的业务是战备物资的联运。

正月过了，教会开学了，嘎鲁也被师娘带进学校，师娘在那儿教音乐。

彼得已经四天没见到玛莎了。她离开的前一夜，玛莎表现出异样的缠绵。那无尽的恩爱，缱绻的情丝伴着流不断的泪水，让彼得享尽了温存。此刻回想起来却令他不安，四天没来，出了什么事？去打个电话？还是晚上去她家？彼得放下画笔，换了衣服准备去打电话。

就在这时，一个四十来岁的瘦小个子带着两个宪兵闯了进来，彼得认出他正是侨报的冈村。宪兵给师娘亮了一下证件，说了一句日语："奉命搜查，捉拿葛利高里和玛莎。"说着便粗暴地闯入楼上楼下各个房间和阁楼，翻查起来。

他们搜到了彼得的画《燃烧的茅屋》。

冈村问彼得："是你画的？"

"是。"彼得不屑地说。

"思想犯,抓起来!"

宪兵上来,要逮捕彼得。柳芭横在中间说:"你们只有搜葛利高里的命令,不能随便抓别人。"苏里科夫气得连连顿着手杖大骂:"侵略者!强盗!"但他们听不懂俄语。

冈村对柳芭说:"我们有物证,有理到法庭去辩。"说着推开柳芭,把彼得强行带走了。彼得回头嘱咐师娘照看好老师,不用担心他,便跟他们去了。

他被押在一个临时看守所里。

一个小时之后,师娘来给他送饭,带来一件皮大衣。

师娘对他说:"那画不说明什么问题,那不过是雪地里燃烧的茅屋,它不问火的原因,也不诉着火的后果,艺术家为艺术而艺术,追求的是黑烟、红火和白雪的对比之美。"师娘把这话说了两遍,可麻木的彼得似乎并未在意。

他不想为自己辩护,师娘苦口婆心,让他一定把这话记住。他却问:"老师现在怎样?"师娘告诉他,老师希望他记住这些话,早日解脱自己,回家去。师娘还告诉他,老师会发动他侨界的同志,利用舆论给当局施加压力。

临别时柳芭现出哀戚的面容:"彼得鲁沙,这一次听师娘的话,中国和俄国都有这样的格言:人在矮檐下,怎能不低头。再说,这并不丧失你的尊严,不过是一场周旋,也许当局也想找一个借口下台阶,毕竟你不是拿刀拿枪的人。你要想想我们都指望你,让我和老师在你身边度过晚年吧。"

彼得感动得流下了眼泪说:"我总是处理不好一些事,累及您和老师,我不能报答你们对我的培养。"

"不说这些了,记住那些说词要紧。"柳芭抚着他恳切地说。

彼得默默点头。

柳芭回到家里,躺在病床上的苏里科夫急切地问:"彼得受罪没有?

他怎么样？"

"在临时看守所，可能这是件意外的案子，他们还没想到怎么处置，都是那冈村使的坏。我把那话重复了两三遍，教彼得自我辩护，彼得有点木然，他好像不在乎，可能玛莎的离去对他的打击太大了。"

"唔，也许是另一种心理在折磨他。你知道上一次展览，他画的《红松林》、《溪畔小屋》和《猎人之子》吗？那些都受到当局的嘉奖和同行们的赞誉。那几幅画确实是佳作，可是也有一些思想偏颇的人说他粉饰太平，为'王道乐土'造势，他心里一直闷闷不乐。后来日军烧掉了那茅屋，他心里的悲愤和自责是可想而知的。他不愿辩解，也许不是执拗，他希望当局公布那幅画，雪洗他的冤情，以示他对现实和艺术的真诚。"

"你提起上次展览，我们可以利用。"柳芭说。

"是的，他现在已经成了有影响的人，当局一时不好定他的罪名。这是一次偶然事件，冈村那恶棍出于嫉妒，一时冲动，给他毫无准备的上级出了个难题：同一间猎人的茅屋出现两幅画。好，现在我就公布那第三幅：《故园》。我来著文，把主题引到怀旧上来,怀念因失火而毁弃的家园。"说着，苏里科夫挣扎着要起床，被妻子制止了。她说，躺着休息，明天动笔也不迟。

苏里科夫说："好吧，我躺着打腹稿。对了，我的朋友说，你给这画起的名字很好。有人还说也可以叫'故园东望'，主人跑到关内去，回首'望乡'。从视点上看，倒是符合当初我给彼得的提示，但这次发表还是叫'故园'好，免得让人家望文生义，带来麻烦。"

柳芭点头："你先休息，有事叫厨师。我去找藤野，画展是他办的，他欣赏彼得，他会出力帮他的。"

彼得一身倦怠，没有人审他，他也不想自动去申辩。他躺在看守所的长椅上，听天由命。脑子里只有一个痛苦的思念，回环不断："玛莎，你在哪里？"

他不知道，玛莎此刻正以满铁职员的身份，搭乘远洋货轮永昌号，航行在海上。她手把栏杆，翘首北望，涕泪涟涟。鸥鸟发出凄厉的尖叫，轮船的黑烟飘洒水面，海风扫过甲板，扬起她厚重的裙衫。和她一起在凄风苦雨中漂洋过海的，还有她肚子里的孩子……

15　人生炼狱

坐牢

说来也怪，彼得没受到任何传讯。在看守所待了两天，就被转押到南岗的一个秘密监狱里去了，牢房里早有一个被折磨得奄奄一息的囚徒躺在草垫上。

彼得坐在地上双臂抱膝，他感到屋子里很冷，幸亏师娘给了他一件大衣。他刚坐定，就听铁窗外发出一声低沉的喝叫，"XXXX"。这是一个号码，他还不习惯，那是他的名字。接着从窗口飘进一张白纸，他拾起看到上面三个醒目的字：悔过书。这时他才理解为什么在入狱搜身时，特意给他留下了一只炭笔。随身带着画笔和一个小本是画家的习惯。本子被看守收了去，查看其中的笔迹。

此时的彼得已渐清醒，他知道该趁他身体没受摧残的时候，好好想想如何才能尽早地结束这场灾难。首先得和外面取得联系，得让师娘知道自己的所在和处境，此刻唯一能与外界沟通的就是这张纸。他知道，他要直接提出见人是不可能的，但如果要让满铁的藤野了解情况，师娘就会间接知道。

于是他拿过那张"悔过书"，认真地斟酌词句。他写道："我没有什么过错，我不解你们为什么抓我。我所有的画，包括这张未发的草稿，都是按满铁的画展要求绘制的。我画我所见到的东西,我按我对艺术的理解,表现它们,供画展的举办者选择。你们可以去访问满铁的藤野主管,至于我和冈村的个人嫌隙,我不讳言,他追的玛莎是我的未婚妻,这一情况你们可去侨报和我的师娘柳芭去了解。"

这段话他是用日语写的,他自己念了两遍。他很满意这里设下的伏笔,如他们去访藤野,师娘定会得到信息;其次,他把问题引向冈村对他的陷害,也许这事能脱离政治而得以化解。

就在这时候狱卒送饭来了,他闻到了一股刺鼻的酸臭,那是半小桶泔水。"喂他——狱卒用头指了指躺着的同伴,剩下的你吃!"狱卒扔下了一个铁碗和铁匙走了,铁门哗唧一声关上了。彼得坐着不动,但他听到了躺着的那人哼了一声,看到他哀求的目光向饭桶一瞥。

"你要吃吗?"彼得问。

他无力地微微颔首。

彼得一手托他的头,一手拿汤匙把那难闻的泔水一匙一匙地喂进他嘴里。彼得看到他遍体鳞伤和贪婪吸吮的样子,心里十分悲痛。当这人看到桶里还剩下一小半的时候,他迟疑了,动了动唇,吐出一个字:"你……"

"我不要,你还想吃吗?"彼得问。

他哀怜地点了点头,彼得便把那泔水全喂给了他。吃完,他示意彼得他要侧一侧身,彼得帮他,见他后背的棉衣上大片的血痂将草垫染成了黑色。

彼得坐在草上,望着牢中的同伴,从穿着容貌看来他像是一位乡村教师。他又想起山镇的经历,不禁悲从中来。他再也压抑不住心头的怒火,一把拿过来他写好的那页纸,狠命地撕得粉碎。这时狱卒来取桶,看到地上的纸片,小心翼翼地拾了起来,连一个纸屑也不曾漏掉,轻手关上了门。

一个难熬的寒冷的囚室之夜过去了,铁窗外又现出一线曙光。

一整夜彼得都没有入睡。他紧裹大衣,辗转反侧,听着同伴的呻吟,时而借着走廊里微弱的灯光，捉着从草垫里爬出来的臭虫。

"水……"他的同伴抬起下巴，声音微弱。

"拿水来！"彼得使劲捶着门。

狱卒来了，提着两个桶，一大一小，小的盛水，大的是马桶。彼得扶着同伴，喝过水，解过手。狱卒又进来命彼得提着马桶倒到厕所里去，又看着他解手，洗脸，漱口，把他押回去。自始至终，狱卒不说话。

过了一会儿，狱卒送进半桶泔水，之后，铁窗口飘进一张白纸。彼得一脚踢翻了汤桶，踢门，吼道："你们让我吃这猪食，我一个字也不写！"同伴睁大了他疲惫而悲哀的眼睛。

又过了一阵，来了一个长官，狱卒端着一个盘，馍、粥和咸菜。

"你是画家彼得？"他是一个日军军官，说日语。

"我是。"

"我看过你的画，在满铁画展，很好。"

彼得无语。他们相视片刻，彼得恼怒地问："你们为什么要关我？"

"这应该问你自己。"

"我的未婚妻被冈村逼走了，他又来陷害我。"

"这些我们不管，会有人审你。在这儿，你写悔过书，我们给你饭吃，有牢役侍候你的起居。"他说完转身走了。

沉思

彼得取过饼子，分一半给他的同伴，自己一面嚼着，一面思索着对策，无论如何要和师娘取得联系。

事后，谈起这一段狱中生活，彼得在他的回忆录中写道：

"当我清醒的时候，思索着如何摆脱困境，设计求生之路，我自以为能够同敌人周旋。其实，可笑，我不过像一条虫子，就像在牢房里爬行的蚂蚁。而当我回想所经历的一切,想到日本人的铁蹄践踏我们的土地,焚烧我们的房屋,驱赶我们的家小,毁坏我们的田园时,一腔怒火在我的胸中燃烧,我才感到自己是一个真正的有血性的人,一个潇洒的画家。什么说词、辩解、抗议,去他的!我赢了把你踩在脚下,我输了,随你从我的胸膛上碾过……"

就是这样,当时他的思想情感很矛盾,他时而写下自己的不平、陈述和抗争,想怎样摆脱困境;时而写着写着,压抑不住自己的愤怒,又把它撕毁。这时耐心的狱卒便把它拾起,细心拼凑起来。这狱卒是汉人,原本也是一个囚徒,是一个被日本移民强占了土地的农民,妻儿都死了。日本人抓他时以为他是一个反抗分子,待到看见他表现得很安分时,才知道他是一个顺民。他们要放他,他不走,没了土地,他宁愿在狱中打工,混口饭吃。

这期间使彼得最为痛苦的是对玛莎的思念,她的天真、快乐以及对他的炽烈的爱是怎样照亮了他的生活!她的热情、豪爽,还有那美妙的缠绵的柔情。新婚燕尔,醉人的甜蜜、旖旎、芳香。

"我的玛莎,是不是已经逃脱了魔掌?命运啊!是不是我领略了这一切只是为了在我的回忆中承受痛苦?冈村,若是我的玛莎有个三长两短,我饶不了你!还有你的后台,留着小胡子穿着马靴的武士,侵略者,你们是带刀闯进来的,好吧,我让你饮刃而死!"这时他又想起百合的信,想起她的侠义和她真诚的友爱,她的忠诚的豪言——"我会把那恶棍除掉。"

不,我要自己来。

他想念病中的老师和爱他如子的师娘,"是二位老人把我养大,把我培养成画家,我还没有来得及报答他们,没有尽到孝心……也许,我是一个不成才的浪子,一个任性的莽汉?你教导我,艺术要超越仇恨,要使情感升华……可是这有多难啊!我是一个体面的画家,却在这里喝泔水,喂臭虫,这是什么世道啊……"

就这样，彼得有时写，有时停，而他的伙食也就变成时而干粮时而菜汤，这些材料后来成了他回忆录的草稿。

终于，他病了，轮到那康复的难友来喂他。

这人是一个中医，姓何名佗。他上山采药时救助了一个受伤的抗联战士，因放走了他，因而被治罪，并严刑相逼，让他交代游击队的动向。此刻，他又拜托狱卒买来些草药调养彼得。月余，彼得总算康复了些，但这个健壮的汉子已是骨瘦如柴、形若枯槁了。

病后，彼得的情绪渐趋平静，那位医生也渐渐好了起来，闲谈中彼得说起老猎人巴巴盖，他还认识。说来也巧，那天他同画家彼得坐过一趟小火车，在山口分手。言及此，二人抱头痛哭，慨叹人生"寄余命于寸阴"。

不知何故，彼得始终未被提审，只是那边把问题写在纸上传来，彼得也借此巧妙陈述，言及满铁藤野，山镇军医百合及侨报情敌冈村。可能这些都起了作用，他俩的伙食也改善了许多。狱卒每次送纸都多给彼得两张，他便一面与医生共同回忆山林、溪水、鸟兽、花草，一面即兴画些美好的印象。的确，对于狱中的囚徒来说，那自由的祖国的河山是多么令人神往啊！

不知过了多少时日，彼得从牢狱的一方窗口看到了初夏的骄阳，白杨树叶在风中喧响。

"我的老师，苏里科夫，不知道老人家病体如何！我不能让他们折磨死，我得活着出去。"

第八章 人生炼狱

第九章 梦回春谷

16 梦回春谷

归帆

自从彼得入狱之后，小嘎鲁茶饭不思，也很少与人说话，妈妈惠子看在眼里、痛在心头。老师柳芭也越发喜欢这个孩子的有情有义，她一面安慰他，一面教他一些感伤而优美的曲子，希望能用音乐化解他的痛苦，提升他的美学品味。

的确，音乐真是个好东西，你乐它帮你乐，你忧它帮你忧。但是，你乐它不使你狂，你忧它不使你伤。

这一天惠子来找师娘柳芭商量营救彼得的事，同时告诉她妈妈春草要过生日了。

"这些日子我之所以没回大连，"惠子低语，向师娘吐露心事，"一来是为了彼得的事，二来就是为了妈妈。你知道妈妈最疼爱弟弟野草，他从航校毕业当了飞行员，现在一点音信没有，不知道在执行什么秘密任务。妈妈担心他的安全，老是牵挂他，怕是这个生日也过不好。都是这场战争，给多少家庭带来了苦难。"

"嘎鲁的事你没和家里说吧?"柳芭问。

惠子摇头,轻声说:"哪敢呐!"

"是时候了。"柳芭把咖啡推到她跟前,"你要了解老人的心,特别是这个时候,她想念儿子,感到孤独。"柳芭注视着惠子,片刻后她又继续说,"你看,嘎鲁多么英俊,小小少年!我真希望他是我的孩子,那么纯朴、缄默、刚毅而又有才华,外婆能不喜欢?她纵然不认抗日军的女婿也会认这个外孙。"

惠子悲哀地笑了:"真是比他爹强。"

"再说,"柳芭语重心长地说,"在这样的时局下,嘎鲁需要保护。你父亲位高权重,作为他外公,对孩子的处境安全很重要。"

"是的,我也想过,彼得师弟是我和嘎鲁的救命恩人。若是二老知道这个情况,他会营救彼得出狱的。"惠子说。

"那就来吧,让嘎鲁表演!"柳芭坚决地立起身来。突然,她吟哦了两行诗句:

"大海的蔚蓝色的浓雾里,
一片孤帆儿闪着白光……"

惠子不解这是莱蒙托夫的诗句,因此她也就不解师娘的审美取向和她对小嘎鲁未来的深思。柳芭意识到了,小嘎鲁或许是唯一一个能改造这个显赫的日本财阀家族的人,使它脱离战争的藩篱。

生日

暮春的一天是藤野妻子春草的生日。晚上,藤野约柳芭到家里来聚会。柳芭带来一个轻音乐队,两个女孩三个男孩,他们穿着旧俄式学生制服,全是柳芭的学生。有两个拉小提琴的，还有吹双簧管和长笛的，其中一个英俊的小男孩拉马头琴，显得很拘谨。一开始，这个男孩就引起了春草的注意，他像一个人，像谁呢？

说是家庭聚会，却只有四个仆人侍候着二老和一位客人，还有小乐队。本来藤野想多请些友人，被春草拒绝了。这其中有微妙的感情纠葛，藤野对女儿的放逐，引起母亲的伤感。儿子是飞行员在前线作战，女儿在大连又不让登门，连自己的孩子都没来祝寿，请那么多人来看笑话吗？

上了水果、甜点和咖啡，聊了一阵家常，之后，演奏开始了。柳芭亲自拉大提琴，小乐队奏起《春之谷》，这是一首日本歌，是春草和藤野初恋的沉醉。乐声一起，寿星的眼泪便流了下来。

京都郊外的暮春，白裙子在翠绿的山谷中飘荡，那就是她——春草。那是和平的年代，三十年的时光过去了。

悠悠的长笛引来轻盈的、飘摇的落英敲击着她的衣袖，敲醒了她的梦。大提琴的旋律随那春桂的幽香缓缓地在山野里弥漫，夜已来临……

记得那一天是她的生日，她依在藤野的怀里，坐在小旅馆的阳台上，眺望暮色里的山野。楼下的庭院里，一个歌者弹着吉他，唱小夜曲，那就是这支《春之谷》。

那诡秘的暗影正悄悄地潜入了山谷，小提琴伴着双簧管和谐的旋律，散布一层薄薄的纱，把涧底遮了，把石路遮了，把草儿和树儿遮了，把小溪也遮了，连同她那潺潺的流水声也现出梦一般的朦胧……余音袅袅。

羊群归栏了，牧人在吆喝牲口，悠悠的马头琴声，带你入青春的往昔。眼前的山林空了，静了，只有轻轻飘落的木犀花瓣在暗夜中倏忽闪现，又归于清寂，藤野拥着她。

啊，拉马头琴的小男孩，何以这样的知音？

湿润的空气伴着暗香浮动，夜的山林显得缥缈，浸在夜的氤氲中的歌者,他的歌声也缥缈起来,不知道春已深深……

忽然,顽皮的月亮从迷藏的云中浮出。那嬉笑的光,荧荧的,照亮了花儿,照亮了雾,照亮了树上的巢。双簧管和马头琴响起,一只巢中的雏儿叫了,又一只叫了;一些鸟儿叫了,又一些鸟儿叫了……一阵,一阵,连闪光的小溪也唱起歌来——这是那个纯朴的小男孩的口技,这奏鸣曲在山涧中荡漾,在空谷中回响。

他是那么可爱!春草越发专注于这个打着领结的英俊少年。他的马头琴拉得多么娴熟啊!

他微微倾着头,凝思而带一点忧伤,这和他的年龄多么不相称啊!他有着怎样的经历?

奏曲的声音多么美妙啊,春草突然又想起她的儿子,炮火正威胁他的飞机。

琴声又带她回到蜜月的夜,芬芳的夜……

露水打湿了歌者的衣衫,也打湿了恋人的思绪。

春草被这合奏深深感动了……

她总觉得这个俊俏少年有点面熟,他像谁呢?对了,他像藤野。三十年前,京都之春,她一见钟情的青年,英姿勃勃的藤野……

就在这时,客厅的门哗啦一声打开来:"小嘎鲁,我的儿,快,拜你外婆!"惠子激动地喊。

那男孩放下马头琴,到春草跟前,深深一躬。

春草旋即把他搂在怀里,轻声呼唤:"小藤野,我的孙儿,何时战争结束?让我们全家回到春之谷。"

这时,惠子也快步走到父亲面前,跪了下去。

座中,主人、客人和仆人无不落泪。

17　故园挽歌

背景

上个世纪初至二三十年代在哈尔滨的俄国人很多,日本人入侵东北后,与他们的关系是异常复杂和微妙的。

从1898年开始,清政府和沙俄签订协议在东北修中东铁路,沙俄获得初期三十六年的经营权,在松花江畔的一片荒凉的沼泽地上,建立了工程局,这就是今天的哈尔滨。当时从俄国来了大量的铁路设计和运行管理人员,包括护路的军队,陆续也来了很多移民。沙俄政府蓄意扩大势力范围,到1917年在哈尔滨定居的俄罗斯人已接近十万,比当地的中国人还多。在这以后,一些自由主义者、艺术家也流亡到这里。特别是1922年海参崴被红军攻占之前,当地和附近的贵族、资产阶级和地主更是大批逃到哈尔滨。这三类人对日本人的态度是不一样的,由于不久前(1905年)的日俄战争俄国失败,大部分移民,特别是下层人,包括军队的后裔对日本人都有反感;而那些反对苏维埃政权的资产阶级则相反,其中有些人则想利用日本人颠覆苏联;还有那帮自由主义者艺术家,他们大都厌恶政治,追求个性的解放,他们既反对布尔什维克,也憎恨日本人的侵略暴行,彼得的老师和玛莎的父亲都属于这一类。

彼得虽是汉人,但他在苏里科夫家长大,与恩师形同父子。日本人摸不清他的来路,究竟彼得的背景是什么?是孤立事件,还是有俄侨帮派的后盾?日本人要调查,这也是彼得没有受审,也没有获释的原因之一。

其次,抓彼得是一个偶然,不是日本人的计划,也不是冈村的计划。但既然抓了,就不会轻易放掉,就要查一查,有什么样背景,看他是哪一类人。既然这幅画《燃烧的茅屋》是个由头,那最好是让他自己交代一下。

于是便有了这样的结果，让他自己说。

要查彼得的政治态度，看他与逃跑的葛利高里的关系。当然，关系是明确的，那是他未婚妻的爸爸。

那葛利高里又是什么问题？这一下可把冈村难住了，如他拿出那些材料，上方势必要问，这一年前的东西，你何以早不上报？如果不交出这些材料，玛莎父女何以逃跑？冈村只能说有通敌（苏联）的嫌疑，而彼得却说是玛莎耐不过冈村的纠缠。去侨报调查的结果，证实了彼得的说法，于是认定了冈村与彼得的关系是"情敌"。既是情敌，怨恨便是自然的了，何况那画并未发表，诸种理由都不能给彼得定罪。但由于玛莎父女的下落不明，还不能释放彼得。这就是为什么，不审他，伙食又有所改善的原因。当然，没有虐待他还有一个重要原因，那就是他为满铁画画有满铁藤野的关注。

最后也是相当重要的，彼得是侨界和文艺界的新星，我们看彼得的老师苏里科夫是怎样调动舆论的。

挽歌

彼得的画《故园》在侨界艺术家沙龙展会上展出了，苏里科夫老师为它发表了一篇评论，用中文写的，标题为：《叹黄犬而长吟》，语出自向子期的《思旧赋》。

向秀的赋是在他受命入洛，返身北上，过黄河到山阳，途经嵇康的故居时写的。赋表达了对受迫害而死的亡友的深挚怀念，其文清凄悲怆，哀婉深情，它深刻地揭示了伤逝的主题，这和彼得的《故园》的主旨是一致的。

苏里科夫引用原诗，一开头就把读者带入怀旧的氛围："……瞻旷野之萧条兮，息余驾乎城隅。践二子之遗迹兮，历穷巷之空庐。"说到这儿，苏里科夫对比地介绍彼得的《故园》：

……下午的阳光照着山脚下的橡树林，阵阵北风扫过残雪，门前的溪

水还在涓涓流淌，可是旧宅却成了废墟。

苏老师谈及挽歌是中国诗歌的传统主题，他引用《思旧赋》"叹《黍离》之悯周兮，悲《麦秀》于殷墟，惟古昔以怀今兮，心徘徊以踌躇。"是啊，从画里可以看到了茅屋的残垣断壁，却再也听不到猎人之子马头琴的声音，"栋宇存而弗毁兮，形神逝其焉如？"

你们看那画中的狗，那怀念主人不忍离去的狗，你们看啊！真是一曲悲歌古今同，"昔李斯之受罪兮，叹黄犬而长吟。"

苏里科夫老师把彼得的画和《思旧赋》联系起来十分妥帖，两者相互启示、相互渲染，增强了挽歌的魅力。

彼得的这幅画和苏里科夫的这篇论文在有着亡国之痛的中国士人的心里引起怎样的震撼啊！同样产生共鸣的还有那些失去家园的白俄，虽然他们有着不同的阶级内涵，但在人性和艺术的层面却是相通的，因而在哈尔滨的社会上引起极大的反响。苏里科夫还进一步阐述了"挽歌"的悲剧美，他列举了俄国屠格涅夫的《贵族之家》，中国曹雪芹的《红楼梦》和日本绘画《紫式部日记绘卷》所表现的怀旧与幽怨。

苏老师的文章最后斥责那些武夫不懂挽歌，这种美将人从生理上的痛苦升华为艺术的享受，人学会了以挽歌面对伤逝，从而也就丰富了人的情感，展示了人性美。

就这样，苏里科夫老师，这位博学、智慧，对艺术美有真知灼见的老人，把《燃烧的茅屋》和《故园》捆在一起，把前者作为后者的草稿，本来就是如此。这样，他就把彼得对日军的控诉化为了挽歌，把一个政治问题化为了艺术问题，解脱了彼得，也给当局了结此事下了一个台阶。

而此时狱中的彼得对外面一无所知，怒火在他心中燃烧。这种愤怒让他浑蒙，他一心只想要报仇。

第十章 营救波得

18 营救彼得

营救

就在春草生日晚会那天，惠子向父母讲了这些年的经历，讲了彼得怎样舍生忘死抢救她们母子。现在他落了难，惠子恳求父亲一定要救他。藤野一口答应，他本来就珍爱彼得的才华，更何况彼得为满铁办展览画画深得株式会社高层的赏识，所以早就想营救彼得，只是等待当局摸他的背景。

第二天，惠子和师娘商量，救彼得最有力的人该是百合，于是惠子当天就去了山镇。百合听了很急，她让惠子返回福冈一趟，因为高仓已经回家念书了。百合想让他出个证明，说出彼得救他，为他献血的事。惠子点头同意。

当晚，她便折回大连，从那儿乘船回了日本福冈，找到了高仓。高仓听了痛哭流涕，要和惠子一起去哈尔滨救彼得。惠子劝阻了他，告诉他写个材料证实一下就行了。高仓立刻照做了。惠子拿了证明，直接折回满洲山镇。百合在证明上签了字，并盖了章。

惠子和百合到哈尔滨宪兵队找到了阪原队长，阪原了解惠子和百合的身份，对她们俩很客气。她们陈述了彼得救日本同胞惠子和军人高仓的情况，递上了证明信，队长一口答应查清情况进行处理。

其实，队长早就心里有数了。苏里科夫的文章他看过，俄侨那些社团的政治倾向，他都一清二楚。原来，葛利高里的离境是一个问题，现在查明了，他不是红军的间谍，没有去苏联，而是去了东南亚。

他也查清了彼得和哈尔滨的地下抗日组织没什么联系。相反，满铁高官藤野却很赏识这位年轻的画家。藤野和他通过话，说了彼得不少好话，只要没有抗日背景，请他关照。

他还有一个隐秘的愿望，他和他的汉人太太如玉曾经参加过藤野家的晚会，对柳芭有深刻的印象，很想接近这位俄侨名媛。

一切都注定了，放彼得不过是时间问题。他要捞到更多的人情，而又不失上峰对他的信任。

百合返回山镇，让惠子把进展情况及时打电话告诉她。

由于各方的努力，彼得被放出来了。而此时，苏里科夫老师已病重进了医院。彼得入狱，他一股急火，肝病加重了。他住进了俄侨的托尔斯泰医院，院长托尔斯泰是他的好友。

骨瘦如柴的彼得，一出牢狱便赶到医院，跟跟跄跄地跪在老师的病榻前，号啕痛哭。

老师更为激动，他颤颤抖抖，示意让他和师娘的手握在一起，断断续续地说："彼得，孩子，我……把柳芭……交给你了。她也是孩子，比你大几岁，好好待她，她感情脆弱……别让她孤独，别让她伤心……伴着她，你姐姐……"话未说完，这位慈爱睿智的老人，彼得的恩师，闭上了眼睛。

彼得恸哭不已，痛不欲生，不断地说："都是我惹的祸"。柳芭更是悲痛，但她尽力克制着自己。

她与托尔斯泰、画家小圈子里的几个知己，还有藤野和惠子，料理后事。

他们叫了马车把刚出狱的彼得送了回去，只过一会儿，彼得又返了回来。

侨界为这位画家举行了隆重的葬礼，彼得按汉人的习俗以义子的身份披麻戴孝，送至侨民公墓。

玛莎

彼得在柳芭的悉心照料下，静静地在家调养。

过了两天，惠子来了，跟彼得和师娘讲了玛莎的出走。这一切都是惠子安排的，惠子在大连港务局，它隶属于满铁株式会社，其中的一项主要业务就是从南洋马来亚和印尼运橡胶和石油等战略物资。惠子给玛莎父女弄了个业务员的身份，他们便搭船去了马来亚，再从那里转去火奴鲁鲁（檀香山）。那一次惠子回大连就是办这事，一切都如计而行。惠子说完，递给彼得一封信，是玛莎的字迹。彼得急忙拆开，熟悉的字迹便在模糊的泪眼下现出了。

亲爱的，我的彼得鲁莎，原谅我，没有向你辞行。好在我早就跟你说过，爸爸和我都知道你离不开，我理解你的难处。但是，无论什么也无法把我们分开，对吗？

父亲带我们离开哈尔滨不单为躲开那个恶棍，在这种形势下，哈尔滨是个是非之地，灾难之地，对我们俄国人来说也是如此。日苏战争不可避免，日本人要石油，日俄之间素有宿怨。日本人看我们侨民为俄国人，红军看我们为白俄，如果红军占领了这个城市，不是我们的胜利，相反流亡者要遭清洗，我们也会受连累。爸爸说正是为了我们这一代，要一个和平的环境，看得长远些，多则三五年，少则两三年，我们就会团聚。

怀念我们的小屋，怀念我们的蜜月，即使今生不再，对我也够了……但是，不会不再，对吗？

我有一个计划,彼得,等我的家安顿好了,一两年后,我搭船回大连去。我自己,让师姐在满铁给我找一份工作。那时你可以跑来会我,也许我会给你一个惊喜,我们共同的惊喜(信里玛莎只是暗示而没有明说她怀孕了,她这样做,有她的苦衷)。

亲爱的彼得鲁沙,你不知道,做出离开哈尔滨城的决定对我是多么艰难。我想了又想,想了很久,你知道为什么我不愿意举行婚礼吗?我要给你自由,是的,我说过,对我来说,你给我那一个月,已经够了,我已尽情地啜饮了你的甜蜜。

是的,我爱你不够,永远、永远,但我不愿苦你。也许有一天,我的计划实现了,我回到哈尔滨,如我看到另一个女人挽你走在中央大街上,我就会离开,你的玛莎将永远消失……"

彼得泪流满面地读完了这封信,他暗暗下了决心:我一定要杀了他,冈村!这个日本的恶棍,他气死了我的老师,逼走了我的玛莎。

先哲迪得罗说过,感情的平庸使杰出的人物失色,可是那相反的论断也不无道理,即使是一个有才华的青年,也会因情感的冲动而沦为蠢猪。彼得这小子到底是坨乡的子弟,在他身上流着小镇下层人的血液,他的这一念头,如梦魇缠身,最终使他挨了一枪。

19 决斗悲情

怀念

彼得出狱已经两个多月了,他的健康已逐渐恢复,只是,苏里科夫老师的离去，留给他的精神创伤难以痊愈。

这一日，师娘去给学生们上课，孩子要放假了。俄国人的习惯，学期末总是有演出，家长们期待，学生更是兴奋。和孩子们一起，这多少缓解了柳芭的伤痛。

彼得坐在一楼大厅临窗的藤椅上，望着他昔日劳作的庭院，不胜伤感。那是一个英国式的小花园，在宅子的南面。

哈尔滨的仲夏，气候宜人。

像这样阳光明媚的下午，往年他在修剪树木之后，总是在花园的草坪上摆好白色的桌椅，端来师娘亲手煮的咖啡，等待老师和师娘。他坐到画架前，学习印象派的手法，一面画着池中的睡莲，一面听老师和师娘讲圣彼得堡、涅瓦河和贝加尔湖边的森林。

有时，老师也会走到他身旁，看他作画。老师捋着大胡子，眯起眼，仔细审视画中的缺陷。他会让彼得闭目，捕捉那些光影，然后默写。老师说，这样能保持最初的印象，她是新鲜的，避免视觉疲劳对绘画的干扰。"一个池塘，你在不同季节，一天的不同时段，甚至在不同情绪下来画它。久之，你的技艺才会臻于完美。"老师微笑的样子又浮现在他的脑际。

如今老师走了，再也听不到他亲切的教导，看不到他那会心的微笑，默默地欣赏，以及偶尔的只言片语传达给他的艺术的启迪。

我是谁？彼得在自省。我不过是一个南满乡村贫困农家的子弟，遇到老师是我一生中最大的幸运。到了哈尔滨我一边上学，一边学画，老师视我为亲生孩子，把我培养成为一个画家。如今我还没有来得及报答他的恩德，让他安享晚年，他便这样地去了。虽然是因为有肝病，但如果没有那冈村无赖抄家的惊扰，没有我遭陷害令老人忧心，老师不会走得这么快。还有玛莎也是那恶棍逼走的，可怜的玛莎，亡命天涯，不知下落如何⋯⋯

师娘回来了，她脱去大衣走到彼得身边。他要起立，给师娘献茶，师娘制止了他。她把两手放在他肩上，不说话，两人默默地忍受着共同的伤痛。

伊万

马儿轻快地颠着步,蹄声笃笃,轮声辚辚,五颜六色的霓虹灯和留声机的歌曲不时从车窗闪过。街上,神父裹在黑色长袍里,妇人牵着狗,俄国绅士戴着圆形小礼帽,悠闲地用手杖敲击方石路面,日本兵在街头巡逻。

马车夫留着大胡子,身穿紧腰长礼服。往昔,在莫斯科的夜晚,他们常常就这样守候在府邸庭苑的门外,听着舞会的音乐,在寒风雪地里跺着脚,等待贵妇的归来。如今,在哈尔滨也能看到他们的身影,哈尔滨是一个令俄罗斯人怀旧的城市。

"老爹,"坐在车上的彼得操着纯正的北俄语音问道,"你恨不恨日本鬼子?"

"老弟,你算是找到知音了。"马车夫听到后兴奋起来。他一边说着,一边回身把伏特加酒瓶递过去。"小伙子,我认识你,你叫彼得,画家,前几年你和柳芭,那位老画家夫人常坐我的车,出入满铁,你叫我伊万就是了。我从1904年和日本鬼子打交道——那时是日俄战争。那年我刚二十岁,在旅顺太平洋舰队帕拉塔号巡洋舰上服役。我记得,俄历一月二十六日(公历2月8日),我们晚上洗过澡睡下,半夜日本人向我们发了水雷。呸,这算什么,日本人总是不宣而战!他们不讲信义,他们不是军人,是老鼠,是跳蚤,是臭虫……"

"伊万老爹,我要和这样的人决斗,你愿作我的证人吗?"彼得问。

"证人,当然。"

一提起决斗,马车夫顿时激动起来。他说:"这对于昔日的沙皇士兵,而今落魄的移民来说,该是何等的荣耀啊!年轻时我见过决斗,这都是贵族干的事。如今画家看得起我,认我为上层人,伊万老爹,伊万。伊万诺维奇。伊万诺夫,当年沙皇的上士,以荣誉作证,当然。"

过了一会儿,他接着说:"请问,少爷,您的对手是谁?您为什么要和他决斗?"

"日本人在我们的地面上横行,我看不惯他,这就够了。"

显然，伊万老爹，这位昔日的沙皇军人，知道当事人不愿讲出真相，为了爱护姑娘的名誉，这可是体面的绅士惯有的风格。

"那么，这个恶棍是谁呢？请问。"

"侨报的冈村，他是个监管。"

"唔……现在你去找他吗？"

"是的，我要访几个酒吧，烦老爹辛苦了。"

"哪儿的话，这是我的荣耀。"说着，伊万抖动缰绳。两匹马儿也昂首挺胸奋起四蹄，好像要继承它们先辈的事业，赶赴一场日俄战争。

挑战

当彼得走进樱花酒吧的时候，冈村正搂着一个俄国吧女在跳舞。一曲方罢，彼得抢先邀请了那位舞伴。他先是用俄语朗诵了一首普希金的诗，赞扬她的美丽，使得姑娘心花怒放。随后彼得又用日语大声奚落辱骂刚才与她跳舞的冈村，说他是个蠢猪、流氓、恶棍，说话时他脸上带着微笑。显然他是说给冈村的，那姑娘听不懂，以为这个英俊的青年还在奉承她，咯咯笑着，偎在他怀里。忽然一只酒瓶抢了过来，彼得早有防备，一闪身，瓶子砸在姑娘的头上，血流了出来。旁边的侍者忙将她扶向柜台，动手包扎。这时彼得已将冈村打翻在地，他踩着冈村的胸口，心里暗暗咒骂：

"恶棍，你气死了我的老师，逼走了我的玛莎。你陷害我，你知道我在监狱里过的什么日子？吞猪食，吃泔水，有病不能治；发烧昏迷口渴，扯破衣服，喝污水；草垫里爬出的臭虫咬得浑身红肿，抓破了就溃烂。出狱时我皮包骨，没力气。今天我们该算账了！"

他低声而威严地叫道："答应！和我决斗！"

"为啥？你这混蛋！"冈村声嘶力竭地吼着。

彼得把一杯酒泼到他脸上："就为这。"

"好吧，俄国佬，我饶不了你。"冈村知道彼得是中国人，但他总是称他为俄国佬。

"时间？地点？"冈村咳着，气竭着问道。

"明天此刻，就在这里，别忘带上你的棺材。"

彼得走到柜台，向姑娘致歉，给了她一沓钱。那痴情的吧女不但没生气反而亲了他一口，认为他是真正的绅士，有诗人的风度，临别时还柔情地呼唤：

"再见，我的普希金。"

在俄国移民中，略通文墨的少女都知道普希金和莱蒙托夫。这两个伟大的俄国诗人，都是年经轻轻的死于决斗，他们是少女的偶像。

一出酒吧，大胡子便问："如何？"

"明天，此时，还是此地。"

"他的代理人是哪国的？是否懂得决斗的规则？"

彼得无语，实际上他什么也没弄清楚。他沉浸在冲动的瓮中，只觉得痛快。的确，如果说复仇和泄愤是一种动物本能，那么再也没有比肉搏更爽快的了，不用任何延伸器官的武器，爪对爪，牙齿对牙齿，就这样，拳头打在脸上，脚踏胸口，高声咒骂……

搏斗

次日，这一老一少，两位绅士着实地打扮了一番。彼得晚上临走时，还庄重地暗自拜别了师娘，马车夫更是早早地等在了宅院前。他穿上了沙皇时期的军服，由于年老体胖，衣服紧绷地裹在身上，在精心梳理的大胡子下，显得有点滑稽。

就这样，他们又来到了樱花酒吧。老人嘱咐，由彼得先进去交涉，让冈村指定证人，立下字据，选好武器和郊外的地点，带医生以及后事的处理。

彼得整整衣服，进去了。马车夫焦急地等着，不时搓着手，一种临战前的兴奋折磨着这位年近花甲的沙皇士兵。

二十分钟后彼得跟跟跄跄出来了：他鼻青脸肿，嘴角带着血痕。

"怎么回事？"伊万问。

彼得上了车，瘫靠在后座上，断断续续地说："老爹说得对，日本人不讲信义，什么决斗，是械斗。"

"你没打过他？"

"他找来了一个浪人，两个打我一个。先回家，明天再来。"

回到家，师娘给他开门，他因怕自己有不测，没带钥匙。师娘见他这副模样，惊讶地问："怎么闹的？"他低头说："吃酒撞树了。"师娘没多问，又告诉他，嘎鲁带巴巴盖老人来看他，此刻就在厅里。

他脱去外衣，进了厅，坐下，与大叔寒暄一番。老人这是第二次来府上，前一次是彼得刚出狱，老师去世的时候。大叔问了彼得身体康复得如何？他说还好，今天出去散心。这酒真不是好东西，他自嘲，头一晕就撞到了树上。这时小嘎鲁坐到他身旁，心疼地抚摸他的面颊。他又询问了大婶和豆腐房，王掌柜和百合的情况。

巴巴盖一一做了介绍："王掌柜不愧是买卖人，心眼活，有一套。他和百合处得挺好，过年和五月节都提了特产去看望医生。乡亲也跟着借光了，小孩子有个头痛脑热便找王掌柜领着看医生。还有一件事告诉你，清明时嘎鲁和他妈在德德玛坟前栽的松树都活了，还立了一个碑。"老人感叹了一番。

"您这次来多住两天。"彼得说，"我领您逛逛哈尔滨。"

"哈尔滨我常来，现在不打猎了，也没啥可买的，就是想嘎鲁。这不，他外婆还一定让我晚上带他回去住。我说这人老了，总是想孙子。有了小嘎鲁，他外公那藤野也原谅了他妈惠子，一家人和美了。"

他们又聊了一会儿，师娘要留他俩。巴巴盖说："孩子外婆有话，得把孩子送回去。"师娘便说："也好，明天藤野会派人用车送他上学。"

师娘让厨娘去叫了一辆马车。她和彼得送他们爷俩上车时,她让彼得先回去,她又和巴巴盖说了些话,之后才回屋。

第二天吃过晚饭,彼得找了个借口出来了,柳芭没有问他。马车早在门口等候了,彼得一上车,伊万便问:"带武器了吗?"

彼得说:"枪有一只,上次师姐丢给我的。但既然不是按规矩决斗,我想也没必要带它了,什么都可以做武器,酒吧里有。"

"日本人不讲信用,不守法则,不按常规出牌,要提防点儿。"伊万老人说,"这次,他若是一个人,你自己对付,我看着;他若是还找那浪人,我可不能袖手旁观了。"

"就这么办。"彼得点头。

樱花酒吧宾客如云,喑哑哀伤的日本歌曲低回吟咏。

"……侵略他国已近十年,自己又得到什么?多少死亡和劳役!多少灾难和创伤!多少弃妇抛于故土,多少伤兵流落他乡……"樱花酒吧——日本人醉生梦死的方寸之地,即使在这里,谁又知道,有多少仇恨的目光在暗处彼此窥探呢!

这时,走进来一老一少,老的是俄国人,蓄着大胡子,马车夫的打扮,趾高气扬;少的,瘦高个子,脸上带着伤,目光四下里搜索。

一个吧女头上缠着绷带,端着盘子走到青年身边,轻轻捏了他一下,低声说:"他带来三个浪人,呶,那边。"她使了个眼色。

"俄国佬,彼得,"那边的一个日本小个子唤他,"过来,坐下,我们把话说在前头。"彼得坐在了日本人的对面,盘肘注视着对方。

日本人把酒杯推给他:"葛利高里为啥逃跑?全家都跑了,你知道,我也知道。既然玛莎走了,我们这三角也就拆开了。你我无冤无仇,至于你画的《燃烧的茅屋》,那是贼窝,土匪的藏身地。如果我是剿匪部队,我也要烧了它……"

冈村的话音未落,一只碗伸到他脸前,那是一个老乞丐的手,是蒙古人巴巴盖!冈村刚想发作,那只盛有肮脏食物的碗扣到他脸上。乞丐的另一只手扯开了他的椅子,将他掀翻在地。老人斥道:"强盗!烧我的房子,还说有理!今天我来算账,'要战便战'!"这后一句话是他的祖先成吉思汗的名言。

一个日本浪人持刀扑来,马车夫的鞭子只一抖,哗啷一声,匕首掉落在地上。另一个浪人挥着铁棍砸向彼得,却打在飞来的盘子上,他气愤地将吧女踢倒。

"大叔,小心后面!我来治冈村。"彼得吼叫。

巴巴盖见落刀的浪人扑过来,顺势掠住他的胳膊,一转身用蒙古人的摔法将他背起,摞倒。

伊万受到第三个浪人的攻击,那人来夺他的鞭子。伊万老人吹起胡子,抖擞精神给了他一个左勾拳。

这时,酒吧里打作一团,不只是彼得他们四个对四个;一些俄国人看着自家的姑娘被浪人欺辱,便一起上来搏斗。俄国人帮俄国人,中国人帮中国人,日本人帮日本人。桌子掀翻了,杯盘狼藉,在脚下喧响,椅子在舞蹈,酒瓶在横飞。各种语言的叫骂声组成奇异的合唱,中间交织着从架在后面的留声机传来,依然唱那著名的日本歌曲《荒城之月》,它呜呜咽咽地拖着长腔哀怨泣诉。

在这眼花缭乱场面中,突现一道奇异的风景,令人不解和兴奋:是那些日本伤兵,他们挥舞拐杖,打完了中国人又打日本人——他们的那些衣冠楚楚的同胞。他们口里骂道:"老子丢了半截腿,让你们在这儿泡酒吧。"

冈村被彼得痛打一顿,他头破血流,气急败坏,突然拔出枪来。吧女看到了,对彼得大叫一声"当心!"彼得拿起坐凳时,枪响了!子弹洞穿了木椅,击中彼得的腹部,他应声倒地。

就在这一瞬间，柳芭带一队巡警进来了。柳芭叫了救护车，迅速将彼得送入医院。

这边警察将酒吧里的客人和老板全部带到了警局，舞刀的浪人和鸣枪的冈村被戴上了手铐。

次日全城的报纸都登载了这一消息，只是立场和语调各有不同，有的愤慨，有的嬉笑。侨报解了恨，用了一个耐人寻味的标题：

《王道乐土，民怨沸腾；樱花酒吧，种族战争》

20　长夜当哭

未曾哭过长夜的人，不足以语人生。

——卡莱尔

反思

柳芭将彼得送到俄侨有名的托尔斯泰医院，彼得的老师苏里科夫就是病死在这个医院里的。院长托尔斯泰是苏里科夫的至交，他也是白俄，布尔侨亚（资产阶级），对布尔什维克怀有莫名的恐惧。十月革命的时候他跑到哈尔滨来了，他人很正直，看不惯日本人那一套。在和画家老友喝着伏特加的时候，常常套用涅克拉索夫的诗句感叹说："在这个世界上谁能快乐而自由！"他们和几个爱好艺术和科学的朋友形成一个沙龙。

托尔斯泰和他的朋友们已足足喝了一箱伏特加，后来柳芭来了，才制止了他们。

在医院，彼得被送进手术室。由于子弹穿过木椅的坐底和凳腿已经减弱了杀伤力，它只嵌在了彼得的肚皮中，并未伤及脏器。医生给他用了药，开刀取出子弹，缝合了伤口。

彼得苏醒后，看见师娘疲倦地坐在他身边，夜已深。她摸摸彼得的头，他还在发烧。

"彼得，好好休息吧，明天我再来看你。"师娘说完走了。

第二天，彼得好多了。当柳芭又来看他时，他歉疚地望着师娘。柳芭坐着不说话，过了一会儿才语气深长地说："彼得，你要沦落到几时？"

柳芭低沉的声调令彼得震惊。

"你伤透了我的心，你辜负了老师的遗愿，辜负了他临终时对你的期盼；你也辜负了我对你的爱，整整十年，姐弟情怀……主要的还是你辜负了自己，你是一个有才华的青年，你的画震动画坛。难道你就这样打发日子，做一个莽汉，耍你的匹夫之勇吗？你今年才二十四岁，未来的岁月很长。我不要你伴我，走你自己的路吧！"

柳芭流着泪说完这番话，站起来，走了。

彼得羞愧难当，追悔莫及。他想起了在这个家庭里度过的十余年幸福时光，恩师慈父般的教诲……心里充满了自责。彼得陷入了对往昔的回忆之中……

初秋的午后，温煦的阳光下，他在园子里摆好了白色的桌椅，端上煮好的咖啡。师父和师娘对坐着，讨论俄国和中国艺术……他在池边画睡莲，老师端着杯子走到过来，看他作画。他们谈到巡展派的画风，老师说："大师们的画，得益于俄国广袤的土地和东正教对大自然的虔诚。你学画不仅是学技艺，还要吸取儒教文化中的仁爱包容。"老师鼓励他试着用各种手法做尝试，他说："中国的写意画法很好，你不妨试一试。但是，你们的中国画不讲光影，你可以加一点莫奈的手法。"他吟起朱熹的诗句：半亩方塘一鉴开，天光云影共徘徊……

如今，老师走了……想到这儿，一阵悲凉涌上他心头——谁来教我中西合璧？老师没有子女，他和师娘的全部希望都寄托在我的身上；而我，却要做一介武夫……

假如老师还活着他会怎样看我呢！

这时，他又想起外公河东柳，那是一位泥人高手。一次，母亲对他和哥哥说："你们的外公是做泥人的，方圆百十里谁都知道。他盼着有个男孩把手艺传下去。"母亲这样说，"可妈生的头一个却是我，接着又连连生了两个妹妹。那一日老两口坐在葫芦架下，爹感叹地说，'看来柳家的祖业要断在我的手上了！'你们的外婆哀怨说都怪她，眼泪随着流下来，接着她说：'你要不想把手艺传给闺女，就把它带到棺材里去吧！可她们都是你的亲骨肉啊。'爹点头，吸烟，却无话。"

后来，彼得的外公把他的哥哥带走了，同时也让彼得抄了他的《柳工图谱》。外公还流着泪对他俩说，乱世，不知自己是否能安在，愿我们哥俩能做他的传人。父亲说我继承了外公传给母亲的天赋，于是让我去学画。

如今，老师的、外公的毕生的心愿都在我的肩上……

"彼得，你要沦落到几时？"他自语着，躺在医院的病床上，百倍折磨他的，不是身上的，而是心里的伤痛。

痛悔

第三天，一个女孩给他带来一束鲜花，是那个俄国吧女。

彼得问："你头上的伤好了吗？"

"没事的，我给警察看了伤，说你为我决斗，是真正的骑士，他们都乐了。"女孩说着拉起彼得的手。

彼得难过地说:"那天是你为我挡了灾,我该谢你。想起来后怕,你这么美丽,若是打在脸上,像我这样,怎么办!"

"没关系,我喜欢你,这值得。我算什么,用你们中国话说,一个跑堂的。我认识你很高兴。我知道你叫彼得,是画家,我在展览会上见过你的作品。我叫娜达莎,十八岁,我们以后是朋友了,对吧?"她的爽快和欢乐感染了彼得,他笑着点头。

突然,娜达莎俯下身,亲了他一下。随后她说了一句再见,便转身走出了病房。

初秋,上午明媚的阳光从窗口射进来,病房里一阵阵花香袭人。娜达莎,一个单纯而开朗的女孩。活着多么美好啊!他感到腹部的伤口隐隐作痛。

是的,做一个市井武夫很容易,渴酒,交朋友,舞刀弄棒,直抒情怀,威风,侠义,还能得到女孩的青睐;一切都很简单,一颗子弹射过来,就可以结束你的生命。纠缠于个人恩怨,用最低级的方式发泄情感,痛快……

这些,有什么用!

莫非这就是你——彼得,十年学艺的归宿吗?

彼得想起那次画《故园》时老师的教导——是的,我应该好好作画,超越仇恨,把它升华为艺术,让老师和师娘的思想带我到一个更高的境界。用画来表达,那才是有意义的事,对己对人有价值的事。

他又想起了那女孩叫他普希金。普希金是多么伟大的诗人啊!一次师娘讲起他来泪流满面。是啊,如果杀死这个普希金的是荷马倒也罢了,可是他的对手不过是个臭虫!而他,让臭虫咬死了……

彼得又想起师娘的话:"彼得,你要沦落到几时?"师娘还从来没有用这样的声音与我谈话,可见她是多么痛苦,伤心到了何种程度……玛莎走了,老师病逝,现在师娘也含恨而去。

哭吧!彼得,趁你想哭还能哭的时候,你虽然才二十四岁,未来的日子很长,路也很远,可未必有足够的长夜供你哭泣!

第十章 营救彼得

第十一章 乱世情缘

21 乱世情缘

朋友

娜达莎走后不久,巴巴盖和马车夫伊万又来看望,询问了彼得的伤势。彼得给他们看了看,让他们宽心。

伊万的面颊有一道明显的伤痕,就在大胡子的上方。彼得难过地说:"老爹,你受了伤,都是为了我。"

"哪里的话,"伊万说,"我早就想找日本人算账,出出这口恶气。他们朝帕拉塔号放水雷,不宣而战……"

"算了,老爹,那都是啥时候的事了。"彼得笑了。

"彼得,我没有保护好你!"说话间巴巴盖老泪纵横,"头天晚上,你师娘送我上车就嘱咐我照看你,说你表现反常,可能要惹祸。我当时一口答应,你看,我让你受了枪伤。我这么大年纪,怎么就没想到……"

"是啊,大叔,我也没想到他带着枪。"

"日本人不守信义,我说过,1904年……"伊万插话。

"是啊，老爹，在那么著名的海战中，炮火横飞，为了俄国和沙皇你都没受伤；今天为我，一个异国青年，却受伤了……我对不起你们二老，我是一个鲁莽的人。师娘教训了我，还好，总算没有致命。"

"彼得，你不要责备自己。"巴巴盖安慰他，"我心里也有气，我的房子让他们烧了。可是话说回来，这是战争，和一个无赖斗有什么用！"

"他们没折腾你们？我说警察，就这么把你俩放了？"彼得问。

"警察问我是什么人？"巴巴盖笑说，"我说中国人。他又问：'你到酒吧去打什么架，我说：'他们打碎了我的碗。'警察说：'那是樱花酒吧，日本人玩的地方，滚吧，去找他们赔。'看来警察也不喜欢那些日本人。"

"是的，大叔，你想师娘找人干涉，能找日本人吗？"彼得说着又转向伊万："伊万老爹，这几天误了你的生意，等我养好了伤，咱们好好喝几盅。我和老师练过你们的伏特加。"

"那是自然，我们性格相投，现在的人很少讲义气的。"大胡子说着，又擦起眼泪。

"老爹，别难过，乱世中你能求啥！你如见到娜达莎，请她抽空去师娘家干点杂活儿，就算我雇她。一个夏天，花园里的草木疯长，该修剪了。"

他们又聊了一会儿家常，巴巴盖问彼得南满的父亲是否知道此事，彼得笑着摇头。巴巴盖感叹说："也好。"

二位老人告辞，彼得挣扎着要起来相送，被他们按到床上。

知己

巴巴盖一回山镇，立刻就去找百合，把彼得的遭遇告诉她。百合连夜搭车，第二天早晨来到医院。她看了彼得的伤口，在肚皮的脂肪层，愈合得不好。

由于当时日本军医百合在哈尔滨医疗界小有名气，俄侨医院院长托尔斯泰感伤地对她说："治外伤的好药都在军队，我们民间的医院很难求得。"百合点了点头，当即决定把彼得转到山镇。那时，她领导的军医院已具规模。百合去结账，院方说，苏里科夫家在这儿有账号，回头柳芭来签字就是了。

百合随彼得来到家里，柳芭不在，带学生去演出了。彼得留下一封信说明情况，附言说他雇了娜达莎来做些粗活儿，侍候师娘。末了，他执笔思索，良久，不知说什么好，百合看了看表，催他上路。

彼得躺在火车的卧铺上，百合很少与他说话。他看见此时的她现出女人虚弱的一面，头歪向一侧，静静地流泪。

到了医院，百合仔细地检查了彼得的伤口。她对他说："子弹打到你的腹部已无力，陷到皮下，那部位血管少脂肪多，所以伤口虽轻却难愈合。我的伤员也有类似情形，那是从很远发射来的子弹导致的，你们在室内搏斗，怎么会如此？"

"它打在我举起的椅子上，洞穿了两层木头。"彼得愧疚地说，"我总是给你带来麻烦……"

"也许，这就是我的命，为你伤心。"她停了一会儿，"用我们的药试试，这部位总爱化脓，反反复复。"

"百合姐，"彼得亲切地叫她，小声说，"我在南岗监狱时同屋有一个难友，是位中医叫何佗，他就是因为救治抗日联军而被捕的。你想，条件那么差，他都能把他们治好，让他们逃跑。可见，他治外伤有一套。"

"我听说中医有一种膏药，治你这类伤有效，我学不到。"

"那你何不把他叫来？"彼得喜形于色，"不单为我，还可以治你的伤员，对不？"

"让我通过我的上级和城里那边商量一下，能利用的人为什么不利用呢？主要是为了伤兵。如果那医生肯为我们服务，这也是一项教化。"

彼得知道百合说的"教化"是日本人对俘获的抗联战士和有抗日思想

的人所谓"思想犯"所做的工作。

他说："我想对医生来说，治病救人是天职，他会答应的，那儿的生活太差了。"

"是啊，我一想到你受的罪，看你瘦得皮包骨，心里很难受，只是我不愿在你师娘面前表露而已。"百合笑了，"你师娘真是一个贵妇，那么有教养，有风韵，我如是男的也会为她动情。"

没过两天，百合的请示便得到了肯定的答复。一个宪兵把何医生押了过来，本来此人对他们已经没什么价值，他不过是个医生，未必知道抗联的动向。

何医生到来的第一件事便是吃，他贪婪地攫取碰到他嘴边的一切食物。看到这一景象，又使百合联想起彼得，她迅速走了出去。

山镇是何医生过去常来的地方，他在王掌柜的杂货铺里买山里的草药，王掌柜也是他的至交。这一次他看了彼得的伤口之后，便让百合派人按他开的方子去铺子里抓了几付药，经煎煮熬制作成膏药。何医生给彼得敷了两帖，伤口的愈合果然见效，再配上针剂和口服消炎的西药，不几日便痊愈了。何医生的膏药在彼得身上试用之后，百合又把它推广到其他伤员。每人都经何医生验伤之后，针对不同伤员情况，何医生对处方在药材和药量方面略加更动，效果愈见良好，何医生也因而取得百合的信任。

那一日，百合与何医生闲谈业务，彼得也在座。

百合说："我在京都念大学，学院里也有汉医药针灸学科，我未曾进修。想不到，今天遇到老师。"

何医生连忙欠身作揖，口里说道："岂敢，岂敢！草民只是继家父传承祖业，为乡民医治跌打损伤，经验有限，更未蒙受医学教育，实在是孤陋寡闻。这里的村民常进山伐木狩猎，所受外伤较多，我也就在这方面多些琢磨而已。眼下所制的膏药对于消肿、拔毒、去腐、生肌颇有效力。"

"你为伤员治好了伤，立了一功，我在我的权限内给你自由，你可以在镇上活动,也可以上山采药,如果需要也能进城。不过要有一个保人,你看谁能保你?"

"我可以保他呀。"彼得爽快地说。

百合笑了:"你自己还得一个保人,谁能保你没有养好的时候不从我这儿逃跑?"显然,百合不想让他卷入这种政治。

"镇上杂货铺的王掌柜可以为我担保。"何医生激动地说。

"王掌柜的确是个良民,我找他来,只要他肯签字,你就可以把你的草药经营起来了。"

22　山镇战友

在那战乱的岁月,有什么能比几个知心好友聚在一起,喝上几杯水酒,无话不谈,一吐郁结于胸中的烦闷更为快乐的事呢?

晚上,他和彼得还有王掌柜,在王掌柜的杂货店里,一面喝着高粱酒一面倾吐肺腑之言。"彼得,我的好兄弟!这次要不是你救了我,过不了几个月,我就得死在那个鬼地方,烂在那个鬼地方了。"何医生呷了一口酒,眼圈红了。

"别这么说,要不是你救了我两次,在狱里那也是死里逃生。"彼得感叹说。

"你们二位真是有缘,在这个世道下,能苟且偷生也是不容易了。"王掌柜说,他转向何医生问,"我说呢,几年不见你,不知你咋犯的事儿?"

"说来话长……"王掌柜的问话,触到医生的痛处,"三年前,一个冬天,那天我进山采药,晚上我就猫在自己的窝棚里。入夜枪响了,一阵紧似一阵,直到小半夜才静下来。枪声息了,可我怎么也睡不着。风吼着,雪花从草帘的缝隙中飘进来。我裹紧皮袄，打着火石点了一袋烟。

"这时候我就听到一阵马蹄声，马粗声喷着鼻子，似乎停在我的窝棚前。接着是有人小声地叫，'大叔，何大叔。'中国人的声，这人认识我。我打开了窝棚门，看见那人用他的大衣，遮着电棒。他借那余光，看清了我，但我不认识他。他又灭了光，出门，低声唤着。另一人从马上背下一个人，进来放到我的草上，显然地上的人负了伤，粗声喘气。

"'我们没见过面。'为首的那人说，'但我猜测你是何叔叔，你有一个侄，叫何守义，他参加了抗日联军，对不？'我说'是'，他又说：'是他告诉我你这有个窝棚。你老伴儿死了，儿子守仁。是东北军，撤到关内去了，你们一家是爱国者。我叫项东，抗联三军的一个师政委。今天这一仗，我的同志负伤了，我们不能带着他，流血过多会死在马背上。我知道你老是何家祖传外伤医生，烦您照料他。五天后也是这时候，我会来接他，您看看我。'说着他把电筒冲自己脸打亮了。我一口答应。

"他说着，把电棒丢给了我，解下盒子枪放到负伤战士身边，拍了拍他。最后他丢下了十块银元，出了门，和外面放哨的战士上马而去。

"听他说话时我已经解开了那战士的裤子，伤在大腿上，血流不止。我用烧酒给他消了毒，用小刀挖出子弹，马上从袋子里取出止血药给他包扎起来。一切处理停当，他还在昏迷中，这时已是下半夜。我知道，天一亮，鬼子必定搜山，此地不可久留。于是我将他背至不远处一个无人留意的山洞中，外面用草石虚掩了，又回去消除窝棚里的一切痕迹，打开门让雪吹进来，这才又去料理那伤员。

"第二天，我见他恢复了意识，只是还烧着，便先给他提一罐水，然后下山弄些吃的和一些退烧药，同时拿了一杆枪。令我奇怪的是，鬼子并未来搜山，原来昨晚的战斗是在另一条沟里进行的。受伤的战士身体强壮，只两天便能拄着棍行走了。

"我在外面装作采药远远地给洞口放哨，这时我发现那边一个樵夫也

在这儿转悠，我便也悄悄盯着他。

"第三天，日本兵来了，连伪军有四五个人。他们带着一只军犬，从我的窝棚里出来，那狗顺着我背伤员的路，一路嗅着一路跑，直奔那洞去了。我急了，也没加思考，顺过火铳就给它一枪。我走到它跟前，看它死没死，想用枪把子再给它两下。这时他们赶上来了，那条忠于职守的狗对我叫了两声，咽气了。日本人先是把我痛打一通，我辩解说，以为是狼来伤我。他们几个又嘀咕了一阵，然后问我，窝棚是不是我的？我说是，他们便判定：那狗最后的两声是报告，目标已找到。他们把我带到军营，又是审问，又是毒打。我一口咬定是怕狼伤了才开枪，还说这些天只在窝里吃顿干粮喝点水，没过夜，啥也没听到。就这样，他们把我放了。"

何医生讲到这儿，喝了一口酒，王掌柜分析说："可能他们信了，也可能拿你当诱饵。那窝棚烧没？"

"没有。"

"拿你当鱼食了。"王掌柜也喝了一口。

"后来你去看那伤员了吗？"彼得问。

"没有，你当我是傻瓜？"医生笑了笑。

"那樵夫是伤员一伙的，游击队员，早把他救走了。"王掌柜抓了几颗盐豆扔进嘴里。

"你咋进的监狱？"彼得问。

何医生接着说："戏还在后头呢，我的罪还没遭完。你还记得去年夏天，我们乘小火车，山口分手？"

"记得，记得，"彼得连连说，"巴巴盖大叔说起你们，没提姓名。刚进监狱，你被折腾脱了相，我也没认出。"

"那天，我一醒就认出了你，但我没声张，那是什么地方。像这些事儿，我今天才说。"何医生笑了。

"我还真爱听，你讲。"彼得笑着喝了一口高粱酒。

"大概过了半个多月，一个晚上，"何医生继续道，"我在窝棚里歇着，突然响了两枪，从缝儿里看出那是信号弹，带色的。我把门开了一点，借着月光，看到一队一队的骑兵从林子里窜出来，是抗联的军队。疾骤的马蹄踏着落叶，那声音虽然不爆，却像夜里松花江的大潮水破了堤一样吓人！不一会儿枪声大作。"

"那是后半夜，我在大叔家听到了。"彼得附和说。

"是的，天刚麻麻亮，我背个药袋子出去了。"

"你有职业病，和我一样，见着朋友就想斟酒。"王掌柜给何医生添了一杯，笑着说。

"那是真的。"何医生由衷地笑了，"若是一个垂死的人，从你手上活过来，感谢你，那哀怜的目光比什么都宝贵。抗日军胜了，也在急匆匆打扫战场。我先背回一个抗联战士，他伤轻，在肩上，我给他上药，包好后，又去找伤员，看见一个日本兵，我背他往回走。他咬我，我把他摔在地上，他昏迷了。我把他拖回来时，发现抗联战士不见了，我便给那日本兵上药包扎。这时枪又响了，日军打回来，把我掠了去，他们说我是抗联在山里的眼线。"他又饮了一口闷酒。

"那个日本兵没给你作证？"王掌柜问。

"没有，你不了解小鬼子，他认为叫我抓住是军人的耻辱。"

"那么说，我们春天见面的时候，你已经在那儿待半年了？"彼得问。

"是啊，兄弟若是再晚来两月，我就得让他们折磨死了。"何医生说。

"唉！你们两个真是有缘，从小火车相见相识，监狱里患难与共，到这山镇医院互相救助，这三朝三暮，真够编一部书了。"王掌柜叫道："来，为了我们三个忘年之交，干一杯。"

"是这样，这真是缘分。"何医生举起了杯。

"若说缘分，画家你可不要辜负了百合。"王掌柜动情地说，"人家对你可是一片痴情！一个日本军官，正派，肯救人于水火，是个好人，也是个漂亮的女人。来，让我们就为好人，为漂亮的女人干杯吧！不管她是汉族还是大和族。可惜呀，我们老中青三个人，三条光棍。"大家都笑了。

"医生，你提到的联军那些事，什么三军，政委啊，某人，可不能对人说呀！"彼得心里想着那个化名项东的师兄向墨。

"那是自然，酷刑之下我都没说！我可不愿日本兵知道他们的动向，让好汉们遭暗算，那里还有我的侄儿呢。"

"好汉！"和何医生回去的路上，彼得想起他讲的那些故事。那些为了抗日救国而浴血苦斗的壮士，骑着战马，风驰电掣，秋天，踏满山落叶；冬天，披一肩风雪，呼啸而来，血战山谷，得胜收兵，疾驰而去……这才是英雄的事业。

他陡然想起李贺的《南园》诗：

"男儿何不带吴钩，收取关山五十州……"

豪情趁着酒气在彼得的胸中冲撞。

秋夜的山镇，冷月凌空。

第十一章 伤兵之痛

23 伤兵之痛

伤兵

黄昏时分,秋日的余晖照着北满苍凉的河谷,百合挽着彼得在溪边散步。

"你有艺术家的激情,这一点我喜欢。"百合微笑望着他,"但这也正是我担心的,你爱冲动。我不是对你说过吗,我会说服冈村,我也有制服他的能力,你为什么要去干那蠢事?都是那俄国文化、决斗,真可笑,你想当骑士吗?"

"不,我就是要出一口气!他抄老师的家,把老师气死了。"

"还逼走了玛莎?"百合笑了笑:"是啊,让她亡命天涯。"复又轻声问,"有信吗?"

"没有,战乱。"

二人无语,百合的头歪到他的肩上。一阵晚风扫过山谷,飘零的落叶坠入逝水。

"你的伤好了，但我想多留你两天。"百合柔情地说。

"好的，我也想。"彼得心里暗念着：还不知师娘是否消了气。想到这儿，他心里顿时有一种孤独感。他依恋师娘，也依恋百合，依恋中渴望温存。

"我感到孤独，这是一方面；"百合说，"另一方面，想让你给伤员画些肖像，他们想给妈妈寄去，大部分是些孩子。"

"好的，我能理解。"彼得一口答应。

就这样，彼得开始给日本伤兵画像，他也想借此了解这些侵略军的心理。

"画家，你看，我的左腿断了。"一个日本伤员对彼得说，"你能不能把我画成骑马的姿态，画右侧面，这样妈妈就看不到我的左腿了。"看样子他不过十六七岁，一脸稚气。

"可以。"画家彼得柔声回答。于是那伤兵左臂支着拐，右腿弓起来，那姿势像骑马，显得很吃力。

"你不必站着，坐下就可以的。"画家彼得和蔼地对他说。开始给他彩色速写，当画到此人肩膀的时候，发生了一场小小的争执。他显然要展示双臂，便做出两手勒缰的动作。

旁边一个年纪稍大的断臂的莽汉便骂他一句："娘儿们，这算什么？耍马术，比赛吗？右手要扬起马刀，奋力杀敌。"

"不！"断腿的伤员恼怒了，高声说，"妈看了会担心的，下次来信又要问。"

"孬种！"断臂的伤员蛮横地扬起脸。

"你说谁？"一个拐杖飞过去，"上次要不是我救你，你小命就没了。"

这时百合忙过来制止。

彼得还是按照他自己的意见，把他画成悠闲骑马的姿态，背景是布满花草的田野，满洲国的土地上，征服者"英俊的骑士"在信马游荡。

当然，那昂首阔步的战马表面上用它的身躯挡住骑士的左腿，但那左腿是不存在的；他把母亲给他的左腿遗弃在了异国的山谷中，那是他不该侵入的土地。

轮到那个断臂的汉子了，说他是汉子也不过二十岁，只是用他的蛮气显示勇武罢了。他摆出的架势是高高扬起断了的右臂，左手舞着太阳旗，嘴巴做呐喊状。画完，他亲自用左手以招贴画的方式写上了"天皇万岁"的字样。

他对自己的威武和忠诚很满意，而细心的读者会从画像的眼神中看出日本武士那种残忍、可怜和宗教式的愚蒙，观看者很难分辨那是武士内心深处的流露，还是画家的慧眼看到的。

画家是忠实的，他画出了只有母亲能够读懂的那潜藏在"勇士"脸谱后面的东西——正在消逝的童真。

无上的光荣归于天皇的圣战，刻骨的伤痛留在母亲的心头。

第三个伤兵更是天真，他的右眼被打瞎了，他让画家画他的左脸。那童稚的脸上堆着僵硬的微笑，眼泪却流了出来，画家真实地描绘了这一切。伤员看了以后求画家将那眼泪抹掉，百合说："那是你想念妈妈，真实的情感。"但他说："长官你不知道，我在这里流泪不过一时，妈妈见了会天天哭泣。"

就这样，彼得用三天时间给十几个人画了像，这其中有日军和满洲国军。

令彼得感到奇怪的是，王掌柜这两天经常来此地，一面看彼得作画，一面和其他伤兵聊天。他听不懂的，还请彼得和百合译给他听，他还拿一些山梨来慰问伤兵，跟他们说自己和弟弟得贵也当过兵，曾在马占山的部下，但马占山被招安时他未去受编，马占山后来反正，他也未重举义旗。但他更多的是听他们，那些日军和伪军讲那战斗故事。

商人

晚上，彼得来小铺聊天。

"我说王掌柜我俩可算是知心朋友，对吧？"彼得喝一盅酒，直直地看着王掌柜。"那当然，你以后就叫我得富，我们是兄弟。"王掌柜又给他斟了一盅。

"得富哥，我在师娘那儿看了一本书，俄国一个诗人写的，叫《在俄罗斯谁能快乐而自由》？我套用他的话：在满洲国谁能快乐而自由？"

"你说呐？"得富饶有兴味地问。

"你呀，是你呀，山镇小铺王掌柜。"彼得现出诡笑，一扬脖，一口酒落肚。

"此话怎讲？"掌柜也笑了。

"你如鱼得水啊。"

"顺民，顺民，谁当皇上给谁纳贡。"王掌柜笑着。

"顺民，也不过是逆来顺受，不至于走动得这么勤，这么热吧，还慰问那些侵略者？"

"这你就错了，放下屠刀就是佛，他们现在是伤兵不是战士，你不是还给他们输过血吗？再说我也是冲着百合去的，人家可给咱们不少乡亲看过病。"

"你说这些也在理，可有一件我不明白。"彼得故作思量。

"说吧，老弟。"

彼得凑到他跟前，低声说："你为何那么关心那些战事？"

"我当过兵啊！"

彼得盯着他，半响，叹了口气，转了话题："我在狱中受的那个罪，死去活来，出来之后和冈村打了一仗。细想，如巴巴盖大叔说的，他不过是个恶棍，和他斗没意思。怎么能和抗联接上？为了赶走日本人做点大事。"彼得说着，把手中的酒一饮而尽。

这次王掌柜没给他倒酒，停了一会儿："谁不想赶走鬼子，谁都能做事。就说你吧，参加满铁的晚会，认识那么多人，肯定知道不少情况，和朋友聊天说说，兴许有用。"

"那你能告诉他们？"彼得盯着他。

"自然，我过去对你说过，我是生意人，说实话。日本人问我山里的事，抗联有什么动向？我没去过，采药、打猎的人东拉西扯，我敢瞎说。抗联问我日本人的情况，我在镇上见到的能不实说？再说，谁对我说的，都是闲聊，你能记那么清？"

王得富诡秘地笑了笑，重重拍了他一下："你如回南满，也许会碰上抗联的人，我看，为了不让鬼子个个消灭，还是化整为零，分头向北，到那中苏边界集结为好。"

"你挺有战略眼光？"彼得揶揄他。

"我当过兵。"王得富身子向后一仰，老练的样子。

"他们会信我的话吗？有什么接头暗号？"彼得问。

"要什么暗号，你是画家，你不经常用炭笔画那山林树木吗？"

这回彼得笑了，重重拍了得富一下。

王掌柜的确是抗联的情报员，但组织上不愿把彼得拉进来，虽然知道他经过考验，对他相当信任。但为了爱护他，也是为保护自身，还是定他在外围。彼得的关系太复杂了，这当然也是有利的条件，认识各阶层人，就会了解各方面信息。虽在外围，只要彼得愿意，同样可为抗日救国做些事情，就算一旦出什么差头，也不会深受其累。"爱惜名人"，在那艰苦年代，的确是地下组织的良苦用心。

24 回望母亲

师娘

第二天中午，百合突然接到了惠子从哈尔滨打来的电话，说师娘柳芭病了，如果彼得康复了，请他快些回去。百合转告彼得，彼得答应百合，过些日子再来，当天便乘车赶了回去。

前些日子柳芭带学生演出有些劳累，加上挂念彼得病情，心中忧郁，秋风凉了，偶感风寒，便病倒了。幸有使女娜达莎请医生跑腿，在身边服侍，稍感宽慰。

彼得到家的时候已是夜里。他悄悄走到师娘卧室前，听她还睡着，便到厨房取了面包烧一点咖啡。待他回到厅里，师娘已披着睡衣候在那里了。师娘先问他的伤口痊愈得如何，又问他身体感觉怎样。

之后，师娘微笑说："我从未那样严词训斥过你，那一天在医院里，你不会生我的气吧？"

"师娘说的是对的，我自己也很后悔，和一个无赖纠缠不值得。"他愧疚地笑了，说着咬一口面包，喝一口咖啡，伸展肢体，像个孩子。之后又对师娘说："看，我好了，像从前一样，享受家里的舒适。"

柳芭的心情果然好起来。

彼得又问："师娘，惠子说您病了，我急坏了，什么病？现在好些了吗？"

"从你入狱到你师父的病故，你出狱后又是病弱在床，这前前后后七八个月，接着又是一场惊吓。我累了，身心疲惫，怎禁得秋风秋雨！"柳芭淡淡地笑了。

"那您现在还烧吗？"

柳芭坐过来，握住他的手："就这样，你感觉如何？"

"还是有些热度，师娘，这几天，您静静地休养，一切家务由我来。师父走后，我没有很好地照顾您……"

"彼得鲁沙，你不要开口闭口'师娘'，'师娘'，你这样使我想起过去。你愿意我沉于伤痛吗？况且我比你大不了几岁，以后，我们姐弟相称吧。"

彼得诺诺地点头："您和老师对我的恩情，感激不尽……"

柳芭笑了，还是淡淡的，有些欣赏，也有些怨尤："你们汉人重师道，崇伦理，讲尊卑，这也算一份情义……"柳芭盯着那杯咖啡，看那袅袅的水汽，又陷入沉思。

她想起苏里科夫和她的一次闲谈，她的丈夫饱含深情地对她说："柳芭，我对不起你，你是我生活的支柱，我比你大二十多岁，我的后半生都是在沐浴你的芬芳、啜饮你的清香中度过的。现在我老了，又有病，不能与你享床笫温情，尽天伦之乐，而你却正在华年……"想到这儿，柳芭不禁有些哀戚，那个理解我的人走了，他白白地作了那番临终嘱托，眼前的小公牛还禁锢在汉人的观念中。

"你刚下车，早些休息吧，我也倦了。"柳芭松开握着他的手，起立，绕过沙发。

彼得愣了一下，站起来。他本想和师娘多谈一会儿，述说自己的歉疚之情，师娘却走了，面含愠意。

忏悔

第二天一早，惠子匆匆赶来了。彼得要转告师娘，她制止了他，却伏在几上哭起来。彼得问她，她断断续续地说，前天父亲召她回来，告诉她，弟弟死了，机毁人亡，妈一下病倒了。

"我该怎么办？师娘不让我打电话，是我急于见你，彼得，我怎么办？"她抽泣着，从口袋里掏出一张折叠的纸，递给彼得："这是前一天弟弟的一个战友交来的遗物，正式通知还没到。这是他老早以前就写好了的信，他嘱咐朋友保存，他料到的，早有准备……原信父亲烧了，这是我给妈念过后复写的，你看完，就在这儿烧了。"

彼得展开了那封信：

妈妈爸爸，我不知道这封信何时会发出，何时会到达二老的手中，但我知道我定会以这种方式同您告别，这是一定的。从我参军那天起，从我国发动这场战争的时候起，就已经注定了我踏上这条不归路。

　　一切都恍如昨日，妈妈牵着我走进她任教的小学。妈妈握着我的手，教我写下最初的字母。妈妈说，这就是我认识这个世界文明的开端。现在随着一声呼啸，我飞上蓝天，我短短的二十几年的生命将同这只铁制的蜡烛一起燃尽……我效忠天皇，究竟对人类的文明做了些什么？我不愿去思考，它对我已经毫无意义。当我耻辱地从天上掉下来的时候，如果我能够有一瞬间倾泻我对人世的眷恋，那就是：回望双亲。

　　初识人世，妈妈教我她最喜爱的外国诗：《春江花月夜》。那是多么奇妙的诗篇啊！当我第一次飞临这片土地，那梦幻般的美景在哪里呢？

　　我的机翼下，到处都是饥饿的难民，无人治理的洪水，哀鸿遍野，这就是我们的业绩，战争带给他们的一切。在我低空掠过时，我能看清被炸死的幼儿的肢体，他们的内脏悬挂于枝头……

　　当我冲向蓝天，我得到了瞬息的解脱；而当我俯视大地，罪恶的感受便像毒蛇啃噬我的心。上级命令我去视察，看我们投下的带有鼠疫、霍乱的食物产生了什么样的效果。

　　仅仅不久之前，小贩和车夫还熙攘于闹市，农夫、农妇还在土地上劳作；而此刻，却万巷人空，成百上千的人暴死街头，横卧田野，他们的尸体无人敢收。宁波，一个不设防的和平城市，却被我们无情轰炸，投放细菌！用瘟疫封锁它的港口，为了隔绝外界对中国抗战的支援……

　　这些，对于策划这场战争的人来说，不过是投下一枚棋子；而对于我们，大和民族的后代，却是要泯灭良知。

　　别了，妈妈，当我从高空陨落，你是我唯一的留恋，唯一的……回首眷顾的人。

第十三章 吧女情怀

25　吧女情怀

患难

这时师娘从卧室走过来，她披着睡衣坐在惠子身边，听她哭泣着讲完了原委，慢声对她说：

"你自己先要镇静下来。"

惠子停止了抽泣，平时她和玛莎都有点怕师娘，有什么烦心事都愿意找彼得倾诉。汉人小伙子彼得性情随和又富有同情心，女孩子一点感情波动都能得到他的热烈响应。她们难过了，还可以偎在他怀里哭一场。有时候姑娘已经没事了，他还在那里激动。师娘则不然，她总是冷冷的，还批评她们缺乏理性。当然，经过彼得的转述，她们常常能从师娘那里得到中肯而恰当的建议。

这一次，事情严重。柳芭深思说："你母亲和你一样，性情柔弱，又比你内向，受不得刺激，引她发泄吧！过两天带她去医院查一下，看看除了精神上的损伤之外，身体上有没有病。到托尔斯泰医院去，彼得治伤的那家医院，我家在那里有账号，那地方治精神病比满铁的医院好些。你先别回大连了，我和学校说说，让寄宿的嘎鲁多跟你回家住住，小外孙能给老人带去安慰。至于你弟弟，现在情况还不明，他既然写了信，说明他早有准备，早有打算，想办法从那边了解情况。你们和玛莎联系上没有？"

惠子和彼得都摇头。

"想办法早一点找到玛莎，她父亲和叔叔都是报界的人，消息灵通。看你弟弟藤春野草是不是跳伞被俘了，这很有可能。"

惠子听柳芭的分析在理，心里又燃起一线希望，她暗自佩服师娘的见识，连连称是，表示要马上跑一趟码头，看哪条船去东南亚。

之后，彼得又把在山镇听到的师兄向墨的消息告诉了惠子。惠子悲喜交加，又涕泪涟涟哭泣了一番。

她没在师娘家吃饭，慌慌地走了。

吧女

柳芭简单吃了早点，穿上大衣，去给孩子上课。过了一会儿，娜达莎来了，她一见彼得，怪叫一声，甩掉高跟鞋，急匆匆扑过来，吊在了彼得的脖子上，裹一身寒气。彼得是个性情随和的人，他一向以宽容的态度对待少女的冲击，他理解斯拉夫民族是一个狂放的民族。他好不容易安抚她坐下来，给她倒一杯咖啡，两人聊起来。他拨开她的发际，看了看那已经痊愈的伤口，叹口气："都是为了我！"他轻声说。

娜达莎笑着倒在他怀里。

他问她，在酒吧要忙到几点？觉够不够睡？在这儿工作累吗？她一直笑着摇头，一面用她的小手温柔地抚着他的连鬓胡。

"在樱花酒吧日本伤兵还多吗？"彼得问。

"前些时候多，现在不多了。"

"他们欺负你吗？"

娜达莎咯咯笑："有一次一个喝醉了的伤兵想吻我，我给了他一个耳光。"

"他们不打你？"

"不，他们大笑。你要知道，很多人喜欢你的时候，你就是安全的。"

"他们为什么喜欢你？"彼得微笑问。

"我给他们唱歌。"

"他们能听懂吗？"

"他们听不懂词，但是乌克兰民歌的曲调是忧伤的，他们听了就掉泪。"

"唔……"这时彼得想起在山镇时王掌柜都问哪些问题，什么才是游击队需要的。于是他也模仿王掌柜，问这个吧女，伤兵谈论哪些战事，哪些可推断出军队部署和调动。吧女便就她听到的和彼得聊起来。

"我听两个伤兵骂着说，他们的一个团被歼是因为指挥官出卖了他们。"娜达莎说。

"那指挥官是谁？"彼得问。

"吉田大佐，我听他们是这么叫的。"吧女看到彼得有兴趣，越发兴奋了。

关于吉田，彼得知道两个情况：一是他是惠子第二个丈夫铃木井二的上司，那次惠子跟他说，她为了换取铃木井二的理解，向他坦白了自己的过去。可是这个井二不但不理解惠子，更变本加厉凌辱她。有一次，井二他们打了败仗，喝了酒，把惠子扒光吊起来，审问她是不是她前夫的奸细，给抗日联军报信。这时坐在拉门外面的他的上司哈哈大笑，他就是吉田。惠子和母亲诉了苦，藤野生气了，说要除掉这两个恶棍。后来没等藤野动手，井二就让游击队砍了。

第二个情况是师娘柳芭说的，那个吉田在藤野家的晚会上缠她。彼得正想这个坏蛋怎么会出现在藤府，可不久就看到报上说他卧轨了。这一定是藤野干的，彼得这样想。惠子也说过，父亲想除掉的，谁也逃不脱。

"我从报纸上看到这个吉田不是卧轨自杀了吗？"彼得问。

"你怎么知道是自杀？"娜达莎扬起头。

"那是谁杀的？"

"想干掉他的人多了。"小丫头有点洋洋得意了。

"说说看。"彼得欣赏地望着她，看这个小脑袋怎么转。

"第一个，是他的部下，恨他。"

"第二个呢？"彼得有了兴趣。

娜达莎歪头，抿起嘴："如果我是和他接头的，比方说，地下游击队，我一定要干掉他。"

"为啥？"

"保护自己，断了线呀。"

"你这小鬼头，当谍报员够格了，那你看谁是这个地下的呢？"彼得问。

娜达莎突然搂住他的脖子，在他耳边嘟囔两句。

彼得马上严肃起来："不要瞎说，这可是掉脑袋的事。"他用手指戳了她一下。

娜达莎的嘴嘟起来。

彼得抱着她："你是我最心爱的小妹，你有个好歹，我会心疼的，别胡思乱想蛮干，也别问那些伤兵，让人怀疑你。"

"彼得哥哥，你该不是游击队的间谍吧？"娜达莎神秘地盯着他。

"你看我像吗？"彼得乐了。

"看你关心的事有点儿像，你不像主人，你那师娘，她啥事也不问。"

"你们不聊天？"

"当然，要是没人说话，得把我闷死。我一面在园子干活儿，一面说酒吧的事。她站在廊下，端一杯咖啡，静听，看着我。我讲浪人和伤兵，她微笑着，左手拳在腋下，那悠闲的劲儿，真是贵族气派。她可真美！彼得，你爱她吗？"

"她是我师娘。"

"师娘咋的,听说老师临终把她托给了你,怕她寂寞,你还答应了。"

"别瞎扯了!"彼得严肃地说,同时把她的头从怀里抬起。

娜达莎颓然坐着,喃喃地说:"她三十岁了。拜伦说,对女人的年龄,他从不数过三十。她比我整整大十二岁。若是我今年结婚,到她那年龄,能生六个小画家。"她捂着脸,咯咯笑。

"我们还是谈酒吧的事吧。"彼得扭转话题。

"我希望你是间谍。"她注视他说,"我也想当抗日军的间谍。"

"为啥?"

"生活太沉闷无聊了。每天把盘子端过去,再把盘子端回来,扭着腰,使媚眼,听老板吆喝,给人家找乐子,回家倒头睡。清晨起来,没有一件像样的布拉及(连衣裙)……"

"人家当间谍可不是因为无聊,那些抗日的人,也不都是因为贫困。"彼得望着这个单纯的少女。

这一下触动了娜达莎:"是啊,人要呼吸,思想也要呼吸。像父亲说的,人不能生活在污浊中,正义就是新鲜的空气,有了新鲜空气,精神才会旺盛;有了正义的事,良心才安宁,活着才有劲。"

"你父亲做什么工作?"

"火车司机,日本人接管满铁之后,他辞职了。"娜达莎闷闷地说。

"现在干啥?"彼得问。

她忽然搂住彼得的脖子,在他的耳边悄声说:"给抗日军带路去了。"

"我这里没外人,厨师要中午才来,你说吧。"

于是,娜达莎简单讲了事情的经过。"年前,爸爸原来的一个年轻的汉人司炉找到他,说抗联要北上,需要一个同情抗日又懂俄语的翻译。当然父亲是最好的人选,他为人正直,跑车熟悉那边的情况,工人和布尔什维克是一家。"

"那你现在和妈妈在一起?"彼得的语调里流露出无限同情。

"妈妈早死了，现在就我一个。"娜达莎的声音有些黯然，说着又倒在彼得的怀里，目光哀怜地说："抱我！"

彼得无话说，轻轻抚着她的肩。良久，娜达莎立起来："我要干活儿了！"

"好吧，我们一起，把园里的雪堆起来。"

娜达莎走后，彼得倚在沙发里，想起与这个俄国姑娘的相识，不禁从心底浮出微笑。彼得细细琢磨娜达莎的悄悄话，她说的是真的吗？这个爱冲动，冒冒失失，爱在我的面前表现自己的俄国姑娘，有这样的胆识和魄力吗？她真能干出这样的大事？这个小丫头。是啊，她是下层人，和巴巴盖大叔还有伊万老爹一样，是下层人，爱憎分明，讲义气，说干就干。还有她的师兄，如果吉田大佐真是她诱杀的，她的师兄很可能是地下党，城市里抗日组织的人。想到这儿，彼得有点兴奋，终于可以见到真佛了。

不能向娜达莎透露这个想法，一是不能鼓励她干这事，即使是好事，她还是个孩子；另一方面也要保护自己，也不能和师娘说，她更会担心。什么也不说，慢慢观察吧，总有出力的机会。

26　苦难岁月

噩耗

1941年12月8日（夏威夷时间7日）日本偷袭珍珠港成功，太平洋战争爆发了。第二天哈尔滨的各大报纸都登了出来"大东亚圣战"开始了。小学生摇着日本的太阳旗和满洲国的五色旗，走在中央大街上，用他们稚嫩的声音，呐喊着口号，宪兵队和警察分列两侧。百姓们从窗里望着这番景象，感到迷惘和惶惑：珍珠港在哪儿？美国跟我们有什么关系？只是战争扩大总是伴着物价上涨，配给的减少，赋税的增加，又不知多少商品、药品实行管制，多少青壮年去服劳役。

最感痛苦的是彼得，他知道日美交战，势必阻断海上的通路，与檀香山玛莎的会面更是渺茫了，他坐在画架前垂手沉思。

坐在身边手把咖啡的柳芭宽慰他说："日本人和美国开战也许是好事，美国国力强盛，日本人四面受敌，战争也许会早日结束。你们俩能做的就是在等待中各保平安。"

彼得无奈地说："我能干什么呢！看到眼前的一切都感到烦心，姐姐，我觉得东乡对你也是一个威胁。"

"我知道，美日战事一起，关东军会有新的部署。如果东乡有调动，他会加紧掠夺。我最担心的就是你师父收藏的那些画，你最好把它转移到一个安全地方。"

"我不知道什么地方为好。"

"你南满老家在乡下，把它们分散隐藏，不让任何人觉察，比较可靠。彼得鲁沙，你是我唯一的亲人，老师的遗嘱你可记得？"

说到这儿，柳芭握住彼得的手，彼得点头，神情凝重。

过了两天，一个傍晚，彼得还在他的画室，惠子惶惶地跑到柳芭家来，手里拿一张报纸。

"师娘，出事了，你看……"她把报纸递给柳芭，那是一份日军战报，它只在日本人的上层中发布。

柳芭拿过来，见到赫然的标题"英利物浦号在新加坡被海军击沉"。她望着惠子，询问的目光。

"我上个月托人捎信转告玛莎，说冈村调离了。她便回我说她要乘利物浦号从火奴鲁鲁（檀香山）转道马来再搭日本船来大连。"说着呜呜哭，"我把啥事都弄糟了，不知道日美要开战。"

"镇静一点，这怪不得你，再说什么都没弄清。"柳芭沉思。

"要不要告诉彼得？"惠子泪眼模糊问。

"你有办法和火奴鲁鲁联系吗？"柳芭问。

惠子摇头："开战了，船不通。"

"那就告诉他吧，别说肯定。"柳芭感叹，"灾难，何时了！"她也流下了眼泪，"玛莎，多么纯真的孩子。"

惠子来到彼得的画室，迟疑了许久，直到彼得问她她才把这消息婉转地告诉了彼得。惠子的那些在心里盘算许久的安慰的言词还没出口，彼得便伏案痛哭起来。他似乎早有预感，从日本偷袭珍珠港他就觉得战争真真切切，生离死别降临到他的头上。惠子吓得不知如何是好，她呆呆地坐着，又给彼得披了件大衣，倒了一杯水，这才断断续续说出那些善良的假设，那些宽慰的话一出口，自己便觉得无力。她后悔没有叫柳芭来。

她悄悄下楼，走一半，又折回来，从门缝看彼得还在抽泣，便又离开，去找师娘。

接连两天，柳芭让陈婶给彼得送饭。陈婶回来说："那少爷（彼得）不睡觉，总是画那姑娘，画完烧了，烧完再画……"

柳芭无语。

又过了两天，一个晚上，柳芭给他打电话，没人接。电话是为了联系方便，前些时候藤野给两处装的。柳芭有些不安起来。她披上大衣，走了出去。她想了想，叫了一辆人力车来到索菲亚教堂。果然看到彼得在那里发呆，她知道那是他和玛莎定情的地方。她缓缓地走到他身边，立着，虔诚地画了一个十字，之后，挽着他，静静地望着教堂的穹顶。

"彼得，圣诞节快到了，我们到秋林去，给春草和嘎鲁还有老巴巴盖买点礼品。"

当他们走到中央大街的时候，柳芭放慢了脚步："彼得，我们好久没有这样散步了。还记得我们一起去藤野家的晚会吗？"

彼得默默点头，柳芭更偎紧了他。

"那时我们家多么兴旺快乐呀！先是向墨，后来是老师，现在又是玛莎，死的死逃的逃，只有我们姐弟还活着。"说着她掏出手帕拭着眼泪，"活着忍受这精神和皮肉之苦。"

这时她们看到一家店铺门边躺着一个饿殍，好心人在他的脸上盖了一块草袋。来了一个警察，叫那边的三轮过来。

"你，把这个拉走！"

"老总，"车夫抗辩，"我的车是拉活人的，载上他多丧气，以后我还咋揽活儿？"

"日本伤兵是活的，不给你钱，还用拐杖打你，看哪个丧气。"警察说着，把车夫拉过来，"别说了，趁他还没硬，伸把手。"

"这——"车夫还有些犹豫。

"来吧，你我都是中国人，他也是中国人，就看在这份上。"

警察和他把那人倒放到车上。

"往哪儿拉呀？老总。"车夫骑上车回头问。

"江边，有野狗的地方。"警察扬了扬手。

柳芭和彼得走了一段路，看车夫停下了。

"老爷太太，行行好，他，他还能动呐。"

柳芭从皮夹里拿出一张大票，递给车夫："找个饭馆，你们俩喝点热汤，说不定他能走呢。"

"斯巴西包（俄语，谢谢，）太太。"车夫欢快地掉头走了，毕竟救人一命。

第十四章 危城一隅

27　危城一隅

"二十世纪三十年代、四十年代前期的哈尔滨虽然在日本人的占领下表面上呈现出某种喧嚣繁华，而实际上它是各种势力角逐的危城。"彼得在他的回忆录里，谈及那一段历史时这样说，"除了占统治地位的日伪军之外，共产党地下组织抗日联军的情报人员相当活跃，此外还有当时国府（国民党）的情报员、苏军的间谍、同盟国英美的间谍以及各种政治倾向的帮派团伙都很活跃。所以我只能就我触及的一点表象，我身边发生的使我动情的一些事件做一些记录，远不能揭开事件的本质。"

的确，下面的故事就是扑朔迷离的危城一景。

情报

从那以后，娜达莎常把酒吧里听到的讲给彼得。这个聪明乖巧的女孩了解了很多情况，但她听从柳芭的劝诫从不主动去问。伤兵们发起牢骚来无话不说，特别是他们讲到自己的部队和同伴的情况，往往能给出很多军队调动和设防的消息，这是游击队最需要的。

就这样，彼得一面给那些阔太太画肖像，一面在闲谈中收集情报。此时他觉得作为一个中国人，算是走上了正道，心里感到宽慰。此前，有一次外出写生，他看到道外那些衣着破烂的拾煤核的孩子和老妇在争抢火车上丢下的垃圾食物，他心里十分难过。他们也是中国人，在受难，他为自己过着优越生活而羞愧。

那天，娜达莎还告诉彼得，那个无赖冈村因为民怨极大，无法在江城立足，被调走了。彼得立刻把这消息告诉惠子，让她转告玛莎一家。

1942年的清明，彼得和惠子娘俩去山镇看望巴巴盖，给德德玛上坟。彼得到小铺和王掌柜谈形势，他把从娜达莎那里得知的情况和王掌柜讲了一遍。王掌柜王得富一面吸着旱烟，一面沉思说："从各方面得到的情况都说明关东军有相当一部分往南撤。他们调到哪儿去呢？"彼得说："回去我留意，有什么消息告诉你。"王掌柜说："也别太勤了，你可以让巴巴盖捎话。"

可是回城不久，刚过芒种，娜达莎突然被宪兵队抓起来了。这下可急坏了彼得，他要立刻去山镇找王掌柜。

柳芭制止了他："你这样盲动会遭灾惹祸的，日本人就在看动静。我们俩先去探视娜达莎，毕竟她在我这儿当过仆人，她又没有别的亲人。"

于是，两人先去樱花酒吧，那儿的老板说"情况不明"，但绝不是在酒吧有什么过失。于是两人又找到了宪兵队的拘留所，柳芭称自己是娜达莎的教母，来探视她。宪兵队长阪原认识这位社交场中的贵妇，对她很客气。

出乎意外，娜达莎不但没有害怕，反倒在和看押她的人调笑。

"我没事。"吧女顽皮地说，"这些人都是我们樱花的常客，他们在找我爸爸，和我一样。我早就求过他们，他们忘了，这回想起来，又来请我帮忙。"娜达莎故意说给柳芭听，"一伙人来抓爸爸，说的是满语（汉语），

我也听不大懂,谁知道他们是什么人。"

"你别担心,孩子,暂时吃好睡好。"柳芭笑着安慰她,"长官问啥,你就如实说,我和彼得会找有关的部门说明情况,保你出去。"

"我想和彼得表哥多谈一会儿。"

"接见的时间有限。"柳芭制止她,"我们会找到长官,很快保你出去。到家里,有你们兄妹谈情说爱的时间。"柳芭后面的话是用日语说的,她还向荷枪立在旁边的宪兵颔首微笑,那个当兵的也不自然地搓动脚步,笑了笑。

临别时,娜达莎还是不顾一切地搂住了彼得。彼得亲了亲她,被宪兵拉开了。

回来的路上彼得暗自佩服娜达莎这个俄国姑娘,她不但胆识过人,而且聪明又有机敏的应变能力。表面上她是一个没文化没心眼、傻乎乎乐呵呵的吧女,而实际上她不是用语言去解释,而是用表演导引对方的理性和情感到她设定的状态。这些一部分是天赋,一部分是她的吧女生涯练就的,由此又想到了她以前的悄悄话。

"但她的本质却是单纯的。"彼得心里自语,"这单纯源于她信仰的真诚,情感的洁净,就像她对正义的执著,对我的依恋。"

回到家里,柳芭褪去外衣,坐到沙发上,长出一口气:"抓她,单是为她父亲的事,这好说,她也是受害者。"

"师娘,我们想啥法才能早点把她救出来呢?"彼得不安地问。

"你别急,让我想想。"

这时女厨送上茶,退了下去。柳芭饮了一口:"彼得,你以后别再问那些日本伤兵的事了,我真怕你卷进去。你别再让我操心,姐姐再也不能失去你了。你知道,你是我唯一倾注情爱、相濡以沫的人。"柳芭说着倚在他身上。

一丝怜惜涌上彼得的心头,十年来给予他母爱的,用贵妇的教养熏陶他，用女性温柔呵护他的，唯一的女人——柳芭姐姐，也是师父临终的嘱托。

巧计

"伊万老爹，我碰到难题了。"彼得喝了一口伏特加，不无醉意地说。

他背着师娘，从地下室里提出两瓶这种烈性饮料——俄罗斯人的所爱。自从老师病重，那个贮藏室的门就没人开过。今天，彼得找到了患难好友，马车夫伊万，两人坐到小酒馆里。

"啥事？说吧！"老人干了一口，抹了抹大胡子。

"娜达莎被鬼子给抓去了。"接着彼得讲了事情的经过，当然他没说她爹给联军带路的事。

"克格勃干的，前些年俄国的贵族常常偷运一些家藏的珍宝，或者走私名画，他们勾结火车司机干这事。娜达莎父亲可能被牵进去了，苏联情报员到处追查。"

"对呀！"彼得豁然开朗，心想，推到克格勃身上，就跟抗日没关系了，日本人也不会去深究了。

回家后彼得把这想法和柳芭说，柳芭也很赞同："这个结论得让宪兵自己下，我们只说情况。"

第二天，柳芭带着一幅画和一枚钻石戒指去见宪兵队长。队长和他的夫人如玉也是柳芭的熟人。他一见到柳芭便知来意，慌忙让入内室。

"阪原队长，"柳芭笑着说，"娜达莎父亲的失踪是不是与这些事有关？"说着她展开了那幅画，"这是我丈夫苏里科夫从黑市上买到的，听说它是从我国运过来的。"

阪原仔细地欣赏塞尚的这幅名画《勒斯塔克的马赛港》，赞不绝口。

"还有这枚戒指，都是走私来的。如不嫌弃就献给尊夫人，算我们姐妹的一个纪念。"

"这太贵重了,真是深情厚谊,不敢当,不敢当!"

"您不要把我当做外人,我们既是朋友,夫人自然是姐妹。您的华尔兹跳得不错,下次我教您我们的玛祖加。"

"我会学的,会的。这画……怕得要当成证据了,你们的那些贵族都爱冒险,我想火车司机也会沾光,而克格勃是要紧追不舍的,我们也很难保护侨民。这……这……一团糟。"

柳芭回到家里。

彼得感叹说:"那画……"

"是你老师临摹的。"

"我知道,但它对我,比塞尚更珍贵。"

柳芭凝视着彼得,忽然动情地抱住了他:"彼得鲁沙,你真是个一往情深的青年!"

两天后,娜达莎被放了出来。

柳芭告诫二人说:"别再和伤兵谈那些事了,樱花酒吧的日本特务很多,你知道他们盯着谁?你又知道哪些情况是真的,哪些是在做戏?"

28 司机李贵

李贵

1942年8月中旬的一个下午,彼得在画室里作画,以一幅水彩稿作油画，那是他在道外给一个捡煤核的小男孩画的速写。他给小孩买了一只烤鸡，他们成了朋友。

现在就来说一说这个流浪儿，他和他的义父也算江城的一景，在随后发生的事情中，包括那些抗日活动，许多都与他们有关。

这个孩子几岁了？他自己说不清，十来岁的样子。他的父母死活，无人知晓。铁路边的工人叫他"溜板儿"，是个跑火车板儿的。他随一帮乞丐东游西逛，在客车上、站台上捡些吃的，干点零活儿，溜上溜下，煞是自由，"溜板儿"因此得名。

当然，漫长的日月里，对于这群小叫花子来说，也不总是悠闲和快乐，生活的变奏曲也有喑哑和呜咽的时候。最难挨的是严寒和疾病，冬日，他们常常三五成群盖一条破麻袋片，挤在向阳的墙角；风雪之夜，他们会躲进车厢或工厂的锅炉房，有时也会跑进农家的羊圈，搂着羔儿在干草堆里睡上一宿；疾病来临时，有什么办法呢？只有按照适者生存的法则，让幼小的蓬勃的生命与之抗争；如果失败了，也只好让身上的虱子爬向还有体温的同伴。

这样过了两三年，他被一个铁路工人收养了。这工人有个很普通的名字叫李贵，因其长得傻大黑粗又排行老大，邻里们便爱称李大贵。名字虽然有"贵"且"大贵"，但他的命运却未得改善，他只有凭着力气在蒸汽机车里当了一名填煤工，此时工友们又叫他"李大铲"。原来他有力气，用的板锹比别人的大一号。后来他师父——一个俄国人辞职后，由于他聪明勤奋，对铁路机务这一行兢兢业业，被日本人看中了，受过一段训练之后，便由司炉升为司机。李贵虽有力气，长个武相，性格却忠厚老实、为人和善。那年他四十岁，妻子死了，无儿女。溜板儿遇见了他，两人可谓"一见钟情"。

经过是这样的：

那天，在奉天车站，溜板儿在铁道边捡煤核，见一辆车头停在岔道加水。

司机蹲在一边吃饭,他乘机跳上去偷煤。正忙着,他的一只小耳朵被一只大手捏住,缓缓地往上提。他斜眼看,一个黑脸大汉,左手端着饭盒:"干啥呢?说!"那人粗声问。

"偷煤。"溜板儿细声答。

"偷煤干啥?"

"换吃的。"小孩怯生生地斜眼望着大汉。

那人的手松开了,拿起匙在盒里捣了捣:"现在换吗?"

小孩点点头,把煤倒了回去,用乌黑的手揉着耳朵,斜眼看那大汉。大汉把饭盒递到他面前,孩子惶惶地接过,狼吞虎咽地扒起来。吃完,还回饭盒,抹抹嘴。

大汉又给了他一点水。"家在哪儿?"他俯下身。

孩子摇头。

"爹妈是谁?"

孩子摇头。

大汉思量了一会儿:"那么说,你和我一样是跑单儿了。"他又自言自语地说,"嗯,会弄清,会清楚的。"

"现在,你愿和我结伴儿吗?"那人抚着孩子的头问。

机灵的孩子连忙跪下磕头,叫干爹。

"慢来,等我找到你的干妈再说。"

小孩马上改口:"师父!"

"唉?你这小鬼头,你跟我学啥?我可不会偷。"

小孩立起来,笑了,忙从师父手中取过饭盒,下去到龙头边涮洗。

就这样,司机大贵收下那孩子,带到哈尔滨,给他另起一个名叫板儿。道外铁路边上有一片工人住宅区,孩子从此便在这两间平房里安了家。

这是两年前的事。

从孩子的口音和他扒车路径中,李老大渐渐地了解他是关内河北人,生下来父母就将他寄养在外婆家，后因战乱逃亡而走散，当时他该是六七岁的样子。他听说母亲是唱戏的，已随人出关。于是，他千里寻母，一路北上，混入丐帮，辗转城乡，随遇安乐，反把寻母的事给淡漠了。常言道，有奶才是娘，这孩子自幼喝米汤长大，压根就没有母亲的印象，你叫他如何有思亲之痛！

可是这事——为孩子寻母，却成了他的收养人李大贵的一块心病。他跑车一般都是在几个大城倒班，从南满到北满：大连、奉天、新京、哈尔滨，有时也会赶到满洲里和绥芬河。每到一座下班的城市，一进宿舍，他洗把脸便问门房，今天是什么戏。如果有女主角，他便要买张票，选邻近戏台的座位（那时候一般的戏院都是条凳不对号）坐下。开场后仔细端详那旦角的年龄，看是否在他猜想的范围。当然这很困难，因为上了妆的脸蛋很难辨识。于是他便看腰身和动作，他想，三十多岁的女人那腰眼肯定不会那么柔软灵活。再有他留意口音，他想，板儿的母亲该是天津味，这更难，因为京剧的道白都是京腔。一旦有哪个角色落入"候审"的范围，下次他便带板儿来看。可是这孩子，对于寻母却少有兴趣，师父让他观察演员，听那道白的尾音，问是否还有妈妈的印象，他却津津有味地吃那年糕。也难怪，妈妈最后一次去外婆家告别，抱起他，泪流满面地亲他的小脸蛋时，他才两三岁。

回到宿舍，师父批评他漫不经心，无动于衷。他回说，师父，以后你找个师娘，我就有了干爸干妈，还找那扔了我的娘干啥。

大贵看到孩子对自己的依恋感到欣慰，同时又叹息道："真是俗话说得好：'儿行千里母担忧，母行千里儿不愁'。"

看戏

头年（1941年）夏天的一天，车过奉天，李老大看见戏报，说后天大舞台上演《琵琶记》。

这原是一出南戏，元末作家高明所写，后被无名氏改为京剧。那篇海报介绍了故事的梗概：说的是书生蔡某新婚两月后进京赴试，得中状元，被迫招为牛丞相之婿，重婚牛府。这时，他的家乡连遭旱荒，家庭生活全靠贤妻赵五娘维持。后，父母饿死，五娘历尽艰辛，进京寻夫。幸亏牛氏贤德，于是有一夫二妇归家，庐墓三年，一门旌表。

李贵想板儿娘的年龄扮那赵五娘合适，说不定会在这戏里露面。第二天和朋友倒个班，带板儿搭车来了奉天。

一进招待所，孩子就窜到巷子里看热闹。大李在门房，对值班老张说："大舞台明天演《琵琶记》，一起去看？我请客。"

"明天夜里我的班呀。"老张笑着递上一支烟。

"你和瘸子换一换，难得我们一起歇着。"大李盛情，两人都是光棍，谈得来。

老张把一杯茶推给大贵，诡秘地笑着说："老大，（铁）路上的人都说你这一年来爱看戏，特别是旦角。我说，你的眼光可别那么高啊。那花狐狸臊得靠不住，还是找一个年龄大点的乘务员，纺织工也行呀。我就想寻一个浆洗房的老妈子，带个孩子也没啥。"

"哎呀，老张，你想到哪里去了！我看戏是给这孩子找亲人。"于是李贵讲了事情的经过和他的猜想。末了，他感叹说："收这孩子的时候，我自己就发了誓，要找到他父母。这个想法折磨我，像得了热病。可这时间一长，孩子和我又分不开了，他对找妈没兴趣。可是不找到他的亲人，我这良心上过不去。你看，我那点积蓄，本是为成家的，全花在看戏上了。"

"老弟，这也值得，你想想，这一年多来，你看了多少漂亮妞啊。"两人大笑起来。

这时板儿跑回来，老张忙给爷俩安排铺位。

次日上午，李老大带板儿在北市场大舞台买了三张甲等票。之后，领着板儿逛了清故宫,这是努尔哈赤的宫殿,它在方城井字形街道的中央,门朝南。溥仪到东北当了伪满皇帝之后对祖宗的庙堂,进行了修缮。从北市场经大北门走到这儿也不算远。中午,爷俩买了几张刮煎饼,边走边吃,绕到了中街。大李想让孩子开眼,进了路北的"满毛"大厦,上到顶层,在露天餐厅里吃了两碟冰激凌。师父看着板儿吃得甜嘴巴舌,笑着拉起了他。

晚饭时大李和老张带板儿爷仨下馆子,吃了六碗河漏面。大李又在对门的小铺里买了三瓶汽水,这才乘有轨电车到市府下了车,走到了剧院。

那时候在奉天大舞台是有名的剧场,上演些京剧、评剧和二人转,当时所谓"城南四将"常在此演出。

那年月的戏院里看客杂乱:有欣赏艺术的,有朋友玩"票"的,有谈情说爱的,有陪父母散心的,也有混场起哄的,当然也少不了小偷和耍闹之徒。

剧场的过道穿梭着卖报、卖烟、卖瓜子的小贩和警察,乌烟瘴气。值得一提的服务是"扔手巾把儿":多在夏天,场内闷热,在观众汗流满面时,听到一声吆喝,"叭",一块拧成一团的凉手巾扔了过来……

看戏时,李老大专注地观察赵五娘的长相,看她是否与板儿相似。说来也怪,板儿小小年纪居然为这苦情戏打动,当他看到赵五娘罗裙包土埋葬公婆,身背琵琶,弹唱乞讨,忍饥受冻,进京寻夫时,他竟然痛哭流涕。也许他联想起逃难中的外公、外婆,也许他回忆起自己的经历。可大李却把这理解为:冥冥中有母子的感应,于是在戏散时,他拉着板儿径直走向后台。

老张在外面候着,不一会儿,板儿慌慌跑来,口里喊:"张大伯,不好了,师父让人打倒在地,头上流血……"

老张连忙进去将他背了出来,叫了一辆马车,拉回公寓,找来药品,给他包扎起来。

　　事情原来是这样：当大李满怀希望兴冲冲走进一间化妆间时，一个军官正在和女演员亲热。那军官对这工人此刻的冲闯极为恼怒，拔出枪来要行凶，诬大贵寻演员怀有歹心。幸亏女人制止，那军官唤来两个随从把大李痛打一阵，他的头摔在水泥地上，昏了过去。

　　事后老张劝他，还是发动工友，借铁路之便帮你四下打听吧。大贵还提起登报寻人，老张说："不可。你想，孩子才两三岁，她便弃子出关，这其中必有隐情，你今登报，她岂肯认领？"

　　说来也巧，一年后，这事被画家彼得破解了。就在开头提到的给孩子画像不久，这位业余情报员还顺便摸清了关东军以苏联为假想敌，进行大纵深军演的情况。

第十五章 板儿寻母

29　板儿寻母

师徒

"我说师父,我们干吗要费那么大的力气找她?她和有钱人吃喝玩乐,早把我给忘了。"板儿望着大贵皱着眉头。

"胡说!"大贵斥道,"哪有娘不想儿的。你知道发生了什么情况?"

"可是我们没有钱呐!老看戏。"板儿感叹。

"嗯,可以让铁路上的朋友多留意,我们再想想别的办法。"

"唉,有了,我在饭馆捡吃的常见大官们带女人去享受,还有酒吧舞厅都是他们爱去的地方。"板儿望着师父。

"对了,我们可以去那里转转。"大贵心想小家伙倒是机灵。

"你去不行,你是大人,得花钱;再说你开火车不倒班也没工夫啊。"

"你去,人家让你进吗?"师父笑了,想起他曾是个小叫花子。

"这你就不用操心了。"板儿又现出一副油条的样子,"秋林的柜台,马迭尔的餐厅,警察局的看守所,还有……"板儿笑了。

"还有哪儿？"师父也笑了。

"还有你李大贵的火车头。"

"这是你的本领？"师父给了他一个脖溜子，"说说，你准备怎么到餐厅去找娘？"

"我把自己洗得干干净净的，再找一个小女孩说是妹妹，去帮他们摆桌椅，收拾碗碟，打扫卫生。"

"嗯，为啥要找个女孩？"

"这样人家会更信任我们，也会可怜我们，尤其那些女招待、带班的。"

"你到哪儿去找女孩？"

"我的朋友，花子堆里任你挑。"

"看不出，你还有当工头的本领。"大贵露出喜爱的笑容，"干活儿挣饭吃我不反对，可有一样，手脚要干净。"大贵严肃地说。

"那当然，我现在是满铁'火车机关士'（司机）的义子了，我也是有身份的人了。"

大贵摸摸他的头："别忘了找你妈，她是艺人，三十来岁，穿着的派头是那样的。"大贵笑着摆了摆身子。

就这样父子二人决定了：板儿白天捡煤核，晚上去酒吧找零活儿，探访自己的母亲。

画像

"小孩，你叫什么名？"那一天，画家彼得到车站写生遇见板儿，他正在捡煤核。

"板儿。"板儿直起腰。

"大名？"

"溜板儿。"

"那么说你姓刘啦？"

小孩迟疑了一下，坚决说："不，我姓李。"他一只脚在另一只脚背上搓着。

彼得见他很有个性，便自语："唔，李溜板。"接着又和蔼地问，"我给你画个像，好吗？"

"好是好，可误了我的工……"他挖鼻子，把筐移到胯上，屁股向侧后跷起，身体呈优美的S形，狡猾地瞥一眼画家。

"好说，给你工钱。"两人一面画画，一面聊天。

"您准备给我多少工钱呐，尊敬的画家。"小孩问。

"我占用你两个小时，给你一只烤鸡，够你吃一顿了，如何？"画家恰在此刻捉住流浪儿诡谲的目光，记下了。

"很不错咧，不过，先生，我想要大一点的，够我和师父两人吃。"

"你师父？他是谁？"

"火车司机，李大铲啊！你不认识？"

彼得摇头。

"噢，对了，画家，您最好要写个字条。"小孩激动地说。

"写什么？"彼得好奇地问。

"给我的工钱呀。"

"你识字？"

"不。"

"那给谁看？"画家捕捉孩子机灵的表情。

"给师父看呀！你想，你是上等人，你给我的礼品，肯定是上等货。师父看了会问，哪儿来的，我总不能说捡的吧！他会疑心是我在饭店拿的。"

这小鬼头，给我戴高帽，画家彼得暗自骂了一句。

听那小子接着说："上一次我在酒吧干活儿，那女招待给了我一盒鱼子酱。鱼子酱呀！师父当然要追问。"

"哪个酒吧？"画家也来了兴趣。

"樱花，日本人玩的地方。"

"那女的叫啥名？"

"客人叫她娜达莎，俄国人，十七八岁，真美。"

"唔……"画家不再问，专注于孩子瞬息万变的表情，疾速用笔。

当然，孩子没有对画家和盘托出，师父回赠烟斗的事他便没讲。那是前不久发生的，就在娜达莎被抓又被放之后。

"你明天还去酒吧干活儿吗？"那天，大贵问板儿。

"去呀。"板儿望着师父。

"那你把这个给她拿去，今后你要叫她小姑，不要被人看见，把她唤出来再给她。"说着司机把一个蓝布小包递给孩子，又嘱咐他在褂子里塞好。

当晚，上座前，孩子干完杂活儿，摆好桌椅，把娜达莎叫到外面，递给她包裹。她打开一看，眼泪顿时涌了出来，那是父亲用的烟斗。父女临别约定，见了它便是平安到达目的地，女儿不必挂念。

原来李老大正是当年娜达莎父亲的徒弟司炉，介绍她父亲给抗日联军带路的人。

这事娜达莎告诉了彼得，彼得很想接近地下组织为抗日事业作些贡献，这才找板儿画像，想自然地接近李贵。

擦鞋

夏日，马迭尔旅馆的大门外，一个小男孩正给一位贵妇擦皮鞋。妇人打着洋伞，街上人来人往。马迭尔是哈尔滨著名的酒店，犹太人开的，在那年月它在欧洲都享有盛名。

昨天，板儿用肥皂洗去了脸上的油渍，穿了一身干净衣服。衣服是娜达莎给他洗的，还烫了烫。他又换上了义父给他买的新鞋，便自信地尾随一个绅士走进了马迭尔的前厅。但很快便被一个侍者拖了出来，大声告诉他，这儿不需要没受过教育的杂役。这个流浪儿生平第一次求职就这样被拒绝了。

他愁闷地在方石路的大街上走着，正好碰上了他先前的一个伙伴，正在擦皮鞋。他费了一番口舌，总算说服了对方，用半袋煤核，借擦鞋箱用两天，还承诺将收入的一半分给他。板儿总算找到了跟贵妇们接近的机会。

"小孩，你是哪地方的人？"夫人问。她是汉人，三十多岁。

"河北人。"板儿迟疑了一下，不知该怎样称呼这位客人，终于小声说："夫人，大婶。"他早就想好了，要忠实地讲明自己的身世，在上等人中间传开，这样才有机会让妈妈知道，他在这个城市。

"那你在哈尔滨有亲人吗？"

"和干爹在一起。"板儿爽快地回答，一面细心地在夫人的鞋袜之间塞上软垫。

"干爹？他是做什么的？"

"开火车的，满铁的机关士（日本人对火车司机的称谓）"，板儿语调里显得有点骄傲。

"火车司机，薪水不薄，怎么不让你念书？"

"我不爱念，再说，义父的一点积蓄都和我看戏了。"

"哎呀，你们爱好戏剧？"夫人兴奋起来，显然要说什么，但却停下了。

"不，大婶夫人，我们只看女主角。"板儿歪着头，用鞋刷顶头的一撮毛刷为皮鞋涂油，连同那高跟也细心地涂上了。

夫人扑哧笑了："想给你找干妈吧？你没有干妈？那谁给你打扮得这么整齐。"

"不是这样，大婶，是为了找我的生母。"

于是，板儿一面细密地涂油擦鞋，一面讲了自己的身世。

"大婶，我是三岁那年和妈妈分开的。外婆抱着我送她到村口，我看她背影，走路的样子像你，所以我一见到你就缠着给你擦鞋，可你不是我妈。"

"那你爸爸呢？我说的是生父。"

"我从来没见过他，他们没成家，我能叫他爸爸吗？"板儿疑惑地问。

"他是干啥的？在哪儿？"夫人有几分兴趣，更有几分同情。

"他是妈的师兄，他们一起在天津学戏，听外婆说的，后来他得罪了日本人，吓跑了。妈后来跟一个皇族到满洲来了。"板儿学着同伴那样两手扯着绒布飞快地打鞋面。

"你是什么时候到这儿来的呢？"夫人问。

"六岁那年外婆一家逃难，我们走散了，他们往南，我上了往北开的车。"

"你怎么生活呢？"夫人的声音有一点抖。

"呶，"板儿用嘴指了指对面——一个女人带着孩子在乞讨，"不过他是跟着妈，我没有。"

夫人掏出手帕拭眼泪。鞋擦完了，她把一张票子丢到他鞋箱里。

"这太多了，大婶。"孩子仰头。

"留着你看戏吧。"

这时一个日本军官走过来，挽着她走进了豪华的马迭尔。这夫人叫如玉，她是哈尔滨日本宪兵队长阪原的女人，她原来也是一个演员。

板儿心事重重地望着来来往往的行人，有妈的孩子穿得整整齐齐，一只手挽着妈妈，一只手拿着冰淇凌；没妈的孩子在垃圾堆里刨着，寻那一点点可以入口的东西。

他又想起两年前的流浪生活，想起冬天他抱一捆草睡在羊圈里，差一点被农人的粪叉子刺断肋骨。

"娘，你在哪儿？"

30　江城堂会

江城

　　1942年的仲夏,松花江畔的哈尔滨以它清爽宜人的气候,典雅华丽的欧陆风情,吸引了多少本土和远东的游人啊!黄昏时分,滨江大道上款款地走着双双对对的情侣;中央大街的霓虹灯下,橱窗里的展品琳琅满目。在这条大道的两旁分布着各色各样的外国商店、饭店、药房、酒吧和舞厅,娱乐场里的留声机似乎时时刻刻都在播放着轻狂浪漫的乐声。在牵着狗的俄国的女人,巡逻的日本宪兵走过的铺面,你能买到那个时代的许多货物。虽然由于战争,有些货物紧缺,但还是可以看到:俄国的毛皮、英国的呢绒、法国的香水、日本的棉布、德国的药品、美国的洋油、瑞士的钟表、爪哇的砂糖、印度的麻袋……如果你拐进小巷,你也可以买到枪支和吗啡。而另一面,到处是家园被日本移民侵占了的受难的华人苦力,他们中许多人沦为乞丐。

　　不远处,随着大胡子俄国马车夫的一声吆喝,一辆辚辚的马车停了下来。从车上走下一个高个子青年,随后在他的搀扶下,一位衣着高雅的俄国贵妇走了下来。马车拐进停车的巷子,那一对妇人和青年便挽着臂走进了马迭尔旅馆豪华的前厅。

　　原来今晚这儿要举办一个堂会,招待从新京(长春)和奉天(沈阳)来江城消夏的政要,他们大多带着眷属。晚会是由满铁和商会做东,也请了当地官员和汉俄两族的名流。侍者给了彼得和柳芭两张戏单,带他们到二楼厅里落座。茶几上摆着饮料和茶点。柳芭向早来的熟人频频颔首,几位出入藤野家的太太和小姐也走过来,向夫人问候和画家搭讪,这其中就有宪兵队长的夫人如玉。

上层社会的人情向背就像池塘里的浮萍一样，总是随风聚散。今日的彼得已非昔日可比，那时候他不过是太太身边的一个小厮，如今在几次画展上，他已是佳作连篇，名噪画坛。更何况，他深山中舍身救美，出狱后酒吧决斗——这类传奇故事，在那些过着平庸无聊生活的贵族少女心中，激起怎样的幻想！彼得，彼得，已成她们茶余饭后的谈资，梦寐求之的偶像。令她（他）们烦躁的还有一个重要的因素，人们虽然不表露于口头，却无休地在心中盘算，那就是老画家的遗嘱，它已传遍江城。谁都知道，这个彼得——幸运儿，是老苏里科夫丰厚家产和绝代佳人的合法继承人，这就引起了上层社会那些衣冠裙带们的无比妒羡。

那柳芭，哎……有人看到她的高雅，有人看到了金发碧眼，也有人垂涎于她的丰腴柔美……彼得这小子，掉到蜜糖罐里了……

堂会

柳芭的座位被安排在一个日本高级军官的旁侧。过了一会儿，这个军官进来了，是个矮胖子，穿着绅士的便装，藤野引导着，走到柳芭面前，藤野一一介绍，军官是东乡少将。柳芭和彼得起立，那胖子蔼然施礼，相互握手。落座后，寒暄了几句。那个军官和柳芭都带着初次相识的礼仪，不多交谈。

藤野搭话了，他转向柳芭："你可知今天演出的主角是谁？"

柳芭笑而不答。

藤野点着节目单说："这位艺名小樱桃正是东乡将军的姨太。"柳芭和将军都微笑颔首，"当年她可是天津卫有名的花旦。"这后半句藤野是用汉语说的。

说话间彼得想问惠子娘春草的情况，被柳芭拆了过去。

演出开始了，剧名《救风尘》，这是关汉卿的著名喜剧。写的是汴梁（开封）妓女宋引章贪图荣华，抛离书生安秀实，嫁给一个州官的儿子富商周舍。婚后受周舍虐待，一过门就打她五十杀威棒。宋引章后来向青楼姐姐赵盼儿求救，盼儿设计，那是什么计呢？原来是风月把戏，以色相引诱周舍，骗花花公子周舍休妻，给他甜头，叫他上钩。所以这戏原来的名字叫《赵盼儿风月救风尘》，赵盼儿用风月手段救风尘女子宋引章。

小樱桃饰赵盼儿，戏装按元明时期她那风尘女子的身份和风月艳情的需要，是小打扮。看她那眉眼、手腕和身段算是把角色演活了，轻盈的台步，浪漫的舞姿，尽展挑逗的风骚。

"很柔媚，表演得好！"柳芭向身旁的将军赞扬说。

东乡点点头，双手拄着手杖。

不知为什么，彼得对姐姐的殷勤有些反感。

柳芭没有理会。

有一位来宾对这出折子戏表现了浓厚的兴趣，特别专注于樱桃的表演。但不知出于什么原因，她却没有移席到东乡身边，与贵客攀谈。就在前两天她还随她男人队长阪原来马迭尔，队长是为这次堂会来布置安全的。而她想好好观光一下这个酒店，在门口还擦了擦皮鞋，为那个不幸的流浪儿掉了几滴眼泪。

折子戏演罢便是跳舞，侍者忙收拾场地，这时小樱桃卸了妆走过来了，东乡含混地介绍。樱桃向柳芭伸过手："我在新京已经久仰芳名了。"

"前两年你不也是家喻户晓吗！可惜年纪轻轻就退出艺坛了。"柳芭应酬。

"不说那了。去年老苏里科夫过世的时候，新京圈子里的人还纪念一番。唉，过去就过去了。现在你们，你和彼得弟弟不也很美满吗？老苏里科夫真是个体贴女人的人，那么开明，什么都想到了。"

柳芭报以微笑，彼得听了很不自在。

乐声起了，东乡邀柳芭跳舞。如玉坐到樱桃的身边，她们一面嗑瓜子，一面闲聊。如玉说起哈尔滨的形势,说到安全,她请樱桃放心:"你和将军如要下榻马迭尔,尽可安心玩乐。前天,阪原还带我来这里检查,从住宿饮食到各项服务,都细细观看盘问了。"

樱桃笑了:"谢你了,胖子(她指东乡)要住在军营里,他说那儿有同伴可以一起聊天,我随他。"

这时,如玉又谈起城里的逸闻趣事。她漫不经心地说到前天碰到的擦皮鞋的小男孩,讲起他的乖巧机灵,自然也就说起他的不幸遭遇和寻母的故事。如玉一面叙述,一面拿眼审视樱桃,看她是否动情,而樱桃却毫无兴趣,眼光移到了舞者的身上。

于是如玉又谈起俄侨名媛柳芭和她的伴儿,那个幸运儿彼得,声音很轻微。说起这位艺术界的新星和他受到上流女性的青睐。这时一曲终了,舞者回到座位,他(她)们略加寒暄。第二支舞曲起了,东乡又邀如玉进入舞池,彼得也顺势邀了樱桃。

"彼得,你那么年轻,在绘画上就有那么高的造诣,可真不简单!"樱桃扭动腰肢,喜盈盈地直视彼得。

"我们……学西画刚刚开始,我画的也很幼稚。"他把中国人三字略去了,谁知道这个汉奸太太有什么观点。

聪明的樱桃有所觉察便叹息说:"你我都是汉人,咱们在人家占领下过日子,能有个立身之长,就算不错了。"

接着她转换话题:"听说你擅长肖像画,你能给我画个戏装像吗?"樱桃娇媚地说。

"那当然,我现在有个小店,我就借此谋生呢。"

樱桃莞尔一笑:"你可别把我画得太老呵,我和你的柳芭同岁,说不定我还要叫她姐姐呢。"

这个三十岁女人的小嘴真像樱桃。

第十六章 樱桃戏装

31 樱桃戏装

在彼得的画室里,一个俏丽美艳的中年女人着戏装端坐在画架前。

是这样,彼得按自己设定的目标,开始了他的劫后生涯:为贵妇画肖像,这可是又出名又挣钱的项目。漂亮、有钱的女人,关心自己的容颜不朽。如果金钱也能买回花样年华,哪怕只是一个彩色影像,谁不愿自己青春永驻呢!

这是柳芭的指点。去年年初买下这幢带院的小楼时,还没有装修,姐弟二人坐在卧室的沙发上,一面喝咖啡,一面就策划好了这一切。师娘柳芭姐姐,真是一个了不起的女人。在家里她独自料理一切,让老师专心创作;在社会的上层,她结识了一个社交圈子,为年轻的彼得铺平道路。在这个特殊的历史时期,在日本占领军的统治下,在各种民族和阶级的矛盾中,她——凭着她的资产,她的贵族教养,她的艺术才华和震撼人心的美丽,于各种场合应对有方,进退自如。

可是,一年多的时间过去了,彼得的画室没有开业。这一年他经历了多少灾难,遭受了多少创伤啊!为救师姐,圣诞前夜险些冻死山中,随后是心爱的未婚妻亡命天涯，接着被半年多的牢狱之灾折磨得死去活来，后来又挨了一枪，差点送了小命。

"好好保重你自己，珍惜你的才能，只要老百姓爱看你的画，你就有报效你的民族的机会。"

这是师娘的开导。现在身体康复了，是该重振自己事业的时候了。

眼前坐着的就是日本军阀东乡的姨太太，艺人小樱桃。

"画家，江城的人都说你是个怜香惜玉的人，佳话早传到了新京。"樱桃小口开启了，不无挑逗的韵味。

"太太，哪个画家不爱美，何况这美是女人。"彼得应答，希望能激起什么，表现于她的神态中，这当然是肖像画的活性所在。两人沉默片刻。画家复道："难怪夫人保持这样青春容颜，唱得悦耳的《后庭花》，想来您的生活定是很优越。"

樱桃沉默片刻，柳眉一挑："我说亲爱的小彼得鲁沙，你就别跟我撇那文词儿啦。"

显然樱桃是知道杜牧那首《泊秦淮》的，画家把她比作不知国耻的商女，她有些恼了。"什么后庭前庭，我和你师娘同龄，她现在正在勾引我那老头子日本人东乡呢。我真不理解你们这些贵族，有得是钱，为啥也像我们这些风尘女子，要投靠一个人。你挎一个百合，她又挂了东乡。那日本胖子狡猾着呐，闹不好真要上演一出《甘露寺》了，赔了夫人又折兵。"

彼得从未遇过这样伶牙俐齿的泼辣货，他也自知失言，后悔自己不该挑起舌战，骨子里还是不尊重人。他羞愧而烦闷地停下笔，愠恼地坐着，心烦意乱，不仅是由于自己出言不当，更是由于她伤及柳芭，难道她和东乡……

樱桃拿眼溜着他。

"大姐，我们今天就画到这儿吧。"彼得收起画板，喃喃地说，"刚才都是我不好。"

"你是说那'商女不知亡国恨'吗?"说着她慢慢地褪去戏装。"算了,没什么,我是从别人的冷眼中走过来的。毕竟,没有几个江州司马(白居易)能怜惜我辈。"她静静地坐着,并不立起,"彼得你就没有想过我曾有过沦落的命运吗?"她缓缓地吟起《琵琶行》:

"弟走从军阿姨死,暮去朝来颜色故。门前冷落车马稀,老大嫁作商人妇。"

彼得给她倒杯茶,她端起了杯:"我们比不得梅(兰芳)老板,日本人请他出山,他蓄须隐退。我们算什么!吃张口饭的,不张口,怎能吃饭?反正唱的都是祖宗传下来的那些东西,汉人爱看,日本人也爱看,那就让他们看吧……"过了一会儿,她又自嘲地说,"我算什么!不过是个粉头,胖子(东乡)从不尊重我,不给零花钱,出门不派随从,这倒好,自由。"

彼得始终不言,有礼貌地听她诉说。

最后,樱桃站起来走到他跟前,双手搭在他肩上:"彼得,刚才我的话也有些尖刻,你也原谅苦闷的姐姐吧。"

玉坠

次日,樱桃进门来,没有马上入座,她掀起帘布,看彼得的画。当她看到那个小男孩时,停住了,在他的前边仔细端详。如玉讲的故事已像刀子一样刻在她心里,她笑着问彼得:"你看他像谁?"说着,她正面对着画家。

彼得看着暗暗吃了一惊,两个人那诡谲的眼神和小鼻子,微微上挑的小嘴唇,整个表情所显现出那种随遇而安的韧性和玩世不恭的挑战神态,何其相似!难道在这儿又要演一出母子相逢的"圣诞前夜"?

樱桃从胸前解下来一件宝石蓝的小玉坠儿:"明天孩子来时,你把它戴在孩子胸前,画下来,不是更好看吗?"

然后，她换上戏装坐下来。

此时画家发现模特的眼神较之昨日，添了些游离忧郁的目光，画家立刻捕捉了它。

第二天，画家把板儿邀来了。

板儿见了那玉坠儿立刻叫道："外婆来了？这小东西是她收着的，怕我丢了，叔叔你看这里面有一条红丝。"

彼得过来细看。

孩子却讶异地说："怪了，它怎么变成了黑丝了呢？"

下午，彼得把孩子的反应告诉了樱桃。

樱桃笑了，淡然，但那眼神中流露出些微的凄凉，逃不过画家敏感的眼睛。特别是当他画到她纤纤的玉指时，看到她在轻轻地抖动……

"画家，我有些倦了。"

于是彼得停下来，递给她一杯咖啡。

"那孩子的家人是此地的工人吧？"像是随便地一问，"看他的穿着，日子很清苦，他还给人擦皮鞋？"她漫不经心地说。

"是的，孩子很苦，也很勤奋，他捡煤核、擦皮鞋，啥都干。他家大人我没见过，听孩子说，他有个师父叫李大铲，是个火车司机。"画家专注地修肖像上的衣纹。他退后几步，眯起眼，"樱花酒吧的娜达莎可能认识他。"说完，彼得有点后悔。

他一面在画上着笔，一面继续："对了，娜达莎偶尔也给我帮忙。明天下午她能来，你的像也要修修细部，你们能碰到。"

"娜达莎我见过，我也是樱花的客人。唉，彼得，你的魅力何在？怎么漂亮的女人都爱围着你转？"

"也包括你吗？"彼得问，一面修画。

樱桃嘻嘻笑，声音极其娇媚。她披着戏装，摇着步，缓缓走过来，双臂环在彼得的颈上："彼得，你是我一生最可心的人。"良久，复又低声深沉地说，"你更是我最感激的人。"

眼泪竟然从这个自轻自贱、玩世不恭的女人的眼里流了出来。

次日，在彼得精心安排下，樱桃和娜达莎会面了。她们在楼上谈话，彼得在下面清理他的画稿。

后来她们叫了一辆马车，走了。

32　东乡狩猎

东乡

绚丽的晚霞沉落了，黑苍苍的桦树林现出神秘的幽暗，树木凌乱、水草丛生的沼泽里浮起薄雾，一片片水洼在夕照的余晖中闪着光。

你可以感觉到，天色已慢慢变暗，夜幕正缓缓低垂，空气里混杂着日间蒸腾的气味，腐草、败叶、蒲与荷的清香……蛙声四起，偶尔传来水禽扑翼的声音，和它凄凉的啼唤。

当你双手交叠在脑后，枕着猎枪，仰视夜空时，就在你附近的草丛中，时断时续的细微的虫鸣，怎能不唤起你童年的梦幻！北满的秋夜是迷人的，那寂静的薄暮……

"我真喜欢满洲，它使我想起北海道老家。"东乡就这样躺着，嘴里咬着一段树枝。他身边坐着藤野，近处停着三辆越野车，几个卫兵在稍远的地方巡逻。

他们是来打猎的，一行有藤野和妻子春草，外孙嘎鲁；东乡还带来了部下百合和客人柳芭，此外还有为东乡少将担当安全守卫的宪兵队长阪原和夫人如玉。

东乡是一个日本军阀，他到哈尔滨名义上是消夏，实际上是参加大规模军事演习。演习是针对苏联的，配合德军的入侵。这期间他到山镇去视察工作，慰问伤兵，赏识了百合。此番带她休假，同时了解一下伤员的心理。讨论开展战地的教化工作，这也是他的一项任务。

在这一工作中，他同时物色了两个人选，春草和柳芭。春草是满铁高官藤野的夫人，早年是教师，有威望有教养。她还是一位战士的母亲，儿子野草是空军飞行员，一次战斗中殉职了，她的经历和爱心，在伤兵中有感召力。柳芭是一位有魅力的贵妇，她的艺术修养对于医治伤员的精神创伤，陶冶他们的性情大有裨益。当然，最后，按照帝国的最高利益，让康复的伤员重新拿起武器或走向军工岗位，那还需要另外的安排。无论如何，这些女性的温爱与艺术熏陶，眼下是必要的。

沙盘

东乡和藤野都出身于日本两个有权势的家族，他们之间是世交，而且东乡还是藤野的亲姐夫。两人利用这难得的一点休闲来聚会，谈一谈对战争和时局的知心话。

"是啊，满洲的确是我们日本的战略要地。"藤野慨叹道，"应该好好经营，要改善和扩建现有的铁路。军部应该想到，在日本本土，你们陆军没有周转的空间。早年我随父亲去你家，深知世翁的痛楚。我们要把满洲视为大纵深，才能和时下的强国周旋。现在德国人已经打到莫斯科，你对那一线有什么估计？如果俄国人打败了，我们能不能和德国人分享远东的石油呢？"

东乡一时没有作答，烤肉的香味飘过来了。

那边，一个士兵正在烧一只狍子；篝火边两个女人，春草和百合一边聊天，一边烧水。藤野特意让妻子出来散散心，让她从丧子之痛中走出来。

稍远的地方小嘎鲁在拉他的马头琴，他坐在一个树墩上，倾情地演奏着他的草原长调。他的老师柳芭坐在一个马扎上侧头欣赏小猎人的思乡曲，她刚刚能听到藤野和东乡的谈话。

"那北极熊不好对付。"东乡的声音，"即使我们的朋友以闪电战攻下了莫斯科，俄国人回旋余地还大着呢。何况，严寒就将到来，那儿怕是已经下雪了。"

"那么我们该有什么动作？"藤野问。

"我们就这样动作。"东乡轻声笑了，"大规模演习，半真半假，英美都在报导，让他们宣传吧。给我们的日耳曼朋友助助威，当然这也牵扯邻居的兵力。俄国人大军压境，对我们是威胁，他们真要闯进来，抗日联军就会活跃起来。如我们不能在满洲站住脚，那就全完了。"

谈话引起柳芭的兴趣，她接过嘎鲁的琴，拉得更为悠扬，这并不妨碍她隐隐地听到他们的议论。

"那我们真正的目标在哪儿呢？我们满铁该向何处发展？"藤野问。

"军部内就有分歧，陆军和海军的争论直到御前会议，关键是资源，都主张以战养战，但指向哪里，却各有陈词。"

"姐夫，你的意见呢？"藤野侧过身子问。

柳芭琴声悠悠的，同时更专注地侧耳倾听。

"收拢！"东乡缓缓但坚决地说，"这个仗我们已经打了十年了，去看看国内，矿山里是他国的劳工，工厂里是我们的妇女，男人，连十几岁的孩子都当兵了。一张一弛文武之道，是时候了，我们要收拢手臂，握紧拳头，好好经营高丽和满洲。向这儿移民，用大和民族的明治精神改造这个衰败的孔教民族，它已经被清王朝和军阀混战弄得四分五裂，一盘散沙。在支那的关内，诱使亲日派组阁自治，通过宣传和榜样让他们的上层和百姓都认识到这一点：只有在大日本帝国的统率下，根除共产主义才能实现大东亚共荣。"

"如何对付英美呢？铁路、港口都涉及他们的权益，还有东南亚的石油和橡胶。"藤野想到株式会社的发展。

"这正是我们和海军的争议所在，他们看我们在满洲和支那的胜利，心怀嫉妒，他们跃跃欲试，认为拥有世界一流舰队和一流将才的海军能为大日本称霸世界建功立业。如果海战一开，我们陆军势必被拖到东南亚的岛屿上去，战线太长，且不说兵源，后勤供应都是问题。而且，"说到这儿，东乡叹了口气，"最后，这场战争就会变成日本与美、英在工业、资源上的较量。我们行吗？"

"大本营怎么看你的意见呢？"藤野问。

"不知道……战争是双方的决策，一切都不会按你自己的沙盘去推演。"东乡说到这儿，勤务兵报告，肉烤熟了。

"那我们还等什么呢？"东乡坐起来，"女士们，进餐！"

除了柳芭还在拉琴，大家已经围拢来，勤务兵也搬过来威士忌和香槟酒，同时在每一位聚餐者面前摆上了盘子和刀叉。

迷局

"春草，听说你的小外孙是一个小猎人？他的马头琴拉得也挺好啊！"东乡是一个绅士。

"是的，姐夫，他在山里长大。"跪坐着的春草欠身回答。

"唔，难怪，他的枪法好，两枪射中两只兔子，那双筒猎枪还是俄国造呢。"军阀东乡是一个做祖父的人，此刻现出他的慈爱。但嘎鲁不语，低着头。

"可是我不明白，小猎手，为什么一只母鹿从你身边跑过，你却一弹未发？"

"将军，他是吃鹿奶长大的。"百合低声说。

"唔，春草，以后你一定要给我讲讲这孩子的传奇故事。难得，小小年纪有这样仁爱之心。"他话锋一转，"可是生不逢时啊，现在天皇需要勇士。藤野、春草，如你们二位同意，我送他到东京士官学校，如何？"

"不，不，姐夫，我们家有一个为帝国捐躯的也就够了。"春草说着掏出手帕搓起眼泪来。

大家都哑然。

跪膝坐在垫子上的东乡欠了欠身："对不起，春草妹妹，我让你想起了令郎野草君，飞机被击中时他跳了伞，我们正在查他的下落，如少佐能逃生，我们会全力营救。"

"将军。"藤野忽然严肃而惶恐地说："日本军人以牺牲于圣战为荣，请将军莫为妇人之见而动情。"

东乡沉默片刻，拍了拍藤野："野草君是我的部下，他也是我的侄儿！"

这时，春草也意识到自己的失言，俯首道："姐夫原谅。"

"人之常情，人之常情，但愿这孩子，"他指着嘎鲁，"他叫什么？"

"嘎鲁。"藤野忙说。

"对了，但愿小嘎鲁长大时，这一切都已结束。那时他可以尽展他的音乐天才，歌颂升平，也许我这老头子还能赶得上。"他现出一点感伤，复又笑说，"请大家随便用餐吧，这野味很诱人，我的肚子可是咕咕叫了。"

气氛缓和下来，藤野和百合向座中人敬酒，东乡趁势举起酒杯说："我看百合那儿，伤员和俘虏情绪都不太好。现在我正式邀请柳芭和春草，这二位资深教师，音乐家，在百合的领导下办一个教化班，希望各位协助。"

因为事先都说好了的，大家便鼓起掌来，之后，举起了杯。

这时如玉走到柳芭的身边，她淡然一笑："苏里科夫夫人，您的弟弟，那位幸运的画家，怎么没来呢？"她的话是用汉语说的，但"弟弟"一词却用的是俄语，那语调很特殊。

"他在画画，他比不得你我这样悠闲。我们是女人，为社交而生，陪伴男人是我们的乐趣。唔，你的汉语和日语讲得一样好。看来，应付两个民族，你是游刃有余呢。"柳芭自然听出了如玉的挑衅，她便这样回答这位日占领军宪兵队长的汉族夫人。

如玉立着，缓缓地摇着扇子，驱赶蚊虫。她眼睛盯着柳芭，轻声慢语："我怎么没看到少将的太太那娇娇的小樱桃呢？"

"这你可要问问东乡了。"柳芭一面回答，耳朵听着那边的谈话。

"那天，樱桃演的戏叫什么来着？"

"您不是戏剧圈里的人吗，怎么问起我这个门外汉了。"

"唔，原来的名字是《赵盼儿风月救风尘》，多亏赵盼儿耍那风月手段，以色相迷惑周舍，才使妓女宋引章逃脱。这出戏的精彩就在赵盼儿耍的花招，若是那赵盼儿假戏真做，失了身，那就不是喜剧而是闹剧了。"

如玉说完，不等柳芭反应，摇着扇子走了。

显然，她是影射柳芭扮演赵盼儿的角色，迷住东乡，放走了樱桃。自然，讥诮里也含有警示。

狩猎

餐后，东乡邀柳芭散步。他让她挽着他，自嘲说，老头子，一个军人，腰里挎着刀，如有一位青年女子相伴，也就不煞风景了。

冷风袭来，树林里旋起落叶，湿地上的雾气消散了。星光下，草原小径上走着两个各怀心事的朋友，卫兵尾随着。在一段距离之外，远处传来两声凄厉的狼嗥。

"现在，日耳曼人已经兵临莫斯科城下，你们俄国侨民有什么议论？"东乡问。

"将军，你知道，我对政治没有兴趣，军事上更是外行。"

"我问的是你们那些贵族。"东乡重复着。

"他们都是丧家犬，他们仇恨苏维埃，可他们也知道希特勒不是他们的保姆，他们的天堂，罗曼诺夫王朝已经成为历史。我倒想知道，你们大日本皇军怎么保护我们，难道就这样？走在我身边。"她动了动胳膊，笑了。

东乡也笑了，挽紧她："这要看情况，如果德国人胜了，长驱东进，那些精细的纯雅利安种能让我们分享他的胜利果实吗？假如德、俄两家呈胶着状态，那斯大林更不会撤去西伯利亚的重兵，让我们坐收渔利。最坏的情况是俄国人胜了，那时，如我们固守满洲，心无旁骛，你们这些俄侨仍可以安歇于我的战袍之下。想想看，如今我们关东军在满洲十年，俄国人不是把中东路让给了我们吗？何况到那时他已是疲惫之师，刚刚打完德国，民心思定，未必就来攻打我们。"

谈话就是这样极其自然展开的，而这正是柳芭需要的。的确，东乡对柳芭毫无戒备，她是逃亡贵族，布尔什维克的敌人，又是藤野家多年的密友，而且苏里科夫在世时是侨界领袖，没有任何抗日的嫌疑。

"将军，我想问你，这一次你为什么没把樱桃带来呢？"柳芭露出神秘的微笑。

"她串亲戚去了。"东乡漫不经心地回答。

"你们很亲密吗？恕我冒昧，这是女人爱问的问题。"

"不，她是一个娇艳的女人，也是一个粗俗的女人，战争使军人寂寞，愿你能理解。"东乡眯起眼望着她，"她不能与你相比。"

柳芭轻声地笑了。夜深了，一个难辨的动物从不远处窜过，荒岗上又传来两声狼嚎。

"这儿是凶兽出没的险境，夜里你害怕了，可到我的帐篷里去睡。"东乡说着握紧了她。

柳芭缓缓地抽出手，笑着说："我可不愿意让那戏剧性的一幕重复上演。"

待你兴尽之后，你的卫兵会把我拖出来，扔到一个最近的泡子里去。你的卫兵有上峰的命令，保护你和你们的军事机密。他们认为一个美丽的女人向军中要员投怀送抱，多半是敌国的间谍。谁能辨认你怀里的柳芭不是苏俄的克格勃呢？"

东乡大笑起来："啊，美人，真是戏剧中的人物，玩笑，玩笑，那你就与百合入帐安歇吧！可我还要托你一件事，帮我从黑市上买点名画。"

"我会尽力。"柳芭一口答应，她不愿中断与东乡的往来，这也是一种途径。

他们回头走，看见一个小孩提着猎枪，跟在卫兵的后面，显然，他是在保护他的老师柳芭。

"嘎鲁！"东乡以他军人的直觉惊叫了一声，轻轻地，恐惧地……

他焉能不知，藤野家——日本的望族，正养着一个抗日者的后代。

第二天，符拉迪沃斯克的红军总部便收到了东乡的全部谈话。特别是他"收拢"的战略印证了另外途径的情报，暂时缓解了苏联的担忧，才将远东的一部分军队移向西方战场。

事实上从东乡到达江城那天起，他就成了克格勃猎取的对象。不久之后，他从柳芭那里得到了一幅安格尔的《宫女》，不过这美丽娇艳的裸体美人是一个赝品。

第十七章 樱桃归宿

33 樱桃归宿

苦情

樱桃和娜达莎坐着马车去见大贵,两下说明原委。认证了身份之后,樱桃回家收拾细软。三人拟定了逃走计划,这时东乡正在猎场。

两天后,大贵值班。一列火车行至南满一个山麓小站,一对母女乞丐被赶了下来。火车开动后,那女孩突然向车头挥了挥手,流下泪来。她们沿着蜿蜒的山路走了一程,在一棵大树旁坐下来。那孩子突然抓下头上的假发扔在地上,原来他是男孩。

他恨恨地说:"娘,我不愿到山里去,我想师父。"

"我们会在一起的。你师父过一阵就会来看我们,现在我们是去他妹妹家。你离不开他,我也离不开你。我的儿,以后我侍候你们两个人。"

南满的山林,树色斑斓,风起处,落叶缤纷。

樱桃走后的第三天晚上,娜达莎到柳芭家来了。她带来了一封信,交给彼得之后就匆匆赶回去上班了。信是樱桃写的,很短。

信文如下：

柳芭，彼得，感谢你们姐弟使我们母子团聚，感谢你们救了我。当你们看到这封信的时候，我已经逃往山中了，让他们抓吧。如果真有人要抓我，惜我也好，怕我也好，说明还有人看重我。说明我不是一个让人鄙弃的玩物，不是一片草芥。

我即将三十岁，侍候了三个男人，可他们谁也没有娶我，没有正儿八经地同我结婚。和我生那孩子的是我师兄，也是我第一个男人。当时我们没敢声张，更不用说结婚了。我不怪他，因为那时我们年轻，唱戏的，吃张口饭，要走红得有人捧，要人捧便不能成家。无奈，我把孩子生在了静海外婆家，后来便留在了那里。待我重返天津的时候，师兄跑了，班子里的人说日本人抓他。

后来，一个姓爱新觉罗的末代皇族看上了我，那时他随现在的皇上从紫禁城逃到了天津。

这位自称皇叔的人帮他的侄儿卖画，那是皇上从宫中偷出来的。许多人到这个皇亲的公馆里打牌、吸鸦片，让我侍候。这些人有军阀密使，有青洪帮，有遗老遗少，各色骗子，还有日本浪人，都说能给皇上买武器，招兵马，帮他复辟，最热心收购这些宫中珍宝的是一个日本人，叫山中定次郎。

再后来，这位皇叔伴皇上到了满洲，他为了讨好日本人，把我当粉头让那军阀东乡消遣。日本人看出了这个皇叔和皇上鬼鬼祟祟，要争一点禁卫的兵权，就把他赶跑了。东乡还试探我是不是皇叔的奸细，对他施美人计。当他发现我只管吃喝玩乐，才放心。

就这样，我没任何名分。新京圈子里的人把我看成皇叔的小妾，她们也知道我是东乡的姘头。我还住在皇叔的家里，花皇上给的一点俸禄。我想，东乡不会发文捕我，他没有名目，害怕同僚笑他。他也许会派人暗杀我，他的前一个中国女人就是他亲手勒死的，玩完了，处理掉，怕泄露他的秘密，给敌人当情报。

　　我知道我没有什么好下场，从我失身和失节那天起，命运就注定了。那时京津小报骂我，红樱桃是双料货色，汉奸加妓女。让他们骂吧，我算什么，白山黑水都让人蹂躏了。我在这个世界上没有可亲近的人，除了生我的母亲和我生的孩子。如今我庆幸我和儿子在一起，如果我能逃脱东乡的追杀……

追查

　　"东乡会抓她吗？"读过信后，彼得急了，问柳芭。

　　"东乡并不珍惜她，他还不能判定她是奸细，还有一个更重要的原因是他怕这事闹起来受到他政敌的攻击。"柳芭喝一口咖啡，从容地说。

　　"他有什么政敌吗？"彼得问。

　　"他身居军部的上层，那是各种政见、各种势力角逐的地方。"柳芭把着杯，漫不经心地说，"这一次，从新京来的人，你以为他们真的是来度假吗？他们是来参加一场大规模的军事演习，这一点侨报早就猜到了。"柳芭深思了一会儿，又说，"他们不会行文拿她，也许会秘密除掉，日本军阀是残忍的。"

　　后来的事实印证了彼得和柳芭的忧虑，东乡没有停止对樱桃的追杀。

　　从个人的关系和情感来说，樱桃对于东乡是无所谓的，而且东乡对她已有些厌弃。本来，在新京她就没有住在东乡那儿，还是住在朝阳路"皇叔"的家里。这位皇叔受到日军的威胁，跑回了天津，所以樱桃所处的地位，用民俗的话来说是东乡的"下家"，是东乡的姘头。但是就在东乡来江城度假期间，她的出走引起了东乡小小的惶恐，因为他是来参加军演的。

　　如果樱桃的出走是由于个人的情感，移情别恋的私奔，倒也无所谓，但由于东乡的身份和他当时的处境，着实令东乡不安起来，所幸的是这件事还没有演变成桃色新闻见于小报。

回到军营，东乡把他的贴身侍卫长叫了来。

"我叫你来是让你办一件事。"东乡坐在他的军营办公室里对他说，"带两个人回新京去，搜查一下那个皇叔爱新觉罗的寓所，找两样东西，一是樱桃，一是清宫的赃物，溥仪给他的，那些小东西，仔细搜。"

两天之后，侍卫回来复命，说樱桃家空无一人。屋里很零乱，有几件旧戏装和化妆品，另外搜到两个玉鼻烟壶和一幅破损的字画。

"嗯，樱桃不识货。"东乡把玩着那玉鼻烟壶，口里念着，"也许是她厌恶那皇叔的一切，唉，红颜薄命。"当着侍从的面，老头子现出怜香惜玉的表情。

"你们再跑一趟天津，看樱桃是不是在那儿，舞台和戏班子都要查。还要警告那个爱新觉罗，让他找人去支那的南方访一访，看樱桃是不是去找她的前夫，那个唱戏的。如果在那儿，对他是个祸害。"

"是。"侍从敬礼回答。

"还有，换了便装去，浪人打扮。不要让我们的人，天津占领军的人知道，去吧，如果你遇到麻烦，电话联系。"

"是。"侍从敬礼，转身走了。

东乡把玩那烟壶，若有所思。

往事

南满铁路的一个小站东侧，顺着进山的小路走上二十余里，有一个自然村。北面茂密的乔木林直到山脊，三十几户人家坐落在山坡的草地上。现值深秋，一条小河傍村流过，草地上盛开着野菊花。

一个黑脸汉子枕着双臂仰卧在草坡上，旁边坐着一位娇小的女人。男人娓娓地讲着往事,女人倾听着,一面缝补衣衫。

"我原来是个司炉,三十三岁那年冬天,在哈尔滨,冰天雪地,我一下车,见一个姑娘冻倒在路轨旁,这太危险了。我把她抱到车上放到炉子边,看她渐渐醒过来了。问她家,不说话,只摇头。我怎么办?"讲到这儿,女人停下针线,微笑着望着他。男人继续道,"我只好扶着她去了我的家,那时我一个人,叫了隔壁大婶,给她弄点吃的,我到空车头里睡了一宿。第二天倒班前,回去指点那姑娘柴米油盐放在何处,让她自己料理,说我得四天才能回来。

"四天后我回来轮休,见家里大变样,姑娘梳洗干净,家里也收拾整洁了。我和她聊了一阵,才知道她父亲和哥哥当劳工去伐木。父亲累死,哥哥跑了,母亲也病死了。我挺可怜她,安慰她说,再难,人得活着,不能寻短见。我让她去浆洗房找点零活儿,养活自己。反正我老跑车也不在家,让她就先住着。

"这样过了半个月,那天我倒班又要去车头。她跪下了,说如我嫌弃她,她就另找住处。她手捂着脸,哭了。唉!人呐,我把她抱到炕上。第二天聚了几个工友,摆了两桌酒菜,放鞭炮。那年她二十岁,我整整比她大了十三岁。兰花,我叫兰花还没还没叫两年,人没了!"

汉子说到这儿,不言语。女人静静地望着他。

"第二年,她怀孕了。"男人继续道,"算来预产还有半个月,我跑车去了。一回来,工友告诉我,她进铁路医院了。我跑着赶到产房,差一步,就差一步,大出血,她说不出话了,难产。先前,医生问她保大人还是要孩子?她说要给我留个后。混呐,真混,只差一步,我没到场,本该我来做主的。不过医生想尽力两全的,结果娘俩都没保住。我叫兰花还没叫两年……"

往事成尘,山坡上吹来一阵花香,小河水涓涓流淌。

"樱桃,古话说人生如草芥,"男人感叹:"我看连草芥也不如,生个孩子就死了,也许是洗衣太累,拼命想挣钱。她爹也是,就差半个窝头,掰一半给儿子,结果自己没顶住,锯树锯到一半,倒下了。儿子拿斧头砸昏了监工的头,朝交战枪响的方向跑去了。真要找到抗联也好,找不到就算日本人的子弹打不着他,也得叫野狼吞了。人生如草芥,连草芥都不如。你看那车道沟里的野草,大车轱辘碾过来压过去,待到有一点积水便又滋生起来。可人的生命为啥那么脆弱呢!就差一步……"

"大贵,你不要难过了。"女人动情地说,"你是我碰到的心最善的男人,我爱你,我要侍候你一辈子,给你生孩子。"女人说到动情处俯下身子亲了亲男人,"我这些年有点积蓄,我想在你妹家的后园子盖三间房,你收车到南满便在这里落脚。"

"别太张扬了,免得别人注意。"男人轻声。

这时,老远,一个孩子从村里跑来。

"板儿,什么事?"女人问。

"一个驴贩子找俺爹。"孩子气喘吁吁地说。

女人站起,把褂子递给男人:"大贵,缝好了,穿上吧。"

这个人就是驴贩子老秦,他是南满抗联的交通员。大贵邀了他互通情报传达上级的指示,同时让他认认樱桃,请他保护她。

34 京都遗梦

阴云

那次,东乡从新京来哈尔滨藤野家。傍晚,酒后,宾主兴致勃勃地谈起战事的发展和随之而来的物资经营。

"姐夫,你对海军挑战英美向东南亚发展,一向持保守态度,这回他们在夏威夷的胜利有没有傲气凌人，使你作难？"藤野关心地问。

"没有。"东乡得意地说，"山本（五十六）知道，珍珠港奇袭得手，也只能算战役的胜利，要想形成战略的优势离不开陆军，而且进军东南亚和越南、缅甸，更需稳住满洲和支那的战局，所以这次大本营还特意嘉奖了我，给我添了一颗星。"

"那太好了！"藤野也兴奋起来，"可是，军部会不会调你去南方诸岛，马来、印尼？"

"暂时还没有这可能，以后就要看北满的形势和南方的进展了。"

"你驻留此地，我可以借力经营木材矿山的业务，还有移民。"

"我去东南亚，你们株式会社也可以拓展橡胶和石油业务。"

"姐夫，我们算是想到一起去了。"

东乡饮了一口茶，换了话题，意味深长地说："藤野，你的小孙子嘎鲁是块好料。他沉默寡言、刚毅勇猛，适宜做军官，把他交给我吧。未来十年，我们要建立大东亚共荣圈，需要很多军政人才。你让他在俄侨的学校里学什么艺术，闹不好成一个东正教徒，还是让他信我们的神道，效忠天皇才是正道。"

"姐夫，这事我得和他妈和外婆商量，你知道，前些时候我因为不同意女儿的婚事，赶走向墨，伤透了惠子和她娘的心。如今儿子野草又无音信，外孙嘎鲁成了她们母女二人唯一的寄托。"

"嗯，你要从国家和孩子的前途着想，莫为妇人的短视所左右，当什么艺术家，乞食的浪子。"

藤野把东乡的话转告妻子春草和女儿惠子之后，着实引起母女二人深深的忧虑。外婆怕她唯一的至爱继儿子野草之后再成为战争的炮灰，惠子更怕东乡把她的儿子当成人质，作为招降向墨的砝码。向墨化名为项东，是她的丈夫，抗日联军的将领。可怜的向墨至今还不知道他有一个亲生的儿子，可爱的小猎人嘎鲁。

正当母女二人百般焦虑的时候，母亲春草突然想起一个人，或许他能帮我们摆脱困境。

那是二十多年前一段温馨的往事。

牧歌

一条小河——加茂川自北向南从日本的故都京都流过，顺着它的河谷蜿蜒北上三十余里，有一个枫林小镇坐落在林木蓊蔚的东岸，小镇离风景优美的琵琶湖只有一段步行的路程。

小镇的广场上有一座寺庙，那时已改为神社，与之毗邻的是一个古朴而优雅的小客栈，它有一个令人感伤的名字——"落英"。秋天它倾斜的石阶上常常铺满缤纷的枫叶，主人却不去扫它，任一双双郊游的情侣携着手，唱着歌，款款地踏阶而下。

那是一个秋日的夜晚，一轮圆月高悬于神社的一角，店的庭院里在上演一出小戏，挑在高杆上的六盏灯在微风中摇摆。

旅客们坐在一些布成半圆的桌椅边看戏，这其中就有来自京都帝国大学的一对青年男女，喝着茶观赏表演。

家庭小剧团，登场的只有四五个人，一个歌舞伎打扮的妙龄女孩，执一面扇在吟唱舞蹈，其余的人在后面伴奏。乐器是极简单的，鼓、胡、笛和弹拨琴，在女孩吟唱或述说的间隙，横笛便挑起来，引着胡和琴以悠扬的旋律为她伴舞，而鼓者便埋下头奋力击打。

那故事的名字叫《牧歌》，说的是一个牧羊女和一个青年学生的爱情悲剧。

山坡上放牧着一群活泼的羊儿，牧羊女为圈拢羊群而疲于奔跑。这时从水草丰美的山坳里传来优美的笛声，羊群欣欣然奔去，欢快地觅食起来。

牧羊女得以歇息，她坐在石上倾听那美耳的笛声。

日复一日，牧羊女总有笛声相伴，听不尽的新鲜曲调，想不断的美好憧憬，但她却不见吹笛人，那给她带来欢愉的青年是谁？他在哪里？绵绵的情意借着悠扬的笛声传来，就像那天边的云霞不断地幻出骑白马的王子。

一天黄昏，牧羊女赶着羊群涉过小溪时，不慎跌落水里。这时一只手将她挽起，一个英俊的少年，另一只手握着竹笛。

从此二人相爱了。

可是不久，明治维新后，改革兴起，提出神佛分离，废佛毁寺，小镇的神道教占了上风，佛庙改成了神社。牧羊女一家信仰佛教，被驱出小镇漂泊他乡，那青年学生也被信仰神道的家人送去当了武士。

这悲伤的故事使人想起了西方的罗密欧与朱丽叶。

演出结束了，一轮圆月升上中天，沉浸在爱恋中的情侣们不肯离去，庭院里还回荡着他们的欢歌笑语，桂花的香气飘散在清凉的空气中。

神道

两个帝大的学生坐在朝西的露台上。他们的房间紧挨着，共用这个平台，晚饭后可以凭栏远眺，看那夕照下斑斓的山谷。而此刻，清辉似水，眼前的山谷腾起薄雾，隐隐地可以听到后院的琴声，谷底潺潺的溪水，时而会传来一两声鸟鸣。

那是1920年的仲秋，京都帝国大学的两名学生了因和春草在小镇不期而遇了。男生了因是中国人，在帝大学佛学，春草是日本人，在帝大学文学。

"了因学兄，"春草想起趣事，微笑说，"记得你是两年前来帝大的，大正七年，西历是1918年，我是前一年生了女儿惠子后进大学的。我记得，你一个中国少年，那时很惹我们女孩的注意，她们说你沉默寡语、不苟言笑，但却极其谦和，碰到迎面而来的女同学总是侧身避让。"

"哪里，我那时日语不好，羞于启齿。"

"她们还说，你的人品和你的外貌一样端正。"说到这儿春草俯首掩面而笑。

了因双手合十，笑道："大家都是年少天真。"

"那是真的，有些姑娘想接近你，但是不敢，因你是中国的佛徒。"

"是的，我的法号'了因'便是恩师望月和尚起的，他是日本高僧。"

"可是在我们日本，和尚是可以恋爱结婚的。"春草回望他。

"是的，这我了解。"了因变换话题问，"春草，你到此地来是一次远足吗？"

"我是来采风的，像今晚的说唱小戏，正是我的需要。学兄，你有什么目的吗？"

"我是为完成我的论文，来这里考察的。"

"那是什么样的研究呢？在学校我就仰慕你的学识，只是无缘攀谈，今日有幸在这里相逢，又得这般闲适，我可要讨教了。"说着春草给了因续了茶。

"我的文章的主旨是探讨神道教的起源，和它在演变中与佛和中国文化的关系，今晚的演出我也很有兴趣。"了因的声音很柔和。

"听说那戏文确有其事。"春草的口气像是在探询。

"是的，明治维新后，禁止神佛混淆，颁布'神佛判然'的法令。此地'毁寺建社'闹得凶，所以我来采访。"了因肯定地说。

"你课目研究得如何，我是很有兴趣的。"

"好吧，我约略地介绍一下，愿听学妹的教导。"于是了因说起了他的所解和所思：

"神道是从日本的原始宗教发展而来的，最初崇拜自然精灵和祖先。"了因缓缓地说，他的语调里有一股令人折服的力量，"五到六世纪吸收了中国儒家的伦理道德和佛教、道教的某些教义思想逐渐形成体系，大体分为神社神道、教派神道和民俗神道三种。神道信仰多神，特别崇拜作为太阳神的皇祖神——天照大神，称日本民族为'天孙民族'，天皇是天照大神的后裔，并且是其在人间的代表，显然这是统治阶层把他们的思想灌输于宗教，他们宣称，皇统即神统。"

"明治维新以前，佛教在我国不是很盛行吗？神道有那么权威吗？"春草问。

"是的，那时神道教处于依附地位，二者结合形成二部神道、天台神道等神道学说。变化先是缓缓的，德川幕府时期，一部分神道学者把崇拜天照大神的神道教义与中国宋代朱熹的理学相结合，强调尊皇忠君，主张神道教独立，鼓吹以日本为中心，建立以神道教为统治思想的世界秩序。"

"哦。"春草轻声喟叹。

了因继续道："到了明治维新年间，财阀和军阀当道，动作突然激烈了，他们提出王政复古、神佛分离、废佛毁释，崇信皇祖神天照大神，认神道为国教，主张神皇一体，在行政和教育中贯彻。那时全日本有八万多神社，这是精神锁链，把青少年的思想引向神道的狂热，引向神皇合一的崇拜，就这样把他们捆到了对外扩张的战车上。"

了因不语了，佛教受到的排斥使他感悟到了神道教的本质。

"是的，了因学兄，我也感到精神的压抑。我娘家信佛教，而婆家那些株式会社的人和武士们聚在一起大谈神道救国，他们说日本是个强国，不能囿于本土的几个海岛。"

了因和春草都缄默了，各人都在心里体味着民族的忧患，但这也只是话锋所及，一掠而过。现在他们还都年轻，不妨在旅游中尽情地享受眼前的清风、明月和朦胧的山色。

"是该歇息的时候了，学妹你请便吧。"了因说。

"是了，学兄也安歇吧。"

春草一个人躺在她的床上，斜月临窗。回想与学兄的谈话，她感到一丝甜蜜，一缕怅惘，年轻多么美妙呀！当然，待她真正尝到神道的苦果时，那该是二十年多后的丧子之痛了！

让我的孙儿小嘎鲁拜高僧了因为师，也许他能逃过这一劫，春草这样想着。让惠子去找彼得，因为了因就在南满彼得的家乡。

那是灾难的 1942 年初夏。

第十八章 拜师南下

35 拜师南下

重托

春草从往事的回忆中醒来,她细想当年了因的谈话,领悟了明治维新后,禁止神佛混淆,颁布"神佛判然"的法令,"毁寺建社"实在是为现在这场扩张战争做的思想和舆论准备,它是真正的万恶之源。她下定决心,摆脱东乡的魔爪,不能让唯一的、可爱的小外孙儿嘎鲁去当神道教徒,去做侵略战争的牺牲品,也不让他学他爹参加抗日游击队。最好的办法是请德高望重的了因做他的老师,临时的,一面念书,一面当个不问世事的小和尚。她的意见得到了女儿惠子的认可,惠子便去找师弟彼得,请他回南满老家,请了因北上。彼得正好要回乡去隐匿老师的藏画,便一口答应了。

彼得本人当时是受聘于满铁做藤野的幕僚,满铁的职员。行前彼得让惠子去日本,他在哈尔滨城分头收集鉴真东渡和中日佛教交流的资料书籍和绘画,作为礼物送给了因。在打包装箱的时候,彼得把老师的画作和他收藏的名画也装了进去,并且让惠子贴上了满铁的封条,随他一起返回了老家。

1942年的夏初,德义(彼得)回到了坨镇,在母亲的坟前叩了头,和父亲彻夜长谈。老道高五不同意儿子的建议,说什么也不肯去北方的大城定居。德义也不勉强,他决定翻盖房子,修缮道观和庙宇,借此悄悄藏匿那些画。

之前,彼得去见了因,送上了春草的亲笔信和他收集的典籍资料。了因甚是欢喜,他慢慢读着,复又屈起指头,笑着自语,春草母女都早熟早婚,她的年龄略小于我,外孙竟九岁了。这时他的脑子里又浮现出那个聪明娴雅而又娇羞的同窗,浮现出枫林小镇那个夜晚关于神道的谈话,又想到当前的时局,不免感叹一番。

彼得讲了那儿的形势,了因答应了北上。他很想见一见春草,如果能够,替她分担一些忧患。

这一天彼得还来到街心卖化妆品和文具的小店——"文记商店",看望他的小表妹珍儿,送给她一幅花卉油画。

现在我们回到了这部书的开头。

他们带着侄儿到南大园画画,德义给表妹画像,一面讲述这几年的生活。珍儿对表哥和玛莎的关系很感兴趣。"说吧,那个俄国姑娘,她漂亮吗?表哥叫她白俄,她皮肤一定又白又细吧。"

"别说了,那是一个伤心的故事,你听了会流泪的。"

珍儿静下来,伤感地说,"我再也不会为别人流泪了,我的眼泪已经为自己流干了。"

彼得知道珍儿的病和她不幸的婚姻,他也没有讲玛莎亡命天涯生死未卜的事,不幸有各自的不幸,在那苦难的年代。

后来彼得借盖房子去河西山区拉木材的机会,通过驴贩老秦联系上了萧向荣、周子杰、宋承武一伙,传达了抗日联军的指示:"化整为零,择机北上,到中苏边界集结。"这是山镇王掌柜托他转告的。

一个月后,彼得陪了因北上江城。看来,在占领军的统治下,在山镇的教化院中,在对小嘎鲁的争夺上,佛教与神道教的斗争不可避免了……

学兄

"苦难啊!可是这松花江的水还是照样地流。"了因和尚和春草在江边散步,感叹道。

彼得和师姐惠子带着她的儿子嘎鲁走在前面。

斜阳在水面上铺了一道波光,那跳荡的光影与逝水的声音,唤起人遥远的回忆。

"和你走在一起,我一见这江水又想起京都的加茂川,北山的枫林小镇,那镇上的落英客栈,转眼二十多年过去了。"春草感叹说,"如今时局发生了这么大的变化,那一夕谈话,不幸被你言中了。"

"那时已是山雨欲来风满楼了。"了因和尚轻声说。

"可是在我记忆中留下的却是和平与宁静:月明之夜,小客栈里青年人的欢笑,幽暗山谷中溪水潺潺,一阵阵桂花香气。你的沉缓的谈话,那么有见地。那时我和那些唱歌的学生一样,沉浸在纯真无忧的欢乐中,生活多么美好啊!我对即将袭来的阴云浑然不觉,就在这二十多年中,我生下了可爱的儿子却又失去了他。战争——就是那个温馨的秋夜,我们当做学术讨论的神道战争,它改变了一切。我失去了儿子,知书达理,健壮而聪明的儿子。"春草不语了。

这时一个牵着狗的俄国女人从身边走过,她对两个谈话的人投以讶异的一瞥:那个秀美的日本贵妇伴着一个端庄的中国和尚。

了因没有直接去安慰春草,却讲了一个故事:

唐朝一位禅师叫药山。一天,他的两个弟子道吾和云岩走在他身边。

药山指着一棵枯树和一棵茂树问二人："枯好还是荣好？""当然繁荣为好。"道吾这样答。师说："灿烂终归要消失。"师又问云岩，岩回答："枯萎的好。"师说："枯淡也难久长。"这时正好小沙弥担柴走来。药山问他："你看这两棵树枯好还是荣好？"小沙弥答："繁荣的任它繁荣，枯萎的我便砍伐。"药山点头，随顺自然，毫不执著，便是禅者的态度。

讲到这儿，了因悠悠地说："对于世人来说，丧失亲人，是一件悲痛的事情。悲痛是自然，痛定之后，长歌当哭，也是一种自然，让我们享受这种怀念吧！"

听了这话，春草感动地说："学兄，您真是一位高僧，深得佛教和儒教的精髓。我请你来，有一事相托。"

"请讲，我会尽力。"

"我有一个小外孙，嘎鲁，今年九岁，从小寄养在一位蒙古族老猎人家里，山林的生活养成了他朴实善良的品格。我们的姐夫，就是那个东乡将军，看上了小孙儿的沉默威猛，要把他送到东京士官学校去，培养成一个武士。你知道为了这场'神道圣战'，我已经把唯一的儿子送上了祭坛，我不想再让我心爱的小孙儿落到他舅的下场。他妈惠子还担心关东军会拿小嘎鲁做诱饵，迫降项东，就是嘎鲁的生父向墨，他现在是抗日联军的将领。想来想去，我们母女二人连同藤野，都同意把他从俄国人的教会学校接出来，送到你那儿去，一面念书，一面给他剃个光头，避一避。相信你会把佛学和儒学中有益的东西灌输给他，提高他的修养。"

"我认为，"了因一面掐着念珠，一面迟疑地说，"日本的科学和技术还是比较先进的，在我那里，怕误了孩子。"

"这也是权宜之计，暂时在你的袈裟之下度过一段时间。我们全家都敬佩你的学识和品德，此外你也有一定的权威，足以抵挡外来的干扰。"

"好吧，坨乡的小学与我一院相通，我还有两件小沙弥的袍子。"说到这儿，了因笑了，"不过孩子小，让他妈常来看他才好。"

"那是自然，她的工作就在大连，说来也不远。"

36 神佛论战

论战

藤野家的小客厅，通向外间的拉门开了，北海道的渔歌传了进来，声音细细的，顿挫而悠扬。一个穿和服的侍女端一个茶盘，弓腰，领首，轻足前趋，把茶盘放到几上，深深地鞠躬，碎步退下。拉门被轻轻拉上，乐声更细了。

女主人春草起身为客人献茶，客人有了因和尚、东乡将军，还有一个武士，他们都按日本人的习惯屈膝坐在席位的一方波斯毯上。

作陪的藤野笑着说："这茶是从支那前线带过来的，西湖龙井。"

了因的眉头微微皱了一下，复归平静。细心的春草觉察出了因的不悦，连忙俯下身来为了因续茶，低声说："请学兄品尝故国的清茗。"

此时东乡大声感叹："在弟妹的家里吃清茶听渔歌，怎能不使人忘掉战争，忘掉我的戎马生涯。唉！小时候我就是听着这支歌帮渔民拉网的，一转眼四十多年的时间过去了。"

"将军，这四十年变化太大了。"武士挺直上身，毅然说，"我们赶走了沙俄、英、美和荷兰的殖民势力，实现了东亚的共存共荣，这都要归功于天皇的圣战。战争不可忘，将军的战功亦不可没。"

"唉！"东乡打断他，"在高僧面前，在母亲面前不谈战争。今天，我借春草的茶座，想请了因方丈讲禅宗。中国的佛学思想深受儒道的影响，请问大师，各派禅宗的主旨是什么呢？"

"将军，如要理解佛教在各朝各派的兴衰，那是一门课程。如你问我禅宗的要旨，我可以简单介绍给你。唐朝经济发展，文化繁荣，有了这个条件，佛教各宗派逐步形成。禅宗结合中国社会实际，吸收了儒家思想，简化佛教教义和修行方法，使它有了中国特色。禅宗的发展繁盛，影响远远超过其它各派，自然便有分化。到了唐朝末年，禅又分为三宗，义玄禅师创建的临济宗是最主要的一个派别。印度佛教以佛陀'无我'之说为中心，以否定人为出发点；而佛教流传到中国，在这块土地上兴起的禅，却表现了对人的肯定，这种思想的代表就是临济宗，尊重人的生命，尊重人的生存需要，饿了要吃饭，困了要睡觉。义玄说：佛身佛性是人人都有的，那么尊佛修佛，也该爱人护人。将军，你身为占领军之长，是该切记的，这也是儒家思想，仁者爱人。"

谈及此，东乡击掌，喜形于色："高僧，我们想请你做教化，你如何运用你的禅宗思想宣传日满亲善，建立王道乐土呢？"

了因没有正面回答，却不紧不慢地讲了一个故事：临济派的一个弟子，不爱劳动，常常欺负弱者。一天他问一个小沙弥："我们都是佛门弟子，如何亲密友爱，团结互助，和谐相处呢？"小沙弥哀求说："你先从我的脊背上下去吧。"

东乡听完了因杜撰的故事，尴尬地苦笑着，端起杯。

这时武士激动起来，显然他有些愠恼："请问大师，佛教徒男不耕女不织，整日诵经，过悠闲日子，靠社会供养，对国家毫无贡献，他们存在的理由何在？"

在座的藤野夫妇对这唐突无理的提问感到慌悚，更不解东乡何以带他入席。

了因却沉稳地饮了一口茶："你的问题，牵扯到各类宗教的起源，牵扯到人类的苦难，和他们的先知创业与立足的艰辛。我虽然在京都帝大学过一些，但要彻底解答你的问题且你能彻底领悟，超乎你我的能力。"说到这儿，了因缓缓品了一口茶，而武士的脸上现出得意的神色。

了因继续道："这里，我不妨说说我的理解和经验。在我们的社会，人的肢体伤残，可到医院去治疗；精神的疾病，也有相关的医生。但假如这个人身体和精神都很健康,但他由于苦苦地追求,遇到不解的困惑,他能到哪里去呢?自然他就会找到内心的佛性,寻得领悟或安慰。苦于跋涉的人类,要找一个安恬的净土,那就是他内心的佛。'即心即佛'的思想正是义玄的老师希运继承马祖提出的。他说:'心即是佛','诸佛与众生唯是一心,更无别法'。中国,我国(了因特意强调了一下)唐朝有一位诗人叫张继,写了一首《枫桥夜泊》,我在日本看到教科书里也选了它。正因为那钟声来自于寒山寺,诗人的感官刺激,霜天流水,江枫渔火,才深化为心灵的浸润。"

"这是真的。"春草急不可耐地说,"每当我领孩子读这一首诗,就能化解我心中的苦闷和困惑。寒山寺的钟声,使我产生宗教情绪。"

第二个回合就这样结束了,大家喝茶。

但是东乡带来的那位神道武士并不甘心,他欠了欠身:"请问了因大师,既然中国的佛教这样美妙,那么,为什么在唐朝还有那样大规模的禁佛运动?而且那个韩愈……"

这时东乡插话:"大文学家、政治家韩愈那可是个有头脑的人。"

武士受到将军的鼓舞,越发振奋精神,卖力地与东乡演他的双簧:"为什么大政治家、大文学家韩愈会那样激烈持久地排斥佛教呢?"

"确有这样的历史,我在京都时,我的恩师望月和尚……"

了因说到这儿,东乡侧身问道:"怎么,你是日本高僧望月的弟子?"

"正是,恩师曾给我分析过这段历史,这有复杂的社会和经济根源。一方面寺院主管和地方势力相勾结,大量兼并土地,建庙圈田;一方面贫苦农民为逃避兵役赋税剃度为僧,佛门寺院恶性膨胀,这就与统治阶层发生严重的资源竞争,导致唐会昌五年,也就是西历845年的那场灾难。武宗下令没收寺院土地财产,仅毁坏的寺庙就有五万余所,还俗僧尼二十多万。恩师说,主管人如此放纵贪欲,亵渎佛性,造成了这样的危害,另一方面也引起了统治者的反思。到北宋,朝廷又对佛教采取了保护政策,佛教寺庙又发展起来，这在日本也有惨痛的教训。不知东乡将军是否还记得明治维新后的灭佛运动？"

"是的，后来到明治二十二年，政府也颁布了宗教自由的法令。"东乡说。

"现在我再说韩愈，"了因继续道，"唐宪宗时，韩愈因谏阻迎佛骨被贬为潮州刺史，他在政治上受了挫折，心灵空虚，转了大弯，掉头去请教大颠和尚说，'弟子军政事务繁重，请禅师赐教简便的学佛方法'。白居易也有类似的经历，都是在失意的时候来找佛，当年他写讽喻诗也是积极进谏。可见，入世与出世，进取与退思，是人生活动的两个方面，谁不需要修养性灵？这就是佛的价值所在。"

在这三个回合中，了因始终以守势驳斥神道武士的攻击。此刻，他不愿揭露神道借神权护皇权的侵略本质。

但武士又发难了："刚才大师谈及明治灭佛的往事，大师是怎么看的？"

"争斗不息，世无宁日。"了因沉重而清晰地说完，不语了。

武士愤然："如果没有那次的斗争，何以有日本全国的思想统一：天皇是天照大神的后裔，皇统即神统，皇权即神权，要建立以神道教为统治思想，以日本天皇为中心的世界新秩序。"

说到这儿，武士更激昂了，他霍然站起："我愿为这一理想的实现而切腹明志，敢问大师，肯为佛的信念而断指血书吗？"

厅内的气氛陡然紧张起来，如同武士丢下了白手套，要决斗了。春草和藤野感到十分惶急，而了因却露出笑颜，缓缓地说："不，年轻人，当明天的太阳升起时，我愿与你携手欣赏园中的美景，听鸟儿啼鸣，看花儿绽放，让晶莹的露珠，映出你我的笑脸。"

"退下！"东乡拍案斥那武夫。

武士敬礼，走了出去，拉门轻轻拉上。

隐隐地传来北海道的渔歌……

第十九章 百合伤痛

37　百合伤痛

忧虑

这一天，小镇伤兵医院的何医生来到王掌柜的小铺取药材，顺便喝两盅。

二人一面喝酒，一面聊起眼前的局势。突然王掌柜压低了声音："跟你说件事，我心头的疑惑，你说怪不怪。前天，就在前天晚上，太阳下山了，我那小子馋了，我关上铺子去河里捞鱼。我刚下了饵，就见百合从那边走过来，步子很沉重，不像她平时散步那样轻快。她没看见我，也许是没注意。她在河边站下了，手揣在口袋里，望着流水，我看她心事重重的样子，没敢打招呼。""忽然，"王掌柜用手拍了拍老何，"她掏出一把手枪，慢慢地，枪口点上了自己的太阳穴。天呀，吓得我断了气。"说到这儿，王掌柜停下了，拿眼盯着老何。"我不敢出声，但见她，过了一会儿，突然抬起腕，朝天放了两枪。林子里的鸟哗地飞起来，我一下坐到水里，那子弹的啸音在山谷里回响，真把我惊呆了。"王掌柜呷了一口酒，"当时我真想哭着喊一声：

百合医生，你这是干啥！你是中国人的朋友啊！"老王意味深长地望着老何，"伙计，你们医院出了啥事？"

何医生喝了一口酒，抓了两颗咸花生，剥着，停下了："我想起一件事，一个人，这小伙子姓鲁，鲁诚，二十来岁，受伤被俘的抗联战士。小子是木匠，百合治好他的伤以后，让他给伤员做拐杖。他活儿干得麻利，爱动脑子，异想天开，忽然要给那些断了腿的人做假肢。那一天他去劝说日本伤兵，那个鬼子心里正烦，大骂道：'你们打断了我的腿又来捉弄我！'一拐杖打得小鲁头破血流。小鲁没还手，百合给他包扎伤口时眼泪都流出来了。百合喜欢他，他个子高大，鼓鼓的肌肉，一脸英气，还有点憨，十九岁，是个孩子。你说怎的，他到底把那假肢做成了。那小鬼子试用了之后，挺合适，便流着泪向小鲁深深地鞠躬道谢。"

"这真好，"王掌柜赞叹说，"我们的日本朋友越多，那些军阀就越孤立，仗，也许就打不起来了。"

何医生把花生扔到嘴里，嚼着："有个和尚，了因，说是高僧，南满来的，在院里做教化。长官只让他给汉人讲，好多鬼子也去听了。他拿鲁诚和日本伤兵的例子说佛在每个人的心里，人人反思，唤醒心中的佛，慈悲普度，就会平息战争，解脱灾难。后来又来了一个武士，专门给日本人讲，我也去听了，他讲天皇神道教化天下，鼓动伤员养好伤，重返前线，发扬武士精神，为大东亚圣战献身。结果，他被轰跑了。"

"后来呢？"这激起王掌柜的兴趣，他端着杯问。

"你可想而知，上面怪罪下来，百合受了训斥和处分，我想她在这儿待不长了。"何医生感叹说。

"你，会不会受到连累？"

"我只管看病，少言寡语，人们查不出什么差池，只是……"老何转动手中的杯，呆呆看着。

"只是不会有人像百合那样看重你，也不会这么自由了。那个鲁诚呢？"

"他们把他送到伐木场去了。"

王掌柜忽然警觉地说:"这事得告诉彼得,说不定他和百合的来往要受到监视。"

何医生从小铺出来,夜已三更,一弯残月斜挂在炮楼的一角。初秋,西风席卷满街落叶,在他的脚下打旋,他感到一丝凉意。他想,自己之所以能从那死牢里出来,多亏彼得的推荐和百合的收容。如今恩人受到威胁,他却无力援助,自己孑然一身,正像这地上的蓬,随风飘零。月光下,他顾影自怜,回望朋友的小店,孤零零一盏灯光,凄凉中有些微的温暖。

悲痛

此时,哈尔滨中央大街的一栋小楼里,一对青年也正满怀悲情切切细语。

"彼得,我恐怕不能久留此地了。虽然上面很赞赏我的工作,与山镇居民相处和睦,但是他们对我在伤员中散布反战情绪十分恼火,甚至怀疑我与当地的抗日力量有某些联系,最近很可能把我调走。"

这是彼得的画室,二楼小客厅,茶炉上煮着饮料。

"百合,你的预感是从哪里来的呢?"彼得不安地问,从咝咝作响的壶中给她续了一杯咖啡。

"一连串的事情,了因和尚的教化引起了反战的骚动,他们始料未及。"她在杯子上暖着手。

"教化工作不是请了春草和柳芭吗?"彼得问。

"是的,她们讲文学和音乐,引起伤员的兴趣,有些人申请去艺术学院。这次了因做教化也是东乡将军请来的,他们只想让佛教思想来安抚战俘,让这些人逃避现实,消沉抗日的斗志。没想到我们的伤兵也来听了,这是谁也阻止不了的。结果那些'众生平等,慈悲为怀'的佛教教义瓦解了我们战士的尚武精神，反战气氛在医院里弥漫。待到那武士来宣传神道，让伤员重返战场的时候，医院里乱了，我能怎么样呢！"

百合啜泣着，彼得也沉默了。

"我难过的是和你分别。"百合继续说，"接下来，更有一件令我心痛欲绝的事发生了。"

"怎么？"彼得从她的声音中感到事情的严重，关切地拉起她的手。

"你知道我的未婚夫——我的老师，那个细菌学教授，我跟你说过的，那年他给我发电说来哈尔滨，有任务，原以为帮满洲建什么机构，结果不明不白消失了。种种迹象表明，他被秘密处决了，可能是他拒绝进某一部队。他死了，就地埋了，谁也不知道他的尸骨丢在了哪个山谷，哪片荒野……"止不住的泪水从她的眼眶里涌出。

"过去的事情就让它过去吧。"彼得宽慰她说。

"可是你知道，这样的悲剧，撕心裂肺，却一再重演，就在我的身边。"百合擦了擦眼泪继续说。"我们那有个战俘，汉族人，鲁诚，一个憨厚仁义的小伙子，一身好手艺。他挨了我们伤兵的打也不还手，还给他做假肢。我把这个例子讲给了因，他用来讲解人的佛性。谁知道不久这个鲁诚却被送到了伐木场，又从那儿调送到了731，当了'木头'。你知道什么是'木头'吗？就是病菌实验的活体，后来竟抽干了他的血，做疫苗。这都是那个朋友冒死告诉我的，这个小鲁就这样惨死了。"

彼得在桌上重重击了一拳。

"他的伤是我亲手治好的。"百合继续道，"我治好了他的伤，化解了他心中的仇恨，让他了解到中国和日本的百姓都是友好的，我用爱心将他调养得身强力壮，让他不辞劳苦地为日本伤兵做假肢。我喜欢上了他，这个结实的、纯朴善良的大孩子。他叫我姐姐，我叫他弟弟，这一切的结果是什么？就因为他善良听话、身强力壮，被当成细菌实验的活体，抽干了血……听说后，我真是痛不欲生。去伐木，我还能调他来检查身体，让他来看我，可如今这一切都成了我的梦魇。那一天我走到河边，真想结束这苦难，结束我在人间的一切。这时，我又想起了你……我曾经怀疑是不是东乡干的？他纠缠过我，要我陪他，被我严词拒绝。现在他看到我喜欢鲁诚，出于嫉妒，把他送上了绝路。我想如果是他，我定要干掉他，情愿上军事法庭。"

"这倒未必。"彼得说，"731这是一个灭绝人性的规模宏大的杀人工程，对一般军人也是保密的。我没有对你说，你知道惠子的弟弟，那个飞行员野草是怎么死的吗？他向中国江南投放细菌，看到大片大片的城镇、乡村万巷人空，暴尸田野的骇人景象，忍受不了良心的折磨，坠机自裁了。"彼得继续道，"战乱，多少家庭遭受苦难！我的玛莎，也随利物浦号一起沉没了。可怜的玛莎，都怪我没和她一起走……"

"惠子和我说了。"百合抚着他的脊背，无限深情地安慰说，"彼得，我们是最亲密的朋友，现在只有相互扶持、相互依偎度过这段灾难。"说着她紧紧拥抱他，深深地吻他。

"百合，你知道，我一直敬佩你，爱你。"彼得也口齿不清地喃喃地说，一面搂紧她。

"那就让我们在患难中相濡以沫吧……"

眼泪如泉涌般流淌在彼得的肩膀上，无限的柔情，无尽的缠绵混合着悲哀。整整三年，她盼望着这一天，然而，它的降临却伴随着彼得的伤痛。不，这不是她要的，她愿意看到快乐的彼得挽着玛莎站在她的面前，她宁愿带着嫉妒欣赏两个青年欣欣然的纯真。

战争！"我恨死了这场战争。"她一面抚着他结实的肌肉，贪婪地亲着他，"过两天，还有一批人从医院送到伐木场去，真不知道如何搭救他们？"

彼得支起肘，思量了一会儿，严肃地说："你只要告诉我准信，让我想法救他们。"

38　无声战争

酒香

　　森林小火车沿着曲曲折折的河谷缓缓前行，上坡，弯道，烧木材的车头沉重地吐着气。

　　北满，不见月光的秋夜，山林幽暗。早凋的树叶在风中翻飞，哗哗地响。这多少有点恐怖，谁知道什么时候会响起游击队的一排枪声？

　　这是从山镇去伐木场的小火车，拉木头，顺便还押了六个抗联的战士，都捆着。他们是在医院里治好的伤兵，送伐木场服劳役，一个个现出疲惫的听天由命的样子。

　　小车厢里弥漫着红高粱酒纯正的香味，押车的"国"兵冯三再也禁不起诱惑，他用枪托捅了捅酣睡的巴巴盖老爹："醒醒，老蒙古，你这酒这么香，还带了烧鸡，莫非你要去犒劳游击队吗？"

　　老猎人还在打盹，一个日本老兵和另外四个"国"兵围了过来。那个老兵就是彼得第一次进山时遇到的那人，小高仓的同伴。

　　这时巴巴盖老爹醒来了，不耐烦地说："山里的房子叫你们烧了，那园子里的菜不收让野猪拱啊？我不带点酒怎抵那夜里的风寒？"

　　"唉，我们哥们儿整天在这山沟里跑，又累又饿。"冯三笑着说，"你把那罐打开，让弟兄们喝两口，提提神。再说，你常乘我们的车，就算是车票了。"

　　"用吧，用吧，有酒大家喝，这是我们猎人的习惯，不过你们得给我剩点儿。"

　　"来，来，把你们的缸子拿出来，都舀点，还有这烧鸡。"冯三招呼那几个，

"别外道,老蒙古是我姐夫王掌柜的好朋友。"

老猎人又打起盹来,等他到岔道的山口下车的时候,那几个兵已经醉倒了。

这时树后闪出五个黑影,细声问:"睡了?"

"都睡了。"老猎人径直往前走,那五个人飞身跳上车。

这伙人一上车,先把那几个烂醉如泥的士兵的枪卸了下来,然后解开抗联战士的绳子。被解救的抗联战士中有一人叫武勇,是抗日军连长。他把大家聚拢一起,如此这般地宣读了计划和命令,布置了任务。

原来上车的几人都是山村里的穷汉,日本人扩大战争,加紧了征兵抓丁,与其等着让日本人抓劳工死在坑道和林场,不如去找游击队,拿起枪,争个自由。他们私下找王掌柜通气,这一回派上了用场。一切都是按计划施行的,那是彼得、王掌柜、何医生和巴巴盖老爹,在他的磨坊商量好的:老猎人负责办酒肉诱饵;何医生负责下药,麻醉要适量,到木场时得让他们刚好醒来;王掌柜要把人召集起来,在岔路口等候。

"尽量别伤人。"彼得最后嘱咐说。

"唉,这有点像智取生辰纲。"王掌柜笑着说。

"伤员里有个挑头的抗日军,他不是吴用,而是武勇。"何医生说罢大家都乐了。

王掌柜打趣道:"就像你不是华佗,是何佗。"

的确,在日本人统治下,在困苦、窒息而屈辱的日子里,谁不想干点大事,谁不想燃起火花,照亮那猪一样污浊的生活呢!

一切进行得顺利,只是临近木场时,他们忽然发现,车停了一会儿,又倒着往回开。原来一个"国"兵醒来了,他没有抢到多少酒,醉得轻,醒来发现枪没了,便一滚溜出门,攀上机车。游击队觉察后很快制服了司机,车又前进了,但那小子跳车跑了。

"让他跑吧。"武勇笑着说,"他没带武器,即使没叫狼吃了,到山镇也得四个小时;鬼子兵来,又得两小时,届时我们早已虎入深山龙游大海了。"

起义

何医生用药算得准,快到场门时,几个兵醒了。武勇告诉他们要活命该咋做,他又派人跳下车,割断电话线,车停了。

"快过来呀,都过来,搬货啦!"冯三喊。

洒洒了,一股香气传到外面,车厢里扔出两只烧鸡。懒洋洋走过几个值班的"国"兵,一下骚动起来。荷枪的纷纷奔过来,连在门前和塔楼上站岗的也跑来了。这时从车厢里露出来的不是什么吃货,而是黑洞洞的枪管。

"放下武器,退后十步!"命令很专业,跟着是日语翻译。日伪军惶惑地照做了,一个日军刚想反抗,被扑上来的劳工用棍棒击倒。

几个游击队员跳出来站到木垛上。

"我们是抗日联军,和上次一样,到这儿来为解放劳工。"武勇声音洪亮。"你们要合作,我们不伤一人。"这时夜班干活儿的劳工欢呼着跑过来。

武勇果断命令:"劳工兄弟,拿起枪,到营房去,缴他们的械;你,你抢占报务室;你,你塔楼放哨!"两个游击战士,在劳工的引领下,冲向士兵的营房,很快收了枪,捆起从被窝里爬出来的士兵,制服了几个反抗者。三十来个日伪军,被游击队和武装起来的劳工捆好锁进两间空房。四个队员砸破窗,架枪守着。

打开仓库和弹药库,分发枪械子弹、粮食和饮料,游击队员乐滋滋地扛上缴获的机枪。武勇命令:"生火做饭,饱餐一顿。"

之后,有人提议烧毁营房和木材。武勇说:"不可,这会引发山火,对我们行军不利。"

这时他们听到不远处一阵枪声,紧张起来,过一会儿没了动静。

原来由王掌柜报信,这伙人的起义得到项东他们抗联小分队的掩护,他们负责支援。刚才那阵枪声就是与日军小部队的交火,而那小部队是车上逃兵送的信。

　　武勇命令毁掉机车，把木材推下河去，任它顺水漂流。天亮时会有村民发现它，一传十，十传百，他们会把它打捞上来，造车船，盖房屋。

　　太阳升起时，这伙人走到一个山坳里歇下来。队长武勇发话了："劳工弟兄们，现在你们自由了，愿意抗日救国的，跟我们继续前行；家有妻儿老小，要回去种田的，交出武器，带点粮食，各奔家园吧！"

　　有几个交出手里的枪，大多数却杂乱喊着，"我们不回家，再不让鬼子像捆牲口一样，抓我们当劳工了。"

　　"好男儿，当自强，全体起立，枪上肩，出发！"

　　走了不远，他们便与项东会合了。项东之所以在稍远的地方等他们，是为了不让回家的劳工看到抗联的行踪。

　　这时队伍里战士唱起了抗日联军军歌：

　　"铁岭绝岩，林木丛生，

　　暴雨狂风，荒原水畔战马鸣。

　　围火齐团结，普照满天红……"

　　林木深处，空谷回声，飒飒秋风，卷漫山黄叶，为勇士壮行。

第二十章 月满龙泉

39 月满龙泉

千山

1942年南满深秋的千山。

夜，龙泉寺的层层殿宇都披着月光，静静地伫立着；清辉似水，霜色满庭，高大的松树投下黑森森的影子，石阶和石碑闪着白光。

月光下的龙泉寺，在这宁静的山林中，现出它令人惊心的肃穆，偶尔传来一两声山老鸦的啼唤：

"哑——哑——"

那喑哑的声音在墨影参差的山谷中回响，显得那样清冷、幽暗、深邃，只有隐约可闻的流泉透出悍者的呓语。

半个月前彼得陪春草母女，送了因、嘎鲁来南满驼乡。临行前他参与策划了那次伐木场的暴动，他还没有来得及听到事件的后果和日本人的反应。行前的晚上，娜达莎跑来画室转告说司机李贵委托他去看一下樱桃，告诉她事态紧张，师兄不能去看她，让她留意风吹草动，如有可疑人窥探，便让板儿找他,他会托工友送她去天津老家,娜达莎告诉了樱桃的地址。

本来嘎鲁不愿南下,经过母亲和外婆的劝说,得知是暂时的。她们又答应了他的条件,也因为有彼得叔叔陪着,这才成行。

来到坨乡后,了因收了嘎鲁为弟子,并到千山龙泉寺去剃度。这之前,他让嘎鲁在假日和平时下学的时候,给瞎子何三拉杆,走村串屯,一方面让孩子散心,一方面也是让他了解风土人情和民间疾苦。了因培养嘎鲁可谓用尽心思,当然叔叔彼得也跟着到乡间去采风作画,叔侄二人度过了一段快乐的时光。

那一日,彼得领瞎子何三越过浑河到一个偏僻的辽东山区给山民算命,他乘机约了樱桃到村外传信。

山寺里一个僧人敲起更鼓,庙庭里响起一阵拖着的脚步声。彼得望着谷中的薄雾,又忆起了那一天惊险的一幕。

追杀

秋天,南满的山林枫叶红了。在一个荒僻的山道边,他一面作画,一面警觉着四周。下午的阳光照着雨后的草地和树林,鸟儿伴着溪水在歌唱。远处的山坡下几间茅屋上飘起炊烟,偶尔能听见一两声鸡鸣,不远的地方一个裹着头巾的农妇在采蘑菇,她的纤细的腰身已经入画,那是樱桃。他已经转告了李贵的话,正在讨论如何应对。

过了一会儿,她在画架旁边放下筐,在一个石头上坐下来,理了理头发:"彼得,两个孩子会不会走远了?"

"不会,我已经嘱咐了嘎鲁。"彼得答,一面修他的画。

"东乡那边有什么动静?"

"没有,去年冬他就回新京了,有时也来哈尔滨去藤野家,也去山镇视察那个教化班,柳芭见过他几次。你这儿有什么风吹草动吗?樱桃姐。"

"没有,小山村就十来户人家,都知道我是火车司机李大贵的媳妇,在他妹这儿安了家。我们还盖了三间房,就是板儿觉得闷,常跟他爹跑火车。我也过不惯这山村生活,好在大贵每月都来一两次,还带些城里的东西。他是个有文化会体贴人的汉子,他在日本人的铁路学校里学过开火车,日本人管司机叫机关士。"说到这儿,樱桃又关心地问,"柳芭怎样?我担心东乡会猎取她。"

"我也是担心,但我相信姐姐她是个有智慧的人。"

这时,路边两个皮货商打扮的便衣走近了。他们走到跟前不说话,一人看画,一人看樱桃,其中一人复又从袋中取出一张照片,端详,旋即拔出枪……

彼得大喊一声:"嘎鲁!"他的声音变了调。

那二人猛回头,枪响了。双响间,两人应声倒地……

此时,这个策划过木场暴动的人竟然不知所措了。

两个孩子从树后走出。板儿喊:"妈妈!"

"我没事儿。"樱桃声音在发抖。

嘎鲁提着双筒猎枪走到他身边,枪筒里还散发霰弹的药味。

死者身上没有任何证件,除了樱桃的两张正面和侧身照片,于是他断定他们是东乡派来的刺客。他有所觉察,知道东乡为了他政治上的安全和家族的荣誉不会放过樱桃。而且东乡的性格,是容不得背叛的。可怜的樱桃逃过一劫。

恰在这时,三个贩子带五匹马,大声吆喝着从山路上走来。他们见此情景下马,不问缘由,从两个死者手里取下枪,搜去子弹和钱,又把尸体拖进林子,飞身上马,扬鞭而去。

走不远一人叫道:"老秦,没打烂他们的脸?"

"算了,狼会拖走他们,啃个干净,密探都是这样的下场。"被唤作老秦的高声说。

那驴贩子老秦是彼得在坨乡的朋友,早先李贵曾托他守护樱桃,此番老秦又受高老道之托给德义(彼得)一行安排保镖。本来他们隐在树后刚想动作,小猎人抢先动了手。

黄尘里裹着一阵豪放的喧笑。

我杀了人!还连累了嘎鲁和瞎子——虽然彼得安排那帮绿林好汉为他解了困,但彼得心里还是不安。纵然为了自卫,可难道就没有别的法子吗?这个书生越想越痛苦。

冯三

当彼得返回西阁时,春草母女带嘎鲁已经坐在那里了。小嘎鲁沉默地坐着,彼得看得出,他望着眼前的山谷正想念他和巴巴盖爷爷的旧居。

这时,惠子走过来,轻声对彼得说:"昨天我在奉天用铁路电话和百合通了话。"

"她怎么样?"彼得急切地问。

"她说,她正接受审查,运战俘谁走漏的消息;她还说,她可能被调走;她重复向我说了两遍,说其他没事。"

彼得知道,"其他"指的是他和王掌柜、何医生与老巴巴盖的密谋。百合当然不会对惠子说,就像他自己有些事不对百合说一样。事情做得如此谨慎,王掌柜可真是老谋深算。他知道自己的小舅子冯三如何狡猾,他不会把吃酒误事的失职揽到头上,这就在客观上掩盖了一切,事实果然如此。

暴动的第二天中午,冯三如期而至了,他一进门就现出苦相:"姐夫,我算是倒霉透了,倒霉到了家。"

老王给他倒了半碗酒:"咋了,小三,上哪个寡妇的炕了?叫人家给

蹬下来了。"

"那算啥,昨晚小火车撞到鬼了。游击队一伙三十来号人上了车,比那年多一倍。"

"你们干啥了?没还手?"

"寡不敌众,为首的那个司令,一手提一个盒子,枪口顶着我的脑袋。那小个子机枪都架上了,你想几个弟兄的性命都操在我的手里,决定哪是那么容易做的?兄弟都央求我。"

"死人没有?"姐夫把酒推过去,又抓了一把咸花生。

"人是一个未死,皮毛未损!"冯三一脸骄傲。

"那就好,留得青山在。伤了百姓没有?巴巴盖常搭你们的车。"

"他没去,那老蒙古不在。他若在车上,我还真担心,一把年纪,哪里禁得起惊吓?"

"要我说,你呀,别干那差事了,你有个好歹怎么得了。我不在了,还指望你带小外甥呐!"这确是老王的心里话。

"我也是这么想,可是上边不松口。没了我,谁干这辛苦事?谁和游击队周旋呀?"

"也是,来,再吃点。"

"不了,姐夫,你把那毛驴借我,我还得去报信呢!"

"拉去吧,到兵站还有一段路。"

冯三出了门,去后院牵驴,他骑在驴背上嘟嘟囔囔地对自己说:"这酒和昨天的一个味,就是少了点蒙汗药。姐夫啊姐夫,你以为就你一个人讨厌鬼子?啥时候我得把这话递给你。游击队不杀我们,经这一番,我也算受了戒。"

这就是暴动的后事演变,冯三把一切都推到抗联的身上。这一点从日军那里也得到证实,他们也遇到了项东的阻击。

"木材场的事军方怎么处理的呢?"彼得问惠子。

"这样的事屡次发生,驻军多了又驻不起,在当前的形势下,东乡和军管区实在有点头痛。他们把伐木场卖给满铁,按株式会社的管理来经营了。"

40 嘎鲁受戒

西阁

龙泉寺前殿的西方,一段折转的石阶引向一个角门。庭院不大,被破败的石墙环绕着,面南有五间瓦屋,年久了,有些修补的痕迹。檐头的瓦片有的已经脱落,上面长出青草。借着月光看得清六扇薄门已经残旧,褪尽颜色。纸窗破了洞,风吹进去,呜呜作响。门斗上依稀可辨四个字:"西阁客灯"。这是龙泉寺的"知客"(负责接待外来宾客的僧人)为彼得安排的住所,传说这就是王尔烈读书的地方。

"或许,这就是我一生的归处了!王尔烈,也许是我值得追寻的前辈。"彼得感叹着,在院子里踱步,脑子里想象着:一个贫困的学子在这清静的山寺里度过他苦寒的读书生活,年复一年,只有霜叶和山鸟告诉他秋往春来。

"我怎么会走到这一步呢?"他问自己,这一段时间彼得情绪低落到了极点。玛莎的罹难,百合的调离,柳芭和东乡的接近……

"也许此地是我最好的去处,王尔烈!"

他又想起南朝齐的刘勰,他就是在青年时期寓于寺中,十年后写出不朽的名篇《文心雕龙》!让我就在这里,在南满的山林中作画,寄托我的烦恼和忧思吧。

这时他听到了布鞋踏响石阶的轻柔沉缓的脚步声,了因一声咳嗽。

"大师,你还没有歇息吗?"彼得迎了上去。

"我给你送来一件袈裟,天凉了,虽说是南满,山里的风还很硬呢!"

他们在石几前坐下来。

"大师,我要在你面前忏悔,我杀了人。"彼得低下了头。

"阿弥陀佛,孩子,这不是你的过错。"了因安详地说,"我有一个弟子圆通和尚,他在县长小原那里做教化。他转告我说,山区的案子已经结了,是匪徒之间的火并,这结论还是东乡亲自下的。我和春草已经讲过了,你也不必烦心了。明天,"了因话头一转,"我请慧闲方丈给嘎鲁剃度,她外婆、妈妈清晨带他从南泉庵赶过来。"

"嘎鲁小小年纪,他的前途……莫非就伴这黄卷青灯度过他的一生吗?"彼得问。

了因笑了笑:"这不过是权宜之计,逃避东乡的武士道,一个策划而已。当然了,如果嘎鲁有佛性,我们也会让他去深造的。"

"大师,我可不可以学那王尔烈,寄居西阁潜心作画呢?"

"这——,容我和方丈言说一下,虽说此地是清净的佛门,但在这动乱的世道下,各派势力也是无孔不入的。"

二人说话间,下院里忽然响起一片嘈杂之声。那杂乱的叫嚷和急匆匆的脚步惊起一群山鸟,宁静的古刹浮起尘世的喧嚣。了因告辞,回到主持(方丈,堂头和尚)为他特设的禅房去休息。

受戒

彼得在一片鸟雀声中醒来。寺院里的晨钟响起了,此时东方群山之巅才现出鱼肚白。他理好了被褥和袈裟,叠放整齐,舒展一下肢体,走出户外。经过与了因的长谈,他的心情好了许多。山寺的早晨空气清爽,沁人心脾。他走下西阁,问打扫庭院的僧人:"昨夜的喧哗所为何故?"

僧人告诉他,一群日军宪兵和国兵来搜查反满分子。他摇头感叹:"抓游击队，抓国兵，抓逃跑的劳工……常有的事。"

他走过上层庙庭的后门，一路上坡穿过一片树林，爬到泉水边。这是正殿的后方，后阁的下面，有一块数丈高的大石。细细的瀑布飘过石面潺潺而下，石下有两眼井，泉水缓缓涌出。寺僧以竹瓦引入厨下，状若龙，此院因而得名"龙泉寺"。

彼得三人洗漱完毕，缓步而下，一面欣赏周围的风景。有几个僧人在山坡上拾柴，有几个担水灌园，他们都沉默寡语，来去匆匆。

他们正谈论伐木场的情况，说话间了因方丈来了。了因说，受戒的仪式要到中午才能举行，要请来一些高僧和管理部门的人物，过一会儿厨僧送饭来，大家用些素食吧。

"大师，这出家和受戒有什么分别，仪式都怎么进行？"惠子有些惶然地问。

了因笑了，他理解惠子作为母亲的忧虑。让嘎鲁当和尚本是为了逃避东乡的安排，现在了因为了给嘎鲁挂名，才得已来到千山保护。这受戒仪式的庄严和隆重又使母亲和外婆深感不安：我的孩莫非要真的许身佛门？

了因沉默片刻，缓缓地说："惟其典礼的严肃正规，对外才有说服力，至于孩子的安排自有我来圆通。"

"那么，这仪式如何进行？"彼得问。

"我给你们讲讲。"了因给春草和惠子吃了定心丸之后，认为有必要对她们做些解说，"佛教僧徒是一个跨国的群体，它不能没有章法，那就是僧伽制度，包括出家、受戒、安居、羯磨、素食、丛林清规和寺院管理等等。佛教信徒为求解脱而'出家'，'解脱'是佛的要义：人为了生存发展就要奋斗，奋斗便有烦恼，于是又想解脱，这是一对矛盾。就人类的发展而言，进取是应该的；而为了求得心灵的平衡，所谓养性修真，反思佛性也是必要的。如果不讲这种修养，没有这个群体，大家都争，成为疯子和屠夫，社会就崩溃了。人说法律，但那是外加的约束，只有内心的修养才是根本。我国唐朝的一些大诗人深谙此理,他们在入世、出世中辗转,做了许多大事也完成自己的人格。而要解脱出家,形式上的仪式那就是削发和'受戒',佛教徒出家成为沙弥、沙弥尼必须持十戒:不杀生、不盗窃、不淫、不妄语等,中国汉地还实行比丘戒二百五十余条,信仰大乘的僧尼还要受菩萨戒。"

"什么叫菩萨戒?"春草急问,因为她知道千山的寺院属于大乘。

"就是要在头顶上烧香疤。"了因说。

"那是断不可以的!学兄。"春草几乎要哭出来了。

"我不怕!"嘎鲁叫道,蹿了过来。"你们看,"他陡然退去小褂,露出背上的伤痕,"这是狼抓的。"

惠子落泪,彼得笑了。了因诵着阿弥陀佛,心想,如此血性男儿,如何入得空门:"放心吧,春草,我不会让他受到香灼,一切都是形式而已。"

受戒进行得隆重而肃穆:由知殿(管佛殿、法堂的)司仪,慧闲方丈亲自主持,了因是嘎鲁的入门老师。一切按佛事仪式展开:焚香、鸣磬,在梵呗乐曲中唱经,剃发,拜师,受戒。当然没给嘎鲁展示他英雄气概的机会,没用香火烧他那可怜的硕大而光光的顶额。

春草、惠子和彼得都没有参加,因为按佛的规矩,出家就要离开父母,削发就是削去亲情。春草交上一笔香火钱,当慧闲方丈知道她是藤野家人时,把钱退了回来。因为寺院与满铁有林木和作物的生意来往,我们得理解,佛毕竟生活在尘世。

当春草、惠子如释重负伴着了因、嘎鲁步出山门,准备上车的时候,三个日本宪兵走了过来。其中的一个向彼得敬礼:"画家先生,县长小原在等您,请跟随我来吧!"

彼得向惠子扬了扬手,嘎鲁扑过来,被外婆扯住了,这个可怜的小沙弥眼泪流了出来。

"徒儿,你要削去烦恼丝,泪珠就会随着烦恼消尽!"了因轻声念着。

第二十一章 西阁客灯

41　西阁客灯

供状

彼得给小原的书面回答。

尊敬的小原县长阁下：

我愿意尽我所知，回答您的问题。

第一个问题，山镇伐木场暴动的事，我一无所知。阁下可查，我那时正筹备送了因办嘎鲁受戒的事，每天都和春草母女在一起，她们可为我作证。

第二个问题，我是否参与了隐匿苏里科夫老师的藏画。我可以明确回答您，苏里科夫老师没有什么藏画，我在他家待了十多年，我很清楚。老师是第二代移民，老师的父亲上个世纪在彼得堡的时候可能有一点收藏，后来被流放到贝加尔湖，什么也没有了。世纪末，来到哈尔滨，他和儿子，也就是我的老师，也曾创作、倒卖过一些画作，全是赝品。盖那座小楼时，几乎用光了。十月革命之后，红军对边境控制很严，先头从海参崴跑过来的贵族可能带过来一些珍品，有时见于市面，但少有名画，包括后来走私的。东乡将军曾委托师娘柳芭购买优秀画作，收效甚微。

这就是我所知道的情况。

小原得到了这样书面的回答之后请示东乡，东乡指示，就地秘密看押，给予适当优待，绝不许身体摧残。小原领会了东乡的意图，第二次提审彼得时很客气。

"关于你否认通匪泄密的事，我们还要进一步查证。现在要根据你对柳芭去向的交代，酌情对你定罪，这是给你的最后机会。当然，十年，过去的日子久了，你对苏里科夫的藏画可能一时记忆不清，我们给你时间，写出有关的情况。你还有什么要说的？"

"长官，师娘柳芭的出走，我毫不知情。这之前，我听她说在此地很难收集到欧洲包括俄国历史上的名画。师娘此行是否与此事有关？请长官多方核实。满洲建国十年画展，我承担一部分创作任务，请允许我回哈尔滨的画室，把那些草稿画完，当然你们可以监视我。"彼得试探说。

"不行。"小原不动声色地回答。

看来，东乡是怕藤野家春草为我说情——彼得心里这样想着，无论如何要和惠子母女取得联系，要知道姐姐柳芭的下落，要找机会。"那么，我能不能在此地画南满的山林呢？"彼得想，如能让我去千山，或许会碰到在龙泉寺爱戒的嘎鲁，"我总得完成我的任务，这是满铁主办的，它已经得到了新京方面和关东军的批准。"

小原也认识到了问题的严重："明天回答你。"

审问结束了。小原的副手阪田武夫对小原说："彼得这小子支吾搪塞，我们是否给他点颜色看？"

"不可，"小原正色说，"彼得是藤野家座上客，是满铁的幕僚，哈尔滨的名流，连东乡都要有求于他，一再指示不能摧残他身体；再说，柳芭的出走更要慎重处理，她与东乡过从甚密，声张起来影响将军声誉，谁知道不是东乡将军秘密的派遣的呢？"

第二天，小原请示了东乡之后，回答彼得：可以，但所有的画作都要上交审查。于是小原派了两个"国"兵跟随着彼得，他们都住进了龙泉寺的西阁。

思念

龙泉寺的月夜总是令人难以入睡，又是山鸦的声音，"哑——哑——"

"我可以到户外去走一走吗？"彼得高声询问。

"不行！"是外间李四的声音，他正和张三摸牌。他俩是小原派来的"国"兵，监视画家行动的，就住在西阁的外间。不知是讨厌这苦差还是牌运不佳，他气愤地说，"我们看着你算是倒霉透了，过这苦行僧的日子。"

"让他出去走走吧。"张三说，"你出牌呀。"

"他溜进沟里怎么办？到处是树丛子，谁能找到他。"李四狠狠摔了一张牌。

"他不会跑的，他能让他老爹高老道坐大牢吗？"张三拿眼盯着李四。

"你就在这窗底下，不准出角门。"李四冲彼得吩咐说。

彼得在西阁的小院里踱着步。

峡谷中涧水呜咽，庙庭里风旋落叶，孤寂、清冷，不解的幽灵在冥冥的林莽中游荡。

"柳芭姐会是苏俄的间谍吗？"彼得问自己，在记忆中搜索着她的印象。

他想起在藤野家她常与日军的军官跳舞，听军人们宣讲战绩，她微笑着摇头。而武士更绘声绘色地叙述那些战局，夸耀他们的战略与计谋的巧妙。末了她笑说她对杀人不感兴趣，却用女人的同情关心地问起他们的战地生活,勇士们又自然谈起兵力的多寡和物资供应,也许这些正是她所需要的?他又想起他和老师外出写生时,她的照相机总是对准小站的仓库。

那一次他给樱桃画像,他因不满她的自甘堕落,讥她唱《后庭花》,樱桃反嘲他,"说我?想想你们姐弟吧,此刻,你那柳芭怕是正和东乡厮混呢!"记得,当时,他是那样懊恼、惭愧而嫉妒。如今想来,或许,那真是她的工作需要?是啊,身处此境,哪一个有良心的人不愿为驱逐日寇而投身正义呢!想到这里他不禁为那次对姐姐的误解而自疚。

夜深了,月亮沉落在庙后的西峰,星星在云影中闪烁,谷底的阴风,把迷雾浮上山巅。阵阵的冷气袭来,彼得抱着肘,走回屋内。两个守兵已经入睡,鼾声大振。外间烧得暖和,里间,他睡的小炕却是冰冷的。

彼得睡不着,寒冷和对柳芭的想念折磨着他:

爱我的人一个接一个地从我的身边消逝了,在我情感的天空中,她们就如一轮娇阳,给了我灼人的炽烈的爱情之后,一个个相继陨落了。松花江上落照,无限的温柔,无限的苍凉……

寒冷和极度痛苦,彼得的精神有些恍惚了……仿佛日里在山中作画。

……雾气袭面,树影摇动,峰峦林木,开合闪现,隐去复来,杂乱的色彩,旋转,扩散,云影和日光的斑点,晃动着,渐渐凝聚。黑色的林荫深处,光影摇摆,渐渐扩大。一个华服贵人,缓缓走来,白衫飘动,鞭痕血印,纵横交错,她的金发凌乱,泪光满脸,近了,但见她的嘴唇嚅动,却不闻其声,画布上驳杂树色,顿时化作斑斑血迹……

那女人扬手作别,转身飘去,一群豺狗尾随其后,吟吟地叫……

"柳芭姐姐,柳芭!……"

"你叫什么?"彼得梦中的呼喊,吵醒了两个看守,李四道:"真是连觉也不让好睡,这倒霉的差事。"

张三提着裤子走过来,看到彼得还在呻吟,摸了摸彼得的头说:"不好,他病了,下山,打电话。"

"急什么，明早再说吧。"李四悻悻地回答，有些不耐烦。

"混蛋！你知道他是谁？东乡将军关照的，他死了，小原都担待不起。"

张三匆匆跑到日军千山管理所打了电话。

天刚亮，一辆小车停在了龙泉寺的山门下边。

42　黑衫女子

那是1941年春天的事，彼得叔叔回乡的前一年，我六岁。

老孙头从西山放牲口回来，悄悄地对丁盛妈说："你说怪不，一夜之间，那突然起了一个宅子。"

"哪儿？"老太太诧异地问。

"老坟。"

坨村人说的"老坟"是城里何姓贵族的一块墓地，后来先人迁走了，贵族败落了，墓也荒凉下来，杂草丛生，鼠狸出没。一到夜里，一片片鬼火就在那坟头上飘。

过两天，集上的人也纷纷传说开来，说老坟上的确有了一间房和一个院。我天性好奇，便和嘎子一起去看。坨村人有个不成文法，或者说是民俗：不轻易踏进人家的坟地。一说，是怕破了风水；一说，是怕鬼魂缠身。其实主要目的是坟地上多有些杂树，不让别人去砍伐罢了。

我们老远望着，的确是间房子，有点别样，全是木板的，房山头上开门，还有个小小的廊棚，院子用木栅栏围着。

不久，镇上便出现了一个黑衫女子，买青菜和油盐。

她走路不快不慢，轻飘飘地，坨村人说是鬼魂。徐伯笑着说那是舞台的台风，唱过戏或练过舞的人才这样，也许那是青春的活力。

她青春吗？人们只看到她脸是白白的，有人说十七八岁，有人说二十多了。

"哪里，怕有小三十了！"大有店的二大娘摇头说。

有一次，那黑衫人去李家铺子买盐。那人走后，伙计把钱拿出来在太阳底下看，还用手揉搓一阵，想检验一下看那是不是冥府的票子，大家也围过来。这个伙计有点失望地纳头说："不，那真的是国币。"

事后，艾五说："你没去拉她手。"伙计说："胡扯，你敢？是鬼，你被牵了去；是人，更糟，这铺子还咋开？"

集上的人都说她不会笑，但我见过。有一回，她买菜，她不说话，只用手一指。小贩说出价，她如数给钱。我一面舔糖人，不，是糖鸡，吹糖人的手艺，因是吹出来的，壳很薄，不敢咬，但因是糖稀制的，好吃，又怕化了，只好舔。我一面舔，一面呆呆地望她。她打量我一番，冲我笑了，真的。

我对叔叔说，叔叔大声斥道："胡扯！"我说："真的，她笑了。"叔叔给了我一脚。

于是街面上的人又传开了："老宋头那孙子叫大仙点化了，有灵气。"此后，别人再问我，我不吱声了。

有一次，我去买糖球，那年月的糖块没有纸包着。那伙计伸长脖子小声而诡秘地问："她真的笑了？说，我多给你一个糖球。"

我一把抓过来，大声吼道："笑了！"

这是我第一次知道信息在市场上的价值。

不过很久以后，我回味留在我儿时记忆中的那个微笑，那个神秘女人的淡淡的微笑，是那样的——凄凉。

夏天，她种的菜长起来了，她常到胡四伯家的井里担水浇园。小院里也郁郁葱葱了。随着木板房里人气的复苏，坨村人又开始纷纷议论，说或许她是哪个贵族人家发配来的,像林冲。的确,在那年月,落难者与鬼魂也不过一步之遥。

博学的水石先生说她是带发修行,了因和尚称她为居士。

转眼又是秋天了,树叶掉了,墓草黄了,一阵又一阵的秋风秋雨。黑衫女人有好几天没出来,好心的乡民又开始担心,她病了?又不知她亲人是谁,怎么报信呢?于是便有几个包括大有店二大娘和母亲在内的妇女要破门而入,毕竟救人要紧。

可是就在这天黄昏,一辆小轿车(乡人统称汽车)开来了,一个绅士带一个穿洋服的小男孩(有我大小)下车走进木屋。他抱出一个女人,坐上车走了。

艾五说那是尸。四伯说:"胡扯,我明明看着那女人伸臂搂那男的脖子,还对那男孩呻吟说,'我的孩,'可能是病了。"

男人走后第二天,突然一伙日本兵闯进去搜了一阵。出来时他们什么也没拿,反而规规矩矩锁上了门。

冬天厚厚的白雪覆盖了那木屋和小园。

春天房子上竟然长出了青草。

后来我上了中学大学,假期也常来造访这座破败的废园。我久久地在它的前面伫立,体味着它的荒凉和那动乱岁月中的隐情。

我能否写一首叙事长诗呢?

哦!神秘的木栅门永锁在心头!

第二十二章 寂静山林

43　寂静山林

> 你们望着那葱茏的山腰，
> 绿树里掩映着一带红墙，
> 不要以为那里只有幽闲，
> 没有人间的痛苦隐藏。
>
> ——冯至《帷幔》

山中

彼得是偶感风寒，吃了牛医生的中药在家养了几日，便又回到了千山。

过了两天，父亲高老道来看彼得。高老道高荣奎并不是真正的道士，他只是穿着道袍的乐队的领班。这个乐队为财主家办丧事做道场，在乡下这个领域中鼓乐队的竞争也是激烈的。为了宣传自己的宗教仪式的正统性和音乐的优美，差不多每个季度高老道都要进山来朝拜，给千山无量观的主持进贡，讨道教音乐的谱子。

从千山北沟的一个口子沿着曲折的山路走上去，过了玲珑塔、葛公塔、祖师塔，差不多可以一览无量观的概貌了：但见这些庙宇随着山势一层层修上去，山环树绕，屋瓴隐现，加之墙垣折转，石阶迂回，愈发显得这个山寺的深藏。

无量观是道教著名宫观，它始建于隋唐，兴盛于明清，有"九宫"、"八观"、"十三茅庵"之说。其中以"无量观"最为有名，传它初建时因无梁而得名。原来匠人在天然山洞周围依山势构建宫观，殿堂成阶梯状层层高升，虽高低交错，但紧凑严整，甚为壮观。

道教音乐是道教在斋醮仪式上奏鸣的音乐，有独唱，齐唱，散板式的咏唱和鼓乐，吹打乐以及合奏等形式。器乐多用于法式的开头和结尾，还有唱曲的过门，队列变换，禹步这些场面。声乐分体裁主要有"颂"、"赞"、"步虚"、"偈"这些格式。高老道学这些是为了招牌,乐队的饭碗子,所谓"扣鼓集钟恳祷而告，为了感动群灵"，这群灵主要是指活着的人。在动乱的年月，借纪念亡者的斋醮，安抚生者不失为一种慰藉，音乐可真是个好东西。

山林，寺庙和它的钟声，谁能说那不是解脱心灵苦役的去处呢！

这一次高老道主要是为了看儿子彼得。老道知道儿子受了委屈，他怕当兵的虐待他，给两个看守一人一盒点心，还塞了两块银元——那是苦难的岁月。

张三、李四接到小原"好生照看"的命令，又收了高老道的礼品，对彼得的看管宽松了许多。

这一日，彼得在南泉庵前作画，两个看守远远地望着。这时从山路上走来了一个黑衣女子，李四扔掉手中的梨，迎过去与之搭讪。那女子连忙躲闪，慌不择路，跌进沟里。彼得连忙上前将她扶起，黑衣女子见是绅士相助，便点头致谢，莞尔一笑，随即步履蹒跚地走入南泉庵。

画家狐疑地望着这个带发修行的居士。

晚饭后，彼得和父亲还有龙泉寺的采药僧人坐在西阁院里的石桌旁吸烟，看守在那边斗牌。画家取下他的烟斗，讲起日里所见。

父亲高老道端着烟管笑问："你说那黑衣女子有多大年龄？"

"看样子也就三十岁左右。"儿子答。

"说不定就是去年上半年在坨村的那人。"接着高老道讲起那黑衣女人在西山的现身，坨村人的疑惑，以及那"神秘的木栅门"。

这时采药僧人慢吞吞地说起一个故事："听方丈说，这个人的家庭很有来头。女人的生父是东北军的将领，随少帅入关了。她的公公，姓何，在时下的奉天当大官，她的丈夫留学过日本，现在满铁做事，管物资运输。"

讲到这儿，高老道插话："我似乎听同乡水石先生说过，是他的一个同宗，不太远，那家很想与水石先生走动。听圆通和尚说，他还给县长小原打了电话，举荐了水石。但先生那禀性，不愿与为日本人做事的有权势的人来往。"

"那圆通和尚又是谁呢？"彼得问父亲。

"他是了因的弟子，小原请了去做教化。"高老道又接着说，"我乡西山下有个何家的老坟，太老了，先辈都迁走了。但地皮还在，去年那里，突然起了个板房，住的就是那黑衫女子。乡亲们视她为幽灵，没人敢近前，独那肉铺小子，我哥长润的孙儿，与她有过对话。街里人还说那小子有灵性。女人秋天走了。"

那僧人接着说，一面在石桌上摊开他的草药："那一天我采药在普安观歇脚，听一个游方道士说，黑衣女人在奉天惹了事，刺伤过一个日本军官。报纸说这女人叫欧阳夏丹，是戏剧社的。她带团去犒军，那军官污辱了一个女演员，这还是前年的事。日军不依不饶，可另一方面学生又抗议。奉天当局左右为难，黑衫女人的公公便说她有精神病，后又把她藏了起来。听说这次到山里来避难，给庵里不少财物。"

"乱世，这山里也不平静。"高老道有些忧虑地说，想到了儿子的此行，不无忧心。

"可不是,"药僧叹道,"就说山里,逃国兵的,逃劳工的都来当僧人,焉知我们佛门弟子中没有游击队呢。"说到这儿他笑了,"前些日子,"他用下巴指了指彼得,"你不是也带个日本小孩来当沙弥嘛。"

"那孩子到底有什么经历,走到这一步呢?"高老道问儿子。

于是,彼得对父亲讲了嘎鲁的身世。

"我师兄向墨和师姐惠子相好。"彼得对父亲讲起嘎鲁这个不平凡的孩子,"他俩先我跟俄侨苏里科夫老师学画,师兄是汉人,有抗日倾向,师姐是日本人,满铁高官藤野的女儿,他们违背父命偷偷地好了。后来,师兄不堪忍受藤野的凌辱,跑了,参加了抗联。可他不知道师姐已经怀孕,师姐悄悄生下了孩子,寄养在蒙古族老猎人的家中,后来又失去了联系。这真是一个令人心碎的曲折过程,碰巧我去山里画画,住在一个蒙古族老人的家里,祖孙二人靠打猎生活。我给他小孙画了一个像,回城展出时,师姐见了,哭了,说这正是她朝思暮想苦苦寻找的儿子,那年孩子已经七岁了。"讲到这儿,彼得不说话衔起烟斗。

"这苦情真够编一部书了。"父亲高老道叹气。

"那孩子就是嘎鲁。"彼得继续说,"后来外婆春草认了外孙,前些日子外婆的姐夫来了,东乡,关东军的大官。他看中了小嘎鲁,说孩子缄默威猛,是个做武士的料儿,想送他去东京士官学校。这可吓坏了外婆春草,她再不愿外孙像舅舅那样做武士死于中国战场,这就是春草请了因为嘎鲁剃度的前因后果。了因高僧是她早年在京都帝大的同学,春草也是个佛教徒。"

"唉,战争,使多少家庭遭此苦难。"听了儿子的故事,高老道叹息说,"日本人也讲骨肉亲情,要打仗的都是财阀军阀。"

"阿弥陀佛!"采药的老僧双手合十了。

44　灵童嘎鲁

箴言

夕阳西下了，乡村土地庙前的背风处，蜷缩着一老一少。老的三十多岁是个瞎子，小的十来岁给他拉杆。那瞎子摸索着从口袋里掏出一个饼子，掰一半递给小的，两人嚼着。那老的是算命先生何三，何所思，小的是个小和尚，便是嘎鲁。

嘎鲁受戒之后，了因和尚并没有教他整日诵经，同时他让孩子上了坨乡的小学。那校园有一个庭院就是大庙的两殿之间，庙后是一个大操场。乡下小学学习时间不长，下了学了因便亲自给他讲唐诗和禅宗故事，让他从中学习中国文学、佛门要义和处世之道。周末还让他去给何三引路，走村串屯，了解民间疾苦，嘎鲁叫何三为老师。

何三早年父母双亡，和一个老爷爷艰难度日。有一段时间混在高老道的班子里，吹埙做道场，雇主们反映不好，说高老道让一个瞎孩子混在其中骗钱。无奈，班子打发了他。他便流浪街头，乞讨为生。这时适逢了因主持庙宇，便收留了他。这一切，回想起来，历历在日……

那是若干年前，一个冬日的下午，在禅房里，了因和私塾牛先生分坐在桌子两边，盲儿何三在和尚身边立着，火炉上煮着茶。和尚引孩子给牛先生跪下，复又端起一杯茶，敬道："我知道先生是为学术而研究命理之说的，现在请先生教孩子算命术，未有不敬之意，但求先生给盲儿一碗饭吃……他今年才十三岁，祖父已逾六旬，试想，尔后数十年漫漫黑暗岁月，他何以谋生？谁人相伴？"和尚说到这儿，孩子已泪如雨下，顿首不已。

这时牛先生站了起来，激动地说："牛某无才，误人子弟，怎敢以算命术妄言祸福,殃及乡里……然今日事,你我之心可昭日月,'为不为者人也,遇不遇者时也。'这是圣人的教导,就这么干吧!"言毕,挽起盲童。

就这样,瞎子拜师,学了算命术。

了因还给孩子起了个入世的名字叫"所思",但与他的姓连起来念却耐人寻味——何所思。几年后,在实践中何三的本领大有长进,人们便昵称何半仙。

后来,牛先生死了,瞎子大病一场,这是一段感人的往事。了因洞悉了何三善良的佛性,便让嘎鲁随他受其熏陶,由此可见,和尚教育孩子的苦心。

"师父,你给人算命,可知道彼得叔叔何时能脱险?谁来救他?"嘎鲁问。这时一条野狗跑来,偎在嘎鲁身边。

瞎子叹气:"你这孩子和动物有缘分。你说的彼得叫高德义,他爹高五叔高老道是我的恩人。我给德义算过命,他这一生有三次牢狱之灾。"

"是啊,彼得叔叔已经被他们捉起两次了。"嘎鲁望着师父。

瞎子正密密地眨眼,每逢这时,他就在调动他的智慧。人情世故,灾难应变,那是多年来他接触苦命的人学来的。

"你看,孩子,他有三次灾难,和宋老二(承文,喜子的爸爸)一样,既然是三次,现在才第二次,如他不出来怎会有那最后一劫呢?"

"对呀,那谁能救他呢?"嘎鲁问。

何三没有正面回答,却讲了一个故事:他说古时候山林里有一只鸡,他虽然不是动物之王,却给它们司晨。每天太阳升起时它就喔喔啼鸣,这时林中的百鸟歌唱,山里的百兽起舞。那一天,东方现出红光,山鸡便啼鸣起来,动物们被唤醒,原来火山爆发了。动物们得已四散逃命,那只鸡却被大火吞没了。

瞎子讲到这儿,嘎鲁抽泣起来。

瞎子抚着他的头说:"孩子,你别难过,那只鸡在火中成了凤凰。能救你德义叔的,是一个属鸡的人。"

"我属鸡。"嘎鲁兴奋地说。

其实,如何搭救彼得,了因和何三早有虑算,应该让孩子通知他妈惠子和外婆春草把彼得现在的处境转告她们,让她们向亲戚东乡说情,放了画家。

哪知道灾变有它自己的逻辑。

战局

1942年秋的一天,在藤野家的小客厅里,藤野和姐夫东乡在议论大战的形势。藤野关心战争的发展,他是想寻找时机,延伸满铁的业务。

"全面来看,可以分成三大块,"东乡用手指醮着茶水,在几子上画着:"支那(中国)、印支半岛和海上。在支那的华北和中原我们很大一部分军队被共产党缠着。但在正面战场,我们攻占了东南沿海,上半年我们还控制了浙赣两省,我们就切断了蒋政权的东南通道,摧毁了他们的机场。"东乡显出得意的神色,"我们陆军实现了建立太平洋战争兵站基地的战略任务。"

"这样一来,我们对马来亚、菲律宾、荷属东印度(印尼)海上运输的安全就有保障了。"藤野关心地说。

"是啊!"东乡接着讲,"今年上半年我们用了十多个陆军师,二百多艘海军舰艇,还有空军两千多架飞机攻占了这些群岛,兵力四十多万。现在正着手开发马来亚、菲律宾、荷属东印度。"

"我知道,那儿有橡胶、石油,马来亚还有锡。可惜,我们满铁会社在那儿没有得力的靠山。要是姐夫在那儿就好了,做占领军的长官,满铁就借力了,我们两大家族可以大有作为。"藤野以探询的语气讲出了自己的期望,这也是株式会社董事会的意愿。

东乡轻轻地用手指弹着几子:"我去不去东南诸岛有两个因素决定:一

个在苏俄的斯大林格勒，一个在太平洋诸岛，重点是瓜达尔卡纳尔岛。"

"姐夫，我还真想听听这些重大的战役的情况。"

"它们决定我国的命运。"东乡端起杯子，又放了下来，"我们的盟友，日耳曼人已经攻入了斯大林格勒。"

"如果他们要是在斯大林格勒城站住脚，再向纵深发展，他们能邀我们参战，对俄国人最后一击吗？"藤野问。

"俄国人难缠，直到现在我们的朋友还没有拿下苏联、欧洲的两个大城，他们和我们遇到了同样的问题，战线太长。"

"如果希特勒胜了，我们去占领库页岛，也许能分享一些西岸俄国远东的石油。"藤野说，"德国人鞭长莫及，会用到我们的器材和技术。"藤野有他自己的见解。

"现在那儿已经下雪了——斯大林格勒，一个漫长的冬天。双方战事肯定要在那儿胶着，一时难以分解，所以大本营才把关东军往南调。"

"你为什么没有随军去支那？"

"如果军部要调我，去的更远，东南亚诸岛。你知道，6月份中途岛我们打败了，中了埋伏，四艘航空母舰被击沉。现在美军压过来，在轰炸机和战斗机的作战半径内，逐岛争夺，下面就是我说的瓜达尔。如果调我，我的任务就是马来亚、菲律宾、荷属东印度，也就是你希望我去的地方，这就是我对形势的看法。"东乡喝了一口茶继续说，"当初我反对和美国作战，我们树敌太多，战线太长，实力也不如美国。可是军部中的一些人痛感资源缺乏，没有石油，没有橡胶，必得以战养战。我们要夺英国在东南亚的殖民地，美国必然卷入。与其那时被动挨打，不如奇袭珍珠港，这就是事件发生的原因。现在是胜负难料，我们要在太平洋作战，在越南、缅甸作战，一线的支援在东南亚，后备的基地是支那沿海，大后方就是我国的本土和满洲。这样三级跳，为了要实现天皇的大东亚共荣圈的战略，要付出更大的牺牲了。"

东乡说到这儿，藤野想到儿子下落不明，有些黯然："先时你提的送嘎鲁去了东京，我多次劝春草，不要为孩子回国担心。东京的教育好，先在士官预备班完成小学的课，一切有姐夫关照了，他也是你的孙子。"

"那是自然，那是自然，这孩子是块料儿，我喜欢他，现在去当和尚，"说到这儿东乡大笑，"春草是为儿子太伤心了，害怕再失去外孙。我是想让那孩子受正规的军政训练，将来做占领军的长官。如果等这孩子长大时我们还打不赢，那我们就完了。"东乡意味深长地说。

"野草，他跳伞后，一直没有信息……"藤野说起儿子。

"关于他，大佐野草，如果前线有什么详细报告，或是情报部门有消息，我会告诉你。劝春草妹妹，别太难过。"

那一日他们的谈话，说明了1942年秋冬的时局。随着日本人在中国，在东南亚、在太平洋侵略战争的不断扩大，他们对占领区的奴役和掠夺也更加残酷了，民族斗争空前的激烈起来。我们从这样的视角俯瞰江城和小镇风波，更能理解残阳下的古堡和灯火大城的灾难之源。

就在那一天，东乡正与藤野谈笑风生述说战事，突然嘎鲁闯了进来，猎枪相向："将军，放了彼得叔叔！"

东乡和藤野夫妇惊呆了。

"我的孙儿，不可胡来！"春草叫道。

"放了彼得！"嘎鲁威严地重复。

东乡一时愕然，不知所措。

"放了彼得，我愿做你的武士。"嘎鲁嗫嚅唤道，"东乡外公。"

"一言为定！"东乡拍案而起，"是块好料儿，我们东乡和藤野家族后继有人了！"

嘎鲁放下猎枪，跪到外婆面前。

从此，东京的士官学校里多了一个预科武士。不久，灾难的马来亚来了一位游方画家，流浪艺人。

第二十三章 小原县长

45 小原县长

背景

我的家乡坨镇古名长胜堡,是明长城的一个隘口,历来兵家必争之地。无论明时的女真族,或后来的抗日联军都很看重这个要塞。如果夺取了它,不但可以从这富庶地区得到充足的粮草供给,从战略上还可以南下营口,东征辽阳,北拒奉天。即使兵力上处于劣势,也可以凭借村西的丘陵树丛、湖泊沼泽、苇塘沟汊和纵横的河道与强敌周旋。

正因为如此,日本关东军才派来他们的得力干将小原来辽中和辽南镇守。小原是个中国通,他来此地实行怀柔政策。他想统治坨镇,看准了三个人:一是水石先生,二是父亲(承文,宋老二),三是了因和尚。

水石先生是何氏家族中的儒者,这个家族虽处于败落之中,但在坨村的地主豪绅之中还有相当的影响力,更何况家族中在敌我两个阵营中都有权势人物。当年族中有多位青年在讲武堂,后有部分随少帅入关,留下来的时任伪省府教育厅长昆山何老也是当年帅府的阁僚。

宋氏家族在坨乡人口众多，大部是穷人，其中许多是失去土地的游民杂役，杀猪抹狗引车卖浆者流，他们中更有在沦陷初年便逃离家园成为义勇军或随东北军入关的人。这一家族在那苦难岁月里，在国仇家恨中常常处于愤愤不平的动荡状态。他们，这些"死活一样价"（俗语）的人深为日本人和汉奸恶霸所恐惧。而那蹲过大牢的宋老二，他还在军管区司令部里混过事（可怜的爸爸，其实不过是个司机）。在日本人和汉奸看来，那个识文断字的宋老二——那个沉默寡言胸有城府的家伙，你知道他心里想啥？的确，族中的那些血气方刚的叔伯们希望他登高一呼，应者云集，而小原则要把他捏在掌心里。

1942年初，宋老二为了给家里挣些钱，买几亩地改换经营，伙同驴贩子老秦，做一笔生意，到河西去贩驴。去时拉了两车豆饼，回来赶了几十头驴，来回买卖，挣了一笔钱，当然也冒了很大风险。因为那里是游击队出没的地方，村里钱家散布谣言，说他给游击队送给养。县长小原审问了他，幸好他心细对交易做了记录，笔笔有踪。小原查证后，放过了他，当然他没有谈在那荒山野店会见游击队弟弟承武的事，但小原对他的精细更有了戒心。

这一次小原又来召见水石。

谈话

时间：1942年3月初的某一天。
地点：县长小原的小客厅。
人物：县长小原和坨镇画师水石先生。

小原："时光过得真快，我和先生帅府一别，至今该有二十余年了吧？"
水石："是的，长官。"

小原笑了："先生不要这样客气和拘谨，二十年前我们不是朋友相称吗？"

水石："现在您是占领军的长官。"

小原："慢慢谈，一切先生都会理解的。记得你那时在一个画坊里谋职，我是本庄樊将军的一个随从，本庄是张作霖请来的顾问。"

水石："我是画匠铺的一名小伙计，刚刚满徒。"

小原："我很喜爱中国书画，常到贵坊去观赏和购买装裱一些作品，有时候你也抱着一堆书画和我一起进帅府。少帅可是一个收藏家，惜墨如金。记得你还常常把它们铺展开，告诉我们哪些是赝品。"

说到这儿，小原笑起来，侍从献上了茶，拉门隔壁响起音乐，但不是日本歌曲，却是古筝演奏的《渔舟唱晚》。

忽然，小原转变了话题："当年奉天有个叫温卿的女子，先生还有印象吧？"

"是的，我记得她是盛京剧社的名伶。"

"是的，她是张学良从北平的一个戏校里请回来的，后来的新闻想必先生也有所耳闻吧。"

"我在《盛京时报》上见过，花边新闻，不足信。"

"一切都是误会，都是错误，至今令我痛心。"小原沉默了，看得出他是真心难过。

"局外人也许不知道，安东是朝鲜人，我是日本人，还有萧向荣是汉人，当时我们三个青年军官同在帅府是拜把兄弟，我是老二，那时我和老大安东，同时爱上了温卿。温卿听从了他父亲的意见嫁给了安东。决斗缘于一次争论——高丽的一个历史事件，他爱他的国家，我爱我的国家。他说那个事件是人民抗日的起义，我说是暴乱。我们日本和他们的政府有条约。争论很激烈，于是他提出向我决斗。悲剧就这样发生了。我没有想杀他，但他却死在了枪口下。这不是桃色事件,但当时的报纸铺天盖地。"说到这儿,小原不语了。良久,"后来,老三向荣气愤极了,一连几天,他来找茬,提出和我决斗。我当时十分悲痛,不理他。过些天他得到了什么情况,把这事压下了。你知道这个向荣,和你们何家的一位名媛还有一段爱情故事,那女孩叫何若玉,艺名如玉,也是剧社的。同时在剧社的还有一个人叫欧阳夏丹,她是昆山何翁的儿媳,当时她们三姐妹可是出了名的。如玉的父亲随东北军进了关,她有病留下了。后来我得到情报说三弟萧向荣没有随张军西撤入关,而是组织游击队参加了义勇军,我不知道他是为了如玉还是出于爱国情怀。前年他还派人来下战表,邀我辽西会战。我一定要抓住他,问他和我作对是出于民族大义还是兄弟反目。那个如玉如今做了哈尔滨宪兵队长的夫人,可见我们日本人和你们何家有着多重的联系。你们家族中的何翁昆山,在省里管教育的老人,还几次电话给我,举荐你。"

水石稍欠了欠身:"我有一个不解的问题想请教长官,当年你们三个异族兄弟结为金兰之好,一时曾在帅府和盛京传为美谈,可后来为什么酿成这样结果呢?刚才您谈了个大概,您能说说事情的根源吗?"

显然小原对这个问题的挑战性有所准备,他略为沉吟,喝了一口水沉缓地说:"这正是我要和先生说明的。本来我也可以套中国的一句成语,两国交兵各为其主。但我想深入地谈一谈这个问题,也想听听你的意见。就军事技术而言,我们哥仨谈得来,说起中国历史我们都崇拜秦始皇和成吉思汗。老三向荣感叹中国一盘散沙,幻想有个强权人物统一中国,结束军阀混战。我对老三说,中国之所以军阀混战不断,是因为西方列强在背后,他们想瓜分中国。这不只是中国的问题,这是亚洲弱小国家的共同问题,中国的命运和亚洲的命运联在一起。解决的办法就是学日本,日本明治维新以后迅速崛起,除了工业制造学西方,搞资本主义,主要的是用神道思想统一全国。天皇是天照大神的化身,在他的统帅下建立强大的军队,把英美的势力赶出亚洲。一句话，在日本的领导下，建立亚洲共荣圈。"

"他们听了你的话吗？"水石问。

"没有，他们不但没有思考我的忠告，反倒对我生分起来，逐渐疏远了我，后来又发生了老大和我决斗的悲剧。"

水石先生无语，停了一会儿。

小原又问："你认为我的话有无道理？"

"我对时局和军政都无了解，我只知圣人说，和为贵，己所不欲，勿施于人，人类的理想是天下为公。"水石答。

"你不学西学。"小原加重了语气，"达尔文主义，你不了解。弱肉强食，人类才能进步，打天下还要靠神道。"

水石先生沉默着。

小原又柔和地说："儒道可以用来治天下，你这个孔门弟子可以帮我管一管坨镇吗？噢，不用现在回答，回去想一想。"停了一会儿，小原又笑着说，"请你给我画一幅'王道乐土'，用工笔和写意都可以。"

回到家里，水石找到了了因，把县长小原的话学说了一遍，最后问起："和尚，你留学过日本，这'神道'是个什么玩意儿？"

"概要地说，神道已经成为日本军国主义的精神支柱，它也是麻醉日本人民的鸦片烟。"了因感叹道。

"怎么会这样呢？"水石问。

"以后有机会讲给你。说来这还和一位满铁的权势人物的女眷有关系，她叫春草，是我的同学。"了因微笑了。

水石先生知道，了因是位高僧，他的关系网遍布满洲，也就不便多问了。

46 牧师约翰

约翰

约翰在本书中是一个重要人物,他和彼得叔叔一起干了一件大事,现在我就来讲述这位洋人的故事。

关于约翰这个神秘的人物和他的性格,那是我很久之后才理解的,在儿时只觉得他可爱、有趣而又亲切。他牧师打扮,意大利人,他用汉语说意大利,在孩子听来就是"一大力"。我们咯咯笑,仰视着他。真的,他是一个高个子,长长的胳膊,有力气。他微微有点驼背,我想那是他爱逗小孩总是弯腰的缘故吧。

"喂——小宝伊。"他见着我时总是这样拖着长声叫。

我便也扬起手臂,喊:"洋药汉伯伯——"

这时他便从牧师的宽大袖子里一抖,变出一个木头小猪,有时是小狗,或者是一对小葫芦。

为啥叫"洋药汉"?这是一个典故。

那是1941的一天,有一次我家的猪打蔫儿,不吃食,给它灌了两付汤药也不见好。奶奶着急,茶馆的卢婶说三台子有一个牧师叫约翰,听说能用洋药给牲口治病,奶奶便托人请了他来。他走到猪跟前,挽起袖子摸了摸猪的前腿根,看了看它的眼睛和嘴,又察看了它拉的屎,便从他的布袋子里掏出一个瓶子,倒出一些药片,叫爷爷分几次给猪灌下去。爷爷照办了,过了几天猪果然好了。爷爷请他过来喝茶,自然又问起姑姑的病,洋人感叹地摇头……他的中国话说得挺好,他笑着告诉爷爷说他叫约翰杨,他不是医生,是一个旅行家,也可以说是游方牧师,穿这个黑袍子行动方便。

旅行者自己总是带一些药,看到穷人家的畜生得了和人类似的病,便帮着试试,有顶用的,好了,乡民便叫他洋药汉。"也有不顶用的,翘了尾巴,反正是牲口。"他诙谐地笑着说。

谈了一会儿他又问起我家的情况,爷爷见此人很真诚,便也将家中的不幸讲给他听,讲了爸爸出的事和姑姑的病。约翰介绍自己是意大利籍的英国人,早年他和他的父亲来过中国。"现在——"他诡秘地笑着说:"意大利和日本国都是'枢轴国'(这是日本人对他们的盟国德、日、意的叫法,即轴心国),我到你们——满洲国来还算自由,我这样称呼你们汉人你不介意吧?"爷爷便说老百姓是"谁当皇上给谁纳贡",于是两人虽然没深谈也算有了些交情。

约翰到南满已有两年,他的真实身份是个记者,穿了教士的袍子罢了。他在三台子教堂落了脚,之后,四处游荡。他常去奉天、辽阳、营口、大连还有锦州。他的两个条件使他具有一定的影响力:其一,是他的意大利身份,意大利是日本的轴心国;其二,他是从罗马来的教士,虽然没有梵蒂冈的度牒,但看他那非凡的仪表,博学多才,聪明睿智,谁知道他不是罗马教皇的密使呢?如此,各地教堂的负责人、主教、司铎之类,都很尊重约翰,称他为游方牧师,他的话他们也愿意采纳。就这样,他到三台子不久,就说服了当地的教堂建了一个简单的修道院,给那些无家可归的流浪者,特别是受迫害的妇女提供了一个避难所,那个从奉天逃出来的使女月娥就到那儿去了。后来,财主加汉奸烟馆林三欺负她,她的相好丁盛求到爷爷,爷爷是丁盛的舅,爷爷便和约翰说了。约翰一口答应。果然不久,他便把月娥带到了营口,在那和丁盛结了婚。

约翰爱收集市井趣闻、民间故事,哪儿抗粮,哪儿暴动,哪儿的宪兵搜查逃犯,哪儿的汉奸遭到清算,甚至哪家豪绅的小老婆跳圈情奔,他都要去探访,他在小镇混得很熟。

小镇,底层人的社会,它特有的民俗文化是宽容的:只要让我填饱了肚子，哪怕是半饱，什么学说，我都能接受。所以儒、道、佛，甚至那有特性的老回人——伊斯兰，都能熔为一炉。但对天主，那洋人的教，多少有点戒心。

那一日在茶馆，儒家的水石先生见了约翰。请他落座，献茶之后，玩笑中带有揶揄："在我国古代牧师是一个官名，驯马的，在贵教那里，怎么驯起人来了？"

大胡子笑了："这'牧师'一名是你们译的，在你们儒家看来，布道于民是训，你们的孔子不是说过'天下有道，则庶人不议。'奴隶们不能说长道短，就得训嘛！"

水石先生自知失言，大笑起来，打着哈哈："看来哪个皇上都喜欢顺民，中外如此，教皇承认满洲国，也派牧师来了。"

"对啊，谁当皇上都祭孔庙，那个后来当了皇上的大总统，不是也拜你们的圣人吗？看来，你们的圣人是个不倒翁啊！"

这一番儒家与天主之争就在调笑中结束了。他们彼此都了解了对方的观点，都嘲笑统治者，都有平民思想，便越发亲近起来。

采风

那一次，我六岁那年的秋天，也就是1941年，约翰请驴贩子老秦吃饭，在独一处。约翰知道老秦常出没山林，有些来头，便让他讲讲贩驴的见闻。老秦三盅酒下肚，兴致来了，就给这个洋人讲他和哪个寡妇睡觉，还有财主家马夫怎么将东家奶奶弄到马圈的趣事。洋人诱他说说山里，他就扯到在山里露宿套狼，烤兔子，大胡子也听得津津有味。吃完，约翰去结账。掌柜何二说，你和老秦一起吃饭不用给钱。洋人来了兴趣，小声问，"怎么，你们怕他？"掌柜笑说："不，到月底他会牵一头肥驴来顶账。"

事后裁缝闫叔笑问老秦："你怎么不讲讲在山里落草，投了义勇军的事？那可是他爱听的。"老秦诡秘地笑着："我宁可找一头毛驴子吐衷肠，也不会和一个洋鬼子套近乎，你知道他是哪路神仙？！"

我记得六岁那年冬天，爸爸还没出狱的时候。有一天晚上，爷爷带我去剃头房听故事。我们进门时，约翰已经把他的打字机放在案子上了。炉子上煮着茶，洋人自己烧了一杯咖啡，他让其他人喝，别人都说喝不来。屋里坐着好几个人，有理发师徐伯和他的徒儿、裁缝闫叔、木匠胡四、大有店长工艾五，还有衙役肖五。

平时讲故事的有水石先生爱讲《三国》，三叔讲侠义小说，肖六爱讲《聊斋》。那个冬天肖六正在受难，他娘卖了三垧地，让他在官场混个差事，结果在收粮时挨了一闷棍。而这一次，水石先生、三叔和肖六都没来，只剩下闫叔和他的《今古奇观》了。

肖五到这儿来转，是他三哥肖三派来的，让他看看洋牧师有啥举动。大家心里明镜似的，都知道肖五和警长的立场，不过是怕出事；再说他们只讲趣闻莫谈国事，所以不以为然。

艾五听趣闻是为了回去贩卖，那些拔草丫头爱听他讲艳情故事，他便借此机会添油加醋，诉说单身汉苦闷的幻想。丫头们便用镰子把儿捶他的背，一面咯咯笑。而当艾五的相好——胖妞听说他和她们打情骂俏之后，还要变本加厉地教训他。据说，他的大腿常被拧得青一块紫一块。有一次，二狗妈，一个泼辣的寡妇，提议让艾五褪下裤子，当众验伤，说是要替他做主。艾五笑着反唇相讥："嫂子，你还是敞开怀，让大伙看看驴贩秦大哥在你的奶子上留的牙印吧。"结果是一阵打闹。

那一次是裁缝闫叔讲"蒋兴哥重会珍珠衫"，后来我知道这是冯梦龙《喻世明言》里的一篇小说。其中有一段讲蒋兴哥外出经商一年有余，妻子三巧儿独守空房，浪子陈大郎看上了她，便贿赂薛婆牵针引线，拉皮条，渐渐地薛婆接近了三巧。那一夜里薛婆施巧计，先是叙说独居女人打熬不过，引同性伙伴相戏撒火的趣事，待到逗得三巧儿欲火中烧时，乘机从榻下拖出大郎，那浪子赤条条钻入三巧儿被中。妇人摸了，笑道，'老人家许多年纪，身上这般光滑。'讲到这里，闫叔住口了，停下手里熨斗，喝一口水。

艾五急猴，追问下文。闫叔笑说："老鼠嗑掉了，只有'不暇致详，凭他轻薄'八个字。"艾五便在案上击一掌："耗子偷油怎么又啃起书本来了，啥叫不暇致详啊。"徐伯呷一口茶叹道："朱子格言说过，三姑六婆实淫盗之媒，婢美妾娇非闺房之福。"

这时，艾五又笑嘻嘻地问约翰："你们做牧师的，能不能娶媳妇？"约翰停了打字，取下烟斗，歪头笑说："按天主教的教规，牧师和神父不同，是可以结婚的。"艾五便对爷爷说："二叔，那你就劝劝丁大娘，丁茂信教也没啥，将来做个牧师，也能让丁家人丁兴旺呢。"爷爷说："小五你操心的事太多了，自己早点成亲，别让你娘太累才是正宗。"大家都笑了，连那约翰也眯起了眼，盯着艾五。

棚顶挂着保险灯，炉子上的茶炊咝咝响。屋子里弥漫着咖啡的香味，采风的洋人，大胡子约翰口里衔着烟斗，两个食指敲击着打字机，不时地移动回车。一会儿他停下来，取下烟斗，喝两口咖啡，笑着询问汉语里费解的掌故。

许多年过去了，小镇上的这一道风景一直留在我的记忆中，后来约翰出了他的《满洲见闻录》，风靡欧洲。不仅因为它记录了东北人民的风土人情，更是因为它具实描述了日本人以战养战横征暴敛的罪行，特别是它揭露了日本侵略者进行灭绝人性的细菌战。他从源头上掌握了第一手资料，这一切正是从小镇采风开始的。幸好敌人没有搜到他的记录，但他还是被驱逐出境了，这是后话。

第二十四章 蹊径探访

47 蹊径探访

田鼠

在我们乡下每年秋收之后，便有许多人挖鼠洞，因为鼠洞里有粮食，特别是在花生地和豆地，一般都能挖出一两斗。这时候人们都不去捉鼠，能打死就打死，打不着的也不去追。但今年（1942年）不同，农民们既要粮食又要鼠。有学生的人家都争着买，哪个不交，学校还要处罚学生。教室的廊檐下摆满了鼠笼，弄得学校的庭院里一股鼠臊味。

那是前两天的事，嘎子来找我，开口说："挖豆杵子（田鼠）去！"他扛一把锹，胳膊上搭一个口袋，右手提一个笼子。他把笼子递给我，眉飞色舞，"学生都买，卖了钱咱俩分！"他叫我带上家里的大黄狗。

我家黄狗是专门看猪的，平时懒得很。奶奶给猪喂食，它总是先到槽头察看一番，遇到豆饼之类可口的食物便先吞下，奶奶奈何它不得。不过它还算忠于职守，夜里它总是卧在猪圈门口，遇到新来的猪有越圈企图，去拱那门栏，它便用尾巴去抽打猪的鼻子，或者哼哼两声，了事。就是这样一个简单的差事，它还常常能得到一块骨头。难怪王大娘家的母狗见了它要急惶惶地摇着尾巴，向它讨好。

那一天我俩正在田里捉鼠，约翰伯伯走到我们身边。他除了穿一件黑袍子之外，还穿了一个长筒靴，手里还提一个笼子，里面也有两只田鼠。我们打过招呼后，他把笼子提到我们跟前，和我们刚刚捉到的两只田鼠比较，口里自言自语地念道："一样的，一样的。"嘎子问他是自己捉的吗？他摇头，说是三台子一个会友送他的。他又问我们是怎么捉到的。嘎子骄傲地告诉他：一只是自己钻到笼里的，另一只是黄狗叼的。那天我们还挖了小半袋豆子，地下的潮气把豆子泡得胖胖的。嘎子乐滋滋地说这回可以换豆腐吃了。第二天集上，他从吹糖人的那里买了一个小耗子偷油给我，算是报酬。但他还是跟我走了好几圈，从街上到茶馆又到商店，直到糖鼠化了，他便说："喜子，糖人都化了，你也喜欢够了，给哥吃了吧。"我便给了他。

晚上我在剃头房又看到约翰在打字，屋里的人正七嘴八舌地议论上面要田鼠有什么用。艾五说田鼠可以吃，他们打场时用火烧过，比兔肉还细。闫叔说那可能就是用来做罐头，日本军人缺肉吃。

"吃田鼠可是个危险事。"徐伯一面给人剃头，一面说，"那年犸猇岭子吃田鼠，闹了鼠疫，死了半堡子。"

猪血

第二天，约翰到我家的小店来了。爸爸亲切地招呼他，感谢他，给我家的猪看病。

"咳——运气，用你们的话说碰运气，我哪里懂兽医！"

"你今天要吃肉吗？我这里卖化妆品，肉铺在村西家里。"

"不——不，不，我要猪血，猪的血。"

"猪血？怪了，这几天好多家买猪血，学校向每个学生要。我家房椽上挂的猪吹泡里的干血都卖光了，教堂也要这东西？"

"不，我是自己买，学校要猪血做什么？"约翰好奇地问。

"不知道，听说是政府派下来的。"父亲也疑惑地说。

"政府还向学生要什么？"

"豆杵子（田鼠）。"我抢着说。

"你上学了？"牧师慈爱地弯腰问我。

我摇头，嗫嚅道："嘎子挖过，卖给学生！昨天你看到了。"

"你去了？"爸爸严厉地问。

我悄然点头。

约翰又问爸爸政府为什么向学生要田鼠，爸爸摇头，他也摇头。

"猪血有什么用？"大胡子问。

"我知道渔民用他洗网。"爸爸回答。

"为什么？"

"可能鱼喜欢那味道，容易入套。"爸爸笑着说。"大规模的工业用途我们不清楚，不过，"父亲放低了声音，"医院有时也买它，培养什么。"

"唔——唔——"大胡子若有所思，"田鼠和猪血？"

"还有跳蚤。"爸爸小声插话。两人会心笑了。

很快，这位敏感的记者，就做出一个正确的判断，他要追踪下去，看看这些田鼠和猪血都运到哪里去了。为此他跑了附近的许多村庄，他还雇了汽车借口运货，追踪那些蒙着帆布的卡车，见它进了苏家屯火车站。

就在这时候，钱家着火了，瞎子何三死了。在这两件事中，约翰为群众的骚动和军警的布阵而震惊，他采访了许多穷苦百姓。在三台子，他还到林三家去做客，这个被游击队吊起来教训一番的汉奸，如惊弓之鸟，只对教友约翰敷衍了一番。

姑姑出殡后两天，小安东去刺杀小原。三天后，小原召见了父亲询问情况。当晚,父亲去拜访了因才知道安东父子与小原的恩怨由来。又过了两天,小安东的母亲被请到县城,那天约翰从外地归来,他找父亲探听事件的原委。没想到事过三天,小原又找到约翰,请他为小安东去做教化。原来,小安东的外祖父温翁一家信天主,温卿和儿子小安东也随外公礼拜上帝。

听了父亲的讲述之后,约翰陷入了回忆。二十年前他曾随他的父亲一起到过奉天。在一个小礼堂里,他有幸见过少帅剧社的演出。其中有一位端庄秀丽的少女,款步走向舞台,她朗诵的是莎士比亚的《情女怨》,这给他留下了深刻的印象。那个东方美人会不会就是她呢?——梦中的温卿。

48 刺客安东

格斗

小原的寓所在县衙的后面,隔一条路。那一天早上,一个披着日本浪人大氅的年轻人走进门厅,两个卫兵拦住了他。他说要见小原,讲的是日语。卫士问他名字,那人抽出佩剑,割下衣襟,刺破手指写下两个汉字:"安东"。卫兵见是浪人,便立正敬礼,请他稍后,转身去通报。

稍许,小原出来了,也是一身戎装,在庭院里站下,与来者隔一段距离,威严地分开两腿:"什么事,武士?"

"我要和你决斗,杀了你。"他嗖地抽出剑,那剑尖有一滴血溅落地上。

"究竟为什么?使你这样放肆!"小原手握剑柄,微微有些震惊。

"少费口舌,你如是武士,就亮剑。"

"我是县长,不能滥杀无辜,你要给我一个决斗的理由。"小原心头狐疑,心里想,哪个安东?旋即抽出剑凝视这个不速之客。

"我是高丽人，与入侵者决一生死，这就是理由。"说着他一剑刺去。

小原把它拨开。

这时卫士高喊："长官，让我们逮捕他，交法庭审判！"说着，一齐端起枪。

"且慢，他专门找我，必有来由，容我探个究竟。"

这时安东甩下大衣，头发也随着散开，他像一头愤怒的狮子向小原扑去。两人便在院里格斗起来。来往中，小原看到他的剑法，完全不是日本武士那套劈刺进退，而是中国武术的闪展腾挪。十几个回合过去，显然，他的剑术不及小原纯熟。但他的仇恨如压紧的弹簧，爆发出异常的威猛，也正因为这不顾一切的冲锋，使他露出破绽。他的臂和腿两处受伤，殷红的血染红衣衫，但他依然怒吼着拼死厮杀。小原被这不知来由的悲情恶斗震惊了，心里感到慌悚。就在小原向他刺去一剑时，他不但不躲，反而迎锋反击，二人同时倒地。刺客仰天大笑："父亲，我给你报仇了！"这话他是用朝鲜语说的，说完便昏迷过去。

警卫员过来扶小原，押刺客。

小原呻吟着命令说："叫护士，快去！救那年轻人。"

事隔三天，父亲被带到县里。小原脸色苍白，肩膀缠着绷带，斜坐在椅子上。他让手下带父亲先去牢房。父亲一见受伤的刺客缠着绷带，昏睡在草垫上，眼泪就止不住了。卫兵斜了父亲一眼，把他带回到衙里。

小原问："你认识他吗？"

"认识，他是我师弟。"父亲镇静地回答。

"哪儿的师弟？"小原声音很弱，手动了一下。

"关东军第一军管区司令部车队。"

"你们的师父是谁？"

"陆——"父亲说出了他的名字。

"谁送他去的?"

"长官,我不知道是谁荐的。"

"你们相处时间长吗?"小原倾着头。

"不,不算很长,半年后我就入狱了。"

"他平常表现如何?有没有反满抗日倾向?"小原注视着父亲。

"没有,长官,他工作很勤勉,不多嘴,大家都喜欢他,叫他小安东。"父亲和悦地说。

"令妹死时,他去拜过灵?"

"是的,我要留他吃饭,他没说话就走了。"

小原不言语,随后,扬了扬头,示意父亲可以走了,两个卫兵把他押下。

小原又吩咐道:"不准离家!"

"我可以再来看他吗?送些吃的。"父亲扭头问。

小原疲倦地点头。

往事

当天晚上,父亲去庙上找了因和尚。了因和尚正和水石先生对弈。自从何三死后水石先生一直闭门索居,好些日子没去剃头房谈心。今天他听说父亲被宪兵带到县里去了,便来庙上问了因,圆通和尚有没有来报信。

看父亲来访,了因把棋盘推到一边,唤小沙弥添茶,三人谈了起来。父亲讲了日里小原召见他的经过,说出自己不解师弟和小原有何怨恨,师弟的行为根本不是游击队抗日的路数。小原也看到了这点,所以他没有轻易发落。了因把杯,思量片刻,问父亲师弟在与小原厮杀时说了些什么。父亲说在场的国兵讲,他用朝鲜话喊了一句"为父报仇"。了因用手指轻轻弹了下桌子,言道:"这就是了"接着他缓缓地讲了下面的往事。

"二十年之前,我刚回国在奉天。"了因陷入回忆,"那是民国十一年(1922年)当时大帅张作霖和日本人走得很热,他有个日本顾问叫本庄繁。"

"是后来那个关东军司令吗?"父亲问。

"正是。"了因继续说,"一年之前这个本庄还陪少帅去日本参观,领他看了海军、兵工厂、武器库。日本人拉拢少帅,当时的皇太子裕仁,就是现在的昭和,还接见了他,授予他勋章。我要说的小原就在本庄的手下,那时他二十来岁,风华正茂,还是个中国通。我之所以认识他,是因为我也常去帅府。那时帅府的一位夫人信佛,我又是刚从日本留学回来,她请我去讲经……"

"我也是那时认识小原的。"水石先生说,"他常去我师父的铺子里看画,有时还带一个朝鲜人,上次他见我时讲了那段往事。"

"是了,那个人就叫安东,我想他该是这个被捕的小安东的父亲。"了因端起杯思量了一会儿,"还有一个刚从讲武堂毕业的年龄更小些的叫萧向荣……"

听到这儿,父亲插话:"我岳父早年在张军服役,在大帅卫队骑兵,他的连长就是萧向荣,我想是他,当时岳父是他的副手。东北军后撤,他们一起留下来,参加了义勇军。"

"他们仨人要好,"了因继续说,"是拜把兄弟。可是老大安东和老二小原同时爱上了一个女孩,这姑娘姓温,可能是叫温卿。她当年也就十八九岁,大家闺秀,曾在北平学戏剧,当时在奉天受少帅支持,办剧社,做宣教。她父亲是大帅的'文治派'班子里的人,在奉天管经济,人很正派,两袖清风,深得大帅的赏识,帅府上下都尊称他为温翁。这人有见识,他看出日本人觊觎松辽,垂涎满蒙的野心,劝大帅不要借日本人的钱,买他们的军火,好好治理东北,让人民休养生息,不和关内的势力争雄。但土匪出身的张作霖听不进去,他也知道日本人的狼子野心,但他要勾结日本人才能与关内的军阀抗衡争锋。有时候,这个善弄权术的小个子大帅,还当着日本人的面故意漠视温翁的建议，笑他的迂。也许是他有意麻痹日本人，但耿直的温翁受不了，竟告老而去。不仅如此，还一怒之下责令温小姐断绝与日本人小原的来往，骂本庄一伙为枭鸟，毅然把女儿嫁给了朝鲜人安东。"

"那温小姐是个啥态度呢？"水石关切地问。和尚的话似乎触到了他的痛处，因他早年在奉天曾与一个说鼓词的女子相爱，有个不幸的结局。

"姑娘喜欢安东的忠诚和善良，但小原的威武潇洒也使她动情。她常和两个把兄弟出入戏院和少帅的舞会，没想到游戏过早地结束了。"出家人看透了尘世的烦恼微笑着说。

"那小原呢？"父亲问。

"小原，日本军人，一向以个人的志向服从皇权为天职，他知道来帅府的使命。"和尚慢慢品了一口茶，"也许他受到本庄的严厉训斥，他没有表现出过分的嫉妒。把兄弟和好如初，但温小姐依然与他保持着绵绵情意。阿弥陀佛，你们这些可怜的凡夫。"

"那次小原也和我讲过，当时我见奉天小报，说什么桃色事件？"水石先生问。

"那是民国十五年，1926年的事，这个小安东刚刚三四岁。在朝鲜爆发了反对日本统治的'六一零万岁'运动。对此事，把兄弟发生了激烈争论。安东赞赏，说这是朝鲜独立的爱国运动；小原的态度相反，他认为根据1910年'日韩合并条约'，对叛乱分子应予镇压，这导致了两人在东陵的决斗。不幸，安东中弹身亡，从此温家与小原断绝了来往。"

"那为什么小报要加上花边？"水石问。

"那是一个敏感时期，"了因和尚进一步分析，"郭军反奉刚刚平息，由于张作霖穷兵黩武，连年在关内混战，军费开支越来越大，对内则征粮征税，名目繁多，层层加码，闹得东三省民穷财尽，百业萧条。那时奉票与银元兑价贬值十倍，全国爆发了反日反张运动，《东三省公民团》还向关东军司令官提出强硬抗议书。帅府怕安东和小原决斗的政治背景点燃反日反张的暴动,便透露了情斗的色彩,成了桃色新闻。"

"后来呢?小安东去学开车前,母子二人何处安身?"父亲问。

"他们一直在温家。"九一八"事变后,日本人请温翁出山理政,被温翁严词拒绝。温翁从此闭门谢客,以书画自遣。小姐也未另嫁,母子二人相依为命。不料这小安东中学之后突然跑到千山,削发为僧,在五龙宫下院跟随慧通学起武艺来,这是我朝山时知道的。我告诉了温翁,好歹把他弄了回去,后来去你那里学开车,这也是小安东提出来的。现在看来,他是想找机会接近小原。你(指父亲)入狱后不久,这小子跑了,他到处找游击队,日本人怀疑他是抗联的交通员。"

"方丈,你看我们如何才能救他?"父亲问。

和尚半晌不语,随后缓缓说:"只有通知他娘了,小原限制你走动,就让二秃跑一趟奉天吧。"

父亲回家后和爷爷、母亲讲了小安东的故事。

爷爷说:"前些日子在河村警察把他五姥爷渔夫抓起来了,说是几年前周家办丧事,子杰没死,渔夫作伪证。那次高老五做道场,一个青年钻到他袍子下面,我就料定这人有故事,原来他是你师弟小安东。"

这时母亲补充说:"前年,渔夫五叔还救过小安东。喜子捉蟹那晚上,听到枪声,就是射他。他受伤落马跑到五叔的窝棚里,五叔给他换药,杏老远看着了。"

"外公还看到那白马了呢,没戴笼头。"我抢着说,"还有,半月前小安东跑到店里问姑姑,承武叔有信没?这时候有警察搜街,姑姑让他看账本。警察在外,问是谁,姑说是她女婿。"

爸说:"把这些事串起来,他担心的是,小安东是不是游击队交通员。"

爷爷感叹说:"这年头,在人家的统治下过日子,谁能安稳!现在承武也不知在哪儿安身？"

说起承武叔，家人又悬念起来。

夫人

三天后，一个四十来岁端庄秀美的夫人坐在了小原的堂前，一双凤眼逼视着这个占领军的长官——她昔日的情人。小原惊讶万分，连忙唤来护士，陪同夫人探视囚徒，母子相见抱头痛哭。

哭毕，母亲痛骂小安东："你这个不孝的畜生！从你自立以来，不思图报外公外婆养育之恩，不思我寡居于外公外婆家中，含辛茹苦拖你成人。你总是四处逃窜，不成大器。你们安东父子，心胸褊狭，苟为一时之意气，害我一生……"说着痛哭不已。小安东跪在那里低头不语。护士连忙扶夫人返回厅内坐下，献茶后，悄然退下。小原陪坐一旁，不知如何是好。

"小原，你，你，你，"突然，夫人怒目相向，"你这个武夫，嗜血成性，你害得我好苦！你杀了安东，杀了你的结拜兄长，让我做了寡妇；你还嫌不够，你又要杀我的儿子，你索性也把我杀了吧。杀了安东表现了你对天皇的忠诚，杀了小安东还可表明你尽满洲官员的职守；你再杀了我吧！向你的天照大神表示你，看你是何等无情的鹰犬。来呀，把我的手砍掉，我恨，是它挽着你走过那纯真的岁月；把我的眼睛挖去，我耻于它曾经那样地注视过你……来吧，你这个莎士比亚的剧中人；来，把我的心剖开，让你名垂千古……"说到这儿，她昏了过去。

两天之后，小原把她们母子软禁在一个小院里，院内有两间房，一口汲井，有仆人侍候，士兵守卫；同时继续调查，看小安东是否是游击队的交通员。

数日后，护士给夫人送上了小原的亲笔信：

嫂夫人，我能体谅你的悲痛和震怒，待你情绪平息时，我让仆人奉上我的陈情。安东兄长死于一场决斗的失手，而这场决斗又源于政治的辩争，与我们三人的情感纠葛没有关系。他和我，都是这场民族角逐的一枚卒子。他丢了命，我丢了更为珍贵的爱和友情，以及我在满洲十余年勤恳奋斗的形象。为了日满友好，为了收拾张氏父子留下的这个乱摊子，把满洲引向法治，我日夜操劳，唯望能经营一片王道乐土，完成天皇伟业，奠定大东亚共荣圈的基石。我牺牲了一切，但，你的倩影一直留在我的心中。平日由于公务繁忙，加之世伯对我的宿怨，十余年我一直未能登门谢罪。今天你来探子，就请多住些时日。侄儿小安东，我会善待，但要查清一些线索。愿你能安住下来，协助劝导。顺祝安康。小原顿首。

夫人阅后弃于炉中。

说来也怪，一个月后，护士爱上了小安东，帮他化妆逃跑了，温夫人也被送回家中。圆通和尚送回情报，说那个副将阪田要插手此案。

了因分析："这一切也许是小原演的戏。因为他没有查出小安东是游击队的证据，施计放了小安东。他不愿阪田过问此事，揭出他早年的隐私。"

水石先生说："谁知道，也许是日本人玩的把戏：欲擒故纵，让小安东引蛇出洞。"

了因笑了："我想温家也不会让小安东四处游窜，游击队也未必轻易见一个放出来的人。"

父亲长出了一口气。可是不久，小原又把水石先生监禁起来。

1942年世界大战烽烟正浓，铁蹄下的古堡残阳如血。

第二十五章 浪漫温卿

49　浪漫温卿

知音

小安东还在软禁期间,当约翰走进小安东被囚禁的小院时,首先迎出来的是一个护士。安东母子见来人是一位外籍牧师,便也走出房门。双方都在庭院里站下了,十步之外,相互端详。

热情的记者开口了:

"一个深溪里的悲惨故事,

在邻山的空谷里回响。

这应和的声音动人神思,

我躺下静听那难言的悲伤。"

这正是当年温卿朗诵的《情女怨》的开篇。

夫人的眼睛一亮:"这位神职,您——"

"二十年前,我未披这件斗篷时,您是我青春的偶像。"大胡子爽朗地笑起来。

母子二人忙请客人入室，落座。护士献茶后悄然退下，小安东也到隔壁去了。屋子里只有温卿和约翰两个人，她们又忆起了二十年前的邂逅相识。

啊，二十年前，她青春年少，刚刚从北平的戏校毕业，应少帅邀请参加戏剧社，那是何等风光啊！

"那时我们排小仲马的《茶花女》，"温卿对约翰说，"我饰玛格丽特，我喜欢那醉人的大段独白：'在你读到这封信的时候，阿尔芒，我已经是别人的情妇了，我们之间的一切都完了……回到你父亲身边去吧，还有你纯洁的妹妹，小天使，她们不解我们这些人的苦难，你很快就会忘掉那个被人叫做玛格丽特·戈蒂埃的堕落的女人和她带给你的痛苦……'"

温卿低声地念着这些她记了二十余年的台词，无语了。泪珠儿静静地流过她的面颊，也许她想起了她的丈夫，也许她想起了逝去的年华。

良久，她继续道："一切都让日本人给毁了。我的安东是为民族的荣誉而死的，我也是战争的牺牲品。小原也曾是个有志青年，现在战神附体，成了舐血动物。"温卿不说话。

少许，约翰怯怯地问："夫人，这些年你为什么不再婚呢？"

"和谁？"夫人笑了，"那些有良心的热血男儿有的随东北军入了关，有的进山林当了义勇军。余下的有点学识的人，有的钻入了伪政权与日本人狼狈为奸，有的搞投机发国难财成为蝇营之辈。有人是提过几个，我耻于为伍。"

过了一会儿，她问约翰："你四处漂泊，夫人呢？"

"在英国，死于轰炸。"约翰耸了耸肩。

"对不起，看来我们有共同的灾难。"温卿婉言。少许她又问："你准备怎样完成小原派你来的任务呢？"

"我没有什么任务，我只想证实一下，此地的人是不是我二十年前见到的。"牧师笑着。

"谢谢你的一席话,不管它是不是出于肺腑。在我落难的时候,你为看我而来,让我感到了友谊的温暖,我们可以成为朋友吗?"夫人注视他。

"当然,当然,这是我二十年来的渴望。"约翰握紧她的手,微笑着,继续道:"是这样,小原确实也没有叫我做什么。他很聪明,知道我不是他可以驱使的人,也知道我可以和你谈心,这是你需要的,也是他需要的。他不会加害于你,他需要时间调查你儿子小安东和游击队有无联系。他知道小安东找他决斗,那不是游击队的做法。但他的副手阪田倒想知道你和小原的隐情,不过这只会加速小原了结此案,只要你儿子保持安静。"说到这儿,温卿点头,心里感谢他透露的一切,暗暗佩服约翰的睿智。

可是过了两天,安东却在护士的掩护下乔装出走了。阪田来问小原此事如何处理?小原反问是否查出小安东与游击队的联系?阪田摇头。小原道:"放安东是我的主意,我已派人跟踪监视,他如是抗联交通,正好引蛇出洞。他如只是替父报仇,我挨这一剑,也算报答乃母当年对我的情义,此事就此了断。"

过了几天,小原派了一辆车把温卿送回了奉天。后来,大胡子也去拜访温翁,老人和女儿热情地接待了这位教皇家乡的牧师。

散心

温卿陪约翰逛奉天的北陵,皇太极的陵墓掩映在一片苍苍的松林中。他们挽着手,走在林间的小径上。温卿向他讲了这些年的经历,安东死后她无心剧社的活动,在家里教育孩子。"九一八"之后家境日衰,她应聘在教会办的一所女子师范里教文学,校长孔宪文是一位开明绅士。

温卿笑着说,她向这位校长学了很多东西,特别是动乱时期的处世之道。在占领军的统治之下,身为一个校长保持自己人品的高洁,不与那些伪政权中的官吏同流合污是多么不易。为人要正派,要有仁爱之心,要深得师生的爱戴，要宣扬孔孟之道，日本人也不得不敬重他。他们不怕你保持爱国情怀，即使是爱中国，怕的是你煽动群众。孔校长时时处处保护那些青年学生避免他们与占领者正面冲撞。校长有一个侄女，古琴弹得好，还有几个同学都有演唱天赋，这又激起我组织乐团的愿望。她说到这儿，天真地仰望约翰。

大胡子不禁为她的艺术家的童心所感动，抱住她，亲了亲她的前额。真是很久没有得到这样的爱怜了，温卿竟像孩子一样把她的头倚在了约翰的肩上，久久不愿移动。就在这一刻，这一对患难相知，分明地意识到：他们，谁也离不开谁了。

"你说那校长的侄女，是不是叫梦屏？"约翰问。

"是啊，你如何得知？"温卿讶异地问。

"我听过她弹琴，在坨乡的瓜田里，她的生父是个木匠。"

"噢！"温卿不语了，说起儿女，她又想起小安东："约翰，对你说心里话，我希望小安东在他外公的身边。你知道，除了我，我父亲再没有亲人了。但如小安东这个小子执意要承父业走抗日的路，我也不想阻止他。可不能像这样，一弹未发就钻进人家的笼子。"这个可怜的母亲又流下了泪。

"报效祖国有各种途径，他还不到二十岁，当前还是学好一门专业为好。"约翰这样宽慰她，两人走出树林。

伉俪

奉天清故宫在一个方城里，城内有两横两纵相交而成的井字形街道，努尔哈赤的宫殿就在这井心。井字形大街把城墙切成八门八关，南面东为大南门，西为小南门。小南门外路西有一个教堂，青砖双塔，在一片低矮的民宅中显得鹤立鸡群。温卿自己的宅邸就在教堂北面一个围着小院的一楼一底的小洋房里，尘封已久了。丈夫死后她一直住在父亲家里，那是小南门里的一个小四合院。早年，温翁就是沿着城墙的胡同，步行到大南门里办公的。现在那里已成了关东军第一军管区的司令部。离开张府，温翁一直做着收藏古董的营生。

此番温卿开启家门，与约翰二人清扫了小楼，草草地装修了卧室，拂去了旧日的伤痕。之后，双双走进了教堂，举行了一个简单而庄重的婚礼，在神父的主持下交换了戒指。温翁泪流满面为女儿和约翰祝福。

蜜月，对于一个漂泊的文人是一次难得的驻足；而对于一个忍受了十年孤寂的女人，又是何等的安慰啊！十年的清苦，十年的幽怨，十年的寂寞，太多的情愫的积累，太多的郁闷的煎熬。风朝雨夕，花前月下，个中惆怅谁人知？何况温卿，又是一位敏感的才女，浪漫的艺人呢！

尽情地享受吧！咖啡的浓香中伴着绵绵的情话，温汤的沐浴里任你柔柔地揉搓，交颈寻欢时那甜蜜的碎语……

黄金算得了什么！我爱，我爱！

50　情迷乱世

约翰想起一年前（1941年）与水石先生和裁缝闫叔的一次对话。

那一次，约翰采风归来，在剃头房（兼裁缝店）整理他的稿件。裁缝闫叔问："我说大胡子，像你这样，不愁吃，不愁穿，百姓喜爱你，当局不惹你，小鬼子虽然暗中盯着你，可也没找你的麻烦，你为啥还东奔西跑，访贫问苦，弄一腿泥，一身虱子，为的啥？"

大胡子约翰笑而不答。

水石先生解释说："这叫理想，像孔夫子周游列国，不像我们终日为简陋的衣食奔波，理想所驱，情迷乱世，圣人，都是苦行者。"

"他是苦行者？天呀！"闫叔一面用化石笔在布料上画线，"抽着烟丝，喝着咖啡，有时候还到何二那儿烤个驴腿，过这样的日子，真是天外来客。"

"你没看他背小叫花子过河，被水蛭叮了一腿。"水石先生也在案子上用工笔画仕女图。

约翰只是笑，突然，他问："孔夫子，"——他这样戏称水石，"你说什么？'情迷乱世'？"他忙在打字机上用两个指头斟酌译稿。

而一年后的今天，入夜，约翰躺着，双手交叠在脑后，口里衔着烟斗；温卿枕着他的肩，一面用丰腴的大腿轻轻摩擦着他多毛的下肢："我最大的担心就是小安东，我的儿子，他向何处去？"夫人说。

"我也想了很久，"约翰取下烟斗说，"我们不妨接受小原的提议，让他回到车队去。"

"小原是想让日本人把他监视起来。"夫人支肘，望着丈夫。

"暂时让他安静下来也好，他一个人跑来跑去能有什么作为？再说开车修车，现在也是一门稀罕的手艺。"

"只怕孩子想不通，他心里总是国恨家仇，他拗得很，这一点像他爹。"

"我看日本人的占领长不了。将来，朝鲜还是朝鲜的，中国还是中国的，未来的建设也要人才。"约翰又把烟斗衔在了口里。

听了丈夫的话，夫人感到宽慰。这时，约翰抽出一只手抚着她光滑的肩膀。

温卿半坐起来凝视他。

"我正在写《满洲见闻录》。"约翰继续说，"到北满看看，也许……"他微笑望着妻子，"钻到山里去，访访游击队。"约翰没有说出他真正的意图。

这几天在军管区司令部陆师傅和他的协助下，约翰走了许多地方。他去了大北关的监狱、狼狗圈和"九一八"事变的发生地北大营；他还去了奉天大舞台，那儿正在上演小喜莲的"奉天落子"；他甚至寻访了西北市场的妓院平康里。当然，他的重点还是火车站，在苏家屯和文官屯的车站，他发现了那些田鼠。

"有一个人可以帮你了解田鼠的去向。可你为啥对此有兴趣呢？"温卿温柔地说。

"我在英国时，教会里有个达尔文学会，我是会员，我们曾调查某些生物在各大洲的繁衍。当然这些也都是为英国的殖民政策服务的。但作为记者，我也积累了不少知识，满洲北方山林里的动物我也有兴趣。可是，你说那人是谁呢？"大胡子问。

"我剧社有一个妹妹，欧阳夏丹，她丈夫何雨亭在满铁管物资调运。他的父亲昆山伯伯是我父亲的朋友，他们是帅府的同僚，我小时还认他为义父。那时他有意让我和雨亭青梅竹马，但后来我爱上了安东和小原，便把三妹欧阳介绍给雨亭了。还有一个何若玉是昆山伯族中的侄女，当时我们三人被誉为盛京（剧社）三英。后来我们几个的命运都很惨：我当了寡妇；何若玉，艺名如玉，她父亲是少帅的干将，因为有病没有随家人入关，后来嫁给一个日本军官，听说此人现在在哈尔滨；而阿丹更糟，说是疯了。我可以去拜访一下雨亭，了解一下丹丹的近况。"

温卿是个不甘寂寞的人，能为丈夫谋事，她很兴奋。当然约翰没有细说他了解这事的理由，怕她担心。

第二天，温卿和约翰备了点礼物去拜访世伯何翁和他儿子雨亭。

昆山伯责备温卿的父亲，儿女的亲事办得这样草率，连他这个干爹也不通知，一定要补了这份宴席，并声称以他的名义由雨亭去操办。

"唉，你父亲，这个人，思想过于偏颇"，何翁感叹道，"他总认为我在满洲供职就是给小鬼子办事，他不想，我们不干那就会有更坏的人来踩躏百姓。"

"他老了，弄弄古玩也算精神归宿。"温卿说。

"人各有志，人各有志。"雨亭说。

当雨亭和约翰谈及职业时，约翰强调了他的达尔文学会会员的身份，后来又因为这方面的兴趣成了专栏记者，来满洲也顺便了解动乱中南北满生物的生存状态。

"我在几个乡镇和小城巡访时见到一些运田鼠的车，不知道这是不是为了生态的平衡，利用天敌的作用进行物种的迁移，它们都运到哪儿去了呢？"约翰漫不经心地问。

雨亭顿时沉默了，过了一会儿，他笑着说："你谈到的那些从未进入满铁民用运输作业，弟一无所知。"

这时和昆山伯谈话的温卿转过来，问雨亭："雨亭，听义父说，丹丹因为受刺激精神不太好。你和她联系一下，何时我想去看看她，实在太想她了。还有你妹如玉那边情况怎样？难道我们姐妹几个的艺术生命就这样结束了？"

"若玉那边最近没信，想来一切正常吧，丹丹……"他突然小声说，"在南泉庵呢，怕日本人骚扰，你知道她刺伤日本军官那档子事吧？她性子太激烈！"雨亭摇头。

"三妹是个好样的，报纸上多少人支持她！就是苦了孩子，侄儿在哪个学校念书呢？"温卿关切地问。

"在一个教会的寄读学校，我和父亲很难侍候他。"性情软弱的雨亭叹气道。

回家路上温卿向约翰讲了欧阳夏丹的故事：一次她带学生演出，一个日本军官跑到后台调戏女生，要强奸她。夏丹用水果刀刺伤了那个流氓，才算解围。日本人不依，但舆论哗然，这事就压在这儿了。何家称夏丹精神不太好，让她躲起来。

过了两天，雨亭让仆人送来一封信。信里只一行字："姐，姐夫，你们关心的那个朋友，去了哈尔滨。"

约翰知道他说的是田鼠的流向。

这和陆师傅内线的打探是一致的，这就是约翰此行的目的，凭着一个记者的良心，即使冒更大的危险，他也要把这个灭绝人性的罪证公诸于世界。

"你去吧，"温卿柔声说，"去那儿看看我们受难的同胞，他们的土地被日本开垦团占了，许多人便跑到哈尔滨道外扒火车捡煤核，你还可以看看那些达官贵人和俄国侨民花天酒地醉生梦死的生活。不过你千万别钻那大森林，那儿下雪了，可狗熊还没冬眠呢，它会把你当一顿美餐吃了。虽然在我看来，你们是同类。"说着，她柔情地用纤指绞着他的胸毛。约翰乐滋滋地吧嗒着烟斗。

过了一会儿，温卿又支肘严肃说："真想组织一个演唱团，我们中国人需要娱乐，他们罩在阴影里。可你，亲爱的，你看我还能走上前台吗？这半老徐娘。"

约翰取下烟斗，正视她："怎么不能，我看你比那些姑娘还俏丽。"

"坏蛋，你敢用'俏丽'这个词儿。"说着，她突然翻到他身上，像小兽一样蠕动着，一面啃咬他的肩。大胡子也放下了烟斗，抱紧了她，哦，女人，秀发的芳香……

两天后，约翰搭车北上了。临走前他让温卿把他的皮箱收好，那里面有打字机和他的手稿。当他和妻子温卿吻别时，一丝不易觉察的感伤在他眼里流露出来。温卿理解，新婚的惜别，但她岂知那要查访的哈尔滨，正是一个绝密的罪恶的军事险要呢。约翰心里明白，他一定要探一探细菌战的源头。即使那是一个悬着刀的窗口，他也要把头伸进去，"因为我是记者"。

不久，温卿把她要组织艺术团的想法和孔校长说了，很快得到了校方和教育部门的支持。温卿联合了兄弟院校组织一些有才艺的师生成立了一个轻音乐队和一个小话剧团，其中弹瑶琴的梦屏正是孔校长的侄女。小剧团先练一些名剧片断的朗诵，有点像京剧里的折子戏。

梦屏她们在市里的毕业演出，大获成功。这一下被军方看中了，要她们过年去慰问在西满'剿匪'的日伪军，不仅她们一个学校，还有其他一些团体。由于往年在'犒军'的时候出现过日本兵污辱女学生的事，学校和剧团里人心惶惶。苟安于乱世的知识阶层痛切地感到铁蹄下的屈辱，阴影袭来，如何在舞台上挺起脊梁，不使这些纯真的女儿蒙羞？恼人的思虑困扰着浪漫的温卿。

"生存还是死亡，这是一个问题。"——噢，哈姆雷特。

51　逝水情怀

陈婶

得到嘎鲁的营救，深秋时节，彼得由南满返回江城。小原只对他说："你自由了，上边让你完成参展的绘画。"其他没有作任何解释。他回到哈尔滨奇怪地发现，师娘的住宅并未受到查封，一切都是老样子。他开了院门和楼门，看到有人料理过的痕迹。他寻觅屋子里每个角落，希望能找出柳芭留下的只言片语，结果一无所有。他给藤野家打电话，仆人告诉他说春草母女送嘎鲁去了东京，藤野出差了。他又折返到自己的画室，那里还是他走前清理的样子，也没有发现柳芭姐来过的任何痕迹。

彼得不知道嘎鲁救他的详情，也不知道春草惠子送嘎鲁去东京做何安排。但他并不担心，孩子眼下才九岁，有外婆的呵护未必会有什么不测的境遇。但孩子的离去，在他的感情上总有些难以割舍的留恋。

他愁闷地走进一家酒吧，听留声机里呜呜咽咽的日本歌曲和浪人的嬉笑。他喝了一点酒，返回家里，走进园子，突然发现楼内的灯亮着。他急冲冲地进了屋，见是女佣——厨娘陈婶，又颓然坐在凳上。

"少爷，你可回来了！"说着眼泪便流了下来，"每天开开这楼门，我都盼你们姐弟俩能坐在这壁炉前喝茶，哪怕回来一个也好啊，我给你们烧可口的菜。"

"陈婶，快坐到这里来，我来生壁炉。"彼得感到她是这大房子里唯一的安慰，亲人，和善忠诚的管家。说着，他从园子里抱些劈柴，点燃了壁炉，陈婶也端来了两杯咖啡。

"什么话也没留下，两个人就这样离开了。"陈婶坐在沙发上还擦着眼泪，"虽然说我是仆人，不该管主人的事，可我也是人呐！每天守着这么大的房子，从早盼到晚，这是什么样的日子啊！"

"您先喝口咖啡，有话我们慢慢聊。"彼得坐到老人身边，殷切地说。

"家里，我那有福的老头子走得早，儿子也被抓去当兵，音信全无。苏里科夫老爷死后，我把你们姐俩当成我的孩子，可我怎么也没想到战乱会冲进这所宅子……"老人用围裙拭着泪。

"我去南满的时候，什么都没发生。"彼得说，"我是后来被日本人看起来的，跟着又听说柳芭姐姐失踪了，可能她也没来得及告诉你。我俩都不用急，等到藤野家人回来我们会得到准确的消息。"

"你南满老家的亲人都好吧？"陈婶问。

"我母亲早逝，父亲还健在，一个哥哥随外公流落他乡，一直没有消息。"

"这动乱之秋，真是家家都有离难。"老人叹息，又说，"看，只顾说话，让我给你做点吃的。"

"不用，不用，我已经吃过了，我们就这样说说话。"

"也好，真是想说说话。"老人喝了一口咖啡。"我这命不好，克人，自己家里的人就剩我了。那几年到你们这儿之前，我侍候一个俄国人，满铁的一个工程师，叫马特维耶夫，人好，就是脾气怪。他不信东正教，信什么方济各会。满铁被日本人接管后，干了一段就提前退了，把城里这房子给了他们的教友住，都是些游方教士，他自己搬到郊外平房那地方，种园子去了。"

"你说的平房在哪儿？"

"城南，有一段路呢。我去过，日本人在那儿有个水厂。"

"唔，大婶，不要迷信，没什么克不克。你心地善良，都是这时局，要真说克，我们的克星就是日本人，平常人哪家有好日子过。如今我和姐姐落难了，你还陪着我，从今后你就住在这儿好了。"彼得诚恳地说。

"不行啊，少爷，在这儿我休息不好，总觉得有活儿干。"陈婶笑了。

"那就让我送你，天不早了，你歇息，明天晚点来。我也睡懒觉，咱们都听天由命吧。"

"我不用你送，你早点歇着，明天操心找熟人，探柳芭下落是正事。"说着老人走了，彼得送出院子，又走了一段。

她又回头说："对了，樱花酒吧那个娜达莎，还有马车夫伊万都来找过你。"

"呃，知道了，还有柳芭的事，就说出差了。等我探听明白，我教你圆说。"

"我知道。"老人感叹。

彼得在床上睡不着，他披上睡衣，扭亮灯，到园子里转了一圈，才又躺下翻来覆去地细想，如何探听柳芭的消息：去找东乡？不行，如果姐姐是被他抓去的，他会来找我；如不是他抓的，那等于给他报信；去樱花酒吧？不行，那儿日本人的特务多；去山镇找王掌柜？更不行，柳芭即使是苏军的情报员，也不会和他们联系，况且，伐木场暴动的事，日本人说不定还在查他和我的线索。

第二十五章 浪漫温卿

逝水

1942年的深秋,哈尔滨松花江边,画家彼得坐在那里,神情倦怠,与其说他是在写生,不如说是在沉思。因为他很少着笔,只是呆呆地望着这不息的流水,对岸的白桦林疏疏落落的影子,罩一层烟,像是一个梦……

那年夏天的假日,就在此地,玛莎和他租了一只小船在水上荡漾。啊,玛莎,她说起了结婚。那时他们都已工作了半年,她在她父亲所在的那个俄罗斯侨报社作美术编辑。她的想法他理解,她不愿意让他继续留在老师家里。而他从理性上来说,他也想自立,但从感情上确实很留恋老师。十余年,老师与他情同父子,如今年老了,还有肝病。就这样,他一时没有表态,划着船陷入沉思。

……像这样阳光明媚的下午,一般他总是在花园里劳作,修剪树木之后,在花园的草坪上摆好白色的桌椅,端来师娘亲手煮的咖啡,然后他坐到画架前,学习印象派的手法,画池中的睡莲,一面听老师和师娘讲圣彼得堡、涅瓦河和贝加尔湖边的森林。有时老师也会走到他身旁,看他作画,捋着大胡子,眯起眼,他会让他闭目,捕捉那些光影印象,然后默写……

那时候,傍晚,他常常坐在园中临窗的石阶上,望着天边的霞色,听大厅里师娘那如泣如诉的琴声,想念家乡和故去的母亲。有时,师娘会悄然走到他身后,捧一本小书,念着叶赛宁的诗,低咏俄罗斯大自然的风情……

那天在小船上,玛莎说起结婚,她见他无语,便捶了他一下:"你又在想柳芭了?"

他知道她生气了,便温和地注视她,一面努力划桨,不让小船斜向中流。

"我就讨厌你恍惚的样子,舞会上她的长裙扫过你脚前的时候,你就是这样,难道那巫婆施了魔法?"

他喜欢她因为嫉妒而容光焕发的面庞,青春艳丽……

"我们得买个房子,老师在松浦银行给我建了一个户头,他说那是我十来年的工钱,我从未动过。"他笑着讨好她。

"钱,给你老家留着吧,你爸爸年纪大了。我们可以先租个房子,卖掉我俩的一部分画就够了。"她偎在他怀里。

"好,听你的。"

"那我俩下礼拜就去选房子。"

"好的。"他肯定地说。

他们又聊起今后的打算,他说不想在师范学校里教学,虽然孩子们很可爱,但教的都是一些初级的东西。

"我想办个画室,找两个志同道合的人,再请苏里科夫老师带一带,有机会到苏联去,创老师的画派。"他说。

"苏里科夫老师身体怎样?我是说这半年多。"玛莎感叹。

"不太好,他离不开伏特加,那酒太烈。上个月去检查身体,医生说他肝有毛病。"

"都是师娘,就知道自己享受。我问你,她和那个藤野,怎么样?"

"还能怎么样,日本人讲实用,赤裸裸的功利。我总觉得这和环境有关,日本是个岛国,资源匮乏,宣扬竞争和掠夺是他们的哲学。人与人之间不太讲情感,就如你们社里那浪人,他对你有什么感情?你们俄国地广人稀,资源丰富,人的性格也宽厚,重友谊爱艺术,当然也爱伏特加。"彼得笑说。

"那小子叫冈村,是当局派来的,监视侨报的,和父亲吵过多次了。"

她忽然搂住他脖子,亲他,小船摇晃起来。他感到她身体的青春的馨香,同时想起她十五岁那年她说的"从今天起我给你当模特,一切向你敞开,我会丰满起来的……"他笑了。

"笑什么?"

他学说她说过的话,她咯咯笑,又感叹说:"从那天算起五年多了,你只要把历年画的拿出来对比,你就会发现我没说谎,我是不是一年比一年丰腴？当然这也有你的功劳，因你的爱抚……"

"这些画也卖吗？"他问，眼睛盯着她。"你们社里那个日本浪人，他肯定出高价。"

她深情地望着他，抚着他的下巴，柔柔地说："随你，反正模特原型在你怀里。"

他感激地亲了亲她光洁的额。

"你是个连鬓胡，留着它，大胡子画家，像我们老师。"说着，她便用她那柔软的唇，从他的鬓角吻到下巴，一寸寸亲起来。

"光是胡子有什么用，要有本事。我觉得我的技术差不多，就是画出来的东西没有老师那股忧郁的劲儿。看来我也得信东正教，钻进西伯利亚大森林里去了。"他感叹。

"彼得，你说得对，有时我看到师娘拉琴时你那沉迷的神情，我又嫉妒又欣赏，我想我读的书不比她少，可是为什么我就抓不住你？看来我也得学她，穿上晚礼服，去舞会。"

"别学她，你是朝阳，你有青春活力，激发人向上。"

"你说的是真心话？"玛莎激动起来。

"当然。"

她狂热地吻起他来，小胸脯在他的怀里激烈地跳动。他浑身也燥热起来，忽然她推开他，眼里发出异样的光彩，高呼："我要给你生孩子，我要做母亲，我要哺乳！"她扬起双臂。

小船像只受惊的小鹿，钻进了一片苇丛；而大江，正鼓动澎湃的波涛，流过一片荒凉、原始而幽暗的桦树林。

两个小时之后，小船离开温情的港湾。这时一艘拖轮逆流而来，他把绳子扔过去，船工便把它系到后面拖着的长长的木排上了。

玛莎异常兴奋，扬臂高呼："我要生孩子，我要做母亲！"

船工们愣愣地望着这个俄国姑娘。

往事，像一只无形的手揪着彼得的心：如今，老师死了，师娘下落不明，玛莎也远走天涯，利物浦号之难，生死不明……

彼得，望着江上的风帆，悠悠的流水，脉脉的斜晖，他的眼泪静静地流。

小妹

一声汽笛，惊醒了彼得的痴情之梦。日本人的巡逻艇从江面驶过，把渔人的舢板推向岸边，小船无助地摇摆着，巡逻艇驶向了江桥。

彼得站起来，把画板装进一个布袋，提着画架，燃起一支烟，沿着江堤缓步走着。他心里不断地痛苦地重复："玛莎，你在哪儿？"

忽然一只纤手伸进他的臂弯，他侧头，一个女孩的柔软而湿润的唇压在他的嘴上。他拉开了她喜盈盈的笑脸："娜达莎！小鬼头。"

"我正要找你，又不敢进樱花酒吧。"彼得抱着她的肩。

娜达莎拿过他的布袋："想死我了，我知道你最想知道什么。柳芭很安全，她去了苏联，是师兄帮她偷越国境的。"

"你细说，她是什么身份？她有话留下没？"彼得抱紧她低声问。

"她让你家里什么也不要动，她说，也许东乡会派人监视你，有人问，就说她去了欧洲。"

"她还说什么？"

娜达莎现出诡秘而顽皮笑容："她让我服侍你，代她。"

"瞎说！"

"真的，她是这么说的，让你过快乐的生活，让别人看你很悠然，这样也可以掩护她。只是我不代她，我就是我。"娜达莎现出骄傲的样子，环顾四周。

"好了，小妹，在哈尔滨我也只有你一个亲人了！让我看看，你这块疤上面还没长出头发来。都怪我……"他又想起那天和冈村的决斗。

"头上的疤算什么,你从不关心别人心里的疤。"

彼得心里感到一阵暖流涌动,他微笑着抚了抚娜达莎的头。这时,他感到一辆马车停在身边,一个大胡子车夫跳下来,是伊万。他们紧紧地抱在一起。

"彼得,听说你又遭难了。"眼泪从伊万的大胡子上滚落下来。

"没受罪,大叔,你别担心,现在自由了,有空细说。"彼得拍着马车夫厚厚的脊背。

"那咱们上车吧,你们上哪儿去,娜达莎?"大胡子笑着问姑娘。

"我去上班,大叔,夜里你过来接我,我给你一瓶好酒,别老喝那伏特加。"娜达莎轻巧地跳上车。

"我去马迭尔,大叔,然后你送她去樱花。"彼得一面登上后座,娜达莎便撒娇地歪在他的身上。

马蹄嘚嘚,他们又聊了起来。伊万问起柳芭,彼得说,她嫌这儿的空气窒闷,可能去了欧洲,师父在时,他们常去意大利,顺便买画。他撒了个谎免得伊万担心。马车夫感叹说,她交游广,算计她的人也多,那些日本高官、满洲贵人都想从她那儿弄到些珍品,出去躲躲也好。他们一面说着,到了马迭尔,彼得跳下车,向他们挥挥手,走进灯火辉煌的前厅。

第二十六章 初识如玉

52　初识如玉

如玉

彼得到马迭尔旅馆自有他的用意，此处是柳芭和他常来的地方，总有些上层的熟人进进出出。他想听听这些人对柳芭姐姐出走的议论，从中可以窥见当局和日本人的态度。在这里别人会问起柳芭，透露给他们，她去欧洲了，对此他们不会感到奇怪，往年她不是常去吗？果然，这时就有一位贵妇款步而来了。彼得认识她，藤野家的座上客如玉。

"画家，多日不见了，今天怎么没陪师娘……唔，你看我，"她用手帕掩了一下猩红的嘴唇，"柳芭姐姐怎么没陪你，一起来呀？"

彼得起身让座，"我回了一趟老家，姐姐她……"彼得故意亲密地压低嗓音，"去意大利了。"

"我想就是，她给她的朋友东乡将军买画去了。"说到这儿，她用手指理了一下头发，斜视彼得，展示她的妩媚。"我奇怪的是，为什么你没随同前往，意大利可是艺术之都啊！威尼斯，佛罗伦萨……"

彼得耸了耸肩,做出无可奈何的表情:"都是为了那些画,参展的,我还没画完。"

"画家,你的肖像画风靡江城,姐妹们都求之不得。看那个胖子,东乡,樱桃跑了都不找,他是宁可要画像,也不要真人了。那天我们去拜访他,看到樱桃的画像在客厅里。"

彼得笑了,他向侍者要了两杯柠檬。

"有这事?"他点了一支烟,又把打火机递过去,"那么樱桃跑到哪儿去了?"

"水性杨花,相好的会少?"女人撇了撇嘴。

"东乡在乎吗?根据您的接触。"

"那人是喜怒不形于色的人,不过他的女人多着呐,犯不上为樱桃露他的馅。他怕军界说他沉迷酒色,闹不好养起间谍。他也有政敌,海军部。"如玉显示她的情报和见识,这正是彼得所要的,但他不去探问。

她又说:"再说了,樱桃又不是他的女人。"

"会不会叫游击队抓去了?"彼得故作紧张模样,低声问。

"难说,要是真叫游击队抓去还好,说不定让日本人干掉了,也许就是东乡的手下。"

"那为啥?"彼得给她点烟。

"锄奸呐。"

女人点烟,一个耀眼的戒指引起了彼得的注意,眼熟。他想起了,那是柳芭戴过的。

"夫人的戒指这般贵重。"彼得称赞。

"到底是画家,专看人家闪光的东西。"

"哪里,那是因为它嵌于您的纤指之上。您的手美极了,真是'栏杆十二曲,垂手明如玉'。"彼得奉承说。的确,如玉的手很美,她优雅地夹着香烟。

"您何以知道我的艺名？"

"唔，人如其名。"彼得机敏地说，那一次欢迎东乡和樱桃的堂会上他们见过面。

"哎！'如玉'……"女人感叹说，"那是十几年前的事了，那时我二十来岁，在盛京艺术社，我们姐妹三个，盛京三英。少帅是个爱好文艺的人。"

"后来呢？"彼得吐着烟雾，一面转着手中的杯。

"不堪回首，我的原名何若玉。"如玉真的动了情，"九一八事变后，奉天陷落，父亲在东北军任文职，当时在北平，母亲便带弟弟随难民入关，去投他。我因病寄住在姨家，当时的堂叔何昆山因是大帅的官僚正自身难保。我病愈后为谋生，重返剧社。那时的大姐温卿已不在团里，只有三妹欧阳夏丹撑着局面。一次演出时，一个日本军官调戏我，被他的上级呵斥，这人对我以礼相待，后来我们相好了，他带我来了江城。"

"他是谁？"彼得关切地问。

"占领军，宪兵队长阪原，这戒指就是他送我的。"女人翘起手指看了看那钻石，自嘲而感叹地说，"爸爸抗日，女儿睡在日本人的怀里。人得活着，尤其是我们女人，你说呢？画家。"

"是啊，是啊，我参加的画展，还不是满铁办的？"彼得豁然开朗，那戒指是姐姐为救娜达莎送给宪兵队长阪原的。

"我堂兄雨亭也在满铁。对了，忘了对你说，剧社三妹阿丹就嫁给了我哥雨亭。"如玉继续说，"唉，战争，阪原的妻子就是在横滨的军工厂里累死的。日本人打中国，自己的人民也在受难。"

彼得想起在千山南泉庵遇到的黑衫女子。"苦难啊！"他心里感叹，但他没有对如玉说。

这时有人招呼，如玉起身："彼得，我去应酬一下，就回来，什么时间给我画一幅肖像？"

"好的。"彼得爽快答应,如玉摇着身子去了。

彼得又要了一杯马提尼,他下意识地感到这个良心未泯的同胞是可以相处的。从她那相好的阪原那里,也许会得到更多的消息。这时,一个大胡子走了过来,两人不由得惊呼,拥抱在一起了。

"约翰,你何时来到此地?你想游遍满洲吗?坐,你喝什么?"彼得兴奋起来。

"就一杯咖啡。"约翰自己点了烟斗,侍者用托盘送上饮料。约翰继续说:"你家老人,高伯伯很好,你表妹珍儿和何三都死了。"

彼得黯然点头,说"知道了"。约翰又告诉他说自己结婚了。

彼得忙问是谁。

"她,你也许不认识,她儿子和高伯有缘……"约翰神秘地笑了,"那一年,她那儿子在你父亲的袍子下躲过一劫。"

"安东,他的母亲是谁?"

"温卿。"

"唔,满洲真小,刚才如玉还提过。少年时我在奉天听师父说过,她是演员,她父亲是大帅的管家。你们何时办的喜事?早告诉我画一张画给你们。"

"她是我二十年前的偶像,这一次我们一见钟情。前不久在奉天的一个小教堂完婚,还没有度完蜜月。"

"那你为什么跑到这儿来?撇下了新婚妻子。"

大胡子喝一口咖啡,诡秘地耸耸肩,学着小镇说书人的腔调:"此处不是讲话之处。事实上,我已在你家门前转了两天,未见你的踪影,想不到你来我下榻之处。"

"明天我带你去我的画室,你作为我的客户,不妨一吐衷肠。"

"就这样,明天中午,我在这里等你。"约翰说。他们正要分手,如玉走了过来。

"这位神职……"她笑盈盈开口道。

"我来介绍，"彼得站起来，向约翰介绍说，"如玉女士，宪兵队长阪原先生的夫人。"约翰连忙起立致意。彼得又向如玉介绍说，"这位是教皇的使者，他从友邦意大利来。"但彼得没有提及约翰夫人，他还摸不清这位宪兵队长夫人的政治态度。

"哪里，哪里，一个游方教士。"约翰谦谦地说。

就这样，三人寒暄了几句，彼得又与如玉约了画像的时间，便互道晚安，分别告辞了。

53　方济各会

义士

哈尔滨中央大街彼得的画室，初冬温煦的阳光照进二楼的工作间，彼得在给约翰画像。大胡子安逸地斜坐在沙发里，手里握着他的烟斗。

"日本人在南满的学校里向学生要田鼠和猪血，我看学校的廊下摆了好多笼子。我走了好几个村镇，都在征集，这不是细菌培养基吗？"约翰以探询的口气问，想听听彼得的看法和态度。

"那可是。"彼得肯定地说，他想起百合的谈话和她的调离，心头一痛。"这些东西都弄哪儿去了？"他停下了画笔，面色严肃。

"哈尔滨！"约翰立起来，盯着彼得。"我在奉天城郊的小站探明的，一个工人说，陆陆续续要运一个冬天。"

"这就是你到江城来的使命？"彼得问。

"是的，帮我！"

"当然！"两只男人的手紧紧握在一起，约翰复又从容坐下。

"我猜测这个罪恶的机构就在这市郊，不会在山里，因为在山里会更显眼，也没有实验条件。"彼得说，同时两人都陷入了沉思。

"让我点一锅烟。"约翰翻他的袍子取出烟丝揉进烟斗。彼得也放下笔，为他点着了火。

大胡子站起来，一面吸烟，一面眯起眼看自己的像："我说彼得，平时我对镜看自己是忧郁的，你怎么把我的眼睛画得这么明亮？"

画家笑了："你正处在新婚燕尔，不过，也许你一想到侦探，就兴奋了。"

大胡子又歪头看了看，揶揄道："日本人看了他，"他用烟斗指了指画像，"不会认为我是一个好斗的抗日分子吧！"

"过一会儿我给你披一件教士的袍子就是了。"说到这儿，画家忽然被一丝闪念触动，他停笔问："你了解圣·方济各会吗？"

"兄弟，你算问着了，我至今保留着它的会籍，虽然我不是它的一个虔诚的教徒。"约翰现出一个智者的微笑，吸了一口烟，"这个派别是天主教托钵修会之一，它是由意大利阿西西城一个富家子弟方济各，你们中国也有译为法兰西斯的，在1209年创立的。后来教皇批准它的会规，它提倡过清贫生活，麻衣跣足，托钵行乞，会友间讲义气，互称小兄弟。方济各会，拉丁文的意思就是小兄弟会，会士都穿一件灰袍子，人称灰衣修士。"

听到这儿，一丝灵感的火花点亮了画家的头脑。

约翰继续："这个会派重视学术和教育，著名学者，如波那文都拉、罗杰·培根还有邓斯·司各特都属该派，与他们同类我引以为荣。"大胡子露出骄傲的微笑。

"可我现在让你付出代价，新郎官，从明天起你得搬出马迭尔，住到那苦行僧的公寓去，那是我的一个相识，你们的小兄弟贡献出来的。"接着彼得仔细地说出了他的想法，最后说："只有这样，你才能结识更多的托钵乞食的朋友，才能走街串巷，到那偏僻的城郊，接近你的目的地。"

约翰听了拍手叫绝。

"只是，只是，"彼得嗫嚅，"要是你弄上一身虱子，嫂子知道会骂我的。"

二人大笑起来。大胡子告辞，说先回旅馆洗个澡。

彼得所言他的一个相识，就是陈婶那天说的马特维耶夫。陈婶过去服侍过他，彼得在请陈婶时，经人介绍与他谋过一面。

情丝

晚饭时，彼得对陈婶说起有一位家乡来的小兄弟会士想住进会馆，让陈婶约一下她的前任主人说一说。

"不用，"陈婶笑着说，"公寓有修士管理，他们有会规和程式，我照料过他们。只要是会员，入驻时交出全部钱财，便可领一份卧具和衣钵，在花园那边，地点你知道。"

彼得送陈婶出门，见伊万的车停在那里，便请他送陈婶回家，又嘱咐道："等娜达莎下班，把她接过来，我有事求她。大叔也进来喝一杯，然后再送她回去。"

伊万爽快地答应了。

送陈婶走后，彼得在屋子里踱着步，听着自己的脚步声在这空荡荡的屋子里回响，心里异常痛苦：玛莎走了，百合走了，姐姐柳芭也走了。如果没有日本人的折磨，老师不会死得那么早，他所心爱的女人也不会一个一个地逃离这里。

他又想起百合临别时的那个晚上，讲她的未婚夫因拒绝进731部队，被秘密处决，以及憨厚仁义的小伙子鲁诚被731部队当做病菌实验的活体"木头"惨死的事……

"一定要让全世界都知道，731这条毒蛇，这个噬血的野兽！"复仇的火在彼得的心中燃烧。他的脚步越来越快，他听到马车的声音。伊万把车赶进院子，锁上大门，和娜达莎走进前庭，抖着身上的雪花。彼得开了房门迎他们进来，去厨房煮了咖啡，在壁炉里添了柴。

"大叔，"彼得给伊万脱去大衣，一面对他说，"我知道你不喜欢这淡泊的饮料，地下室有伏特加，您自己去选。厨房里陈婶备了一些小菜，那儿有一个餐桌，您自便吧，驱驱风寒。"

伊万高兴地抖着胡子去了，显然彼得不愿让马车夫听到下面的谈话。

马车夫刚一出门，娜达莎迫不及待地吊到彼得的脖子上，笑盈盈地晃着头。彼得拉开她，让她坐下。

"你师兄大贵出车没？"彼得问。

"在家轮休，板儿来了。"娜达莎望着彼得，"找他有事？"

"是的。"彼得严肃地说。

"啥事？"

"和你没关系。小妹。"

"不，我也要当间谍。"娜达莎的眼睛亮了。

"天啊，谁是间谍？"

"那你为啥不让我知道？"娜达莎努起了嘴。

"他是铁路上的，走南闯北，我要画各地的风土，自然和他聊得来。"彼得实在不想让娜达莎卷进来。

"那好吧，什么时间？在哪儿？"她天真地问。

"明天下午，我在车站画画，让他去找我。"彼得说，"对了，把板儿带上，我有他的两幅画像让他带回去。"

彼得又问起樱桃和板儿娘俩的安置。娜达莎告诉他说，师兄在靠近山海关的一个小站上买了两间房，带一个菜园。那小站一般车都不停，但师兄回家却很方便，有什么风吹草动，娘俩还可进关到亲戚家去。

"就是板儿在家待不惯,逃学,爱在各大车站找他的伙伴混,还常常扒火车来哈尔滨到他义父——我师兄的老房子住。"

这时,伊万走了进来,看得出,他喝得很惬意。

"大叔,过来烤烤火。"彼得让道。

"不了,我这浑身已经燥热了。我得走了,娜达莎,你留下吗?"

"嗯!"娜达莎欢快地回应。

"大叔,你还是送她回家吧。"彼得又转向娜达莎,"听我说,小妹,我这儿是非之地,说不定什么时候小鬼子会闯进来。"

彼得抚着她的头,那伤疤使他一阵心痛。娜达莎猛力一摇,便头也不回地与马车夫走出去。

娜达莎走后,彼得坐在壁炉前,毫无睡意,心如刀绞。他不知道怎样对待这个善良、纯真、热情而又任性的姑娘,一件件往事涌上心头……

第二十七章 彼得一日

54 彼得一日

早晨

　　早晨,彼得陪约翰来到花园北门。对面街上有一处二层小楼,年久失修,门面灰暗,墙体的粉皮小半脱落,现出斑驳的伤痕。黑赫色的门边挂着一个木板小牌,楷书镌刻四个字:"方济各会"。这是方济各会的中文译名。

　　"就是这儿了,你自己进去,我在园子里等你。"彼得拱了拱下巴。

　　约翰走进门去,右侧窗口露出一个老女人的脸,五十岁左右。约翰简略地介绍了自己的情况,末了用意大利语念了一句:"简朴、谦卑,圣·方济各。"

　　这好像是他们兄弟会的一句格言,会士见面时,彼此招呼,"简朴"——约束行为,"谦卑"——警示灵魂。

　　随后,约翰交出了他的各国货币,还有他心爱的一块怀表。老女人望着约翰手上的戒指,显然他没有交出的意思。她也没有强求,脸上露出怜悯的微笑,复又掂了掂那贵重的瑞士怀表,口里念道:"简朴、谦卑,圣·方济各。"在胸前划了个十字。

她是一个老处女，在举行婚礼的当天，新郎跑了。他是个布尔什维克党人，当时的斯托雷平俄国政府在抓他。这已是许多年前的事了，从此姑娘独守空房至今。

老女人给约翰一件灰袍子，一只钵，一个汤匙。告诉他去二楼随便找一个空铺歇脚，那儿就是他的家。如果他不愿意周游各地，他可以一直待到不能行乞，闭上双眼的时候。

一切料理停当之后，约翰罩上了那件灰袍子，到公园的长椅上找到了彼得。彼得正在写生，他望了望他朋友的装束，笑道："还算合体。"

"是啊，管家是个老女人，他看我这块头，给了一个大号的。"大胡子得意地说，"正合我意，你看……"他扬起衣襟，彼得见一个小巧的照相机藏在他腋下，两人大笑起来。

彼得放下笔，从怀里掏出一截火腿，递给他，约翰便大嚼起来。

"吃过午饭我去火车站，"彼得说出他的计划，"和大贵碰头，探听这些运来的培养基都停在哪儿，准备发往何处。这两天你有什么打算？"

"我得联络两个会友，能托底的，愿意和我四处去闲逛。"约翰一边嚼着火腿一边说。

"不可透露你的意图，无论他看起来多么可靠。"彼得说。

"当然，我现在正想，用什么说词才能让会友们觉得我们干的事，是理所应当的。"

"你自己想吧，明天上午，我们碰头，在我的画室。"彼得说着站起来，"今天从火车站回来，还要给如玉画像，听听我这位相识有什么消息。"彼得笑了笑，走了。

约翰扔掉啃剩的骨头，用他的灰袍袖子抹了抹大胡子上的肉屑，点燃了他的烟斗，半躺着，眯起眼。初冬温暖的阳光在他的脸上荡漾，寒风扫着废园的枯草,在脚下打旋,飘零的落叶旋转着,引他的思绪到那遥远的故都——伦敦。差不多的纬度,两年前,也是这样一个温煦的冬日,他和前妻带着儿子,一家人在海德公园野餐。儿子戴着学生制帽,系一条红领带,那是他母亲在他十岁生日那天送他的礼物。仅仅一周之后,娘俩就埋进了家族的坟墓,大轰炸,法西斯……约翰在马迭尔旅馆看到侨报,分析出希特勒受挫于斯大林格勒,日本海军继中途岛惨败后,败退瓜达尔卡纳尔岛,又遭重创。

"现在,该是我们埋葬你们的时候了……"约翰缓缓地吸着烟,凝望着索菲娅教堂的尖顶,一个行动计划在他的胸中酝酿着。

中午

中午,彼得在车站画画,一个男孩跑过来,是板儿。
"叔叔,嘎鲁怎么没来?"他问。
"他去日本念书去了。听说你不爱上学,这可不好。"彼得没有停下手里的笔。
"学日语,哈那花,透里鸟,没意思。"板儿撇着嘴。
"不是还学算术吗?"
"二三得六,三三见九,我都会。"
"后面还要学深的,总比你东游西逛好。"
"谁说的?我侍候爸爸。可是叔叔,我的画像呢?"
彼得把卷着的布面油画展示给他,还有一张素描。
"我脸没这么脏呀!"小家伙不满意。
"那是光影,傻瓜。"
"要光影干啥?"
"为了立体感,看,你不学习就不懂,还是要念书。"

这时候，火车司机李大贵走过来了。

"去那边捡一点儿煤核，板儿。"大贵喊，显然，他不想让孩子听他们谈话。板儿悻悻走开，离得并不远。

自那次在南满彼得救了樱桃之后，大贵对彼得充分信任。

"有什么情况？"他问彼得。

"从南满拉来了田鼠和猪血，这是细菌的培养基。日本人进行细菌战，我想知道车停在哪儿了？往哪儿运？"

"我这两天要查一查。"大贵严肃地说，他为人正直，一诺千金。

从娜达莎的叙述中，彼得猜想他是地下党人。彼得有事相求，他总是慨然应允，而且胆大心细，处置果断。

这时一个巡道工走过来了。他招呼大贵："李司机，你倒班休息吗？"

"是啊，老王，你去寻道了？"大贵说着递给他一支烟。"你看，画家画得多好啊！"

"那可是。"老王点了烟也来看画。"大李，叫板儿去那边捡豆呗。"他用头指了指铁路那头，"顺着路边，零零散散有一些。"

"咋会有豆呢？"大贵问。

"许是运军粮的袋子漏了。"老王不以为然，"好，你歇着，我往那边走走，晚上去我那儿喝酒。"说着走了。

"酒不喝了，接着昨天那盘棋下。"

"嘿嘿，你那臭棋还不甘心。"老王远去了。

"这是个可靠的人。"大贵说。

"也不能露底。"彼得说。

"那是自然，但他可以帮我，贫苦人，弟兄。"

这时板儿凑过来了，翘着腿，老练的样子。

"还用他说，"小子一面看着画，对彼得拱嘴，一面小声，"我早知道，豆子，是喂老鼠的。列车原来停在这儿，豁嘴儿上去偷豆子，划破袋子，被日本兵拖下来，腿差点打瘸了。"

"豁嘴是谁？"大贵还是听见了，严厉地问。

"小叫花子，我早先的伴儿。"

"你咋知道是喂老鼠的？"彼得停下笔。

"吱吱叫。"

"你也上车了？"大贵喝问。

"没——有，我干那事？"板儿懒洋洋地答，然后他指着画，"这地方不像，你走神了。"

"别打岔，老实告诉我，你上车没？"大贵越发关心。

"我说了，没有，我在下面捡煤核，离老远。"

"那你咋知道有老鼠？"后爹急了。

"我把耳朵竖起来了，再说鼻子是干啥的？还有脑子呢。"

彼得赞许地笑了。

板儿往远方扬了扬头："车就在那儿，一个废道岔子里。"

彼得和大贵望去，迷雾的远方，树色朦胧。

"我一上班，就把你送到你妈那儿去，太操心。走，回家。"大贵拖他跨过铁路。

"爸，我的口袋。"孩子挣脱了，跑回来，一面拾起袋子，一面小声："叔叔，侦探，包在我身上。"

彼得把两幅画、面包和红肠都装进他的口袋，悄声说道："大人的事，你别管，回去念书。"

下午

斜阳扫过对面的楼顶，照进彼得的画室。一个丽人如约坐在沙发里，面前的咖啡腾起袅袅的蒸气，画架上画布是早已制作好的，木框上钉的亚麻布，涂了两遍胶，三遍底子浆。但画家并没有立即动油笔，只是在画板上铺了几张纸，一面和他的对象聊天，一面做些速写。这一切都是为了捕捉对方的情绪，究竟什么样的精神状态才是这幅肖像要表达的呢？显然，丽人如玉也乐意与画家闲聊。在藤野家的晚会上，她有接触彼得的机会，却没有深谈的时间，更何况柳芭总在他的身边呢。

"彼得，我能叫你弟弟吗？"谈话就是这样开始的。

"当然。"彼得微笑着注视她，没有停下他的笔。

"你身边的几个女人都走了，独守空房，你不寂寞吗？"女人现出妩媚的笑。

彼得歪了歪头："乱世，有什么办法，我得作画，挣钱，养我老父。他希望我在老家成亲，我也这样想，可以伺候老人。"稍许，彼得又感叹，"俗话说，哪家都有难唱的曲儿。"彼得有意勾起她的心思，他知道这类女人多半有难言的苦衷。

果然，如玉叹了口气："我一直得不到父母的消息，想必他们也在惦记着我。"她啜了一小口咖啡，"我现在靠了一个日本官，衣食是不愁了，可谁关心你心里想啥？"

"队长不爱你吗？"彼得画她的眼睛，这就是他要找的心声。

"谈不上，彼此都是。何况，女人他也不止一个。"她撇了一下嘴，"你以为他们作威作福，享尽荣耀，谁知道？战争榨尽了他们的情感。我那位，睡觉时枕下都压着他的枪。战争使我们睡在一个屋檐下，失败者感到屈辱，胜利者赢得苦闷……可以吸烟吗？"她笑了问。

"不碍事，你吸吧，我也喝一点。"画家把调色板放在膝头，端起咖啡，喝了一口又拾起笔，专注她此刻的神情。

"跟你讲一件事。"如玉微笑着说，"去年，有一次我得病了，他怕是坏的传染病，去化验，还请来了一位军队里的医生。看了，说不是。我和医生坐着喝茶，医生说自己叫乃木，京都帝国大学学医的，前年来到这里。

后来我们有了一些交往，他爱上了我。"说到这儿，女人吸口烟，露出淡淡的笑容。"他向我吐露他的苦闷，他说这叫什么战争？把人变成了兽，对手无寸铁的人施虐。"

"他在前线吗？"彼得有了兴趣，问。

"不，他说他是后勤部队，731。"

彼得的心头猛然一震，但他未露声色，平静地听着。

"他比我小五岁，很浪漫，讲起他的先辈和俄国人打仗，骑着战马，扬起军刀……"如玉笑了，端起咖啡，"他还朗诵了一首诗：'……征马不前人不语，金川城外立斜阳。'"

"你爱他吗？"彼得问。

"一个有良心、有教养的青年，我把他看作弟弟，在哈尔滨理解我的人很少，我没有娘家人。"如玉的语调里带一点怅然。

"他长得什么样？"

"个子不高，戴个眼镜，不喝酒时很斯文，喝了酒很感伤。"

彼得已经完全清楚了这小子——乃木的心态。彼得心里想，一定要接近他，731把人变成了兽……

晚饭前，约定了下次的时间之后，如玉离开了画室。

晚上

乃木苦闷，他会常来这儿喝酒——夜幕降临，彼得这样想着，走进了樱花酒吧。

掌柜是日本人，擎着一杯鸡尾酒走过来。他把酒杯推到画家彼得面前："彼得，你现在是文化界的名人了，我惹不起你。喝酒，画画，我都欢迎，别惹事！"这句说得很严厉，"算我求你，你也可以视为警告。"显然，老板对那次决斗，砸烂他的屋子，耿耿于怀。

"你的酒吧不是出了名吗？我肚子挨了一枪，给你招揽了生意。"彼得诙谐地说。

"这个名还是不出的好。我经常说，满洲人、日本人、俄国人，无论哪个种族，男的女的，肥的瘦的，美的丑的，都是我的客人，大家要守规矩。"老板仰起下巴。

这时，娜达莎走了过来："老板，他是我哥，想我了，来看我。"

"你哥，你哥，酒瓶子砸到妹的头上。"老板丢个白眼走了。

"那是冈村干的。"娜达莎冲他背后说。

"你生气吗？昨晚赶你走。"彼得笑着问。

"不，你是为我好。你总不来这儿，我想你。"娜达莎撒娇。

"这不来了，你去忙吧，我闲坐，在这儿画画。"

娜达莎给他端来一杯他平常爱喝的马提尼，悄声："有事叫我。"走了。

彼得掏出速写本，一面画那些醉汉，一面寻找戴眼镜的斯文的青年。戴眼镜的倒有几个，可他们都不斯文。

彼得的一天就这样过去了。

55　灰衣修士

教师

远离站台的一个荒凉的岔道上，两个灰衣修士弓着腰在路基边寻找着什么。"哗啷"，一粒豆落入钵中，"哗啷"，又一粒，这是小叫花子从日本人后勤列车里，割破了袋子偷豆时掉下来的。

蓄着大胡子的修士直起腰，摇摇钵里的拾获物，已经盖住钵底。他笑了，坐到路边土坡上，一面招呼他的同伴，一面掏出烟斗，捏一小撮烟丝，揉进烟锅，取出打火机，点燃烟丝，一缕青烟袅袅升起。

另一个修士走了过来，他是一个汉人。

"坐，林老师。"大胡子说，"你饿了吧？歇一会儿，咱们把这豆煮一煮。"

"嗯，够我俩吃一餐了，在这儿还能逛逛风景，强于去乞讨。"林修士回答，他的身体单薄，不停地咳嗽。

"你是个有学问的人，为啥披上灰衣？"大胡子笑着问。

"说来话长。"他咳嗽了两声，"苦闷呐！我是南满人，家住辽中三台子，离著名的坨镇只八里。我们林家是大户，三代人都是主的儿女，我自小身体就很弱，而且，瞎子说我命中缺火，家人便给我起了个名字叫林森，林向森。后来我学历史，震惊于中国文化的浩瀚，便自谦为林叹森。"说到这儿，他笑了。

大胡子取下烟斗，神情专注起来。

"可是乡亲们没人承认。不过，我命中缺火倒是应验，很少有什么事情能燃起我的热情。九一八事变的时候，我在辽阳教书，教历史。头两年，日本人还没有站稳脚跟，学校里爱国青年投笔从戎，风起云涌。他们先后都追随化名为李兆麟的志士，活跃于庄河、凤凰城一带，还一度兵临辽阳城下。后来关东军打退了抗日武装，加强了城市的军事管制。"他停下喘了口气，"那一天夜里，一个学生给我报信，说日本人正在威逼汉奸搜捕那些爱国教师，因为他们鼓动学生共赴国难，抗日救亡，名单上就有我一个。"说到这儿，林修士沉默了，拨着碗里的豆子。

大胡子也不问，眯着眼吸烟。

方济各会的会友们有个不成文的规则，彼此不询问对方的身世。因为他们之中有许多人是贵族子弟，或是情场失意，或是厌倦浮华，也有些是有学问的智者、思想家，有意过隐者的生活，当然也有纵欲主义者愿以苦行来赎罪。

林修士咳嗽了两声,继续说:"我连夜登车,跑到了北满。那时候,马占山还有一定的势力,我想投靠他。可是没等我找到关系接上头,就病倒了。后来,听说日本人招降了他,在满洲国做了大官,随后他又反正抗日,指挥了江桥战役,终于败退苏联,那时我已进了方济各会。"他喘气,嗓子发出咝咝的声音。

大胡子对这些并未表现出强烈的兴趣,只淡淡地说:"我去要点水,煮豆。"说着他站起来,朝西边林木处走去,那儿是日本军的一个仓库,道岔上停着几辆闷罐车。

煮豆

大胡子走近了些,听到一声呵斥:"站住!"伴随拉大栓顶子弹的声音。两个兵走过来,老的是国兵,精瘦;小的是日本兵,微胖。

"干什么的?"老的问。

"捡豆。"大胡子答。

"都来捡豆,先是满洲的小叫花子,这又来了西洋的老叫花子。"老的显出不耐烦的样子。

"滚远点!"小的很蛮横,用日语喊。

"等等。"老的看大胡子衔着烟斗,"你有烟丝?"

"是,老总,你想来点?"大胡子笑了。

"嗯呐。"老兵是个江北人,他把枪顺了下去。

大胡子从口袋里捏一小撮烟丝送到老兵手上,烟丝焦黄而柔软,老兵举到鼻子上嗅了嗅:"上等货,唉,你是上等人!"老兵讥讽说,"这年头谁都成了叫花子,穷人是叫花子,当兵的是叫花子,像你这样贵族老爷也成了叫花子,嘿嘿。"他露出狡黠的微笑,"苦行僧,莫非花天酒地玩腻了,换换口味······"

这时，一旁的日本兵不解汉语的幽默，看双方有说有笑，便怔怔地哼了一声。

老兵斥了他一句："没你的事。"说着从口袋里摸出一片报纸，熟练地卷起烟来。

那日本小兵警惕地注视着两人，用日语提醒老兵："纪律！"

"去你的！"老兵和颜悦色地说了一句，又向大胡子笑道，"他不懂中国话，他小，刚从日本来，才十六岁。"

大胡子用打火机为他点烟。

他赞叹："唉，打火机，好玩意儿！"

"喜欢吗？换你点水，我煮豆。"大胡子和善地说。

"你开玩笑，这么精致的东西，换点水，你以为这里是沙漠吗？那边就是松花江，水不值钱。"老兵诡秘地笑了，望着他，"你想和我套交情，这太危险。"

"我是开玩笑，你们当兵的苦啊！这大年纪了，是长官了吧？那小日本听你的。"

"他是上士，我是下士，可他爸爸告诉他，要孝顺我。"老兵说着接过约翰的钵，把自己军用水壶里的水倒到钵里。

大胡子笑了："老总，你可真能逗乐，欺负那孩子不懂汉语？"

"不跟你解释了。"老兵一脸严肃，"你去煮豆吧，离这儿远点。"说着提起枪，往回走了。

大胡子从袖口里抖出一个小盒，冲着他们的背影和那列车，缓缓地划了个十字。如果两个当兵的耳朵灵敏的话，会听到两响快门的声音，可是，当时刮的是西风，他俩是顶风。

大胡子后退了几十米，向他的伙伴招了招手，又弯腰拾了三块石头把钵架起来，捡几段枯枝，生起了火。另一位林修士，也把他的豆倒入钵内，大胡子又从口袋里取出一小包盐，洒进锅里。

就这样，两位四海为家的圣·方济各会的修士，在哈尔滨城郊荒凉的铁路岔道上，在西风残照里生起了晚炊。

老兵

过了一会儿，那一老一少两个巡逻兵又回来了。这次，他们像老熟人一样坐到了火堆边。那老的说："我们换岗了，先休息一会儿，再过十几分钟就集合吃饭了，又是芋头汤。"

这时豆已煮熟，大胡子用匙搅了搅，连钵端给他："尝尝我的？"

"噢，还真不错。"老兵又把钵传给小兵，那小日本便贪婪地吞了一口。

忽然，那老兵从口袋里掏出两只田鼠，刚死的，用枯叶包着。他把一只扔给小兵，一只插在刺刀上到火上去烤，一面自侃："这东西跟兔肉一个味，也干净，它只吃粮食。"

"你哪儿弄的？"大胡子好奇地问。

老兵向车的方向一摆头，笑了。这时小兵也烤起来。

"你知道这车拉田鼠干啥？"老兵冲大胡子抬起下巴。

大胡子摇头。

"那是做罐头的，田鼠罐头，有时标签也写兔肉。"老兵笑了，"长官是这么说的，谁知道。"他幽默地挤了挤眼儿。

随着一阵滋滋拉拉的声音，烧田鼠的香味已经飘进了鼻子。

田鼠烧了半熟，两个兵狼吞虎咽地吃了起来。之后，小兵还在那儿细吃，老兵扔掉骨头抹抹嘴。

大胡子从口袋里捏一撮烟丝递给他。老兵卷起烟衔在嘴上，烧一段树枝，点着了："嗯，你这烟丝真是尊贵呀，美味！"

1942年第四季度，世界大战烽烟正浓。松花江畔的荒林里，北满的冬

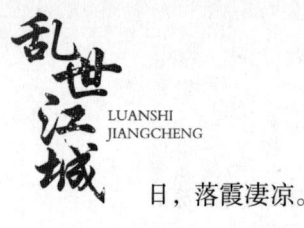

日，落霞凄凉。

原来，那大胡子正是约翰。两天前，司机大李及时送来了情报：有多少节货车从南满开来的，装有田鼠和猪血，车停在站西的一个偏僻的岔道上，那儿有一个军需转运库，陆续有几辆番号不明的汽车把它们运走。如果去那条路捡豆，会有人向他们报告。

今天报告的人就是那老兵，他叫王得贵，是山镇杂货铺王掌柜王得富的弟弟。早年在马占山部，马投降后被编入国兵，关于他还有一段趣事：

在一次双方混战中，队伍都打散了。这时老王和一个日本老兵撞在了一起，他把那老兵制服了，缴了他的械。可一个不留神，日本兵捡了一把刺刀，要切腹自裁。他费了好大劲才夺下刺刀，还划伤了自己的腿。后来，那老兵回国到军工厂做工，几年后儿子又进了关东军。老子嘱咐儿子找到姓王的救命恩人，要报答他，这就是王得贵所说的日本小兵要"孝顺"他的来由。

其实，日本人对收编马部的战士总是心存戒心，不让他上前线，怕他们再倒戈归队。老王被派遣来看库房，而且是外围巡逻。那日本小兵虽然说其父与王得贵有一段恩缘，表面上尊敬他，但长官早有交代，要监视这个昔日的抗联战士。当然，对这一点老王心中有数。所谓"用田鼠做罐头"是障耳法，情报递了出去，却不落把柄。

第二十八章 探秘魔窟

56 探秘魔窟

侦探

第二天上午,彼得在他的画室里继续给约翰画像,一面交流情况。这时听到楼下轻轻的敲门声,一个小叫花子在呼唤"收废品"。彼得开门见是板儿,化了装,连声音都变了,拿腔弄调,彼得便一把拉他进来,上了楼。板儿东张西望,彼得给他倒杯热水。见他抽抽鼻子,彼得便在杯子里加了两块方糖。

"怎么这样打扮?你爸有话吗?"彼得问。

板儿摇头,依旧东张西望。

"说吧,这儿没外人。"

板儿瞧了瞧大胡子约翰,笑了,问:"你去捡豆了?"

约翰取下烟斗,点头,显出有兴趣的样子:"你怎么知道?"

"我看见你俩了。"板儿懒洋洋,漫不经心。

"我没看见你呀?"约翰提起了神儿。

"你只顾吃豆了啊。"板儿拖着腔,"穿这身衣裳也能当侦探?"表情

有点鄙夷。

"我倒要请教。"大胡子越发有了兴趣。

"哼,你没看见人家,人家先看到你了。"板儿坐在椅子上荡悠着腿,东张西望,"哼,这儿连点吃的也没有。"

"你饿了?有啊。"彼得去厨房取来了一个裂饽(俄式面包)、一根红肠,板儿抓到手里咬起来。

"你要洗洗手啊。"彼得叫他。

"哞——"板儿满嘴食物,摇头,接着一伸脖,冲约翰,"换班前那时间最重要。你看见货车开走了?我说的是汽车。"

"没有啊。"约翰紧张起来,再不敢小瞧他。

"西边,树枝挡不严,能看见一点。"孩子继续大嚼,又口齿不清地说,"你不想想,那老兵咋弄到的老鼠?那是从列车往卡车上倒田鼠的时候,抓的。"

大胡子猛地拍了一下脑门儿,在屋里踱起步来。

"自己想吧。"板儿站起来,又对彼得说,"叔叔,我要走了。"

"咋不吃完?"彼得问。

板儿把剩余的红肠和面包塞进衣襟,诡秘地笑了。

彼得送他下楼,板儿在彼得的耳根边说了些什么。

彼得正色:"再不能干这事儿,太危险。"

板儿嘿嘿笑:"干侦探,我在行,找什么,包在我身上。"说着拖一个纸箱子出去了。

彼得回到楼上,约翰急着问:"现在能造一个暗室吗?定影、显影。我要细看一下,有没有倒货的汽车。"

"可以,不过你现在得去追踪。板儿说他和一个伙伴藏在汽车里了,把几个装猪血的吹泡(膀胱)扎破了,血会留下痕迹,标明去向。"

"血没冻?"约翰问。

"它是咸的,杀猪时加了盐。要去,得快,天要下雪,怕盖上。"

"我这就走,给我一个手电。"约翰披上了袍子。

"把这酒喝下去,既可驱寒,又能装醉汉。"

大胡子接过杯一饮而尽,迅速下了楼。

街角,板儿一声口哨,一个流浪儿跑了出来。板儿丢掉纸箱,从怀里掏出食物递给他,两人勾肩搭背,嬉笑而去。

乃木

入夜,纷飞的雪花在霓虹灯的光影里旋舞。樱花酒吧,充满醉汉的嘈杂和喧笑声,留声机唱着日本歌曲,抑扬顿挫,呜呜咽咽。

小舞台上,一个日本歌伎低眉顺眼,在小鼓和月琴的伴奏下,时而屈膝,时而伸腰,缓缓地舒展着宽袖。

彼得在速写,他漫不经心地扫视来客。

"画家,我认得你。"一个样子斯文的日本军官端着酒杯走过来,此刻他显得很兴奋,"你是满洲人,虽然有一个侨民的名字,彼得,维纳斯的宠儿。你们出入上流社会,到处都有佳丽淑女向你献媚眼,对不对?"

彼得停下笔,正色望他,断定,他就是如玉的情人,也是自己朝思暮想的731的军医——乃木。他示意娜达莎,把老板请来。老板来了,彼得拿眼望了望他,那眼神在说,我可没有惹是生非,是这醉汉来找我的。老板坐下了,他让娜达莎端两杯酒来。

那军官眯起眼,笑着,显出神秘的醉态,复又转向彼得:"画家,你行啊!那些贵妇,你们满洲国的和我们大日本帝国的长官的情人,那些——用你们的话说——半老的徐娘,骚货,为了能得到一幅裸画,会在你的面前褪尽她们的衣衫。嘿嘿,艺术家……"他呵呵笑,"你看我们,过的是什么日子!没有仕女,没有贵妇,没有晚会,没有你们的玛朱加舞,也没有诗文,没有演奏，只有尸体、老鼠、跳蚤……"他忽然哽咽，好像意识到了失言，便笑说，"这些战壕里的常客。"

彼得一直缄默着，画他，那疲惫、厌倦、苦闷和哀痛的表情……

"彼得，"他拍了拍画家的肩，"带我去藤野家的晚会，去会会那些丽人，我们可以成为朋友，对吧？"他向彼得伸出手。

彼得放下笔，礼貌地握了握："当然，日满亲善嘛。"

青年军官跟跄立正，向彼得敬礼："乃木家族的后代，大将的堂孙向您致敬！"他口齿不清地朗诵起来，"山川草木转荒凉，十里风腥新——战——场……"他从桌边滑下去，倒在了地上，一杯酒溅到彼得身上。

"快，叫马车！"老板吩咐娜达莎，"送他回部队。"说着，他和彼得扶着乃木，上了早已在那里等候的马车。

军官喃喃地对马车夫说："平房。"

大胡子伊万响亮地吆喝了一声，勒动马缰，马车便直奔城南辚辚而去。

"真是对不起你。"老板向彼得致歉。

"没什么，见得多了。"彼得弹弹衣襟，夹起画板，慢悠悠，消逝在风雪中。

凌晨，约翰追踪那些血迹回来，顾不得休息，急忙又钻进了彼得给他造的暗室。照片冲出来了，经过细细地辨认，果然，在树枝后面，隐约地看到了两辆带篷的卡车，正从列车上倒运那些借助放大镜才能辨认的笼子。他把和衣而卧的彼得捅了起来。

两人交流了情况，沉思之后，不约而同地说出下一步的计划：

"去平房。"

这时候，一列火车发出沉重的呼吸，吐着浓烟，驶离江城。一个天才侦探——神童板儿，正坐在暖烘烘的火车头的炉边打盹，被后爹李大贵押送去母亲樱桃的身边。

北满清冷的曙色，残月在天。

57　约翰被捕

庄园

在前文讲到，马特维耶夫——一名俄国的铁路工程师，在机务段工作，是个倔老头。日本人接管中东路之后，他看不惯满铁管理人员的蛮横，过了两年，便退休了，同时把市内花园街北的小楼捐给了他的方济各会，用作游方修士的公寓。他自己一家搬到哈尔滨南郊平房，置了一块不小的菜地，还栽了好多杨树，过起田园生活，乡民们称为"马特维耶夫庄园"。他的大部分蔬菜都供给公寓里的会友，这些会友也便成了他园子里的农夫。春种秋收，村里的邻居会看到这些灰衣修士，其中有男也有女，他们井然有序地忙碌在田地里。乡民们常常误认为马特维耶夫是一个善人，办了一个洋乞丐收容所。他们不知道这群人中除了主的流浪儿，有些还是贵族、学者、艺术家，这群人形成了一个不问政治、不入世俗的半封闭的自给自足的共济社会。

马特维耶夫与他们之间不存在任何雇佣关系，没有任何契约，一切都是各方完全自愿。马特维耶夫可不是做什么乌托邦的实验，他没有任何的主旨和纲领，不做约束，这一点完全符合圣·方济各的精神。对此，历史和社会学者会提出质疑：这样没有组织的群体靠什么维系它的存在和运行呢？这里有两个因素：其一，有一个管理者，就是俄国人老处女维佳大姑，她不是方济各会修士，她负责调度一切；其二，靠会员们的道德意识，完全的自觉。最后，还有一个补余的原则，那就是马特维耶夫的会友有高度的自由，只要打一个招呼，任其来去，他可以从公寓里带走他的灰衣和托钵。自然，马特维耶夫和一部分有钱的会友对这个松散、节俭的帮会也有相当的贴补。

马特维耶的夫妻子死了，家里现在只有他一个人，一个男仆和一个女仆服侍他。男仆华西里五十多岁，是庄园的主管，女仆俄国侨民——安娜，四十来岁，料理家务。她对主人很严厉，地窖的钥匙牢牢地握在她的手里，那里面有陈年的伏特加。马特维耶夫有一个儿子和一个女儿，儿子经商，往返于大连和哈尔滨之间，交游甚广；女儿在铁路上，是一个干练的列车长，忠于职守，深得日本人的信任。

冬天，庄园按照北满农家的习俗，往窖里贮藏萝卜、白菜、土豆，并且隔上两三天就把窖里的蔬菜往公寓运一些。现在有几个修士在庄园里干活儿。

这一天从城里的方济各公寓来了两位修士，他们走进了林木环绕的马特维耶夫的宅子。那位瘦弱的修士，主人认识，是林老师，多次来他的庄园劳动。另一个蓄着大胡子的高个子两手捏着帽子，向主人微微鞠了一躬，口里念道："俭朴、谦卑、圣·方济各。"言毕，递上了自己的介绍信。

信是他离开罗马时，红衣主教亲自给他的，主教大人喜欢修士的苦行，认为这能拯救人的灵魂。

"去吧，孩子。"那老人在他身上划了一个十字，"你们的会规是教皇批准了的，用你的苦行感化世人，要谦卑、宽容，这是战乱的世界所需要的。"

马特维耶夫看过信之后，还给约翰，但约翰却说："先放在您那儿，这段时间我在户外劳动，怕它掉了。"

"也好，在这动乱之秋，这可是你的护身符啊！"说着，马特维耶夫吩咐家人给客人献茶，自己却拿着信走到另一个房间去了。

约翰坐在木椅上，环顾四周，这是一间木头房子，简陋、低矮但却很宽阔，有几根木柱支着。壁炉的暖气一熏，房子散发一股红松的气味，使人感到亲切，就像在冬季的森林中猎人的小屋。

马特维耶夫收好信件之后回来与二人聊天，问他们想干什么。约翰说他要去捡粪，马特维耶夫笑着说，这儿可不比意大利，冬天很冷，不知他是否能吃得消。

约翰说，没什么，说他到南满已经两年了，现在想在北满的严寒里练练筋骨，他说还想到大森林里去访访猎人。马特维耶夫很欣赏他的性格，他又建议林老师在壁炉边用高粱秸编扫帚。可林老师说他要和约翰在一起，也有个说话的。

当晚，在庄园干活儿的几个会友和主人、仆人围坐在壁炉边喝茶聊天，这是方济各会会员们休息和娱乐的时间。应当说这一群人中许多都是有教养的人，而且走南闯北，见多识广，他们的谈话分外有趣。主人央求女仆安娜从地窖里取来一瓶伏特加和两小碟朝鲜泡菜。可是愿意和主人对酌的却只有大胡子约翰，因为主人和大胡子他们本身都不是清教徒。约翰向座中人讲了南满坨乡的闲闻逸事，那是他从酒饭茶肆中听来的。老家在三台子的林老师也不时插话凑趣，因为两村相距只有八里，三台子人经常去坨镇赶集，而坨乡的教徒又要去三台子教堂做礼拜。林老师讲起家乡掌故，深情地怀念，一时间控制不住激动，竟连连地咳嗽起来。听了这些，马特维耶夫笑着说，有机会一定去南满走一遭，领略一下古堡坨乡的小镇风情。

在大家的赞许声中，主人的兴致来了，他让安娜取来他的手风琴，便抖着胡子拉起哥萨克的舞曲。华西里属于这个受过洗礼的民族，他一听到手风琴声，目光炯炯，双肩扭动，两腿便自然地弯曲下去。而安娜便也扬起手臂，扯着头巾旋转起来。全场应着节拍鼓掌，还有一个俄国修士也拍着膝盖，蹬起腿来。木地板嗵嗵山响，连棚顶上的两盏马灯也摇晃起来。流浪中的修士们只要来了新的伙伴，那便是他们的节日。

拾粪

次日清晨，约翰和林老师背起粪筐，上路拾肥了。东北农民冬天捡粪很有特色，他们通常戴个狗皮帽子，穿件棉袍子，脚上蹬双靰鞡，肩上挎一个柳条编的粪筐，长及膝下，手上还提一个平板小镐，用它刨起冻在路上的牲畜的粪便，拨进筐内。约翰把身上的皮裀子给林老师披上，笑了笑说，你要离我远点，我这烟呛你咳嗽。

就这样，在哈尔滨城郊，北满的冻土地上一前一后，走着两个拾粪的灰衣修士。

一连三天，这两人总是沿着背阴河往南，一个日本部队的驻地周围转。他们在土路上拾马粪、牛粪，在田野里拾羊粪，累了便坐在壕坡上晒太阳。两人不说话各想心事。约翰一面吸烟，一面望着这一大片建筑物，他明白这就是他要查访的目标"731"，日军的防疫给水部——秘密细菌实验所。彼得告诉他，那一天伊万的马车送醉酒的乃木，就是走到这儿。而那个晚上他追踪的猪血痕迹也是指向这里，只是最后一段血迹被扫过的雪掩埋了。此时，他远远地目测了一下，周边的围墙至少也有好几千米，里面的楼舍约有二百来幢。一个高高的烟囱吐着黑烟，有一股令人作呕的腥味。

要尽量离那铁丝网近些——约翰这样想——好看个究竟，同时也可以探一探他们的态度。于是他背起了粪篓子，时而低身刨一刨，时而直起腰注视他的目标，这时他清楚地看到几辆帆布篷大汽车开进了这个大院落，这汽车正是他在道岔边拾豆时拍下的。他连忙画了个十字，袖口上的照相机响了两下。他想再往前走些，突然远远的两个哨兵向他走过来。他机警地弯腰抖掉了他的相机，用一撮粪掩上了它，自己却提着篓子迎着士兵走去，一面拾田里的粪。约翰离铁丝网很近了。林老师清楚地看到他被两个士兵架了去，他没有呼喊也没有挣扎。林老师也没有动，直到他们走远，他才站起来，慢悠悠走近约翰遗下的那一小堆粪……

林老师很快回到庄园向马特维耶夫报告了约翰误入禁区被日本兵捕去的消息，他并没显得惊慌，只说得快点把他接回来，日本人不讲理。马特维耶夫听了在桌上猛击一掌，霍地站了起来，随后，又坐下了，自语："都怪我，没有嘱咐约翰，不要接近那个禁区，这个日本部队霸道得很。我先拿约翰的介绍信和他们交涉，你回城里传我的话，向会友说明情况，叫他们先不要四处奔走，必要的时候我们去请愿。"

林老师点头赞同。马特维耶夫又说："你写一篇稿子，说明修士拾粪误入禁区被捉，措辞不要激烈，必要的时候我让安娜把文章送到侨报去，她认识那儿的主编。"

林老师连连称是。

主人还拿出他的照相机给约翰的介绍信拍了两张照片，让他带上到城里的照相馆洗出来，保存好。吃罢饭，便命管家套上马车，下晌便把林老师送进城，送到了公寓。

审问

"名字？"一个日本少尉军官问。

"约翰。"大胡子答。

"干什么的？"

"游方修士。"

"哪国人？"

"意大利。"

"嗯，友邦。"军官点了点头。"何时入境？"

"两年前。"

"当时在哪儿了？"

"南满三台子教堂。"

少佐一一记下，又问："到哈尔滨来干啥？"问完，少佐笑了，他似乎觉得是个多余的提问，自语，"游方修士。"

"游荡。"

"到这儿来干啥?我说是这儿。"军官用笔敲桌子。

"当兵的带我来的。"

"我说你到这野地来做啥?"

"捡粪。"约翰从容回答。

"捡粪?"军官讽刺地扬起头,"为了换这个?"他抓起一把从修士身上搜出的高级烟丝。

约翰微笑不语,他不怕他们的审问,被捕时他侧目看到了林老师已经收走了他的照相机,并且安全地脱离了卫兵的监视。他身上再没有任何证据表明他的动机,他知道他的国籍和牧师身份会保护他,那些日本人不会对他轻易发落。同时他希望与他们对话,他从中可以窥见这些人关注什么,害怕什么。

"给谁拾粪?"

"庄园,修士庄园。"

"在哪儿?"

"北边一点,马特维耶夫庄园。"

"你没看到铁丝网前边写着警示牌吗?"

"我只顾拾肥了,军官大人。"

"带下去!"

第一次审问就这样结束了,这使约翰感到失望,对方没有穷追任何问题,也就没有流露任何关切。他随遇而安地躺在监室的草垫上,反思这次对话,当然,这不过是初步的审讯,他想,他们会从笔录中寻找破绽,进一步剖析。使约翰感到不安的一个细节,他们会不会查出在南满他关注田鼠和猪血?

约翰不知,这次审问只是护卫部队的审问,而护卫部队只负责日本军各要害部门的安全,这些部门是干什么的,他们也不知道,只是他们要把材料送上去罢了。

伙伴

送走林老师，马特维耶夫便带上两个修士来到了水厂找到了守卫部队，出来接见他的还是那个少尉，他已经审完了约翰。马特维耶夫说明了情况，递上了那封红衣主教介绍约翰的信件，少佐接过，他不懂意大利文，没有表态，只是要他们听候处理，示意他们离开。马特维耶夫还想申辩什么，被日本兵用枪托推到了一边。马特维耶夫恼了，用俄语大骂他们"蠢猪"，那日本兵听不懂，嚷了两声把枪端了起来，怒目相向，另外两个修士便扯着马特维耶夫走了回去。

回城的林老师把情况和马特维耶夫的嘱咐告诉了维佳大姑之后，掌灯时分，他便去画室找到了彼得，地址是约翰告诉他的。约翰给过他一个字条，对他说，我要是病了或是出了什么事，麻烦你去这个地址找画家彼得，跟他说明情况，他会帮我们。

"您是画家彼得吗？"林老师咳嗽两声问。

"是我，您是林老师吧？"

"我是，约翰被抓了，在平房的日本水厂。"

"哦，他有什么话请你转告吗？"

"没有，我们一块捡粪，奔那水厂，他走得急了些，越过了警告牌，让日本人抓起来了。"

"他身上带什么东西了吗？"

"一点烟丝。"林老师笑了，又咳嗽起来，"还有这个是他掉下来的。"林老师拿出来相机，递给彼得，笑说，"旅行者都爱带这玩意儿。"

彼得握紧他的手："林老师，我看你身体不大好。明天早上你来，我领你去俄侨医院去查一查。"

"好吧，我自己也觉得不适。有个什么好歹，我想回南满老家，埋在老坟里。"林老师笑了笑。

"你不能再过苦行生活了，你和大胡子不一样，他身体强壮，还常常偷吃火腿。"彼得说。

"现在他落难了，我担心他，日本人无恶不作，杀人不眨眼，你听不到一点声音，人就没了。"林老师悲哀地说。

"放心吧，林老师，他是意大利人，有红衣主教的度牒，日本人不敢轻易处理他。我会想办法救他。"彼得安慰这个智慧忠诚而身体病弱的老师。

"马特维耶夫会去交约翰的证件，他还要动员修士去抗议，让我写篇稿子送到侨报。"

"哦……"彼得心里明白，马特维耶夫还不知道约翰的用意。林老师也许猜到了，但他不愿说，无论如何得把他保护起来，明天送他到托尔斯泰医院去。

送走林老师，彼得在暗室洗出约翰拍的照片，把它藏好。之后，去电报局给温卿拍了一封电报，回到家里已是深夜。他在壁炉里加了一点火，坐在沙发里，手把一杯咖啡，久久没有睡意，心里想：第一，要把约翰的侦察材料转出去，所以要及早叫来温卿；同时要隐藏自己，别让日本人来抄家；这就得造个假象，明天要把两幅画送到藤野府上，表明忙着参展的事；第二，要早点弄清约翰的下落，有没有受罪？乃木，他可能是知情人，但不能直接找他，对了，他的情人如玉这两天要来画像……令他安心的是约翰身上没带任何东西。

彼得和衣倒在沙发上睡着了，中央大街的方石路上，响着日本巡逻兵的马蹄声。

第二十九章 艺苑姐妹

58 艺苑姐妹

阴霾

早晨从托尔斯泰医院出来,彼得的心情十分低落。陪林老师来医院,经过化验检查确诊他患的是肺结核,已经到了晚期。院长说,目前医院还没有治这种病的药,只有靠他自身的调养了。他的生活条件很恶劣,他的生命能维持到现在已经很不错了,这说明他的身体还有一定的抵抗力。目前医院能做的就是治一治他身上其他的病,他还有一些炎症,肠胃也不太好,给他调养调养,这也许会改善他的状况,增强他的抵抗力,自我恢复的能力。"可怜的苦行者,一个值得尊敬的中国人。"院长无奈地摊开了双手。

"得给老家捎个信,通知他的亲人。"彼得一路上这样想着,走回家去。这时,娜达莎在屋里等着他。她告诉他,乃木要见他。彼得听了心想这正是机会,可以探听约翰的下落。但他并不想表现得那么积极,而且,要想自然地和他走得近些,就得摸清他的需求和性情。要先和如玉接触,她是他的情人，总会吐露一些肺腑。

"小妹，你告诉乃木，就这两天我会去樱花酒吧和他见面。"

"我今晚就转告他，我想他会去的，看样子他很苦闷。"

"你这么早来可能还没吃饭吧，陈婶去买菜了，我们俩煮点咖啡，这儿还有面包和红肠。"彼得说着要去厨房。

娜达莎拉住她，撒娇说："先抱抱我，我冷。"

"我们想到一块去了。"彼得笑了，但他没有抱她，他打开壁柜，取出一件貂皮大衣披在娜达莎的身上。

娜达莎高兴地转了一圈，口里念道："正合适，看来这不是柳芭穿过的。"

"这是我前天在秋林给你买的，今年冬天，哈尔滨可真冷。小妹，你是唯一一个和我度过这寒冷冬季的亲人了！"说着他温柔地将她揽入怀抱，眼泪流了下来，口中喃喃地说，"我的不顾生死的朋友。"

他感到娜达莎的小身子像受惊的鸽子一样在抖动。

"彼得鲁沙，我感到你的心情不好。"娜达莎嘟囔着。

"是的，我身边的人一个一个地消逝了，我们斗不过日本人……"

"你想跑吗？我和你一起走，我们去苏俄，让师兄送我们到绥芬河，偷渡。"

娜达莎兴奋地偎在彼得的怀里，她感到一滴凉丝丝的泪珠落到她的脸上。抬眼，望到他微笑。

彼得摇头："傻姑娘，日苏之间剑拔弩张，虽然没有开战，却分属两个敌对的阵营。我们逃过去马上就要被监禁审查，苏军和德寇的大战正酣，像我们这样的小人物，谁去查你，要真的查起来我和满铁的关系也难以说清，现在连柳芭的下落也不知道……"说到这儿，彼得无语了。

分别时他又嘱咐她这两天抽空去托尔斯泰医院去看护一下林老师，不过要按医院的规定戴上消毒口罩。

丽人

彼得送走娜达莎便去画室，按约定如玉要来画像。约翰的妻子温卿今日也可能到达，电报里给她的就是这个地址。

天色阴霾，北风夹着清雪在中央大街上扫过。行人们裹紧大衣低着头仓皇前行，连骄傲的俄国贵妇，也抱起了小狗，迈着碎步匆匆而过，高跟鞋急促地敲击着方石路。一阵强风扯散了瘸老头的破麻袋，垃圾纸片便在"满洲姑娘"的乐曲声中漫天飞舞。

"看报，看报，看洋叫花子在日本水厂闹事，看二十余人全部被抓，买滨江日报……"

"看侨报，看侨报，圣·方济各修士被捕，东正教主教出面营救……"

彼得心头一惊：马特维耶夫到底组织了修士去要人，这不知会遭来什么样的镇压。他叫住了两个报童，两样报各买了一份，叠起来塞进大衣的口袋。

彼得打开画坊的门，走上二楼的画室，在壁炉里生起火，又煮了一点咖啡，这才坐在沙发上，摊开了报纸。马特维耶夫和他的会友全被抓去了，东正教的一个主教也出面交涉了。彼得仔细地推敲词句，两份报道的调子都是方济各会的修士"误入禁区"，彼得的心情轻松了些。事情引起了舆论关注，日本人也就不会秘密处理约翰和他的会友。他们害怕社会和国外对那个"水厂"的注意，这会引起更多的疑问。这是自然的，但是，他们肯定会追查幕后。彼得闭起眼靠在沙发上，回忆事情的经过，审视那些细节，什么地方有所纰漏吗？没有，关键是那段胶片……这时他听到高跟鞋踏着楼梯的声音，款款的步伐，有一点疲倦。

"画家，你真准时啊！"如玉的声音。

"是啊，夫人，我靠诚信挣饭吃，何况您的约会是我的期盼。"彼得说着迎上去。

"难怪太太小姐都喜欢你,我该叫你甜嘴画家,可是你的嘴到底有多甜?我还是没有尝过。"如玉咯咯笑了,一面就座,"我是你大姐,开个玩笑不介意吧?"

"哪里,我孤身一人,卖艺谋生,战乱岁月,在这圈子里,全靠各位夫人呵护。"彼得此番言论虽然说是为了讨好如玉,但也是心里话。他给如玉倒了一杯咖啡,接着便移过画架,拿起调色板,继续画她的肖像,快要完成了。

这时她瞥见了几上的报纸,便问彼得:"这是今天的报纸?街上叫的?"

"是的,早晨我过来的时候买的。"彼得回答,并未停下他手里的笔。

"哦,方济各会的人闹事,是为了救你的朋友吗?那个大个子约翰,我们有一面之缘。"

"是的,夫人,他拾粪误入禁区惹的祸。"

"他不是很有钱吗?还要拾粪?"如玉有些关心地问。

"苦行僧,这种思想我想您能理解,精神苦闷。上一次我给您画像时,您还说您想当修女。"彼得笑了笑。

"画家,你说得对,早年我在盛京戏剧社,也就是我跟你说过的艺术社,我们都这样叫它。有一位老师说过,欧洲的戏剧写女性,很多是和修道院有关的。她还讲过法国的一个大作家给一个叫沙罗莱的贵妇写过一首讥诮的诗。因为有趣,我至今记得:方济各会的天使沙罗莱小姐,你能告诉我用什么法子,能把方济各会那条绳子,用作性爱女神维纳斯的腰带?"说到这儿,如玉咯咯地笑了。

"你提到的那位老师是谁呢?"彼得抓住她容光焕发的瞬间,一面着笔,一面问。

"温卿,一个大官的女儿,也是我的大姐,是少帅从北平把她请来的,她长得真是灿若明星,教我那年还不到三十岁,我们三人被称为艺苑三英,我是老二，老三欧阳夏丹，嫁给我堂兄，这两年一直没信……"

彼得心头一震，这时听到楼梯上的脚步声，沉缓稳重，略显迟疑，叩门，彼得放下画笔和调色板，起身开门。

姐妹

进来的是一位女士，皮大衣裹着一身寒气。

"您是——"女人启齿，声音有些游移。

"我是彼得，约翰的朋友。"

"温老师，大姐——"如玉冲了上去，紧紧握住来人的手。"我是如玉呀！"

两个女人的表情迅速地变化，眼里流出泪水，旋即抱在了一起。彼得把温卿的大衣挂在衣架上，请她在沙发落座，又倒了一杯热咖啡。不容彼得介绍情况，两个女人却诉起别后来。

"这就是我新婚丈夫惹的事。"温卿一面拭着泪水，一面指点着几子上的报纸。"沽名钓誉，既要做苦行修士，又何必结婚呢？必是嫌弃了我，才跑到这儿来……蜜月还没有度完。"说到这儿，她竟然泪流不止，俯案抽泣起来。

"姐姐，你先不要过于悲伤。"如玉劝说，"我们了解一下，看是什么情况，如果真如报上说的误入禁区，还是苦行修士，主教都出面了，也不会有什么大事。"

"可是现在人在哪里，有没有受罪，是谁抓的，什么都不知道。"温卿断断续续地说。

"我会去打探，也会陪你去问。你先住下，如不嫌弃就到我的住处。"如玉说。

"还是住我那儿吧。"彼得说，"找一个仆人陪着，我就住画室。"

"不麻烦你们,来时父亲让我住他同僚家,他在哈尔滨市府管经济,我也不去了,就住马迭尔。过去我住过,那儿的经理我认识。请你们帮忙,就在这里见面。"

"也好。"如玉说,"我们先去吃饭,之后我就去活动。"

59 军医乃木

忧思

安顿好温卿,彼得和如玉同时走出马迭尔旅馆。彼得随口说:"乃木很想走进哈尔滨的上流圈子,他让我引荐去藤野家的晚会,这是一位有教养的军官,战争总是带来苦闷。"

"哎哟,这个年轻人,总算记起自己是个绅士了,这个乃木家族的后代!那次我约他和我、阪原一起去赴晚会,他难为情地说,他们有纪律,他可是长官最信任的人。"

"他们的长官?"彼得漫不经心地笑着问。

"是的,石井四郎,乃木的同行,也是个医生,药学家。"

"水厂要药学家干啥?"

"卫生呀,防治细菌。"

"噢!这方面的专家多吗?他们那儿?"彼得拿出打火机给如玉点烟。

"不知道,他们不露面,乃木也不说。那次在松花江划船,我问乃木水厂引江水吗?他说'不',后来他沉默了许久,从此我再不谈他工作的事。"如玉吸了一口烟,脸上露出忧郁。

"是啊,男人找女人总希望解除他们工作中的疲劳,只想风花雪月。"彼得感叹,分手前他又对如玉说,"有什么消息就过来,我们一起去马迭尔,可怜的温卿。"

"那是自然。"如玉露出一个媚笑。

送如玉上了马车,彼得往家走,一面自语:"救出约翰就跑吧!"回到家,彼得嚼了一点东西,看了看表,距樱花酒吧开门还有一段时间,他疲倦地倒在沙发上。"关键就是那段胶卷,如果约翰遇难,我要亲自把它带出满洲。是的,原想交给温卿,看来,不能,她是一个艺术质的人,太易动情,不能把她拖进来,就让她带着这份真情去活动吧。"

他回忆这两年的经历,回忆他与日本人的几次斗争,感叹着。彼得知道,他画完给满铁的这批画的时候,也就是东乡重新给他套上枷锁的时候。为了弄到一些名画,为了通过他摸清他背后的抗日地下组织,东乡不会轻易放过他。彼得仔细盘算着他的计划,不知道师姐惠子回来没有,小嘎鲁放不放假……想着,想着,他睡着了。

厨娘陈婶唤他起来吃饭,大街上已经灯火通明,哈尔滨的夜生活开始了。他连忙穿上大衣,说有急事,让陈婶先吃,把剩下的留在厨房里。

乃木

彼得一进樱花的门,老板就走过来告诉他,乃木在等他,并嘱咐他别为了上次冒犯他的事和乃木吵架,彼得点头。从如玉的谈话中,彼得清楚地认识到了乃木的软肋,武士精神和女人情怀是他的情绪点,而这又紧紧维系在他的门第观念中。他是一个骄傲的世家子弟,却干着肮脏的事,只要谈话触及到这儿,他定会在感伤中倾吐肺腑,果然……

"画家,"乃木走了过来,"我向你致歉,那一天我酒后失言。"这时娜达莎端着两杯酒走过来。

"谢谢,娜达莎小姐。"乃木显出绅士的样了,"可否加一杯饮料,陪我们小坐?"

娜达莎笑着扭动着腰肢走了。

"没什么，谁都有苦闷的时候，谁让我们赶上战争……"彼得若无其事的样子，引他诉说衷肠。这时娜达莎回来了，端一杯柠檬汁，坐在彼得身边。

"战争，作为武士，我怎么能反对战争！"乃木以感伤语调吐出此语，把手中的酒一饮而尽，娜达莎把柠檬推给他。

"战争，"彼得喝了一小口，"它使我想起您的家祖，乃木大将。山川草木转荒凉，十里风腥新战场。征马不前人不语，金川城外立斜阳。——这不是显示豪气，而是一种胜利者反战的悲悯。请看现在的武士，谁有这样的反思？"

"是啊，是啊，我对自己就有这种悲悯，我算什么……"乃木显出一种疲倦的无奈。

彼得漫不经心地揶揄说："早上我看报，你们把一帮讨饭的修士给抓起来了？"

"他们到水厂来闹事。"

"为啥呢？"娜达莎问。

"一个修士约翰，闯了禁区，自己说是拾粪的，误入。"乃木笑着把柠檬推了回来，娜达莎为他换了杯酒。

"你们认为他是危险分子吗？有什么证据？"娜达莎巧笑。

"军用水厂是重地，这事一定要彻底调查。但是我们不愿这帮人在厂子边上闹，已经交给阪原的宪兵队了。"显然乃木不愿谈及此事，彼得知道了他要的东西便也将话锋一转："如玉还责备你，说你只是武士，不是绅士，她和阪原请你去藤野家舞会，你借口纪律不肯去。"彼得笑说。

"你见到如玉了，她好吗？"乃木兴奋起来。

"哥给她画像。"娜达莎柔声说。

"噢，何时我定要一睹夫人的芳容。"乃木兴奋起来。

"你随时可以到我的画室去,有机会你可约如玉,我们一起去藤野夫人的晚会。"彼得说。

"当然,尊敬的画家,我以有您这样的朋友而自豪。"

他们握手道别。从这一场随意的谈话中彼得知道约翰无恙,他们还没查到任何证据,他和同伴一起转到了宪兵队。

抄家

他当即去了马迭尔,把这一情况告诉了温卿。她心里略感宽慰,毕竟有如玉这层关系可直通阪原,而且阪原是一个贪婪的人。

彼得从乃木的谈话和神情中可见"731"相当紧张,他们定会对约翰和他周围的人包括方济各会马特维耶夫翻箱倒柜地搜查。如果如玉向阪原讲了他和约翰的相识,彼得也免不了遭到搜查。

彼得把如玉的画像略加修整,定了稿,又在框架上做了一点伏笔,之后把画室和家里彻底清理了一番。该烧的烧,该藏的藏。第二天他命伊万把如玉的画像送到她府上,接着他把俄侨银行中一部分钱转到他在瑞士银行中的户头上去,同时他又给老家汇了一些钱,给娜达莎和陈婶开了户,转了一笔账。

果然彼得的预感得到了证实,下午,一伙宪兵闯进了他的画室,从楼上到楼下,从内室到展厅,把彼得的藏画也翻出来了,但并未带走。显然那受命带队的人,有他特定的目标。彼得的住处——柳芭的家、马特维耶夫的庄园,还有花园路的会馆都被翻了个底朝天。他们把照相机拿走了,但那里面拍的是江边和中央大道的风景、索菲娅教堂、公园和方济各会的小楼,这是彼得和约翰定好的障眼法。

温卿去一家意大利的珠宝店买了一条镶钻石的项链,准备送给如玉。当她返回旅馆时,发现自己的衣物有人动过。这时彼得来看她,并告诉她从乃木那儿听来的情况和几处被抄的消息。他们又分析旅馆的物品被搜查，会是谁呢？旅馆的主人是犹太人，他不会倾向纳粹的盟友日本人。知道她和约翰是夫妻的只有如玉，难道她向丈夫给约翰说了情，引来宪兵队的行动？还是如玉本人不可靠？这件事虽然没有什么秘密可泄，但在彼得和温卿的心里投下了阴影。

约翰被捕如何解救？它触及731绝密的行动会激起怎样的波澜呢？

第三十章 虎口脱身

60 虎口脱身

姐妹

"妹妹,我给你选了一条项链,它配上你的皮肤一定光滑灿烂。"温卿缓缓地把手中的项链套在如玉的脖子上。

"真是如玉呀!"彼得微笑赞叹着。

"不可以呀,姐姐,哪有这样的道理,学生怎能领受老师的礼物。"如玉容光焕发,她一面低头欣赏那项链和宝石,一面缓缓地取下。

"妹妹你看。"温卿从怀里取出一个绢帕小包,打开来,也是一条项链。她把它和如玉掌中的那条并在一起,放在乳白色的手帕上。两条链子竟是一模一样的精工,一模一样的巧饰,一模一样的金光灿灿,同样地在宝石的周边对称地嵌有两颗心形的钻。只是那钻石,姐姐那颗是红色的,妹妹的——是蓝色的,但同样熠熠生辉。

"这只是一个纪念。"温卿饱含深情地说,"你看那'心连心'的设计。以后,你我的儿女相见,取出它们,会有怎样的感叹呢!"

如玉的眼里流下泪水:"我那女儿,珠儿,八岁了,被他爹送到了日本受教育,实际上他是怕游击队抓孩子当人质。"

"对不起妹妹,触到你的伤心事。"

"战乱,哪家都有难唱曲。我爹流落关内,音信皆无。"沉默片刻,如玉又说起大家关心的事,"约翰姐夫现在已经转到我们那人的手上了。"

"是你问阪原的吗?"彼得问。

如玉点头:"一般我不问他公事,日本人精得很,即使你在这方面表现一点关心,他们也会怀疑你,尤其是军事。这次是乃木主动和我说的,731不愿意在他们的门前闹事,惹出是非,引人注意。然后我直接问阪原,他开始不让我管,我说,管定了,约翰是我姐夫,一个游方修士,有什么背景?他说只要和游击队没关系,他就会给我人情。我从他的举止和他对勤务兵的谈话中得知,他们在找一个和约翰一起拾粪的修士。这人走了,听说是在查照相机。"

"玉姐,你不知方济各会的规矩。"彼得笑了,"不管你多有身份,一进那公寓的门,身上贵重的东西全得交上去。"

"前天大搜查,找到一个照相机,那胶片上拍的叫花子们在跳舞,还有一张约翰的介绍信,也没找到什么。"如玉漫不经心地说,"东正教的主教往家里打几次电话,也和阪原见面谈了。"

"阪原听他的吗?那主教有权威?"彼得问。

"阪原很注意自己的社会形象,他对游击队手狠,对名流、各界有影响的人物还是彬彬有礼。我想如果约翰和游击队无关,就没事儿。"

"如玉,我真不知如何谢你和阪原。"温卿听了这些情况,心里安稳了些。

彼得担心起在医院的林老师来,宪兵队抓了他,他会受折磨的,得马上去一趟医院,别让他走动,和院里交代一下,必要的时候,把他藏起来。这里也要先打点一下。想到这儿他说:"玉姐,如不嫌弃,我这里还有一张准备参展的画,送给队长,请他欣赏。"

"哎哟，弟弟，如今你的画在哈尔滨千金难求，经过这几次展览，加上尊师和侨界名家的介绍，谁不争相抢购？有见识的收藏家早就盯上你的作品了，听说东乡已经从藤野那里把你的展品都包下了。"

"过两天把你那画像拿回来，我把项链添上，它会使画面生辉，也会令姐姐你容光焕发，让我们做个纪念吧。"彼得说。

"好的，好的。"如玉欣喜地回应。

战友

彼得感到身心疲惫，更甚的是惶恐，不能让林老师落入魔掌，他太羸弱了，禁不起折磨。他叫了车匆匆赶到医院。林老师的病房空着，"抓走了？"一丝不祥的预感袭上他心头。这时进来一位年轻的护士，说院长请他，护士引他到院长办公室就退出去了。

院长让他落座，亲自斟一杯咖啡。静了一会儿，院长缓缓地说："你的朋友，林——那位可敬的修士，他自焚了，都怪我们失职……"院长的话还没有讲完，可怜的画家便昏了过去……

等他醒来的时候，发现自己躺在医院的病床上。护士叫来了院长，院长对彼得说：

"你没事，我们发现你身体的几项指标已经偏离了健康标准，我建议你去江北疗养一段时间。你的朋友知道自己得了绝症，他得知日本人要传讯他，便选择了这条路。林是一位有尊严的人，值得尊敬，我们已经将他的骨灰安放到了一个陶罐里。"

"谢谢，托尔斯泰院长，我通知他家人来取。"彼得无力地说。

本来院长想让他多躺几个小时，但他执意要回家，院长便开自己的车把他送了回去。

第二天，约翰获释，如玉也派人把画像抬了回来。彼得小心地从木框中取出那段珍藏的胶片,它巧妙地在宪兵队长的家里躲过大搜查的一劫。

大胡子兴奋地亲吻它,眼里流下泪水:"我忠诚的朋友为此献出了生命。我发誓,要不惜一切代价,把这罪证公诸世界。"

真人

当晚,上车的时候,还有一个戏剧性的插曲。

彼得和如玉送约翰夫妇回奉天,底片就装在一盒香烟里。烟盒在温卿的手提包中,但温卿不知道。当他们一行四人下了如玉叫的宪兵队的车,即将走进火车站的时候,发现一队宪兵在车站的检票口搜查所有登车人的行李,有两个照相机连同它的主人已经被扣下。约翰和彼得紧张起来。就在这时,如玉谦和地把温卿的小包换到自己手上,她点了一支烟,走到检票口,一个少佐向她致意:"送客,夫人?"

如玉点头,咔嚓,打开烟盒,牵出一支香烟,彼得注意到了:不是那支。

少佐摇头,敬礼:"谢夫人,公务在身。"

约翰和彼得暗暗舒了一口气。

送到车上,如玉把手提包放到温卿身边。车厢里,姐妹二人相拥而泣,彼得和约翰也流下惜别的眼泪。

"感谢你,托钵修士,你使我的画室蓬荜生辉。"彼得紧紧握着约翰的手,后者当然知道话里的隐喻。

约翰抱住了彼得,扬了扬那一卷画布:"你给我画的像,即使挂在米兰的画廊里也不逊色。到意大利来吧,我在威尼斯等你,我们还可以逛一逛庞培古城。世界大战不可怕,火山灰下也有文明的遗迹。"

"灾难会使人类更聪明。"彼得深情地附和说。

约翰夫妇在奉天下车,站前一辆三轮车等着他们。

"先生、夫人,送您回府吧?"中年车夫很谦和。夫妇上了车。

等二人在小南门外下了车，付钱后，走了一段，车夫看左右无人注意便追上去：

"先生您掉了东西。"说着把小包递过去。

约翰略带惊愕地打开一看，原来是他的照相机和心爱的怀表，这是彼得经司机大贵转过来的，怀表是马特维耶夫传给彼得的。

火炉上的茶炊呲呲地响着，夫妻二人各抱一杯茶，在炉边相对而坐。

"父亲一直为你担心，今天我们去看他，情绪还好，我心里感到宽慰。"温卿缓缓地说。

"是的，我要感谢老人的挂念和他拜托朋友的奔走。"约翰微笑说。

"你回来这两天总是闷闷不乐，莫非有什么心事？"

"是的，我这次去哈尔滨是为了探查日本人细菌战的源头，这是非常危险的事，我一直没有对你说，怕你担心。今天我把事情弄明白了，又能安全地回到了我们的小巢，与你相对，可是你知道我的朋友林老师为了保护我付出了生命……"约翰沉默了。

"约翰，你不要这样想，林老师的事，彼得和我说过。虽然他未提你们的探访，但我了解这位老师的经历。你是谁，一个外国人，而他是被日本人追杀的义士。日本人侵略了我们的国土，蹂躏我们的人民，他为反抗而牺牲是可敬的。你不必为此而内疚，他不是局外人。此番你被驱逐，我因老父和小安东在身边，不能随你远行，等时局逆转，我会去找你。"

贤惠的温卿一番话令约翰释怀，他放下杯子站起来走到她身边，温情地亲了亲她的秀发。

温卿仰脸吻了他，继续道："你不知道，我们这次也遇到了很大的风险。日本人让我们劳军演出，多亏小安东通知了游击队，搅了他们一下，我们才幸免于难，看来小安东这孩子确实长大了。"

火炉上的茶炊呲呲地响着，战乱阴影下一个温馨的小巢，但它却像暗夜中的一缕烛光，倏忽陨灭。

61　故宅情深

告别

"少爷，你别劈了，歇歇吧，劈的柴足够烧到来年春天了。"夜里，陈婶坐在客厅的沙发上，唤着在园子里劈木头的彼得，"你看廊檐下都堆满了。"

这时彼得又抱着一捆走进来堆到屋角，这样一直往返几次，才在沙发上坐下来。陈婶又要去温那咖啡，彼得亲切地止住了她："我们娘俩说说话吧，今天我多留了你一时，过会儿伊万会送你回家的。"

"看你的举止神情，我觉得又要出事。"老人竟然抹起眼泪来，"你看，老爷在时，这厅里总是坐些高贵的客人，评论你的画作，谈论艺术。现在你堆了一捆捆书，劈柴，这地毯也好些日子没除尘了。"

"是啊大婶，我要出远门了，怕要待上几个月。这房子就留给惠子和你来照看了，娜达莎也会来干些园子里的活儿。我在银行里给你和娜达莎各开了一个户头，折子在惠子那儿，她会领你去一趟，教你使用，那里的钱够你养老了。对我们这次分别你不用感伤，少则一年半载，多则三五年，我还要回来吃你烧的菜呢。"彼得说得平静，陈婶早已嘤嘤而泣了。

彼得知道如果约翰的满洲见闻发表了，"731"部队被揭露，日本人调查起来，必然殃及自己。满铁的画已经画完，他得找个借口，离开此地。正好满铁要扩展业务，用东南亚旖旎的风光和丰饶的物产吸引国人和世界的目光，深得藤野信任的画家彼得被派上了用场。"到时候再想法脱离魔爪吧。"彼得这样想，"到那儿更容易探听利物浦号的情况和玛莎的遭遇。"

往事

送陈婶走后，彼得躺在沙发上，毫无睡意，一件件往事涌上心头。

老苏里科夫——恩师的父亲，用一生的心血倾其所有，亲自设计建造了这所英式的花园别墅。就在这个贵族庭院里，彼得度过了美好的少年，从一个南满的农家子弟成为了一个画家。师父给予他慈父般的爱，传授给他俄罗斯的经典艺术，而柳芭用她无与伦比的修养陶冶他的性灵，唤醒了他的爱。

就在这个屋檐下，他承受师爱父爱和母爱，那是多么温馨啊！

后来是彼得遭了厄运……

他忆起了，那一天，骨瘦如柴的他一出牢狱便赶到医院，跟跟跄跄地跪在老师的病榻前，号啕痛哭。老师更为激动，他颤颤巍巍，示意让彼得和师娘的手握在一起，断断续续地说："彼得，孩子，我……把柳芭，交给你了。她也是孩子，比你大几岁，好好待她，她感情脆弱……别让她孤独，别让她伤心……伴着她，你姐姐……"话未说完，这位慈爱睿智的老人，彼得的恩师，闭上了眼睛。

他又想起那次与柳芭的谈话。

深夜，姐弟二人坐在客厅里，谈起当时东乡的到来。

"姐，"彼得的声音有点异样，他低着头，"你用什么办法救的樱桃？让东乡喜新厌旧？难道你也演了一出风月救风尘吗！"彼得嗫嚅着，表情显出痛苦的尴尬。那时他还不理解柳芭作为苏军间谍接近东乡的用意。

柳芭深情妩媚地望着他，放下杯，坐近了，拿起他的手："彼得，我们身处险境，我不能不与上层交往，为了你我的安全，为了我们的财产。"

"你不怕他们对你的侵害吗？"彼得痛心地问。

"关注你的人多了，那就是一种保护，任何人也不会轻易侵犯众目垂青的贵妇。"过了一会儿，她又深情地说，"弟，你因我而嫉妒，这还是第一次，你终于关心起我情感的归属。我爱你已多年，还记得那一年也是秋天的深夜吗？你去园子关水管，走下楼……"

就是那晚上，彼得怕水漫过荷花池去关水管，下楼走到厅里，听师父断断续续地说："柳芭，我对不起你，你现在正青春年华，你看我这病，我却……不能与你享床笫温情，尽天伦之乐……去爱吧……"

他加快脚步，听背后柳芭啜泣着说："不，亲爱的……我永远伺候你。"

彼得在园里待了许久，灯光下西风落叶，树影婆娑。

当惠子把利物浦号沉没的消息告诉彼得之后，他悲痛欲绝。惠子说玛莎传来信息要搭这只船转马尼拉来满洲，船在新加坡被日本人击沉了。陈婶为他送饭，回来感叹说，他把自己锁在画室里，画玛莎，画了又烧，烧了又画。

那个晚上，柳芭给他打电话，没人接。柳芭担心他，在索菲亚教堂找到了他，安慰他。在路上他们救了一个饿倒的乞者。

回到家里，柳芭给彼得和自己烧了两杯咖啡，便去卧室摘下老师给她画的画像。

"姐姐，你这是要干啥？"彼得问。

"送给东乡。"柳芭漠然作答。

片刻沉默之后，彼得吼道："不！"

"弟弟，我是寡妇，我们有家产，我们要权势的庇护。"柳芭深沉地望着他。

突然，他跪了下去，哽咽着说："姐姐，我爱你，我再不能失去你了，老师给你的画像是我的命。"

深情

"彼得鲁沙，亲爱的弟弟，"柳芭柔柔地缓缓地说，"很早，我就喜欢你，还记得吗？华灯初上的冬夜，江城贵族的府邸，我挽着你踏上积雪的石阶；晚会后，马车里我依着你，一切纷乱的思绪，纷繁的困扰与苦恼都消逝了。我故意让马车兜着大圈，就这样摇摇晃晃偎着你，马车夫在他座上跺着脚，马儿颠着步，轮声辚辚……我喜欢你的勤奋、聪明，你那仁爱、谦和的平民特色深深吸引着我。你医治了我的贵族病，你是那么俊美、青春、健壮，那正是我的灵魂所渴求的。你作画时，我给你吟诵叶遂宁的小诗，我愿意让你画我的裸体，偷偷地看你审美的感动。老师苏里科夫是我们俩最亲爱的人，临终前，他拉着我送到你的手上，把我托付给了你，你和我是这个房子的主人。

利物浦号已经沉没，看到你的悲痛我十分难过，愿你能尽快走出这阴影。世界大战给每个家庭带来灾难，无人幸免。现在，在这个世界上你我彼此都是唯一的亲人，让我们相濡以沫吧，谁知道明天会发生什么事情！"

彼得痛哭流涕，他抱起了柳芭。

华美、芬芳、自尊而高贵的姐姐，亲爱的姐姐……

彼得沉思：现在我理解了姐姐为什么那样珍惜那一夜甜蜜的激情，轻声的吟哦普希金的诗句，"夜晚的柔风，流香在半空，喧响着，奔腾着，瓜达尔吉维河……"静静地流泪。她一定感到严重的威胁，暗暗与我告别。

现在想起来她作为苏军间谍在日伪军上层周旋冒着多大的风险，承受多大的精神压力！在这种险恶的形势下，唯一的情感慰藉就是我们姐弟之间相依为命的恩爱，这是多么珍贵！如今她悄然出逃了，十余年来她从未

对我透露过,可见对我的爱护。

"弟,你是多么健壮呀!"她突然讲起一段令人脸红的故事,"记得你和老师一起画我的身体吗?我缠一条素纱倚在沙发上。中间休息时,你急匆匆上了楼,过一会儿玛莎也追了上去。事后玛莎对惠子讲了,惠子告诉了我当时的情景。"讲到这儿,柳芭轻声笑了,"她说你伏在枕上痛哭,后来玛莎用画笔抽你,她下楼时扭着小屁股显示她的胜利。

那年你十六,我二十三,玛莎才十五……"柳芭莞尔一笑,"你知道老师怎么评论那幅画吗?"

"他说什么?"你问。

"他说你过分强调了模特的优雅和高贵,忘记了所画的是女人体。"

"可老师为什么没指给我呢?"

"因为模特是我。"柳芭微笑了。

所有这些美好的生活,都像云烟一样消散了,彼得心里一阵痛楚。

"爱我的人一个接着一个从我的身边隐去,在我情感的天空中,她们如一轮骄阳,给了我灼人的、炽烈的爱情之后,一个个相继陨落了,就像松花江上的落照,无限的温柔,无限的苍凉……"

乌云压顶,走吧,走吧,趁我还有一点自由……

第三十一章 亡命天涯

62 亡命天涯

出国

从车站出来,彼得发了一封电报,通知林家,林老师病死托尔斯泰医院,请家人取回骨灰。

他回到家见到娜达莎,娜达莎把一封密封的信交到彼得手上,说:"这是林老师给我的,他嘱咐说,待事件平息后再给你看,否则有危险。"彼得急速拆开,是林老师的绝命书,他看罢,又伏案痛哭起来,娜达莎怕他病倒便留了下来。

整个事件是这样处理的:约翰被驱逐出境,在马特维耶夫儿子和女儿出钱周旋下,马特维耶夫老人没有受到处分,只是庄园被没收,并入"731"水厂;方济各会被解散了,一部分有体力的会员被征到拖轮上去运木材,后来,也都跑掉了。老人不愿回城住园北的公寓,那儿便作了儿子的货物仓库。儿子另外在江北买了一片桦树林,盖了几间房,老人和管家安娜结了婚,男仆华西里和公寓的老处女相好了。他们的工作调了位,华西里去

城里看库房,她则去了江北的桦树林,伺候主人。

藤野家的小客厅打扫一新,主人出差回来了,春草和女儿惠子也从日本归来。外孙嘎鲁正在强化军训,没有假期,惠子很难过,又去找彼得哭诉。彼得让她弄一张船票说是经南亚去意大利。她点头,彼得把师父的宅院和自己的画室交给她照看。

"彼得,这儿发生的一切就像一场梦。十年,柳芭和向墨的琴声都哪去了……"惠子呜呜咽咽地哭起来。

"一场梦!"彼得精神恍惚地说。

"要不是小嘎鲁在东京,我会跟你去的。"惠子抽抽咽咽地说。

遗书

除夕之夜,甲板上结着薄冰,狂风几乎将彼得掀倒。舱门顶上的帆布像是疯狂舞动的魅影,劈啪作响,海浪如同万千匹奔腾的猛兽,在摇动的灯光下忽隐忽现,追逐着亡命天涯的游子。

彼得的心里回响着林老师自焚的遗书,那平静的词句撕心裂肺:

彼得,我走了,"731"的人找我,他们或是要我陷害约翰,或是看中了我的结核。我本身就是一个活体,一个培养基。如我跟他们去,那是一条不归路,而且我身上的细菌还会坑害千千万万的世人,所以我作出了这样的决定。

海浪澎湃着,嘶叫着,向货船扑来,口里吐着白沫的涎水,仿佛要把它一口吞没。

我这一辈子，过得很窝囊。当我的学生们慷慨悲歌投笔从戎时，我蜷缩于斗室，没有与他们共赴国难；然而灾难还是袭来了，我又跑到北满，像一个猎枪下的兔子。我想找到马占山的部队，我虽不能上前线，做冲锋的战士，还可当幕僚，运筹于帐下。可我还没有和抗日军接上头，却病倒在江城。事逼无奈，当了托钵修士，乞食于市井。不错，方济各会给我病弱之躯一个蜗牛的壳……明月临窗，夜不能寐，日本人的铁蹄踏响哈尔滨的石板路，我的软体还在蠕动……我是什么？我问自己，我是学历史的，国难当头，我本应该去唤醒民众，用几千年的文明史，讲国家兴衰的教训，大声疾呼：驱逐倭寇，光复中华！可是我始终只身一人，万念皆回腔子里，依然瘦骨倚匡床。

感谢约翰和你给了我一个机会报效我的祖国，我虽然悄然而去，但我的心里感到宽慰，如果留了我的骨灰，让孩子把它埋在我父母的脚下。永别了，我对家人无所嘱咐，唯愿你，当心！林森。

眼泪一串串滴落在彼得的皮大衣上，迅速结成了冰珠。

突然一声汽笛长鸣——1943年的元旦降临了……

两年前，心爱的人走了，也是在这样的寒冷的冬夜，也是这样凶险的波涛，没有尽头的战乱……

"我要到新加坡去，我要亲临利物浦号沉没的现场，我要查清玛莎是否遇难，我要找到她，哪怕是水面出没的芳魂。"彼得心如刀绞。

"玛莎，你流落何方？能否魂归故里？"

1943年初，彼得走后，一日，东乡来访藤野，他一面喝茶，一面感伤地对妹夫藤野说：

"你可记得，前年就在这里，我对形势的分析，一切都应验了。在海上我们连连失利，六月中途岛惨败之后，最近瓜达尔卡纳尔岛又遭重创，我们很难对付美国，他们的工业数倍于我们……"

藤野探询说："记得秋天你说过，如果军部要调你，就是去东南亚诸岛，任务就是马来亚、菲律宾、荷属东印度，也就是我希望你去的地方。"

"这一点分析也证实了。"东乡笑了，"昨天军部通知了我。"

"好啊，满铁派几个人随你去做后勤吧？"

"我想让彼得做我的幕僚，帮我收集些艺术品。"东乡慢悠悠地喝了一口茶。

"他去了东南亚，我也想让他画一画南岛风光，参展的画一交齐就走了，把家都交给惠子了。"藤野摊开了手。

"他不是坐船吗？"

"是的。"

"我发电派人在马尼拉等他。"东乡笑了笑。

一年后的一个秋日，如玉和乃木乘坐的游艇爆炸沉入松花江底，报纸纷纷猜测是阪原情杀，实际上是约翰的《满洲见闻录》在欧洲发表，披露731罪行，军方追查泄密原因，阪原进而发现了如玉是抗日地下党，正探寻731，便除掉了他们。尔后，游击队抓住了阪原，并处决了他。游击队派温卿的儿子小安东接走了如玉的女儿珠珠，她是在东京大轰炸时被阪原接过来的。开始她不信任小安东，小安东取出了妈妈的项链，珠珠也取出妈妈的项链，放在一起，红蓝宝石泪光闪闪，珠儿哭了……

只差一年，东北便光复了。

63　日暮途穷

侦探

　　1945年的夏天，靠近苏联边境的小兴安岭深处，山沟里出现了一间猎人的窝棚。有祖孙二人居住此处，清晨孙儿去谷底的小溪里提水，饭后，二人去山坳里狩猎，傍晚在窝棚外面生起篝火。日复一日，很少听见二人交谈。

　　那日晚餐时，小的对老的说，下午他看见两个骑马的人从树林里出来翻山梁走了。

　　"不准讲日语，中士。"老的呵斥道，伸手要打他的耳光，但他的话也是日语。

　　"你——"小的捏住他的胳臂，有些恼怒。

　　"丢掉你的臭士官生的习惯，要显出傻相，这样——"老的做出一个憨痴的模样。

　　小的愤愤不语。

　　老的便说："以后你要讲蒙古语，对汉语要半通不通。你知道几十个人报名干这项任务，只有你会蒙古语，又有猎人的经验才中选的。"

　　他们是关东军派来的，目的是抓获抗日联军潜入的探路者，做舌头，给关东军提供情报。

　　苏联红军已经战胜了德国法西斯，定要挥师东进，在中国东北消灭关东军。为此抗日联军会派遣尖兵先行回国，摸清日军的布防，这是兵家常用的策略。

　　吃过饭，小的收拾餐具，之后喂军犬，老的在吸烟。

"猎人不吸烟卷，也不像你那样坐着。"小的愠恼而讥诮地斥责老的。

老的扔掉香烟发威："中士，服从！"

"上士，纪律！"小的不甘示弱。

"你乳臭未干，当中士是因为你外公是大官。"

"我是士官生，你不过是个老兵，为配合我执行任务才提升的。"

"你不服气？"老的责问。

"你仗势欺人。"小的恼怒。

"你想拼刺吗？"老的捡来一根棍棒。

"拼就拼！"小的也拾起一根木杆。

军犬便在旁边跳窜。

只几下，老的便被打倒了。他呜呜地哭起来："我五十岁了，还与你这十二岁的顽童并肩战斗，天照大神啊！我的两个儿子都死于圣战。"

"我们为天皇效忠，要实行玉碎战策，即使日本岛在轰炸中沉没……"小的背着训条。

话音未落，他们听见远处隐隐的马蹄声。那小的在茅屋外的林中藏好了一支枪，老的在草棚周围转了转，清除一些痕迹。

这时一个骑马者过来了，他下了马，高声招呼："大叔，你们是猎人吗？我是收皮货的。"

"是的，佬客，坐下，喝碗水。"化了装的老兵答。

"大叔，你有什么毛皮吗？"

"没什么稀罕货，有几张兔、狐狸和獐子的，我想客人也不会有兴趣。"老的露出笑容。"客人是从哪里来的呀？见没见到哪方的军队？"

"从黑河那边来，没见到军队，我是绕着村镇走的，我怕碰到日本兵把我的马和枪掠去。大叔，这儿离兵站近吗？"

"远着呐，碉堡附近，方圆几十里也不让你打猎。"

"我骑马旅行，还真怕军队布防，若碰上雷区更可怕了。"

"碰上日军的前哨那更糟。"老兵露出讥讽的微笑，同时抓起了猎枪，"长官，交出你的武器吧，你大衣里的望远镜和手枪说明你是抗日联军的大官！"

"那么说，你是日本的探子了？"客人并没有放下手里的水杯。

"笨蛋，他们是两个人。"那小的中士急着高喊。

"你说对了，崽子。"一个壮士从窝棚后面走出来，一脚踢倒了那老兵，可怕的是他手里未握任何武器。他从容地拾起那猎枪，那军犬扑过来，被壮士用枪托打倒。这时老兵迅速爬起来，钻进树林。

"承武，去追他！"

"不急，项司令，让他跑一段，这样我才知道他们的兵营在哪儿。"说着，他紧紧腰带，提着猎枪飞身上马，他的马上还挂着一支快枪。他绕过林子，向老兵逃跑的方向追去。

第二十一章 父子相逢

64 父子相逢

格斗

"你是什么人?"项司令问那小的,一面拨弄烧饭的余烬,从怀里掏出两个土豆扔进去。

沉默,孩子肃穆立着。

"身份?"司令站起来,正襟命令。

"日本皇军山本军校士官生中士。"小兵立定回答。

"名字?"

一阵沉默。

"年龄?"

"十二岁。"

"这么小。"司令像是自语,"民族?"

沉默。

"汉?"

孩子点头又摇头。

"日本和族？"

孩子点头又摇头。

"那么……"

"蒙古族。"孩子肯定地回答。

"你既是正规日军，就投降吧！"司令玩笑的口气带有怜悯。

"不！"回答是坚定的。

"你想干啥？"司令依旧微笑着。

"决斗。"孩子说着抽出匕首。

"那就来吧。"司令闪掉了大衣，但孩子不动。

"来吧！"司令复道。

"请你拿起武器。"

司令弯腰拾起刚才的拨火棍："就用这个，进招吧，入侵者。"

中士闪电般扑过来，司令避开锋芒，趁势挑他的臂。小家伙不但不躲，反而将匕首顺杆滑向他的右手。汉子及时旋腕，袖管却被刺破。十几个回合过去了，中士表现得异常灵敏和威猛。看得出，孩童时代的狩猎和后来的士官训练使他具有超常的武艺，而司令显然有意与这小孩周旋，看看日本人的武士道。打斗从窝棚前转到了林边的山道，双方越战越凶，司令担心自己失手伤了孩子。

这时承武骑马回来了，他大喝一声跳下马。

中士看到自己身陷包围，势单力薄，毫无取胜的希望，便面朝东跪下，默念条例，双手高高举起匕首，要切腹自杀。突然，一根拨火棍飞了过来，打掉了那凶器，是司令。

"孩子，你刚才的举动说明你已经结束了军人的生涯，你已经对天皇效了忠，现在你不是什么中士，不是什么侦察员了，明白吗？你是个孩子，你该想想靠什么养活自己，学啥手艺，务工还是务农？"沉默了一阵，他大声而慈爱地说,"回家去吧!"

承武的大手把中士揪住:"让我来教训你这小顽固!"说着他扬起马鞭……那孩子不但不躲,反而立正,两眼注视承武,炯炯有神,一脸刚毅。"这么面熟!"承武自语,鞭子在空中画了个弧飘落下来。他走到司令跟前,低声说:"项司令,这孩子像……"

项司令一脸狐疑,大声问:"中士,你的母亲是谁?"

孩子不答,转身跑进树林,山背后传来日本骑兵的马蹄声。二人迅速上马,突然从树林中射来一枪,弹中司令的左腿,鲜血涌出,他一手压着伤口,策马奔向谷底,在一块隐蔽的大石后面包扎好了伤口,所幸的是子弹只擦破皮肉,未伤及筋骨。

"让我去追那崽子。"承武说。

"算了,你会落入敌手,我们要与萧司令和子杰汇合,还有重要任务。"说着他们上马奔向另一个山头。

逃生

萧向荣与项东汇合后,研究了承武从老兵那里探明的情况,经侦察核实,组织了两个营的兵力,沿他们查明的路线,隐蔽前进,迅速包围并歼灭了那个日本兵站。

日本援兵在树林里发现老兵是被猎枪射杀的,怀疑中士投敌招致兵站被袭,便派人追杀他。而项司令为进一步探明附近关东军的情况,同时也为解开心头疑团,便派承武带五人小分队去追中士。他嘱咐,一定不能伤害这个小兵,且不让孩子落入敌手。

中士在受到双重追击,在小兴安岭的山谷中逃窜。

跑啊,跑啊,小中士的鞋子早已被山石磨穿,衣服也被树枝刮烂了。

白天,不能去谷底,那是日军和抗联堵截他的地方;夜晚悄悄地爬到沟边去饮水，饥饿鼓动肠子在肚里叫着，枪几乎提不动了。有兔子从身边溜过，却不能猎它。他不能鸣枪，抓他的人会追上来。现在，没有天皇，没有军校，有的只是这险恶的山林，以及和他一样为饥饿而奔跑的野兽，还有把他当野兽一样追击的人，日本兵和游击队。

他有一点丛林的知识，很小的时候他就知道，哪些植物可以吃，他受过军校的生存训练，会用刀挖草根和下面的虫子，会用松脂和树皮做盛水罐。他会学鸟叫，鸟引他的视线找到了巢。估摸巢里会有蛋，他往树上爬，虽然体力不支，但还是爬了上去，摸到两个蛋。有一次，摸到一条蛇，咬住了他的手，幸好无毒，他和蛇一起摔了下来。他用腰刀剥了蛇皮，把蛇吃了。另一次，雷电交加，击倒了身边的枯树，他恐怖极了，不由自主地号叫，像受伤的小鹿，哭着哭着睡着了。醒来，一只母鹿卧在身边，他一下子忆起儿时的经历，吸起鹿奶来。从此，这母鹿和一只小鹿便伴他同行……

65　嘎鲁回归

回归

嘎鲁在山里转了一个多月,他发现再没人追他了。这更可怕,难道世界,人的社会消逝了？把他一个人扔到老林里？他不知道这一个月天翻地覆,美国人在日本丢下了原子弹,苏联红军攻入了满洲,关东军完蛋了,日本投降了……

一个十二岁的，曾经是天皇卫士的军校少年——中士侦察兵，孤独地奔走在山林里。

一个月的丛林生活使他渐渐醒悟过来。他想起了，他叫嘎鲁，一个被人收养的弃儿。对了，收养他的是善良的蒙古族老太太，德德玛奶奶。不久德德玛死了，她的老伴巴巴盖爷爷带他到山里打猎为生，就是这时候一条生崽的母鹿成了他的奶妈。他长到三岁，爷爷教他拉马头琴，四五岁爷爷带他上山猎小动物；七岁那年夏天，从城里来了一位叔叔叫彼得，彼得到山里画画，住他家，给他了一幅像。那像画得可真好，谁见过大画家给一个穷猎人的小孩画像呢！画家临走时还送他一支俄国造的双筒猎枪，还有一支望远镜。

画像挂在展览会上，一个女人看了流泪不止，后来知道，那就是他的母亲，一个日本人，是画家的师姐。她为什么一生下他，就把他送人照看呢？是不得已。他的爸爸参加了抗日游击队，他原来和画家叔叔还有妈妈一起跟一位俄国老师学画。而妈妈的爸爸，也就是他的外公，是日本满铁株式会社的大人物，悲剧就是这样注定了。

妈妈不是不想找儿子，是信息断了。当儿子吃鹿奶、拉马头琴的时候，母亲正因不知儿子的下落而哭泣。若是她看到她的儿成了健壮的小勇士，她会怎样高兴！若是她看到儿背上给狼抓的伤痕，她又会何等痛心呢！当时他不理解这一切。

在孩子的妈妈看到了儿子的画像的那天当夜，她就让师弟也就是画家叔叔带她进山。那一夜，信主的人叫"平安夜"，可在日军的铁蹄下哪里有平安！关东军为清山烧了巴巴盖爷爷的茅屋。当画家和师姐赶到时火势正浓，在后山妈妈以嘶哑的声音呼唤儿子，可是她不该讲日语，那正是烧他房子的人使用的语言。一支标枪射来了，正中她的大腿，那是她儿子投的。

为了救妈妈，叔叔拉爬犁，二人差一点冻死在红叶河谷。幸亏爷爷和他及时赶到，送到山镇，那个救助了妈妈、叔叔的百合阿姨在哪里呢？她也是日本人。

后来，他，嘎鲁，去了大城哈尔滨，在外婆家过贵族生活，进了侨民学校。他在山林中养成的俭朴、勤劳的品格深得外婆的喜爱，她请柳芭阿姨教他大提琴。

　　嘎鲁记得，军阀世家的东乡将军是外公藤野的近亲，嘎鲁也叫他外公。东乡看中了这个小猎人的刚毅和威猛，想送他去东京的军校少年班，做家族中武士的传人。这一想法吓坏了外婆。她的儿子，也就是嘎鲁的小舅，刚刚坠机失踪，她再不愿她心爱的小外孙命丧战争，她请了她的朋友了因和尚为外孙做了剃度……

　　嘎鲁摸了摸头，一切都想起来了，千山，龙泉寺……后来，他的恩师，为了让他了解民间疾苦，让他给一个算命瞎子何三拉杆引路，"好了一朵茉莉花，开哟……"从一个泥制的小葫芦里发出那伤心的小曲，赤脚走在乡村的黄土路上。

　　战争与和平在争夺这个纯洁的少年，最后，为了救彼得叔叔，他到底依了东乡，去了东京。三年的士官少年班的生活健壮了他的身体，冷酷了他的心，是的，他威猛而凶残。但他不知道这一次，他射伤的正是他的生父……五年前，也是这样的暗夜，他射伤了他的生母。不同的是，那次是猎兽的梭镖，这次是杀人的快枪……十二岁，一个蒙古老人带大的儿童，有多少苦难让他去承载啊！

　　上弦的月照着宁静的山林，鹿妈妈走了，小嘎鲁一个人躺在青石板上，盘算着以后的行程。追兵没了，手里有快枪和打火机，还怕什么呢。受过军训的小猎人能应付一切，他知道应该向东走，去红叶河谷找巴巴盖爷爷。翻山越岭，从这一条沟到那一条沟，离开水可不行。就这样，经过若干时日，他终于到了熟悉的山林。小火车没了，铁路还在，从山口走进去，谷底的小溪还在流淌，水面上漂着深秋的落叶，那是从他家边的树林里浮来的。逆流而上，十余里就到了旧日的家园。

　　就是在这里他度过了他快乐的童年：打猎归来，生起晚炊，他啃着煮玉米，听爷爷拉马头琴。那一年彼得叔叔来了，教他画画，画大青和二青，那是两条狗,他忠实的伴侣;也是这样,晚霞烧上天边,鸟儿归林了。而如今,烧毁的废墟上长满了青草……

呼唤

山镇王掌柜的小铺和往常一样早早地开了店门。乡民们注意到,一个日本女人经常立在门边,穿着破旧而朴素,腰缠一条灰色的宽宽的腰带。她恭敬地向每一个前来的顾客深深鞠躬,即使是穿着破烂衣裳来讨一钵盐的孩子,也是如此。她便是王掌柜王得富新娶的媳妇,她原是日本来此地屯田的移民,带两个孩子,她不愿饿死在逃难遣返的路上,被王掌柜收容了。离这儿不远的地方,是何医生何陀开的中药店,他收买、贩卖从山里采来的草药。

这一日的清晨,王掌柜的小铺门前出现了一个荷着枪,衣衫褴褛的英武少年,他与门边的女人用日语对话。

王掌柜出来了,他上下打量着这个少年,良久:"嘎鲁,你可回来了!你爷爷死了,后续奶奶也死了,临终前,他对我说,把那三间房和下屋磨坊留给你。日本人都撤了,你可以到哈尔滨看看,能不能找到你妈和你外婆,如果没有着落,你可以回来,我帮你买条驴,把家建起来。来,吃点东西喝口水。看你这样子,像个叫花子,你母亲看见了会怎样难过啊!"

嘎鲁一出现在哈尔滨街头便被抗日联军的巡逻队逮捕了,因为他携带武器。

"身份?"队长问。

"关东军中士侦察兵。"嘎鲁立正回答。

"姓名?"

"嘎鲁。"

"年龄?"

"十二岁。"

队长笑了：

"这仗再打两年，你们的幼稚园都成军营了。听你说话不是日本人，什么民族？"

"蒙古族。"

"中国人为啥替日本卖命？"

嘎鲁无语。

"你的父亲？"

"我没有父亲。"

"母亲？"

"惠子。"

"母亲的家？"

"满铁株式会社。"

嘎鲁被带到遣返收容所，审讯记录送了上去。一位长官看到记录泪流满面，他正是化名项东的向墨。他对伙伴承武喊："我找到了我的儿子了！"

"看来这一枪没白挨。"承武笑着说。

团聚

不久，向墨又找到了惠子，一家人经过十多年的战乱离别，终于团聚了。

不久，彼得回来了，带着玛莎和他们五周岁的儿子，那是他们蜜月的产物，她在肚子里带他漂洋过海。

柳芭也回来了，经红军审查确认她并非双重间谍，于两年前，恢复了军衔，今又晋升为大校。戎装没有遮掩住她的贵族气质，还是那样娇艳华美，光彩照人。在学生们为她举行的欢迎宴会上，她款款地走到彼得的面前，深情地与他碰杯，纪念她们共同度过的艰苦岁月。

"跟师娘去吧，"站在彼得身边的玛莎小声说，语调里不无嫉妒。"去贝加尔湖的大森林吧，你不是想创老师的画派吗？"

"我们一起去，仿老师的宅子在湖边造一个别墅。"彼得笑说。

"把爹妈扔在火奴鲁鲁，让他们孤独地度过晚年吗？"玛莎说着狠狠扭了他一把。

"玛莎，你不是说要乘利物浦号回来吗？吓死我们了。"

"是小彼得救了我。"他扯了一下身边的孩子，"爸爸不同意我回哈尔滨，说孩子太小。"

惠子又介绍说："告诉你们一个好消息，我弟野草没有死，他跳伞被中国农民俘虏了，现在和百合一起参加了日本的反战同盟，战后收集资料，揭露731的罪行……还有，"她有点黯然，"爸爸说东乡成了战犯，他的干将小原切腹自杀了。"

"你父母如何？"玛莎问惠子。

"爸爸在办理满铁对苏军的交接。彼得的画有些失散了，有些进了博物馆。"惠子简短地说。当着玛莎的面，她没有转达百合对彼得深情的问候。

席间，大家正在谈笑，忽听一阵马车的铃声。

"伊万大叔。"彼得兴奋地说。

这时从车上跳下了一个姑娘，飞也似的跑进来，吊在彼得的脖子上，是娜达莎！

"果然是个鬼精灵。"玛莎嘟囔着，"这也是你的患难之交了？"她问彼得，微微妒意浮上她美丽的面庞，"这几年你演了多少抗战的故事呀！哈尔滨真是个浪漫的城市……"

"终于过去了，各族人民的苦难。"向墨洪亮的声音响起，"多少战乱离殇，多少家破人亡，这一刻，我们要为大难不死，为抗战胜利而干杯。"

向墨的话触动了每一个人的心，惠子泪如雨下，玛莎伏在彼得的肩上哭泣，柳芭用手帕拭着眼泪，唯独乐观的娜达莎嬉笑如初，容光焕发。

"小嘎鲁十二岁，"彼得感叹说，"他的经历就是三千万东北同胞苦难的缩影，为小猎人回到父母的怀抱而干杯！"

"可是他今天为什么没来呢？"柳芭问。

"跑了，带走了马头琴和猎枪，就是彼得叔叔给他的那支，嘎鲁去东京时保存在哈尔滨我妈家了。"惠子叹道。

"不要紧，我会找到他。"彼得笑说。

"是的，他不习惯我们的环境，到山里去了，向墨已派人暗中保护。"

小兴安岭南麓，长白山深处的山谷里，一条无名的小溪涓涓流淌。小溪流入了红叶河谷，一条废弃的窄轨小铁路蜿蜒在谷底。红叶河弯弯曲曲汇入松花江，斑斓的落叶漂浮水面。

小溪边向阳的山坡上，有一块荒芜了的园地，小石头堆砌在周边。残墙断壁，废墟上长满了荒草。

一个荷枪的少年默然伫立，良久，他坚毅的面容显示他的决心：要重建自己的家园。

1945年深秋的一日，斜阳，淙淙流泉，潇潇林木。阵阵的西风，卷遍地黄叶，漫山飞舞……

第三十二章 父子相逢